Divinos Rivais

Rebecca Ross

Divinos Rivais

Tradução
Sofia Soter

Copyright © 2023 by Rebecca Ross LLC
Copyright da tradução © 2023 by Editora Globo S.A.

Todos os direitos reservados. Nenhuma parte desta edição pode ser utilizada ou reproduzida — em qualquer meio ou forma, seja mecânico ou eletrônico, fotocópia, gravação etc. — nem apropriada ou estocada em sistema de banco de dados sem a expressa autorização da editora.

Título original: *Divine Rivals*

Editora responsável **Paula Drummond**
Editora de produção **Agatha Machado**
Assistentes editoriais **Giselle Brito e Mariana Gonçalves**
Preparação de texto **Vanessa Raposo**
Diagramação e adaptação de capa **Carolinne de Oliveira**
Projeto gráfico original **Laboratório Secreto**
Revisão **Paula Prata**
Design de capa original **Olga Grlic**
Fotos de capa **teclas de máquina de escrever © marekuliasz/Shutterstock.com
flores © Magdalena Wasiczek/Trevillion images**

Texto fixado conforme as regras do Acordo Ortográfico da Língua Portuguesa (Decreto Legislativo nº 54, de 1995)

CIP-BRASIL. CATALOGAÇÃO NA PUBLICAÇÃO
SINDICATO NACIONAL DOS EDITORES DE LIVROS, RJ

R738d

Ross, Rebecca
 Divinos rivais / Rebecca Ross ; tradução Sofia Soter. - 1. ed. - Rio de Janeiro : Alt, 2023.

 Tradução de: Divine rivals : a novel
 ISBN 978-65-85348-16-4

 1. Ficção americana. I. Soter, Sofia. II. Título.

23-86194 CDD: 813
CDU: 82-3(73)

Meri Gleice Rodrigues de Souza - Bibliotecária - CRB-7/6439

1ª edição, 2023 — 7ª reimpressão, 2024

Direitos de edição em língua portuguesa para o Brasil adquiridos por Editora Globo S.A.
R. Marquês de Pombal, 25
20.230-240 – Rio de Janeiro – RJ – Brasil
www.globolivros.com.br

Para Isabel Ibañez,
que leu este livro conforme fui escrevendo,
que me convenceu a acrescentar o ponto de vista de Roman
e que às vezes deixa eu me safar.

P.S. Estou falando do capítulo 34.

Escreva-me sobre a esperança,
o amor e os corações que perduraram.
— Emily Dickinson

Prólogo

A névoa fria cobrira a estação como uma mortalha, e Iris Winnow pensou que não havia clima mais adequado. Ela mal enxergava o trem no crepúsculo, mas sentia seu gosto no ar do anoitecer: metal, fumaça e carvão queimado, tudo entrelaçado por um vestígio de petricor. A plataforma de madeira sob seus pés era escorregadia, coberta de poças reluzentes de chuva e pilhas de folhas em decomposição.

Quando Forest parou a seu lado, Iris também parou, como um reflexo. Frequentemente supunham que os dois eram gêmeos, com seus olhos cor de mel bem afastados, cabelos castanhos e ondulados e as sardas pontilhando o nariz. Porém, Forest era alto, e Iris, pequena. Ele tinha cinco anos a mais que ela e, pela primeira vez na vida, Iris desejou ser a mais velha.

— Não vou demorar muito — disse Forest. — Devo voltar em poucos meses.

O irmão a olhou à luz fraca, esperando que respondesse. Era o lusco-fusco, o momento entre a escuridão e a luz, quando as constelações começavam a pontilhar o céu e as luzes da cidade piscavam em resposta. Iris sentia a expectativa — a expressão preocupada de Forest e a luz dourada que iluminava as nuvens baixas —, mas desviou o olhar, desesperada por distração. Desesperada por um momento para segurar as lágrimas antes que Forest as visse.

Havia uma soldada à sua direita, uma moça de uniforme perfeitamente engomado. Iris foi tomada por uma ideia inusitada. Uma ideia que devia ter transparecido em seu rosto, pois Forest pigarreou.

— Eu deveria ir com você — disse ela, encontrando o olhar do irmão. — Ainda há tempo. Posso me alistar...

— Não, Iris — retrucou Forest, seco. — Você me prometeu duas coisas, lembra?

Duas promessas, feitas apenas um dia antes. Iris franziu a testa.

— Como poderia esquecer?

— Então repita-as para mim.

Ela cruzou os braços para se proteger do frio do outono e da estranha cadência na voz de Forest. Havia um toque de desespero que não ouvira dele até então, e calafrios percorreram seus braços sob o suéter fino.

— *Cuide da mamãe* — recitou ela, imitando um tom barítono, o que o fez sorrir. — *Continue estudando.*

— Acredito que eu tenha dito mais do que um *"Continue estudando"* — falou Forest, cutucando o pé da irmã com a bota. — Você é uma aluna brilhante, que não perdeu um dia de aula em anos. Isso é digno de prêmios, sabia?

— Tudo bem — concedeu Iris, o rosto ardendo e corando. — Você disse: "Prometa que aproveitará seu último ano na escola, e voltarei a tempo de vê-la se formar".

— Isso — respondeu Forest, mas seu sorriso começou a murchar.

Ele não sabia quando voltaria. Era uma promessa que não poderia cumprir, mesmo que continuasse agindo como se a guerra fosse acabar em meros meses. Uma guerra que mal tinha começado.

E se fosse eu *a ouvir a canção?*, pensou Iris, o coração tão pesado que doía ao bater contra as costelas. *Se eu tivesse encontrado a deusa, em vez dele... ele me permitiria partir assim?*

Ela abaixou o olhar para o peito de Forest. O ponto em que o coração dele batia por baixo do uniforme verde-azeitona. Uma bala poderia perfurá-lo em questão de segundos. Uma bala poderia impedi-lo de voltar para casa.

— Forest, eu...

Um assobio agudo lhe causou um sobressalto e a interrompeu. Era o último sinal de embarque, e foi seguido de um movimento apressado e repentino em direção aos vagões. Iris estremeceu novamente.

— Tome — disse Forest, abaixando a bolsa de couro. — Quero que você fique com isso.

Iris viu o irmão abrir a fivela e tirar dali o sobretudo caramelo. Ele estendeu o casaco para ela, e arqueou a sobrancelha quando Iris não reagiu.

— Mas você vai precisar disso — argumentou ela.

— Vão me dar outro casaco. Imagino que alguma peça digna da guerra. Aceite, por favor, Florzinha.

Iris engoliu em seco e aceitou o sobretudo. Vestiu as mangas e apertou com força o cinto, envolvendo-se no tecido gasto. Era grande demais para ela, mas reconfortante. Parecia uma armadura. Iris suspirou.

— Ele cheira a relojoaria, sabe — murmurou.

Forest riu.

— E qual é, exatamente, o cheiro de uma relojoaria?

— Poeira, relógios de corda mal dada, óleo caro e aqueles instrumentinhos de metal que vocês usam para consertar todas as peças quebradas.

Isso era apenas parcialmente verdade. O casaco também tinha um vestígio da Lanchonete Revel, onde Iris e Forest jantavam pelo menos duas vezes por semana, enquanto a mãe trabalhava de garçonete. Cheirava ao parque na beira do rio, a musgo, pedras úmidas, longas caminhadas e à loção pós-barba de sândalo de Forest, porque, por mais que ele quisesse, não conseguia deixar a barba crescer.

— Então deve ser boa companhia — disse ele, pendurando a bolsa no ombro. — E agora você pode ocupar o armário inteiro.

Iris sabia que Forest estava tentando aliviar a tensão, mas, ao pensar no pequeno armário que dividiam no apartamento, ela sentiu apenas enjoo. Como se realmente fosse guardar as roupas do irmão em outro lugar enquanto ele estivesse ausente.

— Vou mesmo precisar dos seus cabides, porque, como você bem sabe, estou sempre a par das últimas tendências da moda — retrucou Iris, sarcástica, na esperança de que Forest não ouvisse a tristeza em sua voz.

Ele apenas sorriu.

Estava na hora. Praticamente todos os soldados já haviam abandonado a plataforma, e o trem assobiava através da penumbra. Um nó fechou a garganta de Iris, e ela mordeu a bochecha quando Forest a abraçou. Ela fechou os olhos, sentindo o uniforme de linho arranhar seu rosto, e conteve na boca, como se fossem água, as palavras que queria dizer: *Como você pode amar essa deusa mais do que a mim? Como pode me abandonar desse jeito?*

A mãe deles já expressara tais sentimentos, furiosa e magoada com Forest por ele se alistar. Aster Winnow se recusara a ir à estação para se despedir, e Iris imaginava que ela estivesse em casa, chorando conforme se esvaía em negação.

O trem começou a andar, se arrastando pelo trilho.

Forest se desvencilhou dos braços de Iris.

— Escreva para mim — sussurrou ela.

— Prometo.

Ele recuou alguns passos, sustentando o olhar dela. Não havia medo nos olhos do irmão, apenas uma determinação sombria e febril. Finalmente, Forest se virou e correu para embarcar.

Iris o acompanhou com o olhar até vê-lo desaparecer dentro do vagão mais próximo. Ela ergueu a mão e acenou, mesmo com a visão embaçada pelas lágrimas, e continuou na plataforma muito depois do trem sumir névoa afora. A água da chuva encharcava seus sapatos. As luzes no alto piscavam e zumbiam como vespas. A multidão se dispersara, e Iris sentiu-se vazia — *solitária* — ao começar a caminhada de volta para casa.

Com frio nas mãos, acomodou-as nos bolsos do casaco. Foi então que sentiu: um papel farfalhando. Franziu a testa, supondo que fosse um embrulho de bala que Forest esquecera ali, até pegá-lo e analisá-lo à luz fraca.

Era um papelzinho dobrado de forma torta, com um relevo de palavras datilografadas. Iris não pôde deixar de sorrir, mesmo que o peito doesse. Ela leu:

Só para o caso de você não saber... Você é, de longe, a melhor irmã que eu já tive. Estou muito orgulhoso de você.

E logo voltarei para casa, Florzinha.

PARTE UM

Cartas através do armário

I

Inimigos jurados

CINCO MESES DEPOIS

Iris correu pela chuva com um salto quebrado e o sobretudo esfarrapado. A esperança palpitava desesperadamente em seu peito, concedendo-lhe velocidade e sorte ao atravessar o trilho do bonde no centro. Aguardava por aquele dia havia semanas, e sabia que estava pronta. Mesmo encharcada, mancando e faminta.

A primeira pontada de desconforto veio quando ela entrou no saguão. Era um prédio antigo, construído antes de os deuses terem sido derrotados. Algumas das divindades mortas estavam pintadas no teto e, apesar das rachaduras e da luz fraca dos lustres baixos, Iris sempre olhava para cima. Deuses e deusas dançando entre as nuvens, vestidos em mantos compridos e dourados, com estrelas brilhando nos cabelos, seus olhares varrendo o chão. Às vezes, parecia que os olhos pintados a observavam, e Iris conteve um tremor. Ela tirou o sapato direito arruinado e, a passos truncados, se dirigiu ao elevador, deixando os pensamentos a respeito dos deuses se esvaírem rapidamente ao pensar *nele*. Talvez a chuva também tivesse atrasado Roman e ainda houvesse uma chance.

Iris esperou um minuto inteiro. O maldito elevador devia estar enguiçado, logo naquele dia, então ela decidiu pegar a escada e subir correndo ao quinto andar. Ela tremia e suava quando finalmente empurrou a robusta porta da *Gazeta de Oath* e foi recebida por uma inundação de luz amarela, pelo cheiro de chá forte e pela movimentação matinal da preparação do jornal.

Estava quatro minutos atrasada.

Iris parou em meio ao burburinho e fitou brevemente a mesa de Roman.

Estava vazia, e isso a deixou contente até seu olhar cair sobre o quadro de pautas e vê-lo parado ali, esperando que ela aparecesse. Assim que se entreolharam, Roman abriu um sorriso lento, esticou o braço e arrancou um papel preso ao quadro por uma tachinha. A última pauta.

Iris não se mexeu, nem mesmo quando Roman Kitt deu a volta nos cubículos para cumprimentá-la. Ele era alto e magro, com maçãs do rosto afiadas feito um cinzel, e abanou o papel no ar, quase ao alcance dela. O papel que ela tanto queria.

— Se atrasou de novo, Winnow — disse ele, como um cumprimento. — É a segunda vez nesta semana.

— Não sabia que você estava contando, Kitt.

O sorriso de Roman relaxou um pouco quando ele olhou para as mãos de Iris, que seguravam o sapato quebrado.

— Parece que dessa vez você tropeçou em um problema.

— De modo algum — respondeu ela, de queixo erguido. — Estava tudo nos meus planos, é claro.

— Seu salto quebrar?

— Você receber a última pauta.

— Está pegando leve comigo, é? — perguntou ele, arqueando a sobrancelha. — Que surpresa. A ideia é duelarmos até a morte.

Ela bufou.

— Que expressão hiperbólica, Kitt. Coisa comum nos seus artigos, por sinal. Deveria tomar cuidado com essa tendência, caso vire colunista.

Era mentira. Iris raramente lia o que Roman escrevia. Ele, porém, não sabia disso.

Roman estreitou os olhos.

— O que tem de *hiperbólico* no desaparecimento de soldados na linha de frente?

Iris sentiu um aperto no estômago, mas escondeu a reação com um sorriso tênue.

— É esse o tema da última pauta? Obrigada por me informar.

Ela deu meia-volta e começou o caminho até a própria mesa, passando entre os demais cubículos.

— Não faz diferença você saber — insistiu Roman, seguindo-a. — A pauta é *minha*.

Iris chegou à mesa e acendeu a luminária.

— É claro, Kitt.

Ele não ia embora. Continuou parado ao lado do cubículo dela, observando-a guardar a bolsa de tapeçaria e o salto quebrado como se fossem uma insígnia de honra. Ela tirou o sobretudo. Roman raramente a observava com tamanha atenção, e Iris derrubou o porta-lápis.

— Precisa de alguma coisa? — perguntou, apressando-se para recolher os lápis antes que caíssem da mesa.

Um caiu, é óbvio, bem na frente do sapato de couro de Roman. Ele não fez o favor de pegá-lo para ela, então Iris engoliu um palavrão ao se abaixar para recuperá-lo, notando o brilho lustroso dos sapatos.

— Você vai escrever seu próprio artigo sobre soldados desaparecidos — declarou ele —, mesmo sem ter todas as informações sobre a pauta.

— Está preocupado, Kitt?

— Não. É claro que não.

Iris olhou de relance para ele, observando seu rosto, e pousou o porta-lápis no fundo da mesa, longe de qualquer chance de ser derrubado outra vez.

—Alguém já falou que você aperta os olhos quando mente? — disse ela.

Roman apenas franziu ainda mais a testa.

— Não, mas é só porque ninguém passa tanto tempo me olhando quanto você, Winnow.

Alguém riu em uma mesa próxima. Iris corou e se sentou. Procurou uma resposta sarcástica, mas não encontrou, porque, infelizmente, ele era bonito e frequentemente atraía seu olhar.

Ela fez a única coisa que pôde: se recostou na cadeira e dirigiu a Roman um sorriso brilhante. Um sorriso que alcançava os olhos, com ruguinhas nos cantos. Ele fechou a cara imediatamente, bem como o esperado. Roman odiava quando Iris sorria assim. Sempre acabava recuando.

— Boa sorte com sua pauta — disse ela, alegre.

— E divirta-se com os obituários — retrucou ele, seco, e finalmente partiu para o próprio cubículo, que, lamentavelmente, ficava a apenas duas mesas do dela.

O sorriso de Iris se esvaiu assim que Roman lhe deu as costas. Ainda estava olhando distraidamente para o lugar onde ele estivera quando Sarah Prindle surgiu em seu campo de visão.

— Chá? — ofereceu Sarah, erguendo uma xícara. — Você parece precisar, Winnow.

Iris suspirou.

— Aceito. Obrigada, Prindle.

Ela pegou a xícara e a largou com um baque forte na mesa, bem ao lado da pilha de obituários escritos à mão que esperavam que ela organizasse, editasse e datilografasse. Se tivesse chegado a tempo de pegar a pauta, seria Roman o responsável por aquela dor em forma de papelada.

Iris olhou para a pilha, lembrando-se do primeiro dia de trabalho, três meses antes. Roman Kitt fora o último a apertar sua mão e se apresentar, e se aproximara com a boca rígida e o olhar frio e atento. Como se calculasse que ameaça ela representava para ele e sua posição na *Gazeta*.

Não demorara para Iris descobrir o que ele pensava dela. Na verdade, isso havia acontecido mera meia hora após conhecer Roman. Iris o ouvira comentar com um dos editores:

— Ela não tem como competir comigo. De jeito nenhum. Ela abandonou a Escola Windy Grove no último ano.

As palavras ainda doíam.

Iris nunca esperara fazer amizade com ele. Como poderia, se os dois concorriam à mesma vaga de colunista? Mas aquela postura pomposa apenas aguçara seu desejo de derrotá-lo. Também fora alarmante que Roman Kitt soubesse mais sobre ela do que ela sabia sobre ele.

Portanto, Iris precisava desenterrar os segredos do rapaz.

No segundo dia de trabalho, ela fora atrás da pessoa mais simpática da equipe. Sarah.

— Há quanto tempo Kitt trabalha aqui? — perguntara.

— Há quase um mês — respondera Sarah. — Não se preocupe, ele não tem senioridade. Acho que vocês dois têm a mesma chance de conseguir a promoção.

— E o que a família dele faz?

— O avô dele foi um pioneiro ferroviário.

— Então a família é rica.

— Podre de rica — constatara Sarah.

— Onde ele estudou?

— Acho que em Devan Hall, mas não sou a melhor fonte.

Uma escola prestigiosa, onde estudavam os filhos mimados da maioria das famílias ricas de Oath. Contraste direto com a humilde Windy Grove de Iris. Ela quase fizera uma careta diante da revelação, mas insistira:

— Ele está cortejando alguém?

— Não que eu saiba — respondera Sarah, dando de ombros. — Mas Roman não compartilha muito da vida conosco. Na verdade, não sei muito sobre ele, além de que não gosta que mexam nas coisas em sua mesa.

Parcialmente satisfeita com o novo conhecimento, Iris decidira que o melhor plano era ignorar a concorrência. Na maior parte do tempo, ela poderia fingir que ele não existia. Porém, acabou descobrindo que isso seria cada vez mais difícil, pois toda semana os dois precisavam correr para ver quem chegava mais depressa ao quadro de pautas.

Ela conquistara a primeira pauta, triunfante.

Roman obtivera a segunda, mas apenas porque ela permitira que isso acontecesse.

Era sua oportunidade de ler um artigo dele. Iris se debruçara sobre a mesa, lendo o que Roman escrevera sobre um jogador de beisebol aposentado. Ela nunca havia se importado com o esporte, mas de repente se vira encantada, graças ao tom pungente e sagaz da escrita de Roman. Ficara fascinada com cada uma de suas palavras, que transmitiam a sensação da costura da bola de beisebol em suas mãos, do calor da noite de verão, do frisson da torcida no estádio...

— Está gostando da leitura?

A voz altiva de Roman havia quebrado o encanto. Iris se sobressaltara, amassando o papel nas mãos. Mas ele sabia *exatamente* o que ela estava lendo, e reagira com arrogância.

— Nem um pouco — respondera.

Desesperada para se distrair da humilhação, ela notara o nome dele, impresso em fonte pequena e preta sob a manchete da coluna.

ROMAN C. KITT

— O C é de quê? — perguntara, olhando para o rapaz.

Ele apenas erguera a xícara de chá e tomara um gole, se recusando a responder. Mas havia sustentado o olhar dela por cima da borda lascada da porcelana o tempo todo.

— Roman *Charlatão* Kitt? — chutara Iris. — Ou talvez Roman *Chato* Kitt?

O bom humor dele diminuíra. Não gostava de ser alvo de zombaria, e Iris se recostara na cadeira com um sorriso largo.

— Ou talvez seja Roman *Cínico* Kitt?

Ele se virara e a deixara sem dizer mais uma palavra, a mandíbula tensa.

Depois de Roman partir, Iris pôde terminar de ler o artigo em paz. Chegava a doer no peito — a escrita dele era extraordinária —, e ela sonhara com o colega naquela noite. Na manhã seguinte, imediatamente rasgara o papel em pedacinhos e jurara nunca mais ler nenhum artigo dele. Se lesse, certamente perderia a vaga.

No entanto, Iris agora reconsiderava a decisão, enquanto seu chá esfriava. Se Roman escrevesse um artigo sobre soldados desaparecidos, *talvez* fosse de seu interesse ler.

Ela puxou uma folha de papel nova da pilha na mesa e a encaixou na máquina de escrever. Deixou, no entanto, os dedos pairarem acima das teclas enquanto escutava Roman arrumar a bolsa. Iris o ouviu sair da redação, sem dúvida para buscar informações para o artigo, e então os passos abafados do rapaz em meio ao estrépito das barras de espaço, o murmúrio das vozes e as espirais de fumaça de cigarro.

Ela rangeu os dentes ao começar a datilografar o primeiro obituário.

À medida que o dia de trabalho chegava ao fim, Iris se sentia sobrecarregada por causa dos obituários. Ela sempre se perguntava o motivo das mortes e, apesar da informação nunca ser incluída, imaginava que as pessoas teriam mais interesse em ler as homenagens, se houvesse alguma.

Iris roeu a unha, sentindo o gosto leve de metal das teclas da máquina. Quando não estava trabalhando em uma pauta, acabava mergulhada em classificados ou obituários. Naqueles três meses na *Gazeta*, ela alternara entre as três tarefas, cada uma lhe custando palavras e emoções diferentes.

— Na minha sala, Winnow — disse uma voz conhecida.

Zeb Autry, seu chefe, passava por ali, e tamborilou na borda do cubículo dela com os dedos decorados por anéis de ouro.

— *Agora* — insistiu.

Iris abandonou o obituário e o acompanhou até a sala de paredes de vidro. O cheiro ali era sempre sufocante, de couro engraxado, tabaco e loção pós-barba ardida e forte. Quando ele se sentou atrás da mesa, ela se instalou na poltrona de espaldar largo do outro lado, resistindo à vontade de estalar os dedos.

Zeb a fitou por um minuto demorado e tenso. Era um homem de meia-idade, cabelo loiro em processo de calvície, olhos azul-claros e covinha no queixo. Às vezes, Iris tinha a sensação de que ele sabia ler pensamentos, o que a deixava inquieta.

— Você se atrasou hoje — afirmou Zeb.

— Sim, senhor. Peço perdão. Dormi mais do que devia e perdi o bonde.

Pela maneira como o chefe franziu a testa... Iris se perguntou se ele também pressentia mentiras.

— Kitt pegou a última pauta, mas apenas porque você se atrasou, Winnow. Preguei-a no quadro às oito em ponto, como todas as outras — disse Zeb, a voz arrastada. — Você se atrasou para o trabalho *duas* vezes só nesta semana. E Kitt é sempre pontual.

— Eu entendo, sr. Autry. Não vai se repetir.

O patrão ficou em silêncio por um momento.

— Ao longo dos últimos meses, publiquei onze artigos de Kitt. E dez seus, Winnow.

Iris se preparou. Seria mesmo uma questão de números? Apenas porque Roman escrevera um pouco mais que ela?

— Sabia que eu ia simplesmente *dar* a vaga para Kitt depois que ele ganhasse alguma experiência aqui? — continuou Zeb. — Isto é, até o seu texto ganhar o concurso de inverno da *Gazeta*. De centenas de artigos que avaliei, o seu chamou minha atenção. Pensei: *Aqui está uma garota com talento em forma bruta, e seria uma pena eu deixá-la escapar.*

Iris sabia o que vinha a seguir. Ela estivera trabalhando na lanchonete, lavando pratos, os sonhos em segundo plano. Nem imaginava que o artigo que inscrevera no concurso anual da *Gazeta* daria qualquer resultado, até chegar em casa e encontrar uma carta de Zeb endereçada a seu nome. Era uma oferta de trabalho no jornal, com a promessa atraente do cargo de colunista se ela continuasse a se mostrar excepcional.

Tinha mudado completamente a vida de Iris.

Zeb acendeu um cigarro.

— Notei que sua escrita não anda mais tão afiada. Na verdade, tem estado bem confusa. Alguma coisa tem ocorrido na sua casa, Winnow?

— Não, senhor — respondeu ela, rápido demais.

Ele a observou, com um olho mais fechado que o outro.

— Quantos anos você tem mesmo?

— Dezoito.

— E abandonou os estudos no inverno, não foi?

Iris odiava pensar na promessa que fizera a Forest e quebrara. No entanto, ela assentiu, percebendo que Zeb estava atrás de informações. Ele queria saber mais sobre sua vida particular, o que a deixava tensa.

— Tem irmãos?

— Sim, senhor. Um irmão mais velho.

— E onde ele está? O que ele faz da vida? — insistiu o chefe.

Iris desviou o olhar, fitando o chão quadriculado em preto e branco.

— Ele era aprendiz de relojoeiro. Mas hoje está na guerra. Na linha de frente.

— Lutando por Enva, presumo?

Iris assentiu outra vez.

— Foi por isso que você abandonou os estudos em Windy Grove? — perguntou Zeb. — Porque seu irmão partiu?

Ela não respondeu.

— Que pena. — Zeb suspirou, soltando uma baforada de fumaça, mesmo que Iris soubesse a opinião do homem sobre a guerra, uma opinião que nunca deixava de incomodá-la. — E seus pais?

— Moro com minha mãe — respondeu, seca.

Zeb tirou um pequeno cantil da jaqueta e pingou algumas gotas de bebida alcoólica no chá.

— Vou pensar sobre dar outra pauta para você, apesar de não ser como normalmente trabalho por aqui. Agora, quero os obituários na minha mesa até as três.

Ela saiu da sala sem mais uma palavra.

Iris entregou os obituários com uma hora de antecedência, mas não saiu da redação. Continuou no cubículo e começou a pensar em um artigo para escrever, para o caso de Zeb lhe dar a oportunidade de responder à pauta de Roman.

Porém, as palavras dentro dela pareciam congeladas. Iris decidiu caminhar até o aparador e se servir de mais uma xícara de chá, e foi então que viu Roman Convencido Kitt entrar na redação.

Ele tinha passado o dia inteiro fora, para alívio dela, mas voltava com aquele entusiasmo irritante no caminhar, como se transbordasse de palavras que precisava derramar no papel. Seu rosto estava corado pelo frio do início da primavera, o casaco, salpicado de chuva, quando ele se sentou à mesa e revirou a bolsa em busca do bloco de notas.

Iris o observou encaixar uma página na máquina de escrever e começar a datilografar furiosamente. Roman estava fora de sintonia, perdido nas palavras, então ela não desviou o caminho para a própria mesa, como frequentemente fazia para evitar passar diretamente por ele. Ele não a percebeu passando, e Iris bebeu o chá exageradamente adoçado e encarou a folha em branco.

Pouco depois, todos começaram a se despedir, exceto por ela e Roman. As luminárias das mesas iam se apagando, uma a uma, mas Iris permaneceu ali, datilografando devagar e arduamente, como se cada palavra precisasse ser arrancada de suas veias, enquanto Roman, a dois cubículos de distância, esmurrava as teclas.

Iris começou a pensar na guerra dos deuses.

Era inevitável; a guerra parecia estar *sempre* fervilhando no fundo de seus pensamentos, mesmo que fosse travada seiscentos quilômetros a oeste de Oath.

Como vai terminar?, se perguntou. *Com um deus destruído, ou os dois?*

Os fins com frequência se encontravam nos começos, e ela começou a datilografar o que sabia. Partes de notícias que vagavam pela terra, chegando a Oath semanas depois do ocorrido.

Começou em uma cidadezinha pacata, cercada por ouro. Sete meses atrás, os trigais estavam prontos para a colheita, quase engolindo um lugar chamado Sparrow, onde há quatro vezes mais ovelhas do que pessoas e onde chove apenas duas vezes ao ano devido a um antigo feitiço de um deus furioso — e hoje derrotado —, proferido séculos atrás.

É neste vilarejo idílico do Distrito Oeste que Dacre, um deus Inferior derrotado, foi deitado em sua tumba. Ali ele dormiu por 234 anos, até que, um dia, na época da colheita, inesperadamente despertou e se ergueu, revirando a terra e ardendo em fúria.

Ele encontrou um fazendeiro na plantação, e suas primeiras palavras foram um sussurro frio e áspero:

— Onde está Enva?

Enva, uma deusa Celeste e inimiga jurada de Dacre. Enva, que também fora derrotada duzentos anos antes, quando os cinco deuses remanescentes tornaram-se cativos do poder mortal.

O fazendeiro teve medo, encolhido à sombra de Dacre.

— Está enterrada no Distrito Leste — finalmente respondeu —, em uma tumba semelhante à sua.

— Não — rebateu Dacre. — Ela está desperta. E se ela se recusar a me receber... se escolher a covardia, irei atraí-la a mim.

— Como, meu senhor? — perguntou o fazendeiro.

Dacre olhou de cima para o homem. Como um deus atrai outro? Ele começou a

— O que é isso?

Iris se sobressaltou ao ouvir a voz de Zeb e, ao se virar, viu que ele estava de pé e de testa franzida, tentando ler o que ela datilografava.

— Só uma ideia — respondeu, um pouco defensiva.

— Não é sobre o começo da guerra dos deuses, é? Já deixou de ser notícia, Winnow, e o povo aqui de Oath está cansado de ler sobre isso. A não ser que você tenha uma abordagem diferente sobre Enva.

Iris pensou em todas as manchetes que Zeb publicara sobre a guerra. Gritavam coisas como OS PERIGOS DA MÚSICA DE ENVA: A DEUSA CELESTE VOLTOU E ENCANTA NOSSOS FILHOS E FILHAS À GUERRA, ou RESISTA AO CANTO DA SEREIA: ENVA É NOSSA MAIOR AMEAÇA. TODOS OS INSTRUMENTOS DE CORDA SÃO PROIBIDOS EM OATH.

Os artigos sempre culpavam a deusa pela guerra, e poucos sequer mencionavam o envolvimento de Dacre. Às vezes, Iris se perguntava se Zeb tinha medo da deusa e de sua facilidade para recrutar soldados ou se ele fora instruído a publicar apenas certas coisas — se o chanceler de Oath controlava o que o jornal podia compartilhar e disseminava propaganda discretamente.

— Eu… Sim, senhor, eu sei, mas pensei…

— Pensou no quê, Winnow?

Ela hesitou.

— O chanceler declarou restrições para o senhor?

— Restrições? — Zeb riu, como se ela fosse ridícula. — Para o quê?

— Para o que o senhor pode, ou não, publicar no jornal.

Uma ruga cortou a testa avermelhada de Zeb. Os olhos dele brilharam — Iris não sabia se de medo ou irritação —, mas o que o chefe escolheu dizer foi:

— Não desperdice meu papel e minha tinta em uma guerra que nunca nos alcançará. É um problema do Oeste, e devemos prosseguir com a normalidade. Encontre algum tema bom sobre o qual escrever e eu *talvez* considere publicar seu texto na coluna da semana que vem.

Dito isso, ele bateu com os dedos na madeira e se foi, pegando o casaco e o chapéu antes de sair.

Iris suspirou. Dava para ouvir Roman digitando de forma rítmica, como as batidas de um coração, na vasta sala. Dedos golpeando teclas, teclas golpeando papel. Um incentivo para ela ser melhor do que ele. Para ocupar o cargo antes dele.

A mente de Iris estava enevoada. Ela arrancou da máquina a folha do artigo. Dobrou-a e guardou na bolsinha de tapeçaria, que amarrou antes de pegar o sapato quebrado. Ela desligou a luminária e se levantou, massageando o pescoço. Do outro lado da janela, tinha escurecido; a noite cobria a cidade, e as luzes ao longe sangravam como estrelas caídas.

Dessa vez, quando passou pela mesa de Roman, ele a notou.

Ele ainda vestia o sobretudo, e uma mecha de cabelo preto caía na testa franzida. Os dedos desaceleraram sobre as teclas, mas ele não proferiu palavra alguma.

Iris se perguntou se Roman queria falar e, se sim, o que diria em um momento em que estavam a sós na redação, sem ninguém para observá-los. Ela pensou em um velho provérbio que Forest gostava de invocar: *Transforme um rival em um amigo e terá um inimigo a menos.*

Uma tarefa tediosa, sem dúvida. Porém, Iris parou e recuou até o cubículo de Roman.

— Quer ir comer um sanduíche? — perguntou, mal registrando as palavras que lhe saíam da boca.

Tudo o que Iris sabia é que não tinha comido o dia inteiro e que estava faminta por comida e por uma conversa estimulante. Mesmo que fosse com *ele*.

— Tem uma delicatéssen a dois prédios daqui que fica aberta até tarde — continuou. — Eles têm um picles ótimo.

Roman nem hesitou na datilografia.

— Não posso. Desculpa.

Iris assentiu e partiu a passos apressados. Era ridículo sequer *pensar* que ele gostaria de jantar com ela.

Deixou a redação com os olhos brilhando e arremessou o sapato de salto quebrado na lixeira na saída.

2

Palavras para Forest

Que bom que Roman recusara sua oferta de sanduíche.

Iris parou em uma mercearia, sentindo que a bolsa estava leve. Só percebeu que tinha entrado em um dos edifícios encantados de Oath quando a comida começou a se mexer nas prateleiras. Apenas itens pelos quais ela podia pagar vieram até a borda, chamando sua atenção.

Ela parou no corredor, com o rosto ardendo. Rangeu os dentes, notando por quantas coisas *não* podia pagar, antes de rapidamente pegar um pão inteiro e meia caixa de ovos cozidos, na esperança de que a loja a deixasse em paz e parasse de contar as moedas em sua bolsa.

Era por *isso* que Iris desconfiava dos edifícios encantados da cidade. Podiam ter vantagens agradáveis, mas também eram enxeridos e imprevisíveis. Ela evitava os que não conhecia, mesmo que fossem raros.

Iris se apressou a pagar no caixa, percebendo, de repente, as fileiras de prateleiras vazias. Apenas algumas latas restavam ali: milho, feijão e cebola em conserva.

— Parece que sua loja anda muito dedicada a vender comida enlatada — comentou, sarcástica, enquanto pagava o merceeiro.

— Não é isso. A comida foi enviada para o Oeste, para a linha de frente — informou o homem. — Minha filha está lutando por Enva, e quero garantir que sua companhia esteja abastecida. Dá muito trabalho alimentar um exército.

Iris piscou, surpresa com a resposta.

— O chanceler mandou que enviasse auxílio?

O merceeiro bufou.

— Não. O chanceler Verlice só vai declarar guerra contra Dacre quando o deus estiver batendo à nossa porta, embora ele goste de *fingir* que apoiamos nossos irmãos e irmãs que lutam no Oeste.

O vendedor guardou o pão e os ovos em um saco de papel pardo, que empurrou pelo balcão.

Iris pensou na coragem dele de fazer tais declarações. Primeiro, a de que o chanceler no Leste era covarde ou que simpatizava com Dacre. Segundo, por qual deus sua filha lutava. Uma lição que ela mesma aprendera em relação a Forest. Havia muita gente em Oath que apoiava Enva e seu recrutamento e achava os soldados corajosos, mas outras pessoas não pensavam assim. Porém, estes últimos tendiam a ser os indivíduos que enxergavam a guerra como algo que nunca os afetaria. Ou idolatravam e apoiavam Dacre.

— Espero que sua filha continue bem e saudável na linha de frente — disse Iris ao merceeiro.

Ela ficou feliz de deixar a loja enxerida para trás, mas imediatamente escorregou em um jornal molhado na rua.

— Não cansou de mim por hoje? — resmungou ao se abaixar para pegar o papel, supondo que fosse da *Gazeta*.

Não era.

Iris arregalou os olhos ao reconhecer o emblema de pena e tinteiro da *Tribuna Inkridden*, o jornal rival da *Gazeta*. Havia cinco jornais diferentes espalhados por Oath, mas a *Gazeta* e a *Tribuna* eram os mais antigos e os mais lidos. Se Zeb a pegasse com o concorrente em mãos, sem dúvida daria a vaga a Roman.

Ela estudou a primeira página, curiosa.

MONSTROS AVISTADOS A TRINTA QUILÔMETROS DA LINHA DE FRENTE, anunciava a manchete borrada. Abaixo dela estava uma ilustração de uma criatura com asas grandes e membranosas, duas patas finas com garras em gancho e uma horda de dentes afiados como agulhas. Iris estremeceu, se esforçando para ler as palavras, que estavam indecifráveis, derretidas em rios de tinta.

Analisou o jornal por mais um momento, paralisada na esquina. Chuva pingava de seu queixo, caindo, como lágrimas, na ilustração monstruosa.

Criaturas como aquela não existiam mais, desde a derrota dos deuses, séculos antes. Porém era óbvio que, se Dacre e Enva tinham retornado, as criaturas antigas também poderiam voltar. Criaturas que, havia muito tempo, viviam apenas em lendas.

Iris se dirigiu à lixeira para jogar fora o papel desintegrado, mas então foi atravessada por uma ideia congelante.

É por isso que tantos soldados estão desaparecendo na linha de frente? Porque Dacre luta com monstros?

Ela precisava saber. Com cuidado, dobrou a *Tribuna Inkridden* e a guardou no bolso interno do casaco.

O caminho foi mais longo do que Iris gostaria na chuva, especialmente sem sapatos adequados, mas Oath não era um lugar simples para viajar a pé. A cidade era antiga, e fora construída séculos antes sobre o túmulo de um deus conquistado. As ruas sinuosas serpenteavam, algumas estreitas e compostas por terra batida, outras largas e pavimentadas, algumas ainda assombradas por resquícios de magia. Novas construções tinham florescido nas últimas décadas, e às vezes Iris estranhava os edifícios de tijolo e as janelas lustrosas adjacentes aos telhados de palha, aos parapeitos desmoronados e às torres de castelos de eras esquecidas. Estranhava os bondes que circulavam pelas curvas das ruas antigas. Como se o presente tentasse recobrir o passado.

Uma hora depois, Iris chegou ao seu prédio, sem fôlego e encharcada de chuva.

Ela morava com a mãe em um apartamento no segundo andar. Iris hesitou diante da porta, sem saber o que a receberia.

Foi exatamente o que ela esperava.

Aster estava recostada no sofá, embrulhada em seu casaco roxo preferido, com um cigarro ardendo entre os dedos. Garrafas vazias se espalhavam pela sala. Estavam sem luz havia semanas. Algumas velas tinham sido acesas no aparador, queimando havia tanto tempo que a cera abrira caminho e formava poças na madeira.

Iris apenas parou à porta e olhou a mãe até o mundo ao redor delas parecer embaçar.

— Florzinha — disse Aster, em seu ritmo bêbado, ao finalmente notá-la. — Enfim voltou para me ver.

Iris inspirou bruscamente. Quis derramar uma torrente de palavras. Palavras com gosto amargo, até perceber o silêncio. O silêncio terrível e volumoso, a fumaça que se enroscava dentro dele, e não conseguiu se conter. Olhou para o aparador, onde bruxuleavam as velas, e notou o que faltava.

— Cadê o rádio, mãe?

A mãe arqueou a sobrancelha.

— O rádio? Ah, eu vendi, meu bem.

Iris sentiu o coração afundar, caindo até os pés doloridos.

— Por quê? Era o rádio da *vovó*.

— Mal sintonizava, querida. Era hora de mandar embora.

Não, pensou Iris, piscando para segurar as lágrimas. *Você só queria dinheiro para comprar mais bebida.*

Ela fechou a porta de casa com força e atravessou a sala, desviando das garrafas para chegar à pequena cozinha soturna. Não havia nenhuma vela acesa ali, mas Iris conhecia o lugar de cor. Ela largou na bancada o pão amassado e a meia bandeja de ovos antes de pegar um saco de papel e voltar à sala. Recolheu as garrafas — *tantas garrafas* — e pensou naquela manhã, no motivo de seu atraso: a mãe estivera deitada no chão ao lado de uma poça de vômito, em um caleidoscópio de vidro, o que a apavorara.

— Deixa — disse Aster, abanando a mão, e cinzas caíram do cigarro. — Depois eu limpo.

— Não, mãe. Amanhã preciso chegar na hora no trabalho.

— Eu mandei *deixar*.

Iris largou a sacola. O vidro lá dentro tilintou, mas ela estava exausta demais para brigar. Fez o que a mãe mandara.

Ela se recolheu no quarto escuro e tateou em busca dos fósforos, que usou para acender as velas da mesa de cabeceira. Estava com fome, porém, e acabou precisando voltar à cozinha para preparar um sanduíche de geleia, enquanto a mãe ficava deitada no sofá, bebendo da garrafa, fumando e cantarolando as músicas preferidas que não podia mais ouvir, porque não tinham mais *rádio*.

No silêncio do quarto, Iris abriu a janela e escutou a chuva. O vento era frio e forte. Restava ali um toque de inverno, mas ela acolheu a ardência que arrepiava a pele. Era um lembrete de que estava viva.

Comeu o sanduíche e os ovos, e finalmente trocou as roupas por uma camisola. Com cuidado, esticou no chão a *Tribuna Inkridden* encharcada para que secasse, observando a ilustração do monstro ainda mais borrada depois do tempo passado no bolso. Ela analisou a imagem até sentir uma pontada no peito, então tateou debaixo da cama, onde escondia a máquina de escrever da avó.

Iris puxou a máquina até a luz da vela, aliviada por encontrá-la após o sumiço inesperado do rádio.

Sentou-se no chão e abriu a bolsa de tapeçaria, onde estava o início de seu artigo, amarrotado e molhado pela chuva. *Encontre algum tema bom sobre o qual escrever e eu talvez considere publicar seu texto na coluna da semana que vem,* dissera Zeb. Com um suspiro, Iris encaixou uma folha nova na máquina da avó e levou os dedos às teclas. Porém, ao olhar novamente para o monstro de tinta borrada, acabou escrevendo algo inteiramente diferente do artigo.

Fazia dias que não escrevia para Forest. Agora, era para o irmão que Iris direcionava suas palavras, que jorravam dela. Não se preocupou com a data, nem com um *Querido Forest*, como em todas as outras cartas que escrevera para ele. Não queria escrever seu nome, vê-lo na página. Naquela noite, com o coração dolorido, foi direto ao ponto:

Todo dia, quando percorro o mar de garrafas verdes da mamãe, penso em você. Todo dia, quando visto o sobretudo que me deu, me pergunto se você pensou em mim por um momento sequer. Se imaginou o que sua partida faria comigo. Com a mamãe.

Eu me pergunto se lutar por Enva é tudo que você acreditou que seria. Se uma bala ou uma baioneta o atravessou. Se um monstro o feriu. Se está caído em uma cova sem identificação, coberto por terra ensanguentada na qual nunca poderei me ajoelhar, por mais desesperada que minha alma esteja para encontrá-lo.

Eu te odeio por me deixar assim.

Eu te odeio, mas te amo ainda mais, porque você é corajoso e cheio de uma luz que acho que nunca encontrarei nem entenderei. A convocação para lutar por algo, com tanto fervor que a morte não tem poder sobre você.

Às vezes, não consigo nem respirar. Entre a preocupação e o medo... meus pulmões diminuíram, porque não sei onde você está. Faz cinco meses que nos despedimos com um abraço na estação. Cinco meses, e posso apenas supor que você tenha desaparecido na linha de frente ou que esteja ocupado demais para escrever para mim. Porque não sei se conseguiria despertar de manhã, não sei se conseguiria sair da cama, se recebesse a notícia de sua morte.

Queria que você fosse covarde por mim, pela mamãe. Queria que largasse as armas e abandonasse a lealdade à deusa que o convocou. Queria que você parasse o tempo e voltasse para nós.

Iris arrancou o papel da máquina, dobrou duas vezes e se levantou para se dirigir ao armário.

Muito tempo antes, sua avó escondia bilhetes para Iris no quarto, às vezes por debaixo da porta ou do travesseiro, ou guardados no bolso da saia, para que ela encontrasse mais tarde, na escola. Pequenos encorajamentos ou um verso de poema que Iris sempre descobria com prazer. Era uma tradição delas, e Iris aprendera a ler e escrever com os bilhetes que trocava com a avó.

Era natural, então, passar as cartas para Forest por baixo da porta do guarda-roupa. O irmão não tinha quarto no apartamento. Ele dormia no sofá para que Aster e Iris ocupassem os dois quartos particulares. Porém, fazia anos que ele e Iris dividiam aquele armário.

O guarda-roupa era um pequeno recôndito na parede de pedra, com uma porta arqueada que deixara um arranhão permanente no assoalho. As roupas de Forest ficavam à direita, e as de Iris, à esquerda. Ele não tinha muitas peças — algumas camisas de botão, calças, suspensórios de couro e um par de sapatos gastos. Iris também não tinha tantas roupas. Eles aproveitavam ao máximo o que tinham, remendando buracos, cerzindo barras desfiadas e usando cada peça até puir.

Iris havia deixado as roupas de Forest no armário, apesar da brincadeira que o irmão fizera, dizendo que ela poderia ocupar o espaço inteiro quando ele partisse. Iris fora paciente nos primeiros dois meses e esperara que o irmão escrevesse, como prometido. Sua mãe tinha começado a beber, no entanto, tão profusamente que acabara sendo despedida da Lanchonete Revel. As contas não podiam mais ser pagas e faltava comida na despensa. Iris não teve escolha: precisou abandonar os estudos e encontrar emprego enquanto esperava que Forest escrevesse.

Ele nunca escrevera.

Iris não suportava mais o silêncio. Não tinha endereço, nenhuma informação de onde o irmão estava postado. Não tinha nada além de uma tradição querida. Então, fez o que a avó teria feito: entregou o papel dobrado ao guarda-roupa.

Para sua surpresa, a carta desaparecera no dia seguinte, como se devorada pelas sombras.

Perturbada, Iris datilografara outra carta para Forest e a passara por baixo da porta do armário. Esta também desaparecera, e ela analisara com cuidado o pequeno guarda-roupa, incrédula. Notara as velhas pedras na parede, como se alguém, séculos antes, tivesse decidido bloquear um corredor antigo. Pensou que talvez a magia dos ossos do deus conquistado, que descansava nas profundezas da cidade, tivesse despertado para responder à sua angústia. Que a magia de algum modo tivesse levado a carta e a carregado ao Oeste para entregá-la ao irmão, onde quer que estivesse lutando.

Como ela odiava edifícios encantados até aquele momento...

Iris se ajoelhou e passou a carta por baixo da porta do guarda-roupa.

Foi um alívio soltar as palavras. A pressão no peito diminuiu.

Iris voltou à máquina. Ao erguê-la, tocou o metal frio e saliente aparafusado na parte interna da estrutura. A placa tinha o comprimento de seu menor dedo e passava despercebida, mas ela se lembrava vividamente do dia em que a descobrira. Da primeira vez que lera o texto gravado na prata. A TERCEIRA ALOUETTE / FABRICADA ESPECIALMENTE PARA D.E.W.

Daisy Elizabeth Winnow.

O nome da avó.

Iris analisara aquelas palavras muitas vezes, se perguntando o que queriam dizer. Quem tinha feito aquela máquina para sua avó? Queria ter notado a placa antes da morte dela. Agora, Iris não tinha opção além de aceitar o mistério.

Ela guardou a máquina no esconderijo e se enfiou na cama. Puxou a coberta até o queixo, mas deixou a vela acesa, mesmo sabendo que não deveria. *Eu deveria apagá-la, guardá--la para amanhã*, pensou, porque nem imaginava quando seria capaz de pagar a conta de luz. Porém, no momento, não queria descansar no escuridão.

Fechou os olhos, pesados pelo dia longo. Ainda sentia o cheiro de chuva e de cigarro no cabelo. Ainda tinha tinta nos dedos, geleia nas reentrâncias dos dentes.

Estava quase adormecida quando ouviu. O farfalhar do papel.

Iris franziu a testa e se sentou.

Olhou o guarda-roupa. Ali, no chão, havia uma folha de papel.

Ela ficou boquiaberta e imaginou que talvez fosse a carta que acabara de enviar. O vento devia tê-la empurrado de volta para o quarto. Porém, quando se levantou, soube que não era a mesma carta. A folha estava dobrada de outro modo.

Iris hesitou e se abaixou para pegá-la.

O papel tremulou e, quando a luz da vela chegou ali, Iris discerniu palavras datilografadas em seu interior. Pouquíssimas palavras, mas distintamente escuras.

Ela desdobrou a carta e a leu. Perdeu o fôlego.

`Não sou Forest.`

3

Lendas desaparecidas

Não sou Forest.

As palavras ecoavam por Iris enquanto ela caminhava pela Broad Street na manhã seguinte. Estava no coração da cidade, e os edifícios altos a cercavam, aprisionando o ar frio, as últimas sombras da aurora e o assobio distante dos bondes. Ela estava quase chegando ao trabalho, seguindo a rotina habitual como se nada de estranho tivesse acontecido à noite.

Não sou Forest.

— Então quem é você? — sussurrou, com as mãos enfiadas no fundo dos bolsos.

Ela parou no meio da rua, devagar.

A verdade era que tinha se sentido intimidada demais para escrever uma resposta. Em vez disso, passara a noite em um turbilhão de preocupação, lembrando tudo que dissera nas cartas anteriores. Contara a Forest que tinha abandonado os estudos. Seria um choque para ele — a traição de uma promessa —, então ela logo acrescentara notícias do emprego desejado na *Gazeta*, onde provavelmente viraria colunista.

Apesar dessas informações pessoais, Iris nunca assinara com o nome; todas as cartas para Forest acabavam com seu apelido: Florzinha. Ela estava bem aliviada por...

— Winnow? *Winnow!*

Alguém agarrou o braço dela com força. Iris foi puxada para trás de repente, com tanto vigor que acabou mordendo o lábio. Tropeçou, mas se equilibrou bem quando o sopro lubrificado de um bonde passou, tão próximo que ela sentiu o gosto de metal.

Quase havia sido atropelada.

A constatação a deixou de pernas bambas.

E alguém ainda a segurava pelo braço.

Iris ergueu o olhar e encontrou Roman Kitt, com sua jaqueta alaranjada elegante, os sapatos sociais de couro engraxado e o cabelo penteado para trás. Ele a olhava como se ela fosse um bicho de sete cabeças.

— Preste atenção por onde anda! — exclamou, e soltou-a como se o contato o queimasse. — Um segundo a mais e você teria se espatifado no calçadão.

— Eu vi o bonde — respondeu ela, ajeitando o casaco.

Roman quase tinha rasgado a peça, o que teria devastado Iris.

— Discordo — retrucou o rapaz.

Iris fingiu não o ouvir. Com *cuidado*, atravessou o trilho do bonde e subiu com pressa a escadaria que levava ao saguão, sentindo as bolhas que cresciam no calcanhar. Ela estava usando as botinas delicadas da mãe, que eram um número menor que seus calçados, mas teriam de servir até Iris conseguir comprar um novo par de sapatos de salto. Como os pés latejavam... ela decidiu que precisava do elevador.

Roman, infelizmente, estava em sua cola, e ela percebeu, segurando um resmungo, que teriam que subir juntos.

Eles esperaram o elevador, lado a lado.

— Chegou cedo — disse Roman, finalmente.

Iris tocou a boca dolorida.

— Você também.

— Recebeu alguma pauta de Autry e eu não fiquei sabendo?

A porta do elevador se abriu. Iris apenas sorriu ao entrar e se posicionou o mais distante possível de Roman quando ele também entrou. A água de colônia dele preenchia todo o espaço apertado, e ela tentou não respirar fundo.

— Faria diferença? — retrucou, e o elevador começou a subir, vibrando.

— Ontem você ficou até tarde aqui, trabalhando em alguma coisa.

A voz de Roman era contida, mas Iris podia jurar ouvir um toque de preocupação. Ele se recostou no painel de madeira e a fitou. Ela desviou o olhar, de repente muito consciente dos sapatos gastos da mãe, da saia quadriculada amarrotada. Dos fios de cabelo que escapavam do coque apertado. Das manchas no casaco de Forest, que ela usava todos os dias, como uma armadura.

— Você não passou a noite trabalhando na redação, passou, Winnow?

A pergunta de Roman a chocou. Ela se virou para ele, com o olhar irritado.

— *Como assim?* É claro que não! Você me viu ir embora, logo depois de eu te oferecer um sanduíche.

— Eu estava ocupado.

Iris suspirou e virou o rosto.

Eles ainda estavam se aproximando do terceiro andar. O elevador era lento e, como se pressentisse a angústia de Iris, parou, soltou um tinido e abriu a porta. Um homem de terno, carregando uma pasta, olhou de Iris para Roman e, finalmente, para o espaço vasto entre eles antes de entrar cautelosamente.

Iris relaxou minimamente. A presença de um desconhecido faria Roman se calar. Ou pelo menos era o que ela supunha. O elevador continuou a subida difícil. Roman, descumprindo a etiqueta, perguntou:

— Que pauta ele passou para você, Winnow?

— Não é da sua conta, Kitt.

— Na verdade, é, *sim*, da minha conta. Eu e você queremos a mesma coisa, caso você tenha se esquecido.

— Não me esqueci — respondeu ela, seca.

O homem de terno se remexeu, preso no meio da discussão. Ele pigarreou e pegou o relógio de bolso. O objeto lembrou Iris de Forest, o que, mais uma vez, a fez refletir sobre o dilema do correspondente misterioso.

— Não acho justo que Autry passe pautas para você sem meu conhecimento — continuou Roman. — A concorrência entre nós dois deve ser justa. Seguimos as regras. Não deve haver nenhum favoritismo.

Favoritismo?

Eles estavam quase no quinto andar. Iris tamborilou com os dedos na coxa.

— Se estiver incomodado, vá falar com Autry — sugeriu ela, bem quando a porta se escancarou. — Mas não sei por que está tão preocupado. Caso não se lembre, *"Ela não tem como competir comigo. De jeito nenhum. Ela abandonou a Escola Windy Grove no último ano."*

— Como é? — questionou Roman, mas Iris já tinha saído do elevador e se afastado em três passos.

Ela seguiu com pressa pelo corredor que levava à redação e ficou aliviada ao ver que Sarah já tinha chegado e preparava o chá enquanto esvaziava as lixeiras cheias de papel amassado. Ao passar, Iris deixou fechar a porta de vidro pesado, bem na cara de Roman, e ouviu o ruído dos sapatos e o grunhido de irritação.

Ela nem o olhou ao sentar-se à mesa.

O dia trazia problemas muito maiores do que Roman Kitt.

— Você está feliz aqui?

Sarah Prindle pareceu se espantar com a pergunta suave de Iris. Era meio-dia, e as duas tinham acabado juntas na pequena cozinha no horário de almoço. Sarah estava sentada à mesa, comendo um sanduíche de queijo com picles, e Iris, recostada na bancada, com a quinta xícara de chá em mãos.

— É claro que estou — disse Sarah. — Não é o caso de todos que trabalham aqui? A *Gazeta de Oath* é o jornal de maior prestígio da cidade. Paga bem e dá folga em todos os feriados. Toma, Winnow, quer metade do meu sanduíche?

Iris recusou com a cabeça. Sarah fazia a limpeza, resolvia burocracias e anotava os recados de Zeb. Ela organizava os obituários, os classificados e os anúncios que chegavam e os distribuía à mesa de Iris ou de Roman para serem editados e datilografados.

— Acho que o que quis dizer é... foi *isso* que você imaginou para sua vida, Prindle? Quando era criança e tudo parecia possível?

Sarah engoliu, pensativa.

— Não sei. Acho que não — respondeu.

— Então qual era seu sonho?

— Bem, eu sempre quis trabalhar no museu. Meu pai me levava lá aos fins de semana. Lembro que eu amava os artefatos antigos, as tabuletas de pedra repletas de história. Os deuses, na época deles, eram muito cruéis. Eram divididos entre Celestes, a família de Enva, e Inferiores, a família de Dacre. Eles sempre se odiaram. Você sabia?

— Infelizmente, não entendo muito de deuses — disse Iris, pegando o bule. — Só nos ensinaram algumas lendas na escola. Principalmente sobre os deuses que matamos há séculos. Mas você ainda pode fazer isso, sabe?

— Matar deuses? — perguntou Sarah, a voz fraca.

— Não — respondeu Iris, sorrindo. — Apesar de que isso traria um fim emocionante para essa guerra maldita. Quis dizer que você pode trabalhar em um museu. Fazer o que ama.

Sarah suspirou, e um pouco de molho chutney caiu do sanduíche.

— É preciso nascer em uma família que siga essa profissão ou ser muito, muito velho. Mas e você, Winnow? Qual é seu sonho?

Iris hesitou. Fazia muito tempo que não lhe perguntavam aquilo.

— Acho que é o que estou vivendo — falou, passando o dedo na borda lascada da xícara. — Sempre quis escrever sobre coisas importantes. Escrever textos que inspirem ou informem as pessoas.

Com timidez repentina, ela riu um pouco.

— Mas não sei bem — acrescentou.

— Isso é ótimo — respondeu Sarah. — E você está no lugar certo.

Um silêncio confortável se instalou entre elas. Sarah continuou a comer o sanduíche enquanto Iris tomava o chá, olhando o relógio na parede. Era quase hora de voltar à mesa quando ousou se aproximar mais de Sarah e cochichar:

— Você já deu uma olhada no que a *Tribuna Inkridden* publica?

Sarah levantou as duas sobrancelhas.

— A *Tribuna Inkridden*? Por que você...

Iris levou um dedo à boca, o coração a mil. Seria um azar e tanto se Zeb aparecesse ali e as escutasse.

Sarah abaixou a voz, envergonhada.

— Bom, não — respondeu. — Porque não quero ser demitida.

— Eu vi o jornal ontem — continuou Iris. — Na rua. Estavam noticiando a presença de monstros na linha de frente.

— Monstros?

Iris começou a descrever a imagem do jornal: asas, garras, dentes. Não conseguiu conter o calafrio ao falar, nem separar a imagem de Forest daquilo.

— Já ouviu falar disso? — perguntou Iris.

— Eles se chamam eithrais — disse Sarah. — Foram mencionados rapidamente na aula de mitologia que fiz há anos. Tem algumas histórias sobre eles nos livros mais antigos da biblioteca...

Ela hesitou, e uma expressão assustada tomou seu rosto.

— Você não está pensando em escrever uma matéria sobre eles, está, Winnow? — perguntou.

— Estou na dúvida. Mas por que está me olhando assim, Prindle?

— Porque não sei se Autry ia gostar disso.

E eu não estou nem aí!, Iris queria dizer, mas não era inteiramente verdade. Ela se importava, sim, mas apenas porque não podia perder para Roman. Precisava pagar a conta de luz. Precisava comprar sapatos bonitos que coubessem em seus pés. Precisava comer com frequência. Precisava *ajudar* a mãe.

Ainda assim, queria escrever sobre o que acontecia a oeste. Queria escrever a verdade.

Queria saber o que Forest enfrentava na linha de frente.

— Não acha que Oath precisa saber o que está acontecendo lá fora? — cochichou.

— É claro — respondeu Sarah, ajeitando os óculos no nariz. — Mas quem sabe se os eithrais estão mesmo na linha de frente? Afinal, e se...

Ela se interrompeu bruscamente e olhou para trás de Iris, que se empertigou e se virou, fazendo uma careta ao ver Roman na porta da cozinha.

Ele estava recostado no batente, observando-a com os olhos entreabertos. Ela não sabia o quanto ele tinha escutado, por isso tentou sorrir, mesmo com um nó no estômago.

— Estão conspirando? — perguntou ele, a voz arrastada.

— Estamos, é claro — respondeu Iris, alegre, e levantou a xícara em um brinde. — Obrigada pela dica, Prindle. Preciso voltar ao trabalho.

— Mas você não comeu nada, Winnow! — protestou Sarah.

— Não estou com fome — disse Iris, se dirigindo à porta. — Licença, Kitt.

Roman não se mexeu. Ele a olhava fixamente, como se quisesse ler seus pensamentos, e Iris lutou contra a tentação de ajeitar os fios soltos do cabelo, de apertar os lábios em um gesto ansioso.

Ele abriu a boca para dizer algo, mas mudou de ideia, batendo as arcadas dentárias quando cerrou os lábios e abriu espaço.

Iris passou pela porta. Seu braço roçou no peito de Roman e ela o ouviu arquejar, sibilante como se o queimasse. Iris quis rir. Queria provocá-lo, mas sentia-se esvaziada de palavras.

Ela voltou à mesa e deixou ali seu chá morno. Vestiu o casaco e pegou o bloco e o caderno, sentindo a intensidade do olhar desconfiado de Roman do outro lado da sala.

Que ele se perguntasse aonde ela iria, pensou, segurando o riso.

Enfim, saiu da redação.

Iris avançou até o fundo da biblioteca, onde ficavam os livros mais antigos, em prateleiras muito protegidas. Nenhum daqueles exemplares poderia ser tomado como empréstimo, mas era possível lê-los nas mesas da biblioteca, e Iris escolheu uma obra promissora e a levou a uma mesinha.

Ela acendeu a luminária e folheou as páginas com cuidado, pois, de tão antigas, estavam salpicadas de mofo e pareciam seda ao toque. Páginas que cheiravam a poeira, a túmulos, a lugares acessíveis apenas no escuro. Páginas repletas de histórias de deuses e deusas de muito tempo atrás. De antes de os humanos os dizimarem ou aprisionarem no fundo da terra. Antes de a magia ter começado a florescer do solo, emanando dos ossos divinos, encantando certas portas e construções e se instalando em raros objetos.

Porém, Enva e Dacre tinham despertado de suas prisões. Eithrais haviam sido avistados na linha de frente.

Iris queria saber mais sobre eles.

Ela começou a anotar a história que nunca aprendera na escola. Os Celestes, que comandavam Cambria do alto, e os Inferiores, que reinavam abaixo. Antigamente, cem deuses compunham as duas famílias, cujos poderes individuais se espalhavam pelo firmamento, pela terra e pela água. Porém, com o tempo, eles mataram uns aos outros, um por um, até restarem apenas cinco. E aqueles cinco tinham sido derrotados pela humanidade e entregues como espólios aos distritos de Cambria: Dacre enterrado no Oeste; Enva, no Leste; Mir, no Norte; Alva, no Sul; e Luz, no Centro. Eles nunca deveriam ter despertado do sono encantado; seus túmulos eram indícios da força e resiliência mortal, mas, talvez ainda mais importante, dizia-se que eram lugares de grande feitiço, que atraíam os doentes, os fiéis e os curiosos.

A própria Iris nunca visitara o túmulo de Enva no Leste. Ficava a quilômetros de Oath, em um vale remoto. *Iremos lá um dia, Florzinha*, dissera Forest no ano anterior, apesar de nunca terem sido uma família devota. *Talvez sintamos o gosto da magia de Enva no ar.*

Iris se debruçou sobre o livro e continuou a buscar pelas respostas que desejava.

Como um deus atrai outro?

Dacre começara a guerra ao incendiar o vilarejo de Sparrow e matar os fazendeiros e suas famílias. Porém, tal devastação não atraíra Enva, como ele pretendia. Mesmo após sete meses de conflito, ela continuava escondida em Oath, exceto pelos momentos em que tocava sua harpa, inspirando jovens a se alistarem e a lutarem contra seu inimigo.

Por que vocês se odeiam?, perguntou-se Iris. Qual era a história por trás de Dacre e Enva?

Ela revirou as páginas do livro, mas várias folhas tinham sido removidas, arrancadas do exemplar. Havia alguns mitos sobre Enva e Alva, mas nenhum registro detalhado de Dacre. Seu nome era mencionado apenas por alto de uma lenda a outra, e nunca conectado a Enva. Também não havia menção aos eithrais — de onde vinham, o que os controlava, quão perigosos eram para os humanos.

Iris se recostou na cadeira e massageou o ombro.

Era como se alguém quisesse roubar o conhecimento do passado. Todos os mitos sobre Dacre, sua magia e seu poder. Por que ele estava furioso com Enva. Por que ele instigava a guerra contra ela e arrastava os mortais para a chacina.

E isso causou em Iris uma fria consternação.

4

Revelações na lixeira

A mãe dormia no sofá quando Iris chegou em casa naquela noite. Um cigarro tinha queimado a almofada puída, e as velas no aparador estavam quase acabando, de tão derretidas.

Iris suspirou e começou a arrumar as garrafas vazias e a limpar os cinzeiros. Tirou as botas e, com uma careta, viu que as bolhas tinham sangrado e manchado as meias. Descalça, tirou da cama da mãe os lençóis sujos de vinho e pegou algumas outras peças para lavar, antes de levar todas à área compartilhada do edifício. Pagou algumas moedas pela água e por um copo de grãos de sabão, escolheu uma tábua e um balde e começou a esfregar.

A água era fria, vinda da cisterna da cidade, e o sabão deixava suas mãos em carne viva. Mesmo assim, esfregou até limpar as manchas e torceu roupa atrás de roupa, motivada pela raiva muito depois do estômago cansar de roncar de vazio.

Quando Iris acabou de lavar a roupa, estava pronta para escrever uma resposta à pessoa do *Não sou Forest*. Voltou ao apartamento e pendurou tudo no varal da cozinha. Deveria comer alguma coisa antes de escrever, senão nem imaginava o que acabaria dizendo. Encontrou uma lata de vagem em um dos armários e comeu de garfo, sentada no chão do quarto. Apesar da dor nas mãos, pegou a máquina de escrever da avó debaixo da cama.

Ela tinha guardado o bilhete que recebera na véspera e o deixou aberto no colo enquanto datilografava uma resposta furiosa:

```
Você declara quem não é, mas não se apresenta em
seguida. Quantas de minhas cartas recebeu? Você
tem o hábito de ler a correspondência de outras
pessoas?
```

Iris dobrou o papel e o passou por baixo da porta do armário.

Roman estava lendo na cama quando o recado chegou.

Ele já conhecia bem o som das cartas de Iris, que deslizavam pelo chão de seu quarto em um sussurro. Decidiu que ignoraria aquela por no mínimo uma hora e escondeu os dedos compridos entre as páginas do livro que lia. Porém, pelo canto do olho, via o papel branco no chão, o que acabou por incomodá-lo tão profundamente que ele se levantou da cama e, com um suspiro, fechou o exemplar.

Era tarde, percebeu, ao olhar o relógio. Já não era para ela estar dormindo? Porém, para ser sincero... Roman estivera esperando a resposta. Esperara na noite anterior e, como não viera, quase acreditara que ela deixaria de mandar cartas.

Ele não sabia se sentiria mais alívio ou arrependimento caso a correspondência parasse de aparecer misteriosamente em seu quarto. Ele culpava o terreno: a casa era antiga e vasta, e diziam os boatos que fora construída em um veio mágico, uma linha de Ley. Por causa disso, a mansão dos Kitt tinha vontade própria. Portas se abriam e fechavam sozinhas, as cortinas se escancaravam ao nascer do sol e os pisos se lustravam até reluzir como gelo. Às vezes, quando chovia, flores nasciam dos lugares mais inusitados: xícaras, vasos e até sapatos velhos.

Quando Roman tinha quinze anos — um ano no qual odiava pensar —, sofrera de insônia. Quase toda noite, caminhava pelos corredores escuros da casa, sufocado de angústia, até chegar à cozinha. Sempre havia uma vela acesa na bancada, ao lado de um copo de leite quente e um prato de seus biscoitos preferidos. Ao longo do ano todo, ele tinha achado que a cozinheira deixava aquela refeição para ele, até perceber que era a casa que pressentia seu incômodo e tentava reconfortá-lo.

Roman olhou a carta de Iris no chão.

— Ainda está tentando me divertir? — perguntou à porta do armário.

Era claro que a casa não apenas buscaria consolá-lo em seus piores momentos, como teria prazer em realizar travessuras.

Ele soubera imediatamente que as cartas eram de Iris. Ela não assinava com o nome, mas se revelava de outros modos. Principalmente pelo trabalho na *Gazeta de Oath*, mas também por seu estilo de escrita espetacular e visceral. De início, Roman achava que as cartas eram uma pegadinha: que ela encontrara algum modo astuto de encantar a casa e meter-se na cabeça dele para desequilibrá-lo.

Por isso, pretendia ignorar ambas: Iris e a correspondência. Ele jogara a primeira carta na lixeira e deixara-a ali por algumas horas enquanto datilografava à escrivaninha, mas, à meia-noite, quando estava exausto, com sono e certamente não pensava bem, tinha buscado a carta e guardado-a em uma caixa de sapatos velha.

Forest devia ser o namorado dela, que estava na guerra.

Até que Roman percebera que não era o caso. Forest era um irmão mais velho, e era doloroso ler a raiva, a tristeza e a preocupação de Iris. A saudade que ela sentia. Pela vulnerabilidade das cartas, ele sabia que Iris não fazia ideia de que as palavras tinham ido parar nas mãos de seu rival.

Roman passara uma semana inteira refletindo sobre o dilema. Deveria informá-la. Talvez pessoalmente, um dia na redação? Porém, sempre que imaginava a cena, ele perdia a coragem. Então talvez fosse melhor por carta? Ele poderia escrever algo na linha de: *Olá, obrigado por escrever, mas acredito que você deva tomar conhecimento de que suas cartas de algum modo vieram a mim. Aqui é Roman C. Kitt, por sinal. O Roman C. Kitt do trabalho, sim. Seu rival.*

Ela morreria de vergonha. Roman não queria constrangê-la, nem sofrer uma morte lenta e horrível pelas mãos de Iris.

Portanto, decidira não dizer nada e simplesmente recolher as cartas que chegassem e guardá-las na caixa de sapatos. Ela acabaria parando de escrever ou Roman finalmente se mudaria daquele quarto, e o problema deixaria de existir.

Até a carta que chegara na véspera.

Não era endereçada a Forest, o que imediatamente tinha chamado a atenção de Roman.

Ele a lera, como havia lido todas as demais. Às vezes, as relia. De início, era uma "tática", porque Iris era a concorrente e ele queria saber tudo que pudesse sobre ela. Porém, logo Roman percebera que as lia porque se comovia profundamente com aquela escrita e com as lembranças que ela compartilhava. Às vezes, ele estudava o jeito como Iris tecia

(D) ivinos (R) ivais **57**

as palavras e a língua, e sentia ao mesmo tempo inveja e fascínio. Ela sabia evocar sentimentos no leitor, o que Roman achava bastante perigoso.

Se não tomasse cuidado, ela o derrotaria e ganharia a vaga de colunista.

Era hora de escrever uma resposta. Era hora de atrapalhá-la, para variar.

Não sou Forest, datilografara na véspera, e um peso deixara seu peito com a admissão.

Ele desafiara o lado lógico do cérebro e passara a carta por baixo da porta. *Que ridículo. Por que estou fazendo isso?*, pensara, mas, ao abrir o armário, a carta tinha desaparecido.

Ele ficara chocado, mas imaginava que Iris ficaria ainda mais. Pois alguém finalmente respondera, depois de três meses. Alguém que não era Forest.

Naquela noite, Roman se abaixou para pegar a carta. Ele a leu e sentiu o insulto ali, especialmente em *Você tem o hábito de ler a correspondência de outras pessoas?*. Franziu a testa, caminhou até a escrivaninha e encaixou uma folha na máquina. Escreveu:

```
Tenho o hábito de recolher pedaços de papel que de
algum modo aparecem no meu quarto aleatoriamente.
Preferia que os deixasse no chão?
```

Então mandou a carta pelo armário.

Ele andou em círculos, impaciente, esperando a resposta. *É melhor contar agora*, pensou, passando a mão pelo cabelo. *Contar que sou eu. Não tem mais volta. Se não contar agora, nunca poderei contar.*

Porém, quanto mais pensava, mais notava que não *queria*. Se contasse, Iris pararia de escrever. Ele perderia a vantagem tática.

A resposta finalmente chegou. Roman sentiu um estranho alívio ao ler:

```
Seria muito gentil da sua parte se você devolvesse
minhas cartas anteriores. Não gostaria de preju-
dicar seu chão. Nem sua lixeira.
```

Era como se ela *soubesse* que ele tinha jogado a primeira carta no lixo. Com o rosto corado, Roman voltou a se sentar à escrivaninha. Abriu uma das gavetas, onde escondera a caixa de sapato. Retirou a tampa e olhou a quantidade de cartas lá dentro. Folhas e mais folhas. Palavras escritas para Forest, todas elas. Palavras que ele tinha lido inúmeras vezes.

Roman deveria devolvê-las.

Mas...

```
Infelizmente, não posso devolvê-las.
```

Ele enviou a mensagem seca. Caminhou em círculos de novo enquanto aguardava e, como Iris não respondia, Roman fez uma careta. Era isso. Ela ia parar.

Até que outra folha sussurrou pelo chão.

```
De nada pelo passatempo, então. Minhas cartas de-
vem ter sido muito divertidas enquanto duraram,
mas não vou incomodar você nem perturbar seu chão
outra vez.
                                        Adeus!
```

Roman leu três vezes. Lá estava a sua saída. Chega de papel irritante emporcalhando o chão. Chega de oportunidades para a escrita de Iris provocá-lo. Aquilo era bom. Aquilo era incrível. Ele tinha acabado com aquela história sem precisar constrangê-la nem se revelar. Deveria estar satisfeito.

Em vez disso, sentou-se à escrivaninha. Datilografou, permitindo que as palavras escapassem como uma confissão à luz das velas. E enviou a carta antes de pensar duas vezes.

Por favor, não pare por mim nem pelo meu chão. Declarei quem <u>não</u> sou, e você — naturalmente — perguntou quem sou, mas acho que assim é melhor. Mantemos nossas identidades em segredo e nos confortamos com o fato de que alguma magia antiga está em jogo aqui, conectando nossas portas.

Porém, caso esteja se perguntando... Lerei com prazer tudo que for escrito por você.

5

Pena

— **Se algum de vocês** receber uma oferta dessas, quero ser informado imediatamente — disse Zeb na manhã seguinte, abanando uma folha de papel pela redação. — É sórdido, e não aceito que nenhum de vocês se perca em uma empreitada perigosa e irresponsável.

— Que empreitada, senhor? — perguntou Roman.

— Leia você mesmo e passe para os demais — respondeu Zeb, entregando a folha a ele.

Levou um minuto para o papel chegar à mesa de Iris. A folha já estava amassada, e ela sentiu que o chefe a observava enquanto lia.

PROCURA-SE IMEDIATAMENTE: Correspondentes de guerra

A *Tribuna Inkridden* busca contratar jornalistas dispostos a viajar à zona de combate para escrever artigos sobre o estado atual da guerra dos deuses. Os artigos serão publicados na *Tribuna Inkridden*. Trata-se de uma posição neutra e que, portanto, garante a proteção de ambos os lados do conflito, apesar de ainda envolver certo grau de perigo. Aos interessados, procurar a sra. Helena Hammond. A *Tribuna Inkridden* pagará cinquenta notas por mês pelo cargo.

Cinquenta? Era o dobro do salário mensal que ela recebia na *Gazeta*.

Iris provavelmente demorou demais para ler, porque Zeb pigarreou. Ela passou a folha para a mesa ao lado.

— A *Tribuna Inkridden* quer *apavorar* os leitores para vender mais jornais do que nós — disse Zeb. — A guerra é problema do Distrito Oeste e do chanceler deles. Eles enterraram Dacre; que lidem com ele e sua ira, em vez de *nos* drenar de soldados e recursos.

— E quanto a Enva, sr. Autry? — questionou Sarah.

Zeb por um momento pareceu chocado por Sarah ousar mencionar aquilo. Iris ficou feliz pela coragem da amiga, mesmo que ela tivesse imediatamente se encolhido sob aquele escrutínio e empurrado os óculos pelo nariz como se desejasse desaparecer.

— Pois não, e quanto a *Enva?* — continuou Zeb, o rosto roxo que nem beterraba. — Era nossa responsabilidade enterrá-la e contê-la no Leste, e fizemos um péssimo trabalho, não foi?

Ele se calou por um momento, e Iris se preparou para o que viria.

— Apesar de Enva e sua música terem convencido alguns indivíduos de espírito fraco a se alistarem — continuou ele —, a maioria de nós quer se concentrar em outras questões. Portanto, não deixem esse papo de guerra enganá-los. Tudo acabará em breve. Continuem a trabalhar bem e me avisem imediatamente se alguém da *Tribuna Inkridden* procurá-los a respeito disso.

Iris fechou as mãos em punhos sob a mesa, até sentir a pressão das unhas.

Forest não era um *indivíduo de espírito fraco.*

Quando Dacre começara a atacar uma cidade após a outra no verão anterior, o chanceler e os residentes do Distrito Oeste tinham enviado um pedido de socorro. *Ele está nos dominando!*, gritavam, as palavras viajando pelos estalidos dos cabos telefônicos. *Ele nos mata se não aceitarmos nos curvar a ele, lutar por ele. Precisamos de auxílio!*

Às vezes, Iris ainda sentia vergonha ao pensar na demora do povo do Leste para responder àqueles gritos. Porém, a dura verdade era que os habitantes de Oath não tinham acreditado nas notícias iniciais do retorno de Dacre. Não até a música de Enva começar a se espalhar pelas ruas, envolta em revelação. Os Distritos Sul e Central responderam primeiro, supondo que, se enviassem algumas tropas auxiliares, Dacre seria contido antes de dizimar o Oeste.

Subestimaram o deus. Subestimaram a quantidade de devotos que escolheriam lutar *por* Dacre.

Fora o início da guerra. O desenrolar havia sido rápido e implacável. Enquanto Oath dormia, o Oeste ardia. Porém, apesar dos inúmeros quilômetros sombrios que se espalhavam de leste a oeste, Forest fora um dos primeiros a se alistar.

Iris se perguntou onde ele estava naquele momento. Adormecido em uma caverna, escondido em uma trincheira, ferido em um hospital, algemado no acampamento do inimigo. Enquanto ela, segura, sentava-se à mesa e datilografava classificados, obituários e artigos.

Ela se perguntou se o irmão ainda respirava.

* * *

Zeb a chamou para a sala dele uma hora depois.

— Dou três dias, Winnow — disse, encostando a ponta dos dedos na mesa. — Três dias para você escrever um artigo sobre o tema de sua escolha. Se for melhor do que o de Kitt, vou publicá-lo e considerar você com seriedade para a vaga de colunista.

Ela mal acreditou. Uma pauta aberta. Zeb raramente dava uma oportunidade daquelas. Porém, ao se lembrar das palavras de antes do chefe, quase declarou:

Planejo escrever sobre aqueles indivíduos de espírito fraco.

— Winnow?

Iris percebeu que tinha franzido a testa, tensionado a mandíbula.

— Sim, senhor, obrigada.

Ela forçou um sorriso e voltou à mesa.

Não podia perder aquela promoção. Portanto, não podia deixar Zeb incomodado com o artigo. Precisava escrever algo que ele *quisesse* publicar.

A pauta aberta de repente lhe pareceu muito fechada.

— Aí está você.

A voz de Roman a interrompeu na saída do saguão, ao cair da noite. Iris se sobressaltou quando ele começou a andar a seu lado, acompanhando seu ritmo sem pausa.

— O que foi, Kitt? — perguntou com um suspiro.

— Você se machucou?

— Como assim?

— Passou o dia inteiro mancando.

Ela resistiu ao impulso de olhar para os pés, para as botas pontudas e horríveis da mãe.

— Não, estou bem. O que foi? — insistiu.

— Quero falar sobre Autry. Ele ofereceu uma pauta aberta para você, não foi? — perguntou Roman, abrindo caminho para eles na calçada lotada.

Iris achou que era justo informá-lo.

— Foi. E não foi por *favoritismo*.

—Ah, não?

Iris parou bruscamente, o que inspirou uma saraivada de palavrões das pessoas que precisaram contornar ela e Roman.

— E o que você quer dizer com *isso*? — perguntou, a voz seca.

— Exatamente o que eu disse — respondeu Roman.

Os postes da rua estavam começando a se acender, iluminando o rosto dele em luz âmbar. Ela odiava que Roman fosse tão bonito. Odiava que seu coração se suavizasse quando ele a olhava.

— Autry está oferecendo uma vantagem para você, para promovê-la no meu lugar — continuou.

Ao ouvir isso, a suavidade se foi, deixando para trás apenas dor.

— *Como é?* — As palavras escaparam dela, com gosto de cobre, e Iris percebeu que o corte no lábio tinha aberto outra vez. — Como ousa dizer uma coisa dessas!

Roman franziu a testa e guardou as mãos nos bolsos do casaco.

— Eu tinha a impressão de que o cargo seria oferecido de maneira justa, e não…

— O que quer dizer com "favor"?

— Quero dizer que ele sente pena de você! — exclamou Roman, exasperado.

Iris ficou paralisada. As palavras a atingiram profundamente. Ela sentiu o gelo no peito, se espalhando até as mãos. Estava tremendo e esperava que ele não percebesse.

— Autry sente *pena* de mim — repetiu ela. — Por quê? Porque sou uma menina pobre que não dá conta de trabalhar para a imprensa?

— Winnow, eu…

— Na sua opinião, eu deveria lavar pratos em um restaurante, não é? Ou fazer faxina, ajoelhada, polindo pisos para pessoas como você andarem.

Os olhos dele brilharam.

— Nunca falei que você não merecia trabalhar na *Gazeta*. Você é uma escritora boa para caramba. Mas largou os estudos no último ano e…

— Que diferença isso faz? — questionou ela. — Você gosta de julgar as pessoas pelo passado? Pela escola em que estudaram? Só sabe olhar para isso?

Roman ficou tão imóvel, tão quieto, que Iris achou que o tinha transformado em pedra.

— Não — respondeu ele, finalmente, com uma voz estranha. — Mas você tem se mostrado pouco confiável. Tem se atrasado, perdido pautas e sido descuidada.

Iris recuou. Não queria que Roman notasse a mágoa causada por aquelas palavras.

— Entendi. Bem, bom saber que, se eu conseguir o cargo, será apenas por pena. E, se você virar colunista, será apenas pelo dinheiro que seu pai rico pode dar a Autry como suborno por contratá-lo.

Ela se virou e avançou a passos largos, no contrafluxo dos pedestres. O mundo ao seu redor ficou embaçado por um momento; percebeu que os olhos ardiam de lágrimas.

Eu o odeio.

Em meio ao barulho das conversas, do sino do bonde e do roçar contra os ombros dos passantes, ela o ouvia chamar:

— Espere, Winnow. Não fuja de mim!

Iris sumiu na multidão antes que Roman a alcançasse.

6

Jantar com pessoas amadas (ou não)

Iris ainda estava furiosa com o que Roman dissera quando chegou ao seu apartamento, se arrastando. Não reparou que as velas estavam todas acesas nem sentiu a fragrância do jantar até a mãe aparecer, arrumada com o melhor vestido, o cabelo penteado em cachos e a boca pintada de vermelho.

— Aí está você, querida. Eu estava ficando preocupada. Você chegou uma hora atrasada!

Por um momento, Iris ficou boquiaberta, olhando da mãe para o jantar posto na mesa da cozinha.

— Vamos receber visita?

— Não. Só nós duas hoje — disse Aster, e avançou para ajudar Iris a tirar o casaco. — Pensei em comermos um jantar especial. Que nem a gente fazia antigamente.

Quando Forest ainda estava com elas.

Iris assentiu, e sua barriga roncou ao perceber que a mãe comprara o jantar em seu restaurante preferido. Um assado com legumes estava servido na travessa, acompanhado por pãezinhos brilhando de manteiga. Ela ficou com água na boca ao se sentar, e Aster a serviu.

Fazia muito tempo que a mãe não cozinhava nem comprava jantar. Apesar de Iris querer se manter cautelosa, estava faminta. Por comida quente e nutritiva. Por conversas sóbrias com a mãe. Pelos dias de antigamente, antes de Forest partir e Aster se voltar para a bebida.

— Me conte sobre o trabalho, querida — pediu a mãe, se instalando do outro lado da mesa.

Iris comeu uma garfada. Como a mãe tinha pagado por tamanho banquete? Foi então que entendeu: o dinheiro do rádio da avó devia ter custeado aquela refeição — e mais bebida, provavelmente. De repente, a comida ficou com gosto de cinzas.

— Ando trabalhando nos obituários — confessou ela.

— Que bom, minha filha.

Bom não era como Iris descreveria o trabalho com obituários. Ela hesitou, observando Aster.

Na opinião de Iris, a mãe sempre fora linda, com o rosto em formato de coração, o cabelo castanho-avermelhado e o sorriso largo e encantador. Mas naquela noite havia uma camada estranha em seu olhar, como se ela olhasse para as coisas sem enxergá-las. Iris fez uma careta ao perceber que Aster não estava sóbria.

— Me conte mais sobre a *Tribuna* — insistiu Aster.

— Trabalho na *Gazeta*, mãe.

—Ah, é, isso. A *Gazeta*.

Iris contou uma coisa ou outra, sem mencionar Roman. Mesmo fingindo que ele não existia, suas palavras continuavam a assombrá-la. *Você é descuidada.*

— Mãe? — chamou Iris, e hesitou quando Aster a olhou.
— Será que você me ajudaria a arrumar e cachear meu cabelo hoje?

— Eu adoraria — respondeu a mãe, levantando-se da mesa. — Na verdade, comprei um xampu novo para meu cabelo. Podemos lavar o seu e usar meus bobes. Vem, vamos para o banheiro.

Iris pegou uma das velas e a acompanhou. Foi preciso certo esforço, mas Aster conseguiu lavar o cabelo dela na banheira, aproveitando o balde de água da chuva. Depois, foram ao quarto da mãe, onde Iris sentou-se diante do espelho.

Ela fechou os olhos enquanto Aster desembaraçava seu cabelo. Por um momento, não havia bolhas nos pés nem tristeza pesada no peito. Forest logo chegaria da relojoaria, a mãe ligaria o rádio e eles escutariam os programas e as músicas da noite.

— Você está interessada em alguém do trabalho? — perguntou Aster, começando a separar as mechas do cabelo comprido da filha.

Iris abriu os olhos de uma vez.

— Não. Por que a pergunta, mãe?

Aster deu de ombros.

— Só queria saber por que você pediu para cachear o cabelo.

— É para *mim* — respondeu Iris. — Cansei de parecer desleixada.

— Eu nunca te achei desleixada, Iris. Nunca mesmo — disse a mãe, começando a prender o primeiro rolo no cabelo. — Foi um menino que falou isso?

Iris suspirou, observando o reflexo de Aster no espelho cheio de manchas.

— Talvez — confessou, por fim. — Ele é meu concorrente. Nós dois queremos o mesmo cargo.

— Deixe-me adivinhar. Ele é jovem, bonito, charmoso e sabe que você escreve melhor do que ele, então está tentando de tudo para te distrair e preocupar.

Iris quase riu.

— Como você sabe, mãe?

— Mães sabem de tudo, minha filha — disse Aster, com uma piscadela. — E eu aposto minhas fichas em você.

Iris sorriu, surpresa por se sentir tão encorajada pelo apoio da mãe.

— Agora, se seu irmão soubesse que um menino falou uma coisa dessas para você... — começou Aster, estalando a língua. — O coitado não teria a menor chance. Forest sempre foi tão protetor.

Iris piscou, segurando a onda de lágrimas. Talvez fosse por ser a primeira conversa sincera que tinha com a mãe havia muito tempo. Talvez pelos dedos de Aster serem suaves e trazerem lembranças à tona. Talvez por Iris finalmente estar de barriga cheia e cabelo limpo. Qualquer que fosse o motivo, ela quase pôde enxergar o irmão outra vez, como se o espelho capturasse um lampejo dele.

Às vezes, ela revivia o momento que mudara tudo. O momento em que Enva o interrompera a caminho de casa. Uma deusa disfarçada. Forest escolhera ouvir sua música, e a canção crescera em seu peito, impelindo-o a se alistar na mesma noite.

Tudo tinha acontecido muito rápido. Iris mal tivera tempo de respirar enquanto Forest explicava a decisão repentina. Ele começara a fazer as malas, de olhos brilhantes e febris. Ela nunca o vira tão agitado.

Tenho que ir, Florzinha, tinham sido as palavras do irmão, enquanto tocava seu cabelo. *Preciso responder ao chamado.*

Iris quisera perguntar: *E eu? E a mamãe? Como você pode amar essa deusa mais do que nos ama?* Mas não perguntara nada, por medo de levantar os questionamentos.

— Mãe? — chamou Iris, trêmula. — Mãe, você acha que Forest...

— Ele está vivo, querida — disse Aster, prendendo a última mecha. — Sou mãe dele e saberia se tivesse deixado o plano terreno.

Iris soltou um suspiro fraco e encontrou o olhar da mãe no espelho.

— Vai ficar tudo bem, Iris — afirmou Aster, as mãos em seus ombros. — Também vou melhorar daqui em diante. Prometo. E tenho certeza de que Forest vai voltar em um mês ou pouco mais. As coisas vão melhorar logo.

Iris assentiu. Mesmo que os olhos da mãe estivessem embaçados pelo álcool que distorcia a realidade, ela acreditou no que ouviu.

Roman entrou em casa como um furacão. Estava tão preocupado com o desastre que fora sua conversa com Iris que nem reparou nas visitas na sala de estar. Pelo menos não antes de bater a porta de casa com força e seguir a passos largos pelo saguão de entrada em direção à escadaria, quando a voz delicada da mãe o chamou:

— Roman? Roman, meu bem, por favor, venha cumprimentar nossos convidados.

Ele parou com o pé no degrau e segurou um gemido. Torceu para que pudesse cumprimentar os visitantes e voltar ao quarto para revisar o artigo sobre os soldados desapareci-dos. *Uma pauta que* deveria *ter ido para Iris*, pensou, a cami-nho da sala de estar dourada.

Primeiro, olhou para o pai, como se toda a gravidade do ambiente girasse em torno dele. O sr. Ronald Kitt fora boni-to em sua época, mas os anos de luto, estresse, charutos e conhaque tinham deixado rastros. Ele era alto, mas curvado, com o rosto vermelho e olhos duros, que reluziam como pe-dras preciosas azuis. O cabelo, preto como as plumas de um corvo, tinha ganhado grossas mechas prateadas. A boca vivia franzida, como se nada pudesse agradá-lo ou fazê-lo sorrir.

Às vezes, Roman morria de medo de se transformar no pai.

O sr. Kitt estava parado próximo à lareira, atrás da cadeira agraciada pela mãe de Roman. Enquanto a presença do pai intimidava, a mãe conferia uma atmosfera suave a qualquer ambiente. Apesar disso, ela se tornara mais e mais distraída com o passar dos anos, desde a morte de Del. Conversas com ela frequentemente não tinham sentido, como se a sra. Kitt vivesse mais entre os fantasmas do que entre os vivos.

Roman engoliu em seco e encontrou o olhar do pai.

— Roman, estes são o dr. Herman Little, químico de Oxford, e sua filha, Elinor — apresentou o sr. Kitt, indicando sua esquerda com o copo de conhaque em mãos.

Relutante, Roman percorreu a sala com o olhar, parando em um senhor mais velho de cabelo castanho-claro e ócu-los exageradamente grandes sobre o nariz pequeno e torto. Ao lado dele, no divã, estava a filha do homem, uma moça pálida de cabelo loiro curto e ondulado. Veias azuis pulsavam em suas têmporas e no dorso das mãos cruzadas. Ela parecia frágil, até Roman encontrar seu olhar e constatar que ali não havia nada além de gelo.

— Dr. Little, srta. Elinor — continuou o sr. Kitt —, este é meu filho, Roman Kitt. Ele está prestes a ser promovido a colunista na *Gazeta de Oath*.

— Que esplêndido! — exclamou o dr. Little, com um sorriso que mostrava os dentes amarelados. — Ser colunista no jornal de maior prestígio de Oath é um feito raro. Você terá grande influência sobre os leitores. É uma conquista e tanto para alguém da sua idade, que seria...

— Tenho dezenove anos, senhor — respondeu Roman, com o que deveria ser secura demais, pois o semblante de seu pai se fechou. — É um prazer conhecê-los, mas, se me derem licença, preciso trabalhar em um ar...

— Vá se arrumar — interrompeu o sr. Kitt. — Encontre-nos na sala de jantar daqui a meia hora. Não se atrase, meu filho.

Não. Roman sabia que não deveria se atrasar para nada que envolvesse o pai. A mãe sorriu antes de ele se virar e partir.

Na segurança do quarto, Roman largou a pasta e a máscara de filho dedicado. Passou os dedos pelo cabelo e arremessou o casaco para o outro lado do cômodo. Era estranho como seu olhar não parava de desviar para o armário. Não havia papel nenhum no chão. Nenhuma carta de Iris. Claro, pois ela provavelmente ainda não chegara em casa. Roman tinha a terrível suspeita de que a colega não pegava o bonde, e sim que caminhava até o trabalho e de volta para casa, motivo para ela às vezes se atrasar.

Não era problema dele, mas Roman não parava de pensar em como Iris vinha mancando. Como se tivesse algo de errado com aquelas botas horríveis que usava.

— Pare de pensar nela! — sibilou para si, apertando a ponte do nariz.

Ele afastou Iris dos pensamentos. Lavou-se e vestiu um terno preto antes de descer para a sala de jantar. Adiantou-se em dois minutos, mas não fez diferença: os pais e os Little já o aguardavam. Infelizmente, viu que deveria tomar o assento diante de Elinor. O olhar frio o penetrou assim que se sentou.

Foi então que Roman sentiu o primeiro sinal de pavor.

Não seria um jantar confortável.

A avó de Roman também não estava à mesa, o que significava que o pai tentava controlar tudo que seria dito naquela noite. Ela morava na ala leste da mansão, era temperamental e falava sempre o que pensava, e Roman desejou com voracidade que estivesse presente.

Ele manteve silêncio pelos dois primeiros pratos. Elinor fez o mesmo. Os pais ocuparam-se da maior parte da conversa, falando sobre o custo de certos produtos químicos, sobre métodos de extração, sobre taxas e catalisadores de reações, sobre um certo elemento, chamado praxina, que se tornava verde ao ser combinado com um sal e só podia ser guardado em segurança em recipientes de determinado metal.

Roman observou o pai, que assentia e fingia entender exatamente tudo o que o dr. Little dizia. Não demorou para a conversa chegar à ferrovia.

— Meu avô construiu a primeira ferrovia a sair de Oath — disse o sr. Kitt. — Antes disso, para viajar a qualquer lugar, era preciso ter cavalos, carroças e diligências.

— Que prescientes, os seus ancestrais — comentou o dr. Little.

Roman ignorou o restante da história do pai e da adulação do dr. Little, cansado de ouvir que sua família tinha feito isso e aquilo para ganhar sua fortuna. Nada fazia diferença entre a elite de Cambria, mergulhada em riqueza antiga, que frequentemente esnobava gente como os Kitt, que haviam ascendido com dinheiro recente e inovador. Roman sabia que aquilo incomodava o pai — a frequência com que a família era ignorada em eventos sociais —, e o sr. Kitt vivia fazendo planos para mudar a opinião dos outros. Um desses planos era que Roman virasse colunista em vez de estudar literatura na faculdade, como o rapaz preferiria. Porque se dinheiro não pudesse firmar a proeza e o respeito da família na cidade, posições de poder e estima poderiam.

Roman torcia para que conseguisse escapar da mesa antes do último prato quando a mãe se virou para Elinor.

— Seu pai disse que você é uma pianista de talento. Roman *ama* escutar piano.

Ele amava? Roman precisou engolir a resposta.

Elinor nem olhou para ele.

— Já fui, mas hoje prefiro passar o tempo no laboratório de meu pai. Na verdade, nem toco mais.

— Ah. Que pena.

— Não há razão para lamentar, sra. Kitt. Papai pediu que eu parasse, pois hoje a música está associada a Enva — respondeu Elinor, em tom monótono, como se não sentisse nada.

Roman a observou remexer a comida no prato. De repente, desconfiou de que os Little fossem simpatizantes de Dacre e sentiu um nó no estômago. Aqueles que estavam do lado de Dacre na guerra em geral eram uma de três coisas: devotos beatos, ignorantes da mitologia em que a verdadeira natureza terrível de Dacre se revelava ou, como Zeb Autry, temerosos diante dos poderes musicais de Enva.

— A música de Enva nunca foi motivo para medo — intrometeu-se Roman, antes de conseguir se conter. — Nas lendas, ela tocava harpa acima dos túmulos de mortais falecidos, e as canções guiavam suas almas ao além, fosse para viver no alto, com os Celestes, ou embaixo, com os Inferiores. As canções de Enva são envoltas de verdade e conhecimento.

A mesa se calara em um silêncio mortal. Roman não ousou olhar nem de relance para o pai, que o fitava com peso penetrante.

— Peço perdão pelo meu filho — disse o sr. Kitt, com um riso nervoso. — Ele leu mitologia demais quando era menino.

— Por que não nos conta mais sobre a *Gazeta*, Roman? — sugeriu o dr. Little. — Soube que o chanceler Verlice limitou as reportagens de guerra nos jornais de Oath. É verdade?

Roman ficou paralisado. Ele não sabia — andava muito ocupado com as tentativas de escrever melhor que Iris —, mas então pensou no pouco que redigira sobre a guerra e nas pautas de Zeb, que frequentemente seguiam outros caminhos. O fato de ele estar escrevendo sobre soldados desaparecidos era surpreendente, apesar de talvez ainda assim ser um estratagema para voltar os leitores contra Enva.

— Não soube de nenhuma restrição — respondeu Roman.

De repente, porém, lhe pareceu possível, e ele vislumbrou o chanceler de Oath — um homem alto, de olhos pequenos e feições severas — dando ordens discretas para tal, para que o Leste escapasse da destruição da guerra.

— Quando você vai se tornar colunista? — perguntou o dr. Little. — Farei questão de comprar o jornal no dia.

— Não tenho certeza — disse Roman —, ainda estou sob avaliação para o cargo.

— Mas ele *vai* conseguir — insistiu o sr. Kitt. — Mesmo que eu tenha que subornar o velhote daquele seu patrão.

Os homens riram. Roman ficou rígido. As palavras de Iris voltaram a ele como um tapa na cara: *Se você virar colunista, será apenas pelo dinheiro que seu pai rico pode dar a Autry como suborno para contratá-lo.*

Ele se levantou e esbarrou na mesa com a pressa. Os pratos estrepitaram, a luz das velas tremulou.

— Se me dão licença — começou, mas sua voz foi acobertada pela do pai.

— Sente-se, Roman. Precisamos discutir uma questão importante.

Roman tornou a sentar-se devagar. O silêncio era tenso. Ele queria derreter e escapar por uma rachadura no chão.

—Ah, meu querido — exclamou a mãe —, que emoção! Finalmente teremos uma felicidade a comemorar.

Roman olhou para ela, levantando a sobrancelha.

— O que a senhora quer dizer, mãe?

A sra. Kitt olhou para Elinor, que fitava as mãos, sem expressão.

— Arranjamos um casamento entre você e a srta. Little — anunciou o sr. Kitt. — Essa união entre nossas famílias não será apenas benéfica para nossa próxima empreitada, como é também o que sua mãe descreveu: uma ocasião alegre. Há muito vivemos o luto. É hora de comemorar.

Roman expirou. Parecia até que tinha fraturado as costelas, de tanta dor que sentiu ao tentar entender o que os pais tinham feito. Casamentos arranjados ainda eram comuns na classe mais alta, entre viscondes, condessas e aqueles que ainda se agarravam a títulos empoeirados. Os Kitt, no entanto, não estavam entre essa gente, por mais que seu pai estivesse determinado a elevá-los à alta sociedade.

Roman também estranhou que o pai arranjasse o casamento dele com a filha de um *professor*, e não de um lorde.

Pressentia que algo mais se escondia sob a superfície da conversa, que ele era apenas uma peça em um jogo.

Calmo, ele respondeu:

— Sinto informar que não...

— Não aja feito um moleque, Roman — disse o sr. Kitt. — Você se casará com esta linda donzela, unindo nossas famílias. É seu *dever* como meu único herdeiro. Entendeu?

Roman olhou para o próprio prato. A carne e as batatas, comidas apenas pela metade e já frias. Percebeu que todos à mesa sabiam, menos ele. Até Elinor deveria saber, porque o observava com atenção, como se calculasse sua reação a ela.

Ele engoliu as emoções e as escondeu no fundo dos ossos. As coisas que desejava, a raiva fervilhante. O luto ainda sensível, como uma ferida apenas parcialmente cicatrizada. Pensou no pequeno túmulo no jardim, na lápide que raramente ousava visitar. Pensou nos últimos quatro anos, sombrios, frios e miseráveis. A culpa sussurrou dentro dele: *É claro que precisa fazer isso. Você fracassou em seu dever mais fundamental, e se isto for para bem da família, como poderia recusar?*

— Sim, senhor — respondeu, sem inflexão.

— Excelente! — comemorou o dr. Little, batendo as palmas das mãos magras. — Vamos brindar?

Roman, atordoado, viu um criado encher sua taça de champanhe. Ao pegá-la, sentiu a mão desconectada de si e foi o último a erguê-la em um brinde que nem escutou, devido ao pânico que se derramava por ele com o rugir de uma cascata.

Logo antes de se dignar a tomar um gole da bebida, encontrou o olhar de Elinor. Viu ali um lampejo de medo. E percebeu que ela estava tão aprisionada quanto ele.

7

Celestes *versus* Inferiores

Era tarde quando Roman voltou ao quarto após o jantar. Suor brotava da testa, molhava as mãos.

Ele estava prestes a se casar com uma desconhecida. Uma moça que olhava para ele com desdém.

Roman arrancou a jaqueta, puxou a gravata-borboleta do pescoço. Tirou os sapatos sociais aos chutes, desabotoou a camisa e caiu de joelhos no meio do quarto, se encolhendo como se pudesse aliviar a dor na barriga.

Ele merecia aquilo. Era culpa dele ser o único herdeiro do pai.

Ele merecia o sofrimento.

Era difícil respirar. Roman fechou os olhos e se obrigou a *inspirar, expirar, inspirar.*

Dava para ouvir seu relógio de pulso tiquetaquear. Os minutos passavam, um após o outro. Sentia o cheiro do tapete. Lã bolorenta, um resquício sutil de graxa de sapato.

Quando abriu os olhos novamente, notou um pedaço de papel no chão.

Iris tinha escrito.

Ele engatinhou até a carta. Com as mãos trêmulas, abriu o papel dobrado e se surpreendeu ao encontrar uma mensagem muito curta, mas intrigante:

O que você sabe a respeito de Dacre e Enva?

Por um momento, Roman ficou atordoado com a pergunta aparentemente inocente. Porém, logo começou a pensar nos mitos que conhecia. Nas histórias dos livros antigos que tinha herdado do avô.

Era uma boa distração. Ele poderia se perder naquilo, escrever uma resposta, afinal ela queria fatos, e apenas fatos.

Roman se levantou e sussurrou:

— Por favor, acenda a luz.

A casa antiga respondeu, acendendo a luminária da mesa. A lâmpada projetou um brilho dourado leve no quarto e ele se aproximou da estante embutida. Começou a passar pelos exemplares de mitologia, mexendo neles com cuidado, já que a maioria começava a se desfazer. Estava tentando decidir que mito compartilhar com Iris quando algumas folhas soltas caíram de um dos livros, esvoaçando até seus pés.

Roman hesitou. Páginas e mais páginas, tingidas de caramelo pelo tempo, repletas da letra de seu avô. Ele pegou as folhas e as analisou, percebendo que eram um registro sobre Enva e Dacre. Um mito pouco conhecido atualmente.

O avô devia ter escrito e guardado por segurança em um dos livros. Ele fazia isso com frequência, e então se esquecia de onde colocara seus textos. Anos após a morte do avô, Roman ainda encontrava de tudo: cartas, ideias soltas e capítulos de histórias.

Enquanto lia o mito escrito à mão, Roman soube que era o que queria compartilhar com Iris.

Ele levou as folhas à escrivaninha, sentou-se e se dedicou a transcrever à máquina.

Você deu sorte. Por acaso, sei algumas coisas sobre Dacre e Enva. Há um mito que conheço, e vou compartilhá-lo com você. Eu o encontrei guardado em um exemplar antigo, escrito à mão e incompleto. Portanto, leve em consideração que falta o fim, que ainda não tenho.

—

Os deuses de antigamente eram divididos entre duas famílias: os Celestes e os Inferiores. Os Celestes dominavam no alto e os Inferiores reinavam embaixo. Mais importante, eles se odiavam — como é típico dos imortais — e frequentemente se envolviam em desafios para provar quem era mais digno do temor, do amor ou da devoção dos mortais.

Dacre Inferior, entalhado em calcário branco com veias de fogo azul, decidiu que capturaria um inimigo, pois estava entediado com a vida de todos os dias, todas as estações, todos os anos. É esse o peso da imortalidade. Sendo o deus da vitalidade e da cura, ansiava por desafios, então perguntou a um humano que morava lá embaixo se ele sabia o nome da divindade Celeste mais querida. Um deus ou uma deusa que os mortais idolatrassem e amassem.

— Ah, sim, senhor — disse o habitante. — Ela toca música na harpa, capaz de derreter até o coração mais frio. Ela transporta as almas mortais no pós-vida, e não há ninguém mais belo que ela, acima ou abaixo.

Dacre decidiu que precisava tomar aquela deusa Celeste.

Ele viajou, atravessando a terra, quilômetros de pedra, raízes retorcidas de árvores, o gosto amargo do barro. Quando chegou, foi perturbado pela força do sol e precisou passar três dias e três noites recolhido em uma caverna, até seus olhos suportarem a luz de seus inimigos. Mesmo então, ele escolhia vagar pela noite, quando a lua era mais suave.

— Onde está Enva? — perguntava aos mortais que encontrava. — Onde posso encontrar a mais bela dos Celestes?

— Ela será encontrada no último lugar que se imaginaria vê-la — era a resposta que recebia.

Dacre, impaciente e furioso demais para revirar cada canto em busca dela, decidiu convocar seus cães do subterrâneo. Feras esguias e musculosas, de coração de fogo, pele translúcida e dentes que invocavam pesadelos, os cães percorreram a terra naquela noite em busca da beleza, devorando todos que os impedissem. Pois Dacre supunha que Enva devia ser linda aos olhos. Porém, quando o sol se ergueu, os cães foram forçados a voltar ao subterrâneo, às sombras, e não tinham encontrado aquela por quem Dacre procurava.

Então, ele convocou os eithrais das cavernas abissais das profundezas. Dragões imensos com olhos leitosos, asas membranosas e garras envenenadas. Eles suportavam o sol e voavam pelo céu em busca da beleza, destruindo qualquer um que passasse abaixo. Mas logo chegou uma tempestade, e as asas dos eithrais ameaçaram rasgar devido ao vento feroz. Portanto, Dacre os mandou de volta ao subterrâneo, apesar de não terem encontrado aquela por quem ele procurava.

Foi apenas quando ele próprio caminhou pela terra que encontrou um cemitério. No cemitério, viu uma mulher, comum a seus olhos, de cabelo escuro comprido e olhos verdes. Ela vestia roupas humildes, estava descalça e era magra, e Dacre decidiu que não perderia tempo perguntando a ela onde encontrar Enva.

Passou pela mulher sem prestar atenção, mas, ao se afastar... ouviu a música de uma harpa, doce e dourada, mesmo sob o céu cinzento e a brisa fria. Ouviu-a cantar, e sua voz o invadiu. Dacre se espantou com a beleza daquela mulher, uma beleza que não via, mas sentia, e voltou a ela, se arrastando pelos túmulos de humanos.

— Enva — falou. — Enva, venha comigo.

A deusa não interrompeu a música por ele. Dacre precisou esperar ela cantar sobre cada túmulo, e notou que a terra estava recém-revirada, como se os humanos tivessem acabado de ser enterrados.

Quando cantou a última música, Enva se virou para ele.

— Dacre Inferior, deus subterrâneo, por que causou tamanho caos entre inocentes?

— Ao que se refere?

Ela indicou os túmulos.

— Seus cães e eithrais mataram essa gente. Com seu poder, você poderia ter curado as feridas. Mas não as curou, e agora devo cantar para levar essas almas à eternidade, pois suas criaturas as tomaram antes da hora decidida.

Dacre finalmente encontrou forças para se erguer. Quando Enva o olhou, ele se sentiu insignificante e indigno, e quis que ela o olhasse de outro modo. Com um sentimento muito diferente de tristeza e de raiva.

— Foi para encontrá-la — falou.

— Poderia me encontrar por conta própria, se dedicasse tempo a me procurar.

— Agora que encontrei, virá comigo às profundezas? Viverá onde moro, inspirará o ar que respiro? Está disposta a se juntar a mim para reinar o mundo de baixo?

Enva se calou. Dacre pensou ser capaz de falecer naquele momento de silêncio incerto.

— Estou feliz aqui — declarou a deusa. — Por que iria às profundezas com você?

— Para forjar a paz entre nossas famílias — respondeu ele, apesar de paz ser, na verdade, a última coisa em que pensava.

— Não aceito — disse ela, e se esvaiu no vento antes que Dacre alcançasse a barra de seu vestido.

Ele ardeu de fúria; Enva escapara. Ela o negara. Dacre decidiu então que derramaria o pior de sua ira nos inocentes; se recusaria a curá-los por rancor, pois sabia que Enva em breve não teria escolha além de responder-lhe e entregar-se como oferenda.

Seus cães assolaram as terras. Seus eithrais assombraram os céus. Sua raiva fez o chão tremer, criando novas fendas e abismos.

Mas ele estava certo. Assim que os inocentes começaram a sofrer, Enva o procurou.

— Vou acompanhá-lo a seu reino subterrâneo — cedeu ela. — Viverei com você nas sombras, sob duas condições: você manterá a paz e me permitirá cantar e tocar meu instrumento sempre que eu desejar.

Dacre, encantado pela deusa, concordou prontamente. Ele levou Enva para as profundezas. Não podia imaginar, no entanto, o que a música faria quando fosse tocada nas profundezas da terra.

Roman acabou de datilografar. Os ombros doíam, os olhos estavam embaçados. Conferiu o relógio, tão exausto que demorou para entender a hora.

Já passavam de duas e meia da madrugada. Ele precisava acordar às seis e meia.

Fechou os olhos por um momento, vasculhando seu interior. Sua alma estava quieta; não estava mais tomado por aquele pânico sufocante.

Então, recolheu as folhas de papel, dobrou-as em três parte iguais e enviou para Iris o mito.

8

Um sanduíche com
uma alma antiga

Roman Kitt estava atrasado.

Nos três meses em que Iris trabalhava na *Gazeta*, ele não se atrasara nenhuma vez. Ela de repente sentiu curiosidade quanto ao porquê.

Iris se demorou no preparo de uma xícara de chá no aparador, esperando que Roman chegasse a qualquer instante. Como ele não apareceu, ela voltou ao cubículo, passando pelo de Roman no caminho. Parou ali tempo suficiente para mexer no porta-lápis, no pequeno globo terrestre, nos três dicionários e nas duas enciclopédias na mesa dele, sabendo que isso o incomodaria.

Ela voltou à própria mesa. Ao seu redor, a *Gazeta* ganhava vida. Luminárias piscavam, cigarros queimavam, chá era servido, telefones eram atendidos, papel era amassado, máquinas de escrever estalavam.

Parecia que seria um bom dia.

— Amei seu cabelo, Winnow — elogiou Sarah, parando diante da mesa de Iris. — Você deveria usar esse penteado com mais frequência.

— Ah. — Tímida, Iris tocou os cachos soltos em seus ombros. — Obrigada, Prindle. Kitt avisou que está doente?

— Não — respondeu Sarah. — Mas acabei de receber essa notinha, que o sr. Kitt gostaria de publicar no jornal de amanhã, com bastante destaque na coluna de anúncios.

Ela entregou para Iris uma folha com o recado.

— O sr. Kitt? — perguntou Iris.

— O pai de Roman.

— Ah. Espera aí, é…?

— É — disse Sarah. — Espero que não se chateie, Winnow — acrescentou, se aproximando. — Juro que não sabia que ele estava cortejando alguém.

Iris tentou sorrir, mas a expressão não chegou aos olhos.

— Por que isso me chatearia, Prindle?

— Sempre achei que vocês dois fariam um par muito vistoso. Alguns dos redatores, mas não *eu*, é claro, apostaram que vocês acabariam juntos.

— Eu e *Kitt*?

Sarah confirmou com a cabeça, mordendo o lábio, como se temesse a reação de Iris.

— Não seja boba — disse Iris, com uma risada hesitante, e sentiu o rosto arder de repente. — Kitt e eu somos como fogo e gelo. Acho que acabaríamos nos matando se ficássemos tempo demais no mesmo ambiente. Além do mais, ele nunca me olhou *desse* jeito. Sabe?

Pelos deuses, Iris, cale a boca!, pensou, percebendo que estava tagarelando.

— Como assim, Winnow? Uma vez eu vi…

O que Sarah estava prestes a revelar foi interrompido por Zeb, que a chamou com um grito. Ela olhou para a amiga com preocupação antes de se afastar às pressas.

Iris se afundou na cadeira e leu:

```
O sr. e a sra. Ronald M. Kitt anunciam com deleite
o noivado de seu filho, Roman C. Kitt, e da srta.
Elinor A. Little, filha mais nova do dr. Herman O.
Little e da sra. Thora L. Little. O casamento ocor-
rerá dentro de um mês, na venerável Catedral Alva,
no centro de Oath. Mais detalhes e uma fotografia
em breve.
```

Iris cobriu a boca e demorou para se lembrar de que estava de batom. Ela limpou a mancha vermelha da mão e soltou o recado como se a tivesse queimado.

Então Roman Caprichoso Kitt estava noivo. Tudo bem. Todo dia alguém noivava. Iris não dava bola para o que ele fazia da vida.

Talvez Roman tivesse ficado acordado até tarde com a noiva e *ela* o tivesse atrasado.

Assim que Iris imaginou isso, recuou com uma careta e voltou à máquina de escrever.

Menos de cinco minutos depois, Roman chegou à redação. Estava impecável como sempre, de camisa recém-engomada, suspensórios de couro e calça preta sem o menor fiapinho solto no tecido bem-passado. O cabelo escuro estava penteado para trás, mas seu rosto parecia pálido.

Iris, por trás dos cílios, o observou soltar a pasta com um baque pesado no cubículo. Ela esperou que Roman notasse a desordem na mesa. Que franzisse a testa e a olhasse com irritação. Porque ela era a única que tirava tempo para irritá-lo assim.

Ela esperou, mas Roman não reagiu. Ele encarava a mesa com a expressão paralisada. Não havia a menor luz em seu olhar, e Iris soube que havia algo de errado. Mesmo arrumado impecavelmente e atrasado em poucos minutos, algo o incomodava.

Ele andou até o aparador, pegou um dos bules — tinha sempre uns cinco, no mínimo, com chá — e serviu a maior xícara que encontrou, que levou de volta à mesa. Quando se sentou, ela não o viu mais e, apesar da redação estar zumbindo de ruído, Iris sabia que Roman Kitt estava sentado, parado, olhando à toa para a máquina. Como se todas as palavras tivessem escapado dele.

Ela datilografou a pilha de notas e classificados e, ao meio-dia, deixou tudo no canto da mesa de Zeb. Em seguida, pegou a bolsa e parou à mesa de Roman.

Iris reparou em duas coisas: primeiro, o papel na máquina de escrever estava deprimentemente vazio, apesar de as anotações que ele fizera à mão se espalharem pela mesa. Segundo, ele tomava um gole de chá e olhava com raiva para a folha de papel em branco como se ela o tivesse derrotado.

— Parabéns, Kitt — disse Iris.

Roman se sobressaltou. Ele cuspiu chá, engasgando, e finalmente cortou o ar com seus olhos azuis, perfurando-a com um brilho furioso. Ela viu a raiva evaporar no choque. Ele percorreu com o olhar o cabelo comprido e solto de Iris. O corpo dela, apesar das roupas velhas de sempre. E voltou até sua boca pintada de vermelho-cereja.

— Winnow — falou, cauteloso —, por que os parabéns?

— Pelo *noivado*, Kitt.

Ele fez uma careta, como se ela tivesse cutucado um machucado.

— Como soube?

— Seu pai pediu um anúncio no jornal para amanhã — explicou ela. — Com destaque.

Roman desviou o rosto, voltando a encarar a folha em branco.

— Maravilha — disse, sarcástico. — *Mal* posso esperar.

Não era a reação que ela tinha previsto, o que apenas intensificou sua curiosidade.

— Precisa de ajuda com o artigo sobre os soldados desaparecidos? — perguntou, espontânea. — Porque posso ajudar.

— Como? — retrucou ele, desconfiado.

— Meu irmão desapareceu na guerra.

Roman piscou, como se não acreditasse nas palavras que saíram da boca de Iris. Ela também mal acreditava. Imaginou que fosse se arrepender imediatamente de ter contado algo tão íntimo, mas o que sentiu foi o oposto. Era um alívio finalmente dar voz às palavras que a seguiam como uma sombra constante.

— Sei que você odeia sanduíches — acrescentou, ajeitando um cacho atrás da orelha —, mas vou comprar dois na delicatessen e comer no banco do parque. Se quiser minha ajuda, pode me encontrar lá. Tentarei resistir ao impulso de comer o segundo sanduíche, para o caso de você decidir aparecer, mas não prometo nada.

Ela começou a seguir para a porta antes que a frase acabasse de sair da boca. Parecia que um carvão queimava em seu peito enquanto esperava o elevador, lento como uma lesma. Estava praticamente morrendo de vergonha até sentir o movimento do ar em seu cotovelo. Iris soube que era Roman sem nem olhar. Ela reconheceu sua água de colônia: uma mistura inebriante de especiarias e sempre-viva.

— Eu não *odeio* sanduíches — contestou ele, soando mais normal.

— Mas não gosta deles — declarou Iris.

— Simplesmente não tenho tempo para eles. São uma distração. E distrações podem ser perigosas.

As portas do elevador se abriram. Iris entrou e se virou para ele. Um sorriso surgia em seu rosto.

— Fiquei sabendo, Kitt. Sanduíches são um problemão hoje em dia.

Ela de repente não soube mais sobre *o que* estavam discutindo — se era mesmo sobre sanduíches, ou se era sobre ela, sobre como ele a via, sobre aquele momento incerto que compartilhavam.

Roman hesitou tanto que o sorriso de Iris murchou. A tensão voltou à postura dela.

Você é uma boba, Iris, ralhou mentalmente. *Ele está noivo! Está apaixonado por alguém. Não quer almoçar com você. Quer apenas sua ajuda com o artigo. Por sinal... por que, pelo amor de todos os deuses, você vai ajudá-lo?*

Ela voltou a atenção aos botões e apertou repetidamente o térreo, torcendo para o elevador se apressar para carregá-la.

Roman entrou logo antes de as portas se fecharem.

— Achei que você tivesse dito que os picles dessa loja eram ótimos — disse Roman, vinte minutos depois.

Ele estava sentado ao lado dela no banco do parque, desembrulhando o sanduíche. Um picles fino e triste saía do pão.

— Não, é da *outra* loja — corrigiu Iris. — Lá tudo é do melhor, mas eles não abrem no Dia de Mir.

Pensar nos deuses e nos dias da semana fez com que Iris se lembrasse da carta escondida em sua bolsa, apoiada no banco entre ela e Roman. Ela tinha se chocado ao acordar e ver o que tinha recebido. Uma pilha de papel, preenchida com um mito que tinha fome de aprender. Um mito que mencionava eithrais.

Ela se perguntou quem seria seu correspondente. Que idade tinha? Que gênero tinha? De que tempo vinha?

— Humm. — Roman tirou o picles e mordeu o sanduíche.

— Então? — perguntou Iris.

— Então o quê?

— O sanduíche é do seu agrado?

— É bom — disse Roman, com outra mordida. — Seria melhor se aquele picles deprimente não tivesse deixado o pão meio murcho.

— É um elogio e tanto, vindo de você.

— O que exatamente isso quer dizer, Winnow? — retrucou ele, seco.

— Que você sabe exatamente o que quer. O que não é *ruim*, Kitt.

Eles continuaram a comer, e o silêncio desajeitado entre os dois se estendeu. Iris estava começando a se arrepender do convite, até Roman quebrar a tensão com uma confissão chocante.

— Tudo bem — disse em um suspiro. — Eu gostaria de me desculpar por algo que falei há alguns meses. Quando você chegou à redação, permiti que meu preconceito me atrapalhasse e acreditei que, por não ter concluído os estudos, você não seria uma concorrência digna.

Roman parou e abriu o sanduíche, arrumando a posição do tomate e do queijo e jogando fora a rodela de cebola roxa. Iris o observou com leve fascínio.

— Perdão por fazer tais suposições — continuou ele. — Foi um erro meu.

Ela nem sabia o que responder. Nunca imaginara que Roman Condescendente Kitt fosse se desculpar um dia. Por outro lado, também nunca imaginara que estaria sentada no parque com ele, comendo sanduíches.

— Winnow? — chamou Roman, com um olhar de relance. Por algum motivo estranho, ele soava nervoso.

— Você estava tentando me fazer desistir?

— De início, sim — confessou ele, espanando farelos imaginários do colo. — Mas quando você conseguiu a primeira pauta e li seu artigo... percebi que era muito mais do que eu imaginava. Que minha mente era muito fechada. E que você merecia a promoção, se a conquistasse.

— Quantos anos você tem, Kitt?

— Quantos anos pareço ter?

Ela analisou o rosto do rapaz, a leve barba por fazer no queixo. Sentada tão perto dele, via as falhas na aparência "perfeita". Ele não tinha aparado a barba pela manhã — Iris imaginava que tivesse perdido a hora —, e ela seguiu com o olhar para o cabelo castanho e chamativo. Era grosso e ondulado. Dava para ver que ele tinha pulado da cama e corrido para o trabalho, o que a fez imaginá-lo na cama e... *Por que* estava pensando naquilo?

O silêncio dela estava longo demais.

Roman encontrou seu olhar e Iris desviou o rosto, incapaz de sustentá-lo.

— Você tem dezenove anos — adivinhou ela —, mas tem uma alma antiga, não tem?

Ele apenas riu.

— Vou entender isso como um sim — afirmou Iris, e resistiu à tentação de rir com ele. Era óbvio que ele teria uma risada *daquelas*. Do tipo que era impossível não sentir no peito. — Então — acrescentou. — Me conte sobre ela.

— Quem? Minha musa?

— Sua noiva. Elinor *A.* Little — disse Iris, apesar de estar intrigada para saber o que, exatamente, o inspirava. — A não ser que ela seja sua musa. Se for o caso, que tremendo romantismo.

Roman se calou e largou o sanduíche pela metade no colo.

— Não é, não. Eu a encontrei apenas uma vez. Trocamos palavras educadas e nos sentamos frente a frente em um jantar com nossas famílias.

— Você não a ama?

Ele olhou para o horizonte. Iris achou que Roman não responderia, até ele perguntar:

— É possível amar uma desconhecida?

— Com o tempo, talvez — disse Iris, sem saber por que lhe dava esperança. — Por que vai se casar com ela, se não é por amor?

— É pelo bem das nossas famílias — respondeu, com o tom frio. — Agora, você generosamente ofereceu ajuda com meu artigo. Que tipo de auxílio gostaria de fornecer, Winnow?

Iris deixou o sanduíche de lado.

— Posso ver suas anotações até o momento? — pediu.

Roman hesitou.

— Deixe para lá — disse ela, abanando a mão. — Foi grosseria pedir. Eu também nunca mostraria minhas anotações.

Sem dizer nada, Roman tirou o bloco de notas da pasta e o entregou a ela.

Iris começou a folhear. Roman era metódico e organizado. Tinha vários fatos, números e datas. Ela leu algumas frases do primeiro rascunho e provavelmente fez uma expressão pesarosa, porque Roman se remexeu.

— O que foi? — perguntou. — O que fiz de errado?

Iris fechou o bloco.

— Você *ainda* não fez nada de errado.

— As anotações são precisas, Winnow. Perguntei aos pais sobre a filha desaparecida. Essas são as respostas transcritas. Estou tentando expressá-las no meu texto.

— Sim, mas falta *sentimento*. Falta emoção, Kitt — retrucou Iris. — Você perguntou aos pais quando foi a última vez que tiveram notícias da filha, quantos anos ela tem, por que ela quis lutar por Enva. Os fatos estão aqui, mas você não perguntou como eles estão, nem que conselho dariam para alguém vivendo um pesadelo semelhante. Nem se há algo que o jornal ou a comunidade possam fazer por eles. — Iris devolveu-lhe o bloco. — Acho que, para este artigo em específico, suas palavras devem ser afiadas como facas. Você quer que os leitores sintam a ferida no peito, mesmo que não tenham perdido ninguém.

Roman abriu o bloco em uma página nova. Revirou a bolsa em busca de uma caneta e perguntou:

— Posso?

Iris assentiu. Ela o observou escrever, a letra transformando as palavras dela em tinta elegante.

— Você disse que seu irmão desapareceu — continuou. — Quer falar sobre isso?

96 Rebecca Ross

— Ele se alistou há cinco meses — respondeu Iris. — Forest e eu sempre fomos muito próximos. Então, quando ele prometeu escrever para mim, eu sabia que era verdade. Mas passaram-se semanas, e as cartas nunca chegaram. Comecei a esperar por uma carta de seu superior, aquela que mandam quando soldados morrem ou desaparecem na linha de frente. Também nunca chegou. Logo, o que me resta é o fio frágil de esperança de que Forest esteja seguro, mas incapaz de se comunicar. Ou talvez esteja envolvido em uma missão perigosa e não possa arriscar o contato. É disso que tento me convencer, ao menos.

— E o que você sente? — perguntou Roman. — Como descreveria?

Iris se calou por um instante.

— Não precisa responder — acrescentou ele, apressado.

— É como usar sapatos apertados — sussurrou ela. — A cada passo, você percebe. Que nem bolhas no calcanhar. É como ter um cubo de gelo que nunca derrete no peito, e só dá para dormir por poucas horas, porque você está sempre pensando em onde a pessoa está, e as preocupações acabam se infiltrando nos sonhos. Se a pessoa está viva, ferida, doente. Há dias em que você deseja tomar o lugar dela, custe o que custar, apenas para sentir a paz de saber seu destino.

Iris observou Roman anotar tudo. Ele parou após um momento, analisando o que escrevera.

— Posso citar suas falas no artigo?

— Pode me citar, mas prefiro manter o anonimato. Autry sabe que meu irmão está na guerra, mas ninguém mais na *Gazeta* sabe. Prefiro que continue assim.

Roman assentiu. Em seguida, falou:

— Sinto muito, Winnow. Por seu irmão.

Duas demonstrações de sentimentos de Roman Kitt em menos de uma hora? O dia tinha mesmo pegado Iris de surpresa.

Enquanto eles se organizavam para voltar ao trabalho, uma brisa fresca soprou pelo parque. Iris estremeceu sob o casaco e olhou para os galhos secos que rangiam acima deles.

Ela se perguntou se, sem querer, havia acabado de entregar a promoção a Roman Kitt.

9

Uma peça da armadura

A mãe não estava em casa quando ela chegou.

Não entre em pânico, pensou Iris, parada no meio do apartamento silencioso. Ela repetiu essas palavras sem parar. Como um gramofone quebrado.

Aster logo chegaria em casa. Às vezes ela ficava até tarde no bar, bebendo e dançando. Porém, sempre voltava quando acabava o dinheiro ou quando o estabelecimento fechava à meia-noite. Não havia motivo para entrar em pânico. Ela prometera a Iris que melhoraria, afinal. Talvez ela nem estivesse no bar, e sim tentando recuperar o emprego na Lanchonete Revel.

No entanto, a preocupação perdurou, esmagando o peito de Iris sempre que ela respirava.

Sabia o que fazer para conter a ansiedade que fervilhava dentro dela. O truque estava escondido debaixo da cama: a máquina de escrever com que sua avó criava poesia. A máquina que Iris herdara e que desde então usava para escrever para *Não sou Forest*.

Ela deixou a porta de casa destrancada para a mãe e levou uma vela ao quarto, onde se surpreendeu ao encontrar uma folha de papel caída no chão. Seu correspondente misterioso escrevera de novo, apesar de ela ainda não ter respondido à carta cheia de mitologia.

Iris estava começando a cogitar ser uma pessoa de outra época. Talvez tivesse vivido naquele mesmo quarto, muito antes dela. Talvez a pessoa estivesse destinada a viver ali, no futuro. Talvez as cartas estivessem passando por uma fissura do tempo causada por aquele *lugar*.

Iris pegou o papel e se sentou na beira da cama para ler.

Você já sentiu que usa uma armadura no dia a dia? Que, quando as pessoas a olham, veem apenas o brilho do aço no qual se protegeu com tanta cautela? Veem o que querem ver em você: o reflexo distorcido do próprio rosto, um pedaço do céu, uma sombra jogada entre os edifícios. Veem todas as vezes em que você errou, que fracassou, que as magoou ou decepcionou. Como se isso fosse tudo que você poderia ser aos olhos delas.

Como mudar algo assim? Como tomar posse da própria vida sem sentir culpa?

Enquanto relia a carta, mergulhando nas palavras e pensando em como responder algo que lhe parecia tão íntimo que poderia ter sido sussurrado pela própria boca, outro papel chegou. Iris se levantou para recolhê-lo e, pela primeira vez, tentou realmente imaginar quem era aquela pessoa. Tentou, mas não via nada além de estrelas, fumaça e palavras impressas na página.

Iris não sabia absolutamente nada sobre o correspondente. Porém, após ler algo assim, como se tivesse sangrado no papel... ela desejou saber mais.

Abriu a segunda carta, que era apressada:

Peço sinceras desculpas por incomodá-la com tais pensamentos. Espero não a ter despertado. Não há necessidade de resposta. Acho que escrever ajuda.

Iris se ajoelhou e pegou a máquina sob a cama. Encaixou uma folha de papel nova e sentou-se, encarando as possibilidades. Devagar, começou a escrever, batendo nas teclas. Seus pensamentos começaram a surgir na página.

Acho que todos usamos armaduras. Acredito que quem não as usa é tolo e arrisca a dor de se ferir nas pontas afiadas do mundo inúmeras vezes. Se aprendi algo com tais tolos, no entanto, é que vulnerabilidade é uma força que a maioria de nós teme. É preciso coragem para tirar a armadura, para permitir que as pessoas nos vejam como somos. Às vezes, me sinto como você: não posso correr o risco de que me vejam como sou. Porém, há também uma voz baixinha lá no fundo, uma voz que diz: "Você perderá tanto ao se resguardar dessa forma."

Talvez comece com uma pessoa. Alguém em quem você confia. Você tira um pedaço da armadura para ela; deixa a luz entrar, mesmo que isso faça você se encolher. Talvez seja assim que aprendamos a ser suaves, mas fortes, mesmo com medo e insegurança. Uma pessoa, uma peça de aço.

Digo isso, mas sei que sou repleta de contradições. Como você leu em minhas outras cartas, amo a coragem de meu irmão, mas odeio que ele tenha me abandonado para lutar por uma divindade. Amo minha mãe, mas odeio o que a bebida fez com ela, como parece estar afogando-a sem que eu saiba como resgatá-la. Amo as palavras que escrevo, até rapidamente perceber o quanto as odeio, como se estivesse sempre destinada a viver em guerra comigo mesma.

Ainda assim, sigo em frente. Em alguns dias, tenho medo, mas, na maior parte do tempo, simplesmente quero conquistar as coisas com que sonhei. Um mundo em que meu irmão esteja em casa, seguro, e minha mãe esteja bem e eu escreva palavras que não deteste. Palavras que terão significado para outra pessoa, como se eu tivesse jogado uma isca no escuro e sentido alguém puxar o fio ao longe.

Certo, agora deixei as palavras se derramarem. Dei a você um pedaço da armadura, imagino. Mas acho que você não vai se incomodar.

Ela enviou a carta pela fresta, convencendo-se a não esperar resposta. Pelo menos não uma imediata.

Iris começou a trabalhar no artigo, tentando identificar seu formato. Porém, sua atenção estava voltada ao armário, às sombras da porta, à pessoa desconhecida do outro lado.

Ela parou e olhou as horas. Dez e meia. Considerou sair de casa, procurar pela mãe. A preocupação era um peso incômodo no peito, mas Iris não sabia aonde iria. Nem se seria seguro caminhar sozinha tão tarde da noite.

Ela logo vai voltar. Como sempre volta. Quando os bares fecharem, à meia-noite.

Uma carta chegou pelo portal, trazendo-a de volta ao presente.

Iris pegou o papel, que amassou um pouco ao ler.

```
Uma pessoa. Uma peça de armadura. Me esforçarei
para isso.
     Agradeço.
```

10

Nona delegacia

No dia seguinte, a redação transbordava de comemoração.

Iris se recostou no aparador de chá, vendo Roman ser cumprimentado com sorrisos e tapinhas nas costas.

— Parabéns, Kitt!

— Soube que a srta. Little é linda e talentosa. Ótimo partido!

— Quando é o casamento?

Roman sorriu e respondeu graciosamente, vestido em roupas engomadas e sapatos de couro engraxado, o cabelo escuro penteado para não cair nos olhos e a barba bem-aparada. Outra aparência impecável. Se Iris não soubesse — se não tivesse se sentado ao lado dele no jardim e o ouvido confessar sua relutância em casar-se com uma desconhecida —, teria imaginado que ele estava felicíssimo.

Ela se perguntou se havia sonhado com aquele momento com Roman, quando quase tinham conversado como velhos amigos. Quando ele tinha rido, escutado, se desculpado. Porque, de repente, parecia uma fantasia febril.

A agitação finalmente se aquietou. Roman largou a bolsa, mas então pareceu sentir seu olhar. Ele ergueu o rosto e a encontrou do outro lado da sala e do mar de mesas, papel e conversas.

Por um segundo, Iris não conseguiu se mexer. A máscara que Roman usava para todos os outros — o sorriso, o olhar alegre, as faces coradas — se esvaiu até ela ver como ele estava triste e exausto.

Aquilo ressoou dentro dela, como uma nota de música que sentia até os ossos, e foi Iris quem desviou o olhar primeiro.

Iris estava no meio da escrita de um artigo inspirado pela lenda que tinha recebido pelo armário quando Sarah se aproximou de sua mesa, trazendo uma folha de papel.

— O delegado acabou de telefonar — disse ela, deixando o recado na mesa de Iris. — Pediu que incluíssemos a nota no jornal de amanhã.

— Do que se trata? — perguntou Iris, ocupada com a escrita.

— Não sei bem. Encontraram uma mulher morta hoje cedo e esperam que alguém possa identificá-la. A descrição está aí. É um horror, não é? Morrer assim.

Iris parou de datilografar e olhou de relance para o papel.

— Sim — falou, a voz vazia. — Vou cuidar disso. Obrigada, Prindle.

Ela esperou Sarah se afastar. Então leu, e as palavras nadaram em seu olhar, arderam em sua mente, até ela sentir que estava tentando se enfiar por um espaço estreito. Um túnel comprido e apertado.

Uma mulher foi atropelada por um bonde ontem à noite, por volta das 22h45. Ela não trazia documento de identificação, mas aparenta estar na casa dos quarenta anos, tem cabelo castanho-claro e pele branca. Vestia um casaco roxo e estava descalça. Se você acredita que a conhece e que poderia identificá-la, por favor procure o delegado Stratford na Nona DP.

Iris se levantou com o recado em mãos e os joelhos bambeando. O peso no peito era sufocante. Ela se lembrou de pegar a bolsa, mas se esqueceu do casaco, pendurado na cadeira. Deixou a luminária acesa, o artigo preso na máquina, e simplesmente saiu da redação sem uma palavra sequer, passando correndo pelas portas de vidro.

Apertou o botão do elevador e sentiu a garganta apertar.

O elevador demorava demais. Ela se dirigiu à escada e desceu, meio correndo e meio tropeçando, tremendo tão violentamente que mal conseguiu sair no saguão antes de vomitar em um vaso de planta junto à escadaria de mármore.

Iris se endireitou, secou a boca e começou a caminhar até a Nona DP, que não ficava longe de casa.

Não é ela, pensou, repetindo para si mesma sem parar, a cada passo que se aproximava. *Não é ela.*

Porém, fazia vinte e quatro horas que Iris não via a mãe. Ela não estivera jogada no sofá de manhã, como no dia anterior. Iris supusera que ela estava no quarto, de porta fechada. Deveria ter verificado, confirmado. Porque, no momento, a dúvida a invadia.

Quando Iris chegou à delegacia, hesitou. Era como se, ao evitar entrar, a verdade pudesse ser evitada também. Ela devia ter passado um bom tempo na escadaria da entrada, porque as sombras a seus pés estavam compridas e ela tremia quando um policial se aproximou.

— Senhorita? Senhorita, não pode ficar assim parada na escada. Precisa circular.

— Estou aqui para identificar um corpo — disse ela, rouca.

— Muito bem. Venha comigo, por favor.

Os corredores da delegacia eram um borrão de paredes cor de creme e assoalho de madeira empenada. O ar era cáustico, e a luz, forte, quando chegaram a uma sala de exame.

Iris parou bruscamente.

O legista, de uniforme branco e avental de couro, segurava uma prancheta. A seu lado estava uma mesa de metal e, na mesa, um corpo.

Aster parecia dormir, exceto pela posição torta sob o lençol e pelo corte no rosto. Iris avançou um passo, como se, ao pegar a mão da mãe, ela fosse se mexer. Como se fosse sentir o toque da filha e ser puxada de volta do abismo que a chamava, do pesadelo em que estavam presas.

— Senhorita? — chamou o legista, e a voz nasalada reverberou por ela. — Pode identificar esta mulher? Está me ouvindo, senhorita?

A mão de Iris ficou paralisada no ar. Faíscas começaram a dançar na borda de sua visão enquanto olhava a mãe. Morta, pálida, em um lugar tão distante que Iris nunca alcançaria.

— Sim — sussurrou, e desabou nos braços da escuridão.

II

A vasta divisão

Estava escuro, fazia frio e passava muito da meia-noite quando Iris voltou caminhando da delegacia, carregando uma caixa com os pertences da mãe. Uma névoa dava voltas no ar, transformando a luz dos postes em poças de ouro. Iris mal sentia a temperatura. Mal sentia os paralelepípedos em que pisava.

Quando entrou no apartamento, tinha gotas de umidade no cabelo e nas roupas. Era claro que o lugar estava repleto de sombras quietas. Ela deveria estar habituada. Porém, ainda procurou no escuro por um vislumbre da mãe: o brilho do cigarro, o sorriso torto. Iris forçou a tensão do silêncio em busca de qualquer sinal de vida: o tilintar da garrafa, o murmúrio de uma música predileta.

Não havia nada. Nada além da respiração ofegante de Iris, de uma caixa de pertences, da conta por pagar pelas despesas funerárias de transformar o corpo da mãe em cinzas.

Ela soltou a caixa e entrou no quarto de Aster.

Iris se espalhou na cama amarrotada. Quase podia se enganar, lembrando-se de um tempo antes do álcool cravar as garras na mãe. Antes de Forest tê-las abandonado. Quase conseguia se afundar no deleite do passado, quando Aster vivia cheia de gargalhadas e histórias do trabalho de garçonete na lanchonete da rua. Quando penteava o cabelo comprido de Iris toda noite, perguntava da escola. Dos livros que ela lia. Dos trabalhos que escrevia.

Você vai ser uma escritora famosa um dia, Iris, dizia a mãe, trançando o cabelo castanho e comprido da filha com seus dedos ágeis. *Escute o que digo. Você vai me dar muito orgulho, querida.*

Iris se permitiu chorar. Chorou as lembranças no travesseiro da mãe até estar tão exausta que a escuridão a puxou de volta.

Ela acordou com o som de batidas persistentes na porta de casa.

Iris se endireitou em um sobressalto, com as pernas emboladas nos lençóis manchados de vinho. A luz do sol entrava pela janela e, por um momento, ela ficou confusa. Que horas seriam? Nunca dormia até tarde…

Ela tateou a mesa de cabeceira da mãe em busca do relógio, que indicava onze e meia da manhã.

Ai, meus deuses, pensou, e se levantou da cama, as pernas trêmulas. Por que tinha perdido a hora? Por que estava na cama da mãe?

Tudo lhe voltou de uma vez. O recado na *Gazeta*, a Nona DP, o corpo frio e pálido da mãe debaixo de um lençol.

Iris cambaleou, passando os dedos com força pelo cabelo embaraçado.

As batidas soaram de novo, insistentes. Então a voz dele — a *última* voz que ela queria ouvir — chamou do outro lado da madeira:

— Winnow? Winnow, está aí?

Roman Kitt estava no apartamento dela, batendo à porta.

O coração de Iris acelerou e ela entrou a passos largos na sala, indo diretamente à porta para espreitar pelo olho mágico. Ali estava ele, com o casaco dela dobrado no braço, o rosto tenso de preocupação.

— Winnow? Se estiver aí, por favor, abra a porta.

Ela continuou a olhar, notando a preocupação se transformar em medo. Viu a mão dele descer à maçaneta. Quando a maçaneta virou e a porta começou a abrir, ela percebeu, com um choque, que se esquecera de trancá-la à noite.

Iris teve meros três segundos para pular para trás enquanto a porta se escancarava. Estava parada na enchente de luz do sol, o coração martelando até a garganta quando Roman a viu.

Ela deveria estar com a aparência especialmente terrível, porque ele se assustou. O ar escapou de Roman em um arquejo quando ele entrou.

— Você está bem?

Iris congelou quando ele percorreu o corpo dela com o olhar. Por um breve segundo, sentiu tanto alívio por vê-lo que quase chorou. Porém, logo percebeu duas coisas horríveis. A primeira era que sua camisa estava aberta, desabotoada quase inteira, até o umbigo. Ela olhou para baixo e viu a renda branca do sutiã, que Roman certamente também já havia notado, e perdeu o fôlego, fechando o tecido com a mão trêmula.

— Espero não estar interrompendo nada — disse Roman, com uma voz muito estranha.

Iris levou mais dois segundos para entender que ele achava que ela estava *com* alguém, e empalideceu.

— Não. Estou sozinha — respondeu, rouca, mas ele olhou para trás dela, como se esperasse que mais alguém surgisse do quarto.

Foi então que a segunda revelação terrível a atingiu. Roman Classudo Kitt estava na casa dela. Seu rival estava *dentro* de seu apartamento, vendo o caos de sua vida. Ele via as velas derretidas no aparador, sobras de todas as noites em que ela não pôde pagar pela eletricidade, e as garrafas de vinho que ela ainda não recolhera para jogar fora. A sala de estar vazia, o papel de parede desbotado e rasgado.

Iris recuou um passo, o orgulho ardendo até os ossos. Ela não suportava que Roman a visse assim. Não suportava que visse a bagunça que era sua vida. Que a visse em seu pior dia.

— Winnow? — chamou ele, avançando um passo como se sentisse um puxão. — Você está bem?

— Estou, Kitt — respondeu ela, surpresa pela aspereza da voz, como se não falasse havia anos. — O que faz aqui?

— Ficamos todos muito preocupados. Você saiu cedo do trabalho ontem e hoje não apareceu. Aconteceu alguma coisa?

Iris engoliu em seco, dividida entre contar a verdade e esconder a dor. Olhou para o peito dele, sem conseguir encontrar seu olhar. Percebeu que, se contasse sobre a mãe, Roman sentiria ainda mais pena dela. Era a última coisa que Iris desejava.

— Não. Peço desculpas por ter ido embora ontem — disse ela. — Eu passei mal, e hoje perdi a hora.

— Precisa que eu chame um médico?

— *Não!* — exclamou Iris, então pigarreou. — Não, mas obrigada. Estou melhorando. Diga a Autry que amanhã chegarei cedo.

Roman assentiu, mas estreitou os olhos ao observá-la atentamente, como se pressentisse a mentira.

— Posso ajudar com mais alguma coisa? Está com fome? Quer que eu busque um sanduíche, uma sopa ou alguma outra coisa?

Iris ficou boquiaberta por um segundo, chocada pela oferta. Roman voltou a analisar o cômodo, vendo o desastre que ela estava tão desesperada para esconder. Pânico a invadiu.

— Não! Não, não preciso de nada. Pode ir, Kitt.

Ele franziu a testa. A luz do sol delineava seu corpo, mas uma sombra dançava em seu rosto.

— Claro. Vou embora, como desejar. Trouxe seu casaco, por sinal.

— Certo. Hum, não precisava ter se dado ao trabalho.

Ela aceitou o casaco, desajeitada, ainda segurando a camisa, e evitou o contato visual.

— Não foi trabalho algum — respondeu Roman.

Iris sentia que ele a olhava, como se a desafiasse a sustentar seu olhar.

Ela não conseguiu.

Iris se desfaria se o olhasse, então esperou que Roman refizesse seus passos até a porta.

— Pode trancar a porta quando eu sair? — pediu ele.

Iris concordou com a cabeça, abraçando o casaco junto ao peito.

Roman finalmente fechou a porta.

Ela continuou parada no apartamento vazio. Era como se tivesse criado raízes.

Minutos se passaram, mas ela mal percebia o tempo. Tudo parecia distorcido, como se Iris enxergasse a vida através de vidro estilhaçado. Poeira esvoaçava no ar a seu redor. Uma exalação profunda saiu dela quando foi trancar a porta, mas então ela pensou melhor e espiou novamente pelo olho mágico.

Roman ainda estava lá, com as mãos nos bolsos do casaco, o cabelo escuro bagunçado pelo vento. Esperando. O incômodo de Iris queimou antes de trancar a porta. Assim que ouviu o som do trinco, Roman Kitt se virou e partiu.

12

Uma sombra que você carrega

Iris passou o resto do dia atordoada, tentando dar sentido às coisas. No entanto, era como se sua vida tivesse se despedaçado em centenas de cacos, e ela não sabia como encaixá-los novamente. Pensou que talvez a dor que sentia nunca fosse diminuir e roeu as unhas até o sabugo enquanto vagava como um fantasma pelo apartamento.

Finalmente, ela se instalou no quarto, no chão. Pegou a máquina da avó e a trouxe à luz crepuscular.

Se pensasse demais, as palavras congelariam. Portanto, Iris não pensou; deixou as palavras passarem do coração à cabeça, dos braços aos dedos, e escreveu:

```
Às vezes, tenho medo de amar outras pessoas.
    Todo mundo que eu amo acaba por me deixar, seja
pela morte, pela guerra ou simplesmente porque não
me desejam. Vão a lugares que não posso encontrar,
que não posso alcançar. Não tenho medo da solidão,
mas estou cansada de ser deixada para trás. Estou
```

cansada de precisar reorganizar minha vida depois de as pessoas partirem, como se eu fosse um quebra--cabeça a que agora faltam peças e eu nunca mais fosse sentir aquela pura completude.

Perdi alguém muito próximo ontem. Ainda não parece verdade.

Não sei quem você é, onde você está. Se respira na mesma hora e no mesmo minuto que eu, se viveu décadas no passado ou se viverá nos anos por vir. Não sei o que nos conecta — se são portais mágicos, ossos de deuses conquistados ou mais alguma coisa ainda não descoberta. Principalmente, não sei por que escrevo agora. Mas cá estou, procurando por você. Uma pessoa desconhecida, mas, ainda assim, amiga.

Todas estas cartas minhas que você recebeu por tantos meses... Achei que estivesse escrevendo para Forest. Escrevi com a esperança inabalável e ferrenha de que as cartas o alcançariam, apesar dos quilômetros que nos separam. De que meu irmão lesse minhas palavras, mesmo que misturadas a dor e fúria, e voltasse para casa, preenchendo o vazio que sinto e consertando a bagunça de minha vida.

Porém, percebo que as pessoas são apenas pessoas, que carregam os próprios medos, sonhos, desejos, dores e erros. Não posso esperar que outra pessoa me complete; devo fazer isso sozinha. E acho que estive escrevendo para mim este tempo todo, para entender minha dor, minhas preocupações, meu emaranhado de ambições. Mesmo agora, penso em como é simples me perder nas palavras e, ainda assim, descobrir quem sou.

Espero estar fazendo sentido. Provavelmente não, porque escrevo para você, mas também para mim. Não espero sua resposta, mas me ajuda saber que alguém me escuta. Que alguém lê o que derramo na página.

Ajuda saber que hoje não estou sozinha, mesmo que sentada no silêncio e na escuridão.

Iris se sentou, paralisada, por um minuto ou uma hora, até que, finalmente, criou coragem suficiente para tirar a folha da máquina e dobrá-la. Para passá-la para o outro lado do portal. Porque esta era a parte mais difícil: compartilhar as palavras que escrevia. Palavras que podiam lascar o aço, expor as partes macias que ela preferia esconder.

Caiu a noite. Ela acendeu uma vela. Andou pelo apartamento. Tentou se convencer a comer alguma coisa, a beber alguma coisa, mas não estava com fome, apesar de se sentir vazia.

Pensou que talvez estivesse em choque, porque se sentia entorpecida e esperava que a mãe voltasse para casa, que entrasse pela porta.

Finalmente, Iris parou à mesa da cozinha. Seu casaco estava pendurado em uma das cadeiras, e ela o pegou em um abraço e escondeu o rosto no tecido gasto. Fechou os olhos e inspirou fundo, percebendo que o casaco cheirava a especiarias e sempre-viva. Cheirava a Roman Kitt, pois ele o carregara pelo caminho inteiro da redação à casa dela, para se certificar de que Iris estava bem.

Ela vestiu o casaco e apertou o cinto antes de voltar ao quarto.

Tinha chegado uma carta, a maior até então.

Deitou-se na cama e a leu à luz da vela:

Eu raramente compartilho esta parte de minha vida com os outros, mas quero contá-la para você agora. Uma peça da armadura, porque confio em você. Um lampejo de aço caído, pois me sinto seguro com você.

Eu tive uma irmãzinha.

Meus pais mal conseguem falar sobre isso hoje em dia, mas ela se chamava Georgiana. Eu a chamava de Del, porque ela preferia o nome do meio, Delaney. Eu tinha oito anos quando ela nasceu, e ainda consigo escutar a chuva que caía no dia em que veio ao mundo.

Ela cresceu em um piscar de olhos, como se os anos fossem enfeitiçados. Eu a amava com ferocidade. E, apesar de eu sempre ter sido o filho obediente e reservado, que nunca precisava ser disciplinado, Del era cheia de curiosidade, coragem e criatividade, e meus pais não sabiam como criar uma criança tão cheia de vida na sociedade.

No seu aniversário de sete anos, ela quis ir nadar em um lago próximo de casa. Logo do outro lado dos jardins, em um trecho de bosque, escondido da agitação e dos sons da cidade. Nossos pais não deixaram; eles tinham planejado um jantar formal para o aniversário dela, para o qual Del não dava importância alguma. Portanto, quando ela implorou que eu saísse escondido com ela para nadar, com tempo suficiente para voltar à festa... aceitei.

Era o auge do verão e fazia um calor de rachar. Saímos discretamente da casa, descalços e com olhos brilhantes, e corremos pelos jardins até chegar ao lago. Ali ficava um antigo balanço de corda, pendurado no galho de um carvalho. Nós nos revezamos, nos arremessando no centro do lago, porque era o ponto mais fundo, distante das pedras e da areia da margem.

Finalmente, fiquei cansado e encharcado, e uma tempestade começava a se prenunciar no céu.

— Vamos voltar — falei, mas Del implorou por mais alguns minutos.

Eu, sendo o irmão fraco que era, não pude recusar. Aceitei me sentar na margem e me secar enquanto ela continuava a se balançar e nadar. Fechei os olhos por um momento, me pareceu. Um mero momento, com o resquício de sol no rosto, me embalando ao descanso.

Foi o silêncio que me fez abrir os olhos.

Ao longe, ouvia trovão, vento e a chuva caindo, mas o lago se aquietara. Del flutuava de bruços na água, o cabelo comprido e escuro espalhado a seu redor. De início, achei que fosse brincadeira, mas logo o pânico me atravessou, frio e afiado como uma lâmina. Nadei até ela e a virei. Voltei correndo com ela até a margem; gritei seu nome, respirei em sua boca, pressionei seu peito, mas ela se fora.

Eu havia fechado os olhos por um instante, e ela tinha escapado.

Mal me lembro de carregá-la de volta aos meus pais. Mas nunca me esquecerei do uivo de minha mãe, das lágrimas de meu pai. Nunca me esquecerei de sentir a vida partida ao meio: com Del e sem Del.

Isso faz quatro anos. O luto é um processo longo e difícil, especialmente quando tão misturado ao arrependimento. Ainda me culpo: eu deveria ter recusado o pedido de ir ao lago. Deveria ter ficado de olhos abertos. Nunca deveria tê-los fechado enquanto ela nadava, nem por um segundo.

Um mês depois de perder minha irmã, sonhei que uma deusa me procurava e dizia:

— Posso tirar a dor de sua perda. Cortarei todo o seu luto, mas precisarei também cortar as lembranças de sua irmã. Será como se Del nunca tivesse nascido, como se a vida dela nunca tivesse se entrelaçado a sua por sete anos. Você escolheria isso para aliviar seu sofrimento? Para respirar plenamente de novo, para outra vez viver despreocupado?

Sequer hesitei. Eu mal conseguia olhar para a deusa, mas respondi com firmeza:

— Não.

Nem por um momento eu escolheria tirar minha dor e apagar a vida de Del.

Demorei mais do que previa com esta carta, mas sei como é perder alguém amado. Sentir que fomos deixados para trás ou que sua vida está destroçada, sem manual que ensine a se remendar.

Porém, o tempo irá curá-la devagar, como faz comigo. Há dias bons e dias difíceis. Seu luto nunca terá fim por completo; sempre vai acompanhá-la — uma sombra que você carrega em sua alma —, mas se tornará mais fraco conforme sua vida se tornar mais forte. Você aprenderá a viver afastada dele outra vez, por mais impossível que pareça. Outros que compartilham sua dor também a ajudarão a sarar. Porque você não está só. Não no medo, nem no luto, nas esperanças ou nos sonhos.

Você não está só.

13

Uma desvantagem injusta

Foi estranho voltar à redação.

Nada tinha mudado; sua mesa ainda estava coberta de classificados e obituários, os cinco bules de chá estavam quentes, a fumaça dançava dos dedos dos redatores, as barras de espaço tiquetaqueavam como corações. Era quase surreal, para Iris, voltar a algo que lhe parecia tão conhecido, embora, internamente, ela se sentisse tão diferente.

Sua vida fora irrevogavelmente alterada, e ela ainda tentava se ajustar ao significado daquilo nos dias seguintes. Morar sozinha no apartamento. Viver sem a mãe. Viver aquele novo ciclo desequilibrado, um dia após o outro.

O luto é um processo longo e difícil, especialmente quando tão misturado à culpa.

Ela se sentou à mesa e preparou a máquina, desejosa por uma distração. Qualquer coisa que a impedisse de pensar em…

— Melhorou, Winnow? — perguntou Sarah, parando por ali a caminho da sala de Zeb.

Iris confirmou com a cabeça, sem desviar o olhar do papel.

— Muito. Obrigada pela preocupação, Prindle — disse.

Ela ficou aliviada quando Sarah a deixou. Iris ainda não achava que suportaria falar sobre a mãe, então se concentrou com força ferrenha e trabalhou. Mas percebeu o instante em que Roman chegou à redação. Percebeu como se um fio os atasse, apesar de ela se recusar a olhá-lo.

Ele deve ter pressentido que Iris o estava ignorando. Finalmente, andou até o cubículo dela, se apoiou na madeira e a observou digitar.

— Você está com uma cara boa hoje, Winnow.

— Quer dizer que eu estava com uma cara ruim antes, Kitt?

No passado, Roman teria retrucado com igual sarcasmo e a deixado. Porém, ele continuou no espaço dela, em silêncio, praticamente queimando-a com o olhar, e Iris soube que Roman queria que ela o olhasse.

Ela pigarreou, a atenção fixa no trabalho.

— Sabe, se quiser tanto assim datilografar os classificados, pode pedir. Não precisa ficar me rondando.

— Por que você não disse nada? — perguntou Roman, e ela se surpreendeu ao notar que ele soava incomodado, ou irritado, ou talvez uma mistura das duas coisas.

— Como assim?

— Por que não disse a ninguém que estava se sentindo mal? Você só... *foi embora*, e nenhum de nós soube aonde tinha ido nem o que havia acontecido.

— Não é da sua conta, Kitt.

— É, *sim*, porque as pessoas aqui se preocupam com você, Winnow.

— Sim, se preocupam muito com o atraso dos classificados.

— Você sabe muito bem que não está sendo justa — disse ele, abaixando a voz.

122   Rebecca Ross

Iris fechou os olhos. Estava prestes a perder a compostura. Tinha precisado de toda a determinação para se levantar e se vestir pela manhã, para pentear o cabelo e passar à força algum batom, apenas para dar a aparência de estar *bem*, de não estar desabando. Não queria que ninguém soubesse o que ela estava vivendo, porque não suportaria que sentissem *pena* dela — *Ele sente pena de você!* —, então respirou fundo pelo nariz.

— Não vejo por que se importa, Kitt — sussurrou, afiada, e abriu os olhos para retribuir a sua expressão firme. — Se eu não estiver aqui, você finalmente terá o que deseja.

Roman não respondeu, mas sustentou o olhar de Iris, e ela achou ver algo lampejar nele, como uma estrela caindo pelo cosmos ou uma moeda submersa, refletindo o sol. Algo feroz, vulnerável e muito inesperado.

A expressão se foi na mesma velocidade com que chegara, e ele fechou a cara.

Devia ser imaginação dela.

Zeb, pela primeira vez, acertou o momento de interromper.

— Winnow? Minha sala. Já — chamou.

Iris se levantou e Roman não teve opção além de abrir espaço. Ela o deixou no corredor, entrou na sala de Zeb e fechou a porta.

O chefe estava se servindo de bebida. Os cubos de gelo tilintavam quando ela se sentou na cadeira diante dele, frente à mesa coberta pelo caos de papel, livros e pastas. Esperou que ele falasse.

— Imagino que seu artigo esteja pronto? — perguntou Zeb, depois de um gole.

O artigo. *O artigo.*

Iris tinha se esquecido. Ela entrelaçou as mãos trêmulas, os nós dos dedos empalidecendo.

— Não, senhor — respondeu. — Peço perdão, mas não está pronto.

Zeb apenas a fitou.

— Estou decepcionado, Winnow.

Ela queria chorar. Engoliu as lágrimas até inundarem seu peito. Deveria dizer a ele por que o artigo atrasara. Deveria dizer que tinha perdido a mãe, que seu mundo virara do avesso, que a última coisa em que pensava era a vaga de colunista.

— Senhor, minha...

— Se precisar sair do trabalho, deve nos informar, para que suas tarefas do dia possam ser passadas para outro funcionário — disse ele, seco. — Que isso não se repita.

Iris se levantou e foi embora. Seguiu imediatamente ao cubículo e se sentou, encostando os dedos frios no rosto flamejante. Ela se sentia um capacho. Tinha deixado que Zeb a pisoteasse, de tanto medo de chorar diante dele.

Quem ela estava se tornando?

— Aqui estão os obituários de amanhã — disse Sarah, parecendo surgir do nada, e largou uma pilha de anotações na mesa de Iris. — Está tudo bem, Winnow?

— Está — respondeu Iris, fungando, com um sorriso tenso. — Vou cuidar disso.

— Posso passar para Kitt.

— Não. Eu resolvo. Obrigada.

Depois disso, todos a deixaram em paz. Nem Roman voltou a olhá-la, o que foi um alívio.

Ela datilografou os obituários e encarou a folha de papel em branco, se debatendo com os sentimentos. Deveria escrever um para a mãe. Porém, a tarefa lhe parecia inteiramente diferente agora, sendo alguém tocada pela angústia do obituário. Alguém que sentia a essência das palavras.

Iris começou a escrever a primeira coisa que lhe vinha à mente, batendo nas teclas com veemência.

```
Não tenho nada. Não tenho nada. Não tenho nada.
Não tenho nada. Não tenho nada. Não tenho nada.
Não tenho nada. Não tenho nada. Não tenho nada.
Não tenho
```

Ela se interrompeu, com a mandíbula tensa, mesmo enquanto sentia a ferida em seu peito doer. Se Zeb a visse desperdiçar papel e tinta, a demitiria. Portanto, ela arrancou a folha da máquina, a amassou, jogou na lixeira e tentou de novo.

```
Aster Winifred Winnow, de quarenta e dois anos,
faleceu no dia de Alva, o quinto dia de Norrow.
Ela deixa para trás seu filho, Forest Winnow, e sua
filha, Iris Winnow. Nasceu em Oath e amava a ci-
dade, especialmente no outono, quando sentia o gos-
to da magia no ar. Fez seus estudos em Windy Grove
e, depois, trabalhou como garçonete na Lanchonete
Revel. Ela era apaixonada por poesia, música clás-
sica e pela cor roxa, apesar de chamá-la apenas de
"violeta", e amava dançar.
```

As palavras começaram a borrar. Iris parou de datilografar e acrescentou o obituário da mãe à pilha dos que entregaria a Zeb para inclusão no jornal do dia seguinte.

* * *

Ela voltou do trabalho a pé. Tirou as botas apertadas da mãe e o casaco de Forest e deitou-se na cama. Adormeceu ao som da chuva.

Ela chegou ao trabalho com mais de uma hora de atraso.

Tinha perdido a hora outra vez, pois o luto a puxara para um sono profundo e sombrio, e foi com um frio frenético na barriga que subiu correndo a escada até o quinto andar, encharcada de chuva. Esperava que ninguém além de Sarah notasse seu atraso. Sarah e Roman, provavelmente, pois ele obviamente gostava de controlar seus movimentos.

Iris entrou na *Gazeta de Oath* e descobriu que Zeb esperava ao lado de sua mesa. A expressão dele era tempestuosa; ela se preparou enquanto seguia pelo corredor, suas botas fazendo um ruído molhado.

Ele não disse nada, apenas inclinou a cabeça e se virou para voltar à própria sala.

Iris o acompanhou, hesitante.

Ela ficou chocada ao ver Roman ali. Havia uma cadeira vazia a seu lado, e Iris se deixou cair nela. Olhou para ele de soslaio, mas Roman estava inteiramente concentrado em algo diante deles. Mantinha as mãos nas coxas, a postura rígida.

Pela primeira vez, Iris desejou que ele a olhasse, porque, quanto mais tempo passava ao lado dele, mais a tensão de Roman encorajava a própria, até ela começar a estalar os dedos e subir e descer as pernas.

— Certo — disse Zeb, se instalando na cadeira com um leve grunhido. — Tenho certeza de que estão cientes do motivo para eu chamar os dois hoje. Ambos são escritores talentosos e inteligentes. Dei aos dois oportunidades iguais para provarem-se dignos do cargo de colunista. É meu prazer informar que tomei minha decisão.

Ele fez uma pausa, e Iris desviou o olhar de Roman para Zeb. O chefe deixara o jornal daquela manhã na borda da mesa. Estava dobrado de modo a revelar a coluna. O artigo de Roman. Aquele que ela o ajudara a escrever, sobre os soldados desaparecidos. Portanto, Iris não se surpreendeu ao ouvir as palavras que se seguiram. Na verdade, não sentiu nada quando Zeb anunciou:

— Kitt, este é o melhor artigo que você já escreveu. O cargo é seu. Você é confiável, profissional e entrega bons textos no prazo. Seu trabalho começará oficialmente amanhã.

Roman não se mexeu. Mal parecia respirar, e Iris voltou a olhá-lo de relance, se perguntando que pensamentos o assombravam para deixá-lo tão quieto. Não era o que ele queria?

Zeb franziu a testa, frustrado com a falta de entusiasmo de Roman.

— Escutou, Kitt?

— Senhor, poderia considerar dar mais tempo para nós dois antes de tomar a decisão? — pediu Roman. — Dar mais uma oportunidade para ambos escrevermos artigos?

Zeb ficou boquiaberto.

— Mais tempo? E por que eu faria isso?

O coração de Iris bateu forte e rápido no peito. Quando Roman finalmente a olhou, o tempo pareceu parar. Os olhos dele eram atentos, como se enxergassem tudo que vivia dentro dela: a luz e as sombras. Os fios de ambição, de desejo, de alegria e luto. Nenhum homem jamais a olhara assim.

Um calafrio percorreu seus ossos.

— Tive uma vantagem injusta, senhor — afirmou Roman, voltando a atenção para Zeb. — A mãe de Winnow faleceu há poucos dias. Ela está de luto e precisa de mais tempo.

Fez-se um silêncio doloroso na sala.

Iris inspirou fundo, trêmula. Seu coração batia até os ouvidos. Zeb dizia alguma coisa, mas sua voz era pouco além de um zumbido incômodo quando Iris encontrou o olhar de Roman.

— Como você soube? — sussurrou.

— Li o obituário da sua mãe — respondeu ele.

— Mas ninguém lê os obituários.

Roman se calou, mas seu rosto corou, e Iris teve a suspeita apavorante de que, enquanto ela fazia questão de nunca ler nada que ele escrevesse, Roman talvez lesse tudo em que ela tocava. Inclusive os classificados secos e os obituários trágicos. Talvez o fizesse para ver se cometera um erro de datilografia, para provocá-la depois da impressão. Talvez o fizesse porque era sua concorrente e ele queria saber quem, exatamente, estava enfrentando. Iris sinceramente não conseguia pensar em um bom motivo para ele fazer isso, então desviou o rosto.

— Winnow? — ladrava Zeb. — Winnow, é verdade?

— Sim, senhor.

— Por que não me disse ontem?

Porque não queria chorar na frente do senhor. Porque não quero sua pena. Porque estou no meu limite.

— Não sei.

— Bem — disse Zeb, seco. — Não posso ajudar se não souber, não é?

Ele suspirou e massageou a testa. Como se percebesse que soava grosseiro, suavizou a voz ao continuar:

— Meus pêsames por sua perda, Winnow. É uma pena. Porém, temo que já esteja decidido. Kitt ganhou a concorrência pela vaga, mas, se você precisar de alguns dias de folga para o luto... tem permissão.

Iris pensou em tirar folga. Ela ficaria em casa, sozinha no apartamento triste, repleto de garrafas de vinho, velas derretidas e papel de parede rasgado. Esperaria a volta da mãe, que nunca chegaria. Foi então que percebeu. Iris não queria folga, mas também não queria continuar na *Gazeta*. A carreira com que sonhara de repente nem se comparava com outras coisas em sua vida.

Sua única família estava no Oeste, onde queimava a guerra.

Ela queria encontrar o irmão.

— Não, senhor. Estou pedindo demissão — disse ela, e se levantou.

Roman se remexeu a seu lado.

— Como assim? Não, sr. Autry, eu... — começou ele.

Zeb ignorou o novo colunista e respondeu, gaguejando:

— *Demissão?* Quer largar isso assim, Winnow? Agora?

Ela odiava o que sugeria a voz de Zeb. Que ela estava desistindo. Porém, após dizer as palavras, um peso deixou seus ombros.

Ela iria encontrar Forest.

— Sim, senhor. É hora de seguir para outra oportunidade — disse Iris, e se virou para Roman, para quem estendeu a mão. — Parabéns, Kitt.

Ele apenas a fitou, os olhos azuis ardendo como chamas.

Iris já começava a recuar, sem jeito, quando ele finalmente se levantou e apertou sua mão, com um toque firme e quente. O contato emanou um choque por seu braço, como se os dois tivessem criado eletricidade estática, e foi um alívio quando ele finalmente a soltou.

— Se for se demitir, pode partir imediatamente, Winnow — disse Zeb, abanando os dedos curtos. — Não preciso mais de você. Porém, se sair por essa porta, não espere voltar a ser contratada.

— Escute, sr. Autry — disse Roman, a voz rápida. — Não creio...

Iris não ouviu o que mais foi dito. Saiu da sala do editor, encontrou uma caixa de madeira na cozinha e foi à mesa para recolher seus pertences.

Ela não tinha muita coisa. Um pequeno vaso de planta, alguns lápis e canetas prediletos, uma miniatura de cavalo em movimento, alguns livros de gramática e um dicionário esfarrapado.

— Winnow — disse Sarah, se aproximando com a expressão preocupada. — Você não...

— Eu me demiti, Prindle.

— Mas *por quê*? Aonde vai?

— Ainda não sei. Mas é hora de partir.

Sarah murchou, os óculos brilhando sobre o nariz.

— Vou sentir saudades.

Iris encontrou um último sorriso para ela.

— Também vou sentir saudades. Talvez um dia eu a encontre em um museu?

Sarah corou, mas olhou para os pés, como se aquele sonho ainda estivesse muito distante.

Uma a uma, as mesas a seu redor se calaram. Um a um, ela atraiu todos os olhares da sala, até a *Gazeta de Oath* ficar imóvel.

Foi Zeb quem quebrou o silêncio. Ele se dirigiu a ela com um cigarro entre os dentes amarelados, a testa franzida e um maço de notas na mão.

— Seu último pagamento — disse.

— Obrigada.

Ela aceitou o dinheiro, que guardou no bolso interno do casaco. Recolheu a caixa de pertences, desligou a luminária, tocou de leve e pela última vez as teclas da máquina e começou a caminhar pelo corredor.

Roman não estava no cubículo. Iris não sabia aonde ele fora, até olhar as portas de vidro e vê-lo parado ali como uma barreira, de braços cruzados sobre o peito.

— Que gentileza sua abrir a porta para mim — disse ela ao alcançá-lo.

Iris intencionara um tom de brincadeira, mas sua voz a traiu e escapou em um lamento.

— Não acho que você deva ir embora assim, Winnow — sussurrou Roman.

— Não, Kitt? Então como devo ir?

— Deve ficar.

— Ficar para escrever obituários? — Ela suspirou. — Não deveria ter publicado aquilo.

— O de sua mãe? Mas aí nenhum de nós saberia que você estava sofrendo. O que faria se pudesse retirar as palavras que ofereceu a ela? Continuaria fingindo que sua vida estava bem enquanto estivesse conosco, durante o dia, mesmo que sofresse durante a noite? Você ainda se reconheceria depois de uma semana, um mês, um ano?

— Você não sabe nada sobre mim — sibilou ela, e odiou o quanto sentia as palavras dele, como se as inalasse; odiou os olhos que ameaçavam lacrimejar novamente se ousasse piscar. — Agora, Kitt, por favor, afaste-se.

— Não vá, Iris.

Ela nunca o ouvira dizer seu primeiro nome. O som a banhou como a luz do sol, aquecendo sua pele e seu sangue, e ela precisou desviar o rosto antes que ele visse o quanto a afetara.

— Boa sorte, Kitt — falou, a voz muito mais fria e tranquila do que como se sentia de fato.

Roman lhe deu espaço.

Iris se perguntou se ele acabaria desmotivado sem a presença dela para aguçá-lo. Também se perguntou se Roman achava o mesmo e se era esse o motivo de sua insistência.

Iris abriu a porta e saiu.

Ela deixou a *Gazeta de Oath* e nunca olhou para trás.

14

Adeus aos fantasmas

```
Eu queria escrever para avisar que vou embora.
Depois de amanhã, não continuarei em minha casa
atual, e imagino que perderei acesso ao portal má-
gico que permite que nos comuniquemos.
```

Iris parou de datilografar. Olhou a porta do armário, se perguntando por que escrevia para informar seu correspondente misterioso. Ela não era obrigada, mas sentia que devia algo a ele; era um homem, aprendera na última carta, quando ele contou que havia sido um irmão mais velho.

Ela deixara a *Gazeta de Oath* naquela manhã e seguira para a funerária, para pagar a cremação da mãe. Deram a ela um pequeno pote de cinzas, e Iris decidiu ali que deveria ir para casa, sem saber o que mais fazer com aquilo.

Ela, no entanto, já tinha elaborado um plano. Estava ansiosa para partir de Oath. Havia lembranças demais, fantasmas demais entre aquelas paredes.

No dia seguinte, iria à *Tribuna Inkridden* e veria se aceitariam contratá-la como correspondente de guerra. Se não aceitassem, talvez o exército aceitasse, qualquer que fosse o cargo que necessitassem. Iris não era uma combatente, mas poderia lavar, cozinhar e limpar. Tinha duas mãos e aprendia rápido. De qualquer modo, esperava ser levada a Forest.

Ela voltou a datilografar:

```
Obrigada por me responder naquele dia. Por me fa-
lar de Del. Sei que nos correspondemos há pouco tem-
po (ou melhor, já faz tempo que escrevo para você,
mas o contrário não vinha acontecendo), mas, de
qualquer modo... o tempo passa diferente em cartas.
     Levarei para minha próxima aventura as coisas
que você compartilhou comigo.
     Adeus.
```

Iris enviou a carta pelo portal antes de mudar de ideia. Escolheu a roupa para o dia seguinte — sua melhor saia e sua melhor blusa — e se preparou para ir para a cama, tentando se distrair do vazio do apartamento e da profundeza das sombras.

Esperou que ele respondesse, mesmo se convencendo de que provavelmente não responderia. Pegou no sono com a vela ainda acesa. Tarde da noite, um ruído forte a despertou. Iris se levantou de um salto, com o coração na boca, até perceber que era alguém de saída do apartamento de baixo; a pessoa ria às gargalhadas, muito bêbada.

Era uma da manhã, e Iris, sonolenta, reparou que havia uma carta no chão.

Ela pegou o papel. Não sabia o que esperava, mas não era tamanha secura:

`Posso perguntar aonde você vai?`

Ela estranhou.

Ambos tinham escolhido esconder suas identidades e, apesar de nunca terem debatido outros limites da correspondência, Iris supunha que a localização também caía dentro da parte secreta da relação.

Ela decidiu que não o responderia, então dobrou a carta e acrescentou-a às outras que guardara, amarradas com uma fita.

Sua fiel vela finalmente se apagou, tendo queimado até o fim.

Iris não conseguiu adormecer no escuro.

Ela fitou a vastidão, ouvindo os sons da cidade além da janela, os rangidos da parede. Era estranho — como podia estar tão próxima das pessoas e ainda assim sentir-se tão distante e solitária. Como a noite tornava tudo mais desesperado e pungente.

Eu devia ter saído para procurá-la. Não devia ter ficado aqui, esperando, no apartamento. Se eu a tivesse encontrado, ela ainda estaria viva.

A culpa ameaçou sufocá-la. Ela precisou se inclinar para a frente e se convencer a respirar — *respirar* —, porque sentia-se afogar.

Iris se levantou ao amanhecer, pronta para lavar o remorso dos olhos. Não imaginava que cabelo penteado e batom fariam diferença para uma correspondente de guerra, mas se preparou o melhor que pôde, sem querer deixar nada ao acaso.

Foi então que outra carta chegou pelo portal.

Ela a olhou por um longo momento, se perguntando se deveria ler. Deixou a carta intocada enquanto arrumava suas coisas na mala surrada da mãe. Escolheu a calça predileta, um vestido de verão, meias, algumas blusas e um lenço para o cabelo. Incluiu ali também as cartas do correspondente misterioso, o livro de poesia preferido da avó, o pote com as cinzas da mãe, fechado com cuidado, e o casaco de Forest, pois os dias finalmente estavam muito quentes para usar agasalhos.

Iris estava deixando muito para trás, mas decidiu que levaria apenas o que tivesse significado para ela. Afinal, mesmo *se* conseguisse o impossível e fosse contratada como repórter de guerra, permitiriam que levasse tantas coisas?

Ela quase levou o exemplar amarrotado da *Tribuna Inkridden,* com o eithral borrado. Porém, decidiu deixá-lo na mesa, dobrado e virado para baixo.

Queria apenas mais uma coisa.

Foi para a sala, onde deixara a caixa de pertences da mãe, intocados desde a noite em que os trouxera. Iris os revirou até encontrar o brilho do ouro. A corrente e o medalhão que a mãe usava todos os dias desde a partida de Forest.

Ela pendurou o colar no pescoço e o escondeu sob o tecido da blusa. O toque na pele era frio, e Iris o cobriu com a mão. Sabia o que se escondia dentro do pingente: um pequeno retrato dela e outro de Forest. Não dava importância alguma para o próprio rosto, mas o do irmão... ela rezou para que o guiasse a ele. E fazia tempo que Iris não rezava.

A última coisa de que precisava era a máquina de escrever.

Ela encontrou a maleta de transporte no armário, desviou com cuidado da carta ainda caída no chão e guardou a máquina com o papel e a tinta que restavam. A maleta era dura, com dois fechos de latão e alça de madeira. Iris a carregou em uma das mãos, pegando a mala na outra, e analisou o quarto pela última vez.

Seu olhar foi atraído novamente pela carta.

Estava curiosa para ler o que ele escrevera, mas teve a estranha impressão de que, se lesse, encontraria ali apenas a insistência de uma resposta. Se ele soubesse que Iris estava partindo para servir de correspondente de guerra, tentaria convencê-la a ficar.

Iris estava decidida; não mudaria de ideia e estava cansada demais para discutir.

Ela saiu do apartamento.

Deixou para trás a carta, caída em uma poça de luz solar.

PARTE DOIS

Notícias de longe

15

A terceira Alouette

A *Gazeta de Oath* estava em silêncio.

Roman sentava-se à mesa, as anotações abertas adiante. Ele olhou a folha em branco que caía, dobrada, da máquina de escrever. Deveria estar empolgado. Tinha se garantido como novo colunista. Não precisava mais se incomodar com a desarrumação na mesa dele. Não precisava mais apostar corrida para pegar as pautas pela manhã. Não precisava mais fingir não ter tempo para um sanduíche.

Se era a vida que tanto desejava, por que lhe parecia tão vazia?

Ele se levantou para pegar outra xícara de chá, evitando a tentação de olhar para a mesa vazia de Iris. Porém, enquanto se servia de mel, uma das redatoras se juntou a ele no aparador.

— É meio estranho não ter ela aqui, não é? — perguntou a mulher.

Roman arqueou a sobrancelha.

— Quem?

A redatora apenas sorriu, como se soubesse de algo que Roman não sabia.

Ele foi o último a sair da redação naquela noite. Vestiu o casaco e apagou a luminária. Não tinha escrito uma palavra sequer e estava irritado.

No trem para casa, considerou as opções. Tamborilava os dedos na coxa, ansioso ao pensar no melhor modo de lidar com o dilema em que estava preso. Se não mostrasse nenhuma emoção, o pai o escutaria.

Assim que chegou em casa, encontrou o sr. Kitt no escritório. Sobre a mesa dele havia uma estranha caixa de madeira, com indicações de CUIDADO e FRÁGIL.

— Roman — cumprimentou o pai, desviando o olhar do livro-razão que lia, com um charuto entre os dentes. — Como foi seu primeiro dia como colunista?

— Não me casarei com ela, pai.

A declaração ecoou pelo ar. Roman nunca sentira tanto alívio na vida, até os olhos do sr. Kitt se estreitarem. Ele apagou o charuto com força no cinzeiro, devagar, e se levantou, formando uma sombra torta com sua silhueta alta.

— Como disse, Roman?

— Não me casarei com Elinor Little — repetiu Roman, mantendo a voz seca e a expressão contida, como se não sentisse nada e apenas constatasse um fato. — Ela e eu não formamos um bom par, mas há outros modos de servir a esta família. Gostaria de discuti-los com o senhor, se tiver tempo hoje.

O sorriso do pai cintilava como uma foice à luz da luminária.

— Do que isso se trata, meu filho?

— De minha liberdade.

— De sua *liberdade*?

Roman rangeu os dentes.

— Sim. Já abri mão de um desejo meu para respeitar as vontades do senhor.

— E o que foi, Roman? Ah, sim. Eu me lembro — disse o sr. Kitt, rindo. — Você queria desperdiçar *anos* de vida estudando *literatura* na universidade. Já falei uma vez, mas imagino que precise repetir: você não conseguiria nada com um diploma daqueles. Mas o cargo de colunista na *Gazeta de Oath* vai levá-lo longe, meu filho. Quero apenas o melhor para você, mesmo que não perceba. Um dia, quando entender melhor, vai me agradecer.

Roman precisou de todas as forças para controlar seu humor. Ele mastigou as palavras que queria dizer e respondeu:

— Cheguei ao cargo de colunista, como o senhor queria. No mínimo, o senhor deveria concordar que tenho o direito de escolher com quem me casar, assim como escolheu minha mãe.

— É por causa daquela moça de classe baixa da *Gazeta*, não é? — questionou o sr. Kitt, a voz arrastada. — Ela chamou sua atenção, apesar de tudo.

Roman se retesou. Sentiu o rubor subir ao rosto e teve dificuldade de manter a voz calma e sem emoção.

— Não há outra moça.

— Não minta para mim, meu filho. Soube que você almoçou com ela outro dia. E que bom que seu noivado ainda não tinha sido anunciado, porque imagine se os Little soubessem? Se tivessem *visto* você com *ela*, os dois sentados juntos no banco, compartilhando um sanduíche, você rindo do que ela dizia? Como se explicaria?

— Foi um mero almoço profissional — retrucou Roman, irritado. — Estávamos discutindo um artigo. E não paguei pelo almoço dela, para sua informação.

O sr. Kitt de repente achou graça. Roman se odiou, especialmente ao se lembrar de que vira Iris remexer as moedas na carteira quando estavam na delicatessen. Ela quase não tivera dinheiro suficiente e escolhera não comprar nada para beber, como se não quisesse.

Ele pagara pelo próprio sanduíche, mas não pelo dela. Na hora lhe parecera o correto, mas agora ele se detestava por isso.

Roman mordeu a bochecha. Será que o pai também sabia que ele visitara o apartamento de Iris?

— Não aceitarei que macule o sangue dos meus netos na sarjeta — declarou o sr. Kitt.

Então sim. Ele sabia também daquela visita, por mais breve que fosse, mas Roman não daria explicações. Porque ninguém o mandara lá, ele fora por conta própria. Zeb Autry se irritara com a ausência de Iris e Sarah se preocupara, mas tinha sido Roman a pegar o casaco dela, procurar seu endereço e ir atrás de Iris.

— Seus preconceitos são muito profundos, pai — respondeu. — E o senhor deveria parar de mandar me seguirem.

— Interromperei a vigilância no momento em que você se casar com a srta. Little — retrucou o sr. Kitt. — Então poderá dormir com quem quiser, desde que seja discreto. Poderá dormir com sua mocinha sardenta da *Gazeta*, mas minha única orientação é que não a emprenhe. Ela é muito inferior a você, meu filho.

— *Basta*, pai! — explodiu Roman. — Não vou me casar com a srta. Little, e seus comentários sobre minha colega não têm fundamento e são desnecessários!

O sr. Kitt suspirou.

— Você me decepciona, Roman.

Roman fechou os olhos, de repente exausto. A conversa tinha seguido por um caminho desagradável e ele não sabia como recuperá-la.

— Sabe o que é isso, filho? — perguntou o sr. Kitt, e, ao abrir os olhos, Roman o viu tocar a caixa de madeira. — Isto aqui é nosso futuro. Vai nos salvar na guerra, porque, um dia, Dacre chegará a Oath. Se você romper o compromisso com a srta. Little, arriscará meus planos para preservar nossa família.

Roman olhou para a caixa.

— O que é?

O sr. Kitt levantou a tampa.

— Venha ver — disse.

Roman avançou alguns passos hesitantes. Chegou perto o suficiente para vislumbrar o que repousava lá dentro. Latas finas de metal, do comprimento de seu antebraço, alinhadas como balas de prata.

— O que é isso? — perguntou, franzindo a testa. — São *bombas*?

O pai apenas sorriu e fechou a caixa.

— Talvez deva perguntar a sua noiva. Ela ajudou o pai a criá-las.

— Isso é vil — retrucou Roman, a voz vacilante. — Essas bombas, o que quer que sejam… não dá para voltar atrás. Vão matar pessoas inocentes. Não vou…

— Não, é genial — interrompeu o sr. Kitt. — Todos os lordes e todas as damas de Oath que se curvam a Enva… Onde imagina que seus títulos acabarão quando Dacre dominar a cidade? Quem ele vai recompensar?

Roman encarou o pai, arregalando os olhos de horror.

— O senhor só se preocupa com *isso*? Com sua posição na alta sociedade? Como pode tirar vantagem dos outros? —

perguntou, e começou a recuar, sibilando entre os dentes.

— Não participarei disso, pai.

— Você fará *exatamente* o que eu mandar, Roman — disse o sr. Kitt. — Entendeu? Se não fizer para se salvar, então ao menos pense em sua mãe, que ainda vive o luto pela sua negligência.

Roman sentiu o sangue se esvair do rosto. A culpa pela morte da irmã ardia como ácido na boca, e ele perdeu toda a vontade de lutar, de falar.

— É seu dever, meu filho — insistiu o pai, com a voz mais suave. — Estou muito orgulhoso da sua promoção. Você tem um futuro brilhante pela frente. Não o estrague por causa de uma pobre coitada que sem dúvida quer gastar toda a sua herança.

Roman deu meia-volta e se foi.

Ele mal se lembrava de entrar no quarto. A porta se fechou e trancou atrás dele com um suspiro de magia. Roman olhou para o armário e o chão vazio. Nenhuma carta o aguardava. Não esperava receber correspondência alguma de Iris dali para a frente, pois só os deuses sabiam aonde fora. Roman não sabia se ela tinha lido a última carta ou não, mas decidiu que não poderia se arriscar.

Havia uma tábua solta no assoalho debaixo da mesa. Roman se ajoelhou e a puxou com cuidado, expondo um esconderijo perfeito. Antigamente, ele usava o espaço para guardar balas, dinheiro, uma bola de beisebol que pegara em um jogo e recortes de jornal. No momento, pegou a caixa de cartas de Iris e as escondeu, enterrando suas palavras na segurança das sombras. Ele encaixou a tábua de novo.

Não pudera proteger Del quando ela mais precisava, mas faria o possível para proteger Iris.

Porque não tinha ideia do quanto o pai realmente sabia sobre ela. E Roman não permitiria que ele descobrisse mais nada.

A *Tribuna de Inkridden* era um caos.

Em sua defesa, ficava no porão frio de um edifício antigo do centro, em um escritório da metade do tamanho da redação da *Gazeta de Oath*. As mesas eram improvisadas, lâmpadas expostas pairavam do teto, iluminando o espaço que cheirava a papel recém-cortado, bolor e um toque de fumaça de cigarro. Redatores estavam ocupados à máquina de escrever e assistentes iam e vinham como se estivessem em uma esteira, entregando xícaras de chá lascadas e folhas de recados do único telefone, que tocava sem parar, estridente.

Iris parou ao fim da escada e observou o zunzunzum, esperando que alguém a notasse.

Ninguém notou. Era apenas uma pequena equipe para fazer a mesma quantidade de trabalho da *Gazeta*. Ela não podia negar que, apesar das condições de trabalho serem muito diferentes do seu último emprego, o ar vibrava de eletricidade. Havia excitação, paixão e a sensação esbaforida da criação. Iris sentiu-se perder o fôlego, como se adoecesse com a mesma febre que energizava aquela gente.

Ela avançou mais na sala e chamou a primeira assistente que apareceu:

— Oi, estou procurando Helena Hammond.

A assistente, uma moça poucos anos mais velha que Iris, de cabelo preto e curto, parou como se tivesse dado de cara com uma parede.

— Ah, você deve estar aqui para se candidatar à vaga de correspondente de guerra! Ali, está vendo aquela porta? É a sala dela. Ela vai adorar conhecer você.

Iris agradeceu com um aceno e abriu caminho pela loucura. Estava ofegante ao bater na porta de Helena Hammond.

— Entre — disse uma voz rouca.

Iris entrou na sala, surpresa ao ver uma nesga de sol. Havia uma janelinha quadrada bem alta na parede, aberta para deixar entrar o ar fresco e os sons distantes da cidade. Helena Hammond, que não tinha mais de um metro e meio, encontrava-se de pé, fumando um cigarro, olhando para aquela fresta de luz. Seu cabelo era acaju, cortado na altura do queixo, com franja que roçava os cílios sempre que ela piscava. O rosto era sardento e uma cicatriz comprida adornava o queixo, repuxando o canto da boca. Usava uma calça de cintura alta, camisa preta de seda e um anel de prata que reluzia em seu polegar.

— Posso ajudar? — perguntou ela, a voz grossa e arranhada. Continuou concentrada na luz, soprando uma baforada longa de fumaça.

— Vim me candidatar à vaga de correspondente de guerra — anunciou Iris.

Apesar da dor nos ombros por carregar a mala e a máquina, ela se manteve o mais empertigada e elegante possível. Pois soube que, assim que Helena a olhasse, seria capaz de enxergá-la inteiramente e medir seu valor.

— Duas no mesmo dia — comentou Helena, finalmente se virando para Iris. — O que andaram colocando na água?

Iris não sabia o que a mulher queria dizer. Porém, manteve-se imóvel enquanto Helena contornava a mesa para olhá-la de perto.

— Por que quer ser correspondente, senhorita...?

— Iris. Iris Winnow.

— Srta. Iris Winnow — repetiu Helena, deixando cair cinzas do cigarro. — Por que está aqui?

Iris mudou o peso de perna, ignorando a dor nos punhos.

— Porque meu irmão está lutando.

— Hum. Não é motivo suficiente para eu mandá-la para lá, moça. Faz a menor ideia da dificuldade que é ser correspondente? Por que eu deveria mandar uma coisinha inocente como você para ver, digerir e relatar eventos tão terríveis?

Uma gota de suor desceu pela coluna de Iris.

— O povo de Oath acredita estar seguro — disse ela. — Acredita que a guerra está distante e que nunca nos alcançará. Mas creio que ela chegará à cidade um dia, antes do que imaginam, e quando isso acontecer... muita gente estará despreparada. Sua decisão de publicar as notícias da linha de frente vai ajudar a mudar a situação.

Helena a fitava, um sorriso torto surgindo no rosto.

— Ainda não respondeu por que é *você* quem devo mandar, Iris Winnow.

— Porque quero escrever sobre coisas importantes. Quero que minhas palavras sejam uma linha de pesca jogada nas profundezas.

— Que poético da sua parte — respondeu Helena, estreitando os olhos. — Qual é sua experiência?

— Trabalhei três meses na *Gazeta de Oath* — respondeu Iris, e torceu, com certo atraso, para que isso não diminuísse suas chances.

— Trabalhou para o bom e velho Autry, é? Ora, isso, *sim*, é uma surpresa. — Helena riu, apagando o cigarro no cinzeiro. — Por que abandonou uma oportunidade tão esplêndida? Ele a demitiu por datilografar espaços duplos?

— Eu me demiti.

— Já gostei mais de você — disse Helena. — Quando pode começar?

— Imediatamente — respondeu Iris.

Helena olhou para a mala e a máquina de Iris.

— Veio preparada, não foi? Gosto disso. Venha comigo.

A mulher saiu da sala, e Iris precisou correr atrás dela, voltando a abrir caminho pelo caos.

Elas subiram a escada e deixaram para trás o frio do porão, entrando em uma salinha em um dos andares superiores. O ambiente era iluminado e limpo, com uma mesa e duas cadeiras.

— Sente-se, Iris — disse Helena —, e preencha isso. Voltarei logo.

Ela entregou um documento e uma caneta antes de partir, deixando Iris a sós.

Iris leu. O contrato era repleto de declarações como *Concordo que não responsabilizarei a* Tribuna Inkridden *por nada que me possa ocorrer, inclusive, mas não exclusivamente: desmembramento, adoecimento, perfuração e falência de órgãos, inanição, doença crônica de qualquer tipo, fratura óssea ou mesmo falecimento. Eu me responsabilizo inteiramente por tudo que possa me ocorrer — fisicamente, mentalmente e emocionalmente — enquanto repórter na campanha.*

Ela leu todo o texto jurídico; assinou onde era necessário e sequer pensou duas vezes. Sua mente voltou-se a Forest. Ela se perguntava quantas cicatrizes a guerra causara nele.

— Lá vamos nós — disse Helena.

Ela voltou com os braços carregados de mantimentos, que deixou na mesa. Pareciam um uniforme dobrado e uma mala estreita de couro com alça grossa, para carregar nas costas.

— Seu macacão — declarou. — Tem outro na mala, para quando precisar lavar a roupa. Além de meias, botas e necessidades menstruais. Quero também deixar muito clara a minha recomendação vital de sempre usar o macacão, por causa deste detalhe aqui…

Ela esticou o macacão com um estalo. Era cinza e simples, abotoado na frente. Helena apontou para uma insígnia branca bordada com as palavras IMPRENSA: TRIBUNA INKRIDDEN logo acima do bolso do peito direito.

— Se acabar em alguma situação perigosa, isto atesta que você é neutra na guerra, que apenas escreve sobre o que vê e não deve ser percebida como ameaça. Rezemos aos deuses para que isso não ocorra, mas precisamos nos preparar para tudo. Entendido?

— Sim — disse Iris, a cabeça zonza.

— Também há comida na mala — continuou Helena, largando o uniforme na mesa —, caso necessário, mas você será designada a uma moradia, que a alimentará e fornecerá abrigo seguro para dormir. Agora, posso ver sua máquina de escrever?

Iris destrancou os fechos da maleta e a abriu. Não sabia o que esperava, mas não era que Helena arregalasse os olhos e soltasse um assobio.

— É *esta* a sua máquina? — perguntou, inclinando a cabeça para afastar a franja dos olhos.

— Sim, senhora.

— De onde veio?

— Era da minha avó.

— Posso tocar nela?

Iris assentiu, confusa. Ela viu Helena seguir com os dedos as linhas da velha máquina, em um gesto reverente. Tocou as teclas, a alavanca de retorno, o botão da prensa. Soltou outro assobio incrédulo.

— Uma Alouette! Você entende o que é isso, moça?

Iris se calou, sem saber como responder.

— Esta máquina é raríssima — continuou Helena, se aproximando mais para admirá-la. — Apenas três de seu modelo foram fabricadas. Não conhece essa história?

— Não.

— Então vou contar, para você saber exatamente a preciosidade desta relíquia. Décadas atrás, havia nesta cidade um homem rico de nome Richard Stone. Ele era viúvo e possuía apenas uma filha, que era seu maior orgulho. Ela se chamava Alouette e amava escrever. Bem, ela adoeceu de tuberculose ainda aos quinze anos. Por causa disso, suas duas melhores amigas não podiam mais visitá-la. Alouette ficou inconsolável. O sr. Stone, motivado a encontrar um modo de sua filha se comunicar com as colegas, encontrou um inventor velho e ranzinza, especializado em máquinas de escrever. O sr. Stone se endividou para permitir que as três fossem fabricadas de modo único. Dizem as lendas que as máquinas foram construídas em uma casa mágica, em uma rua mágica de Oath, por um homem de monóculo mágico que discernia elos mágicos... e que logo desapareceu, por sinal. Ainda assim... as máquinas foram batizadas em homenagem a Alouette. Ela recebeu uma delas, é claro. O pai, então, deu as outras duas às amigas da filha. Elas trocaram cartas, histórias e poemas ao longo de um ano inteiro, até a noite do falecimento de Alouette. Pouco depois, o sr. Stone doou a máquina dela para o museu, que a exibiu junto a algumas de suas cartas.

— E as outras duas máquinas? — perguntou Iris, em voz baixa.

Helena levantou a sobrancelha.

— Continuaram com as amigas, é claro — falou, levantando a máquina e encontrando as letras gravadas em prata, aquelas que Iris passara anos tocando e contornando com a ponta dos dedos. — Você disse que era da sua avó, certo? As iniciais dela, por algum acaso, eram D.E.W.?

— Eram, sim — confirmou Iris.

Daisy Elizabeth Winnow era uma mulher reservada, mas muitas vezes contara histórias de infância a Iris. A saga da máquina, porém, nunca lhe fora dita, e Iris se impressionou com sua extravagância, imaginando a avó amiga de duas outras meninas. As três trocando cartas em meio à separação, à tristeza e à alegria.

— Dá vontade de saber onde está a terceira, não é? — perguntou Helena, guardando a máquina com cautela. — Ou, melhor, a *segunda*, pois esta tecnicamente é a terceira.

Iris tinha uma suspeita. Não disse nada, mas pensou nas cartas escondidas na mala. Seu coração acelerou ao pensar: *Não estamos conectados pelos armários. É pelas máquinas.*

— Então, Iris — prosseguiu Helena —, preciso perguntar: tem certeza de que quer levar a máquina de sua avó para a guerra? Porque poderia vendê-la para o museu. Provavelmente pagariam uma fortuna e ficariam felicíssimos com a oportunidade de expô-la ao lado da primeira Alouette.

— Não vou vendê-la — respondeu Iris, seca. — E a máquina vai aonde eu for.

— Imaginei que fosse dizer isso. Voltemos ao que interessa. A correspondência funcionará assim: você pegará o próximo trem partindo de Oath, daqui a meia hora, então

Ⓓivinos Ⓡivais **153**

não temos muito tempo. Irá para Avalon Bluff, uma cidade seiscentos quilômetros a oeste daqui, próxima à linha de frente. Lembre-se de que estará sob jurisdição de um novo chanceler e que as leis que conhece em Oath e no Distrito Leste podem não valer no Oeste. As coisas também mudam drasticamente em época de guerra, então fique muito atenta às regras cotidianas, para manter-se em segurança.

"Seu contato se chama Marisol Torres. Ela é dona de uma pousada e oferecerá comida e abrigo durante seu período de trabalho. Ela não sabe de sua chegada, mas, se mencionar meu nome, ela cuidará bem de você.

"O trem passa por Avalon a cada seis dias. Espero que você tenha suas reportagens datilografadas, editadas e prontas para publicação nesse período. Quero *fatos* e quero *histórias*. É o único jeito de contornar a restrição do chanceler em relação à quantidade de matérias sobre a guerra: ele não pode nos negar uma ou outra história de soldado nem os fatos, entendeu? Então sempre cite tudo, para ele não ser capaz de alegar que os artigos são propaganda. Depois, você deve inserir e *selar* os artigos datilografados nos envelopes pardos sigilosos que encontrará na mala, então entregá-los diretamente ao maquinista. Mantimentos também chegarão por trem, então, se precisar de algo, me informe. Entendeu tudo o que falei, Iris?"

— Sim, sra. Hammond.

A boca de Iris estava seca, as mãos, suadas. Ela ia mesmo fazer aquilo?

— Que bom — disse Helena. — Agora, vista-se. Você não pode levar a mala que trouxe, apenas a mala de couro aprovada e a máquina. Encontre-me na calçada daqui a cinco minutos — falou, e parou na porta. — Ah, sob que nome vai publicar?

154 Rebecca Ross

Iris hesitou, incerta. Na *Gazeta de Oath*, seus artigos eram publicados como Iris Winnow. Ela se perguntou se deveria incluir a inicial do meio, como Roman fazia, mas achou um pouco pretensioso. Roman *Convencido* Kitt.

Assim que pensou nele, sentiu o peito doer. A sensação a surpreendeu, pois era aguda e inegável.

Sinto saudade dele.

Ela sentia saudade de irritá-lo e de mudar as coisas de lugar na mesa dele. Sentia saudade de olhar discretamente para seu rosto horrivelmente belo, do raro sorriso e do som fugaz de sua gargalhada. Sentia saudade de discutir com ele, mesmo que, na maior parte do tempo, competissem apenas para ver quem era mais sarcástico.

— Iris? — chamou Helena.

Iris estremeceu. O momento hipnótico de saudade se foi, e ela se firmou, resoluta. Estava a caminho da linha de frente da guerra e não tinha tempo para se chafurdar em… naqueles sentimentos, fossem o que fossem.

— Pode ser Iris Winnow — respondeu ela, pegando o macacão.

— Só "pode ser"?

Helena pareceu pensativa por um segundo, torcendo a boca. Finalmente, com uma piscadela para Iris, acrescentou:

— Aposto que arranjo uma ideia melhor.

Ela saiu antes que Iris fosse capaz de responder.

16

Attie

Seiscentos quilômetros parecem uma eternidade *quando esperamos o inesperado. Uma eternidade composta de campos dourados, florestas de pinheiros e montanhas que, de longe, parecem azuis. Uma eternidade composta de coisas que nunca vi, ar que nunca provei e um trem que treme e balança como a culpa.*

Eu me pergunto se é assim que os imortais se sentem. Em movimento, mas não tanto. Existindo, mas o tempo parece ralo e escorre como fluido por entre os dedos.

Tento fechar os olhos e descansar, mas é muito tentador ver o mundo passar pela janela. Um mundo que aparenta ser infinito e vasto. Um mundo que faz eu me sentir pequena e insignificante diante de sua impetuosidade. Até que a sensação de distância aperta meu peito, como se meus ossos sentissem os seiscentos quilômetros — estou abandonando o único lar que conheci —, e tiro da bolsa as cartas dele para relê-las. Às vezes, me arrependo de ter deixado a última carta no chão. Às vezes, sinto alívio por tê-lo feito, pois acho que, do contrário, não es-

taria aqui, avançando ao Oeste sem nada além da coragem, em meio a uma nuvem de poeira.

Às vezes, eu me pergunto a aparência dele e se escreverei para ele de novo.

Às vezes, eu...

O trem sacolejou.

Iris parou de escrever e olhou pela janela. Viu o trem sacudir cada vez mais devagar, até parar completamente, soltando fumaça. Estavam no meio de um campo no Distrito Central. Nada de vilarejos nem construções.

Será que tinham enguiçado?

Ela guardou o bloco de notas e se levantou para olhar para fora do compartimento. A maioria dos passageiros já tinha desembarcado em paradas anteriores. Porém, mais à frente no corredor, Iris notou outra moça, que conversava com um dos funcionários.

— Vamos acelerar quando o sol se pôr, senhorita — disse o funcionário. — Daqui a aproximadamente meia hora. Por favor, aproveite para tomar uma xícara de chá enquanto isso.

Iris voltou para o compartimento. Eles tinham parado de propósito, e ela se perguntou por que precisavam esperar escurecer para continuar. Estava pensando em pegar as malas e procurar pela moça que vira quando ouviu uma batida leve na porta de correr.

— Este lugar está ocupado?

Iris ergueu o rosto e se surpreendeu ao ver a mesma moça. Ela tinha pele marrom e cabelo preto cacheado; trazia uma maleta de máquina de escrever em uma das mãos e uma xícara de chá na outra. Usava o mesmo macacão simples de Iris, com a insígnia branca da *Tribuna Inkridden* no peito, mas dera um jeito de dar uma aparência mais vistosa àquela roupa sem graça, com um cinto, as barras dobradas e as meias vermelhas listradas que despontavam das botas escuras. Trazia um par de binóculos pendurado no pescoço e uma mala de couro no ombro.

Outra correspondente de guerra.

— Não — disse Iris, sorrindo. — É todo seu.

A moça entrou no compartimento e empurrou a porta para fechá-la. Ela apoiou a máquina no chão, soltou a mala de couro com um resmungo e sentou-se bem em frente a Iris. Fechou os olhos, tomou um gole de chá e imediatamente tossiu, torcendo o nariz.

— Tem gosto de borracha queimada — comentou, e logo abriu a janela para jogar o chá fora.

— Você sabe por que paramos? — perguntou Iris.

A nova companheira fechou a janela e voltou a atenção para ela.

— Não tenho certeza. Os funcionários pareciam hesitantes em afirmar qualquer coisa, mas acho que tem relação com bombas.

— *Bombas?*

— Hum. Acho que chegamos à fronteira do Distrito Oeste, e do outro lado é uma zona ativa, onde os efeitos da guerra são mais presentes. Não sei o motivo, mas sugeriram que é mais seguro que o trem viaje noite adentro daqui em diante — disse ela, e cruzou os tornozelos, observando Iris com o olhar atento.

— Não sabia que eu teria uma companheira de viagem.

— Acho que cheguei na *Tribuna Inkridden* logo depois de você sair — respondeu Iris, ainda pensando nas bombas.

— Helena fez um milhão de perguntas?

— Sim. Achei que não fosse me contratar.

— Ah, ela teria te contratado mesmo se você chegasse com cara de quem estava voltando de uma danceteria. Dizem as más línguas que eles estão desesperados por correspondentes. Por sinal, me chamo Thea Attwood. Mas todos me chamam de Attie.

— Iris Winnow. Mas em geral me chamam só pelo sobrenome.

— Então vou chamá-la pelo primeiro nome — disse Attie.

— Então, Iris. Por que está fazendo isso?

Iris fez uma careta. Não sabia o quanto queria revelar de seu passado trágico, então deu uma resposta mais simples:

— Não há nada para mim em Oath. Precisava mudar. E você?

— Bem, alguém que um dia respeitei me disse que eu não tinha o talento para ser publicada. Segundo ele, "faltava originalidade e convicção" a minha escrita — contou Attie, e bufou, como se as palavras ainda doessem. — Então pensei que não havia jeito mais eficiente de provar meu valor. Que professor seria melhor para afiar minhas palavras do que a ameaça constante de morte, desmembramento e seja lá o que mais a *Tribuna Inkridden* incluiu no contrato? De qualquer modo, não gosto de experimentar nada em que acho que vou fracassar, então minha única opção é escrever artigos estupendos e viver o suficiente para vê-los publicados, para tristeza de meu velho professor. Na verdade, *paguei* para que uma assinatura da *Tribuna Inkridden* comece a chegar à casa dele, que vai ver meu nome impresso e ter que engolir o que disse.

— Um castigo adequado — comentou Iris, achando graça.

— Mas espero que perceba que não precisava se candidatar para escrever sobre a guerra para se provar para ninguém, Attie.

— Percebo, mas que aventuras me esperariam então? Viver a mesma rotina cautelosa e monótona, um dia após o outro?

Attie sorriu, e covinhas charmosas surgiram em seu rosto. As palavras que pronunciou em seguida bateram no peito de Iris e ecoaram como um segundo coração. Eram palavras destinadas a uni-las como amigas:

— Não quero acordar aos setenta e quatro anos e perceber que nunca vivi.

17

Três sirenes

Quando o trem chegou à pequena estação de Avalon Bluff, às dez e meia da noite, Iris e Attie eram as únicas passageiras restantes. A lua estava delgada como uma unha e as estrelas brilhavam mais do que Iris jamais vira, como se tivessem caído para mais perto da terra. Ela recolheu a bagagem, desceu à plataforma atrás de Attie, as pernas doloridas por passar o dia quase inteiro sentada, e inspirou fundo.

Avalon Bluff tinha gosto de feno, relva, fumaça de chaminé e lama.

As moças caminharam pela estação abandonada, que acabou por levá-las a uma estrada de chão. Helena dera instruções para localizar a hospedagem: a pousada de Marisol ficava na High Street, do outro lado da estação, e era a terceira casa à esquerda, com uma porta verde que parecia pertencer a um castelo. Attie e Iris deveriam seguir para lá diretamente e se atentar aos arredores, preparadas para procurar abrigo a qualquer instante.

— Imagino que seja essa a rua? — perguntou Attie.

Estava escuro, mas Iris forçou a vista, analisando a cidade diante delas. As casas eram construções antigas de pedra de dois andares. Algumas tinham até mesmo telhado de palha e mainel nas janelas, como se construídas havia séculos. As cercas eram compostas de pedras empilhadas cobertas de musgo, e parecia haver alguns jardins, mas era difícil discernir ao luar.

Não havia luz nos postes para orientá-las. A maioria das casas era lúgubre e escondida às sombras, como se alimentadas por velas, não eletricidade.

Estava tudo muito quieto e muito vazio.

Ao longe, uma vaca mugiu, mas não havia outros sinais de vida. Nada de gargalhadas, de vozes, de música, de panelas na cozinha. Nada de grilos nem de pássaros. Até o vento se continha.

— Por que este lugar parece morto? — sussurrou Attie.

A temperatura baixara, e descia a névoa. Iris conteve um calafrio.

— Acho que encontrei a pousada de Marisol — falou, ávida para escapar da rua assombrada.

Helena estivera certa: a porta da pousada era inconfundível, arqueada como se a casa fosse construída a seu redor, com uma aldrava de ferro no formato da cabeça de um leão que rugia. A construção era singular, e as persianas pareciam pretas à luz das estrelas. Roseiras enchiam o quintal da frente com galhos magros, ainda nus pelo inverno, e hera subia pelas paredes em busca do telhado de palha.

Estava escuro lá dentro, como se a casa antiga estivesse dormindo ou encantada. Uma sensação incômoda percorreu Iris quando bateu à porta. A cabeça do leão fez estrépito demais no silêncio da cidade.

— Parece que ela não está — disse Attie, e soltou um palavrão. — As janelas mais baixas estão fechadas por tábuas ou é impressão minha?

Iris olhou com mais atenção para as janelas. Pareciam, sim, estar fechadas por tábuas, mas por dentro.

— O que faremos se ela não atender? — perguntou Attie, e se virou para analisar o restante da cidade, que não parecia promissor.

— Espere — disse Iris. — Acho que a escutei.

As garotas prenderam a respiração e, realmente, ouviram passos leves lá dentro, seguidos por uma voz doce e arrastada pelo sotaque, que soou do outro lado da porta:

— O que vocês querem?

Attie arqueou a sobrancelha e olhou para Iris, em dúvida.

— Helena disse que ela não sabia que vínhamos — lembrou Iris, em um sussurro. — Fomos enviadas por Helena Hammond — respondeu para a mulher —, da *Tribuna Inkridden*.

Um momento de silêncio, então o som da fechadura. A porta verde se entreabriu, revelando uma mulher segurando uma vela. Ela tinha pele marrom-clara e cabelo preto preso em uma trança grossa que pendia pelo ombro. As sobrancelhas fortes estavam curvadas em uma carranca, mas ela suavizou a expressão imediatamente ao ver as duas garotas.

— Pelo amor de Enva, são duas? E tão jovens! — falou, chocada, entreabrindo os lábios carnudos. — Entrem, entrem, *por favor*. Me desculpem, mas vocês me pegaram de surpresa. Hoje em dia, nunca se sabe quem vai bater à noite.

— De fato percebemos que está tudo muito quieto por aqui — disse Attie, um pouco seca.

— Está, e há uma razão para isso, que explicarei daqui a pouco — respondeu Marisol, e abriu mais a porta para recebê-las.

Ⓓivinos Ⓡivais **163**

Iris entrou. O saguão era espaçoso, com piso frio de laje coberto por tapetes vibrantes. As paredes reluziam nas sombras, e Iris percebeu que eram revestidas de espelhos com molduras douradas, de todas as formas e tamanhos, mesmo subindo a escada. Ela viu seu reflexo vago e sentiu que tinha voltado no tempo.

— Vocês comeram? — perguntou Marisol, trancando a porta.

— Biscoitos, no trem — foi tudo que Attie falou.

— Então me acompanhem até a cozinha.

Marisol as levou por um corredor em direção à luz do fogo.

A cozinha era espaçosa, rústica e quente. As janelas, porém, estavam cobertas por tábuas, assim como a porta dupla. Como se Marisol precisasse manter algo ou alguém *afastado*.

Ervas e panelas de cobre pendiam das vigas, e a mesa tinha lugar para dez pessoas. Foi ali que Attie e Iris desabaram, como se não tivessem passado nove horas sentadas.

Marisol se ocupou em abrir armários e a pequena geladeira, o que indicou a Iris que havia eletricidade na casa e a mulher simplesmente optava por não utilizá-la para iluminar o cômodo.

— O que querem beber? Minha especialidade é chocolate quente, mas também tenho leite e chá — ofereceu Marisol, botando uma cebola e um pimentão na bancada.

— Chocolate quente parece divino — disse Attie com um suspiro, e Iris concordou com a cabeça. — Obrigada.

Marisol sorriu e ficou na ponta dos pés para pegar uma das panelas de cobre.

— Era a receita da minha avó. Acho que vocês vão adorar. E meus deuses! Perdão, acabo de perceber que nem sei seus nomes!

Attie foi a primeira a responder:

— Thea Attwood, formalmente. Para amigos, é Attie.

— Prazer, Attie — disse Marisol, e voltou os olhos largos para Iris.

— Iris Winnow. Pode me chamar pelo nome ou pelo sobrenome.

— Iris — repetiu Marisol. — É um prazer conhecê-las. Eu me chamo Marisol Torres e esta é minha pousada, mas acho que isso já sabiam, não?

— Sim, e seu espaço é um charme — disse Attie, admirando a cozinha. — Mas, que mal lhe pergunte... por que está usando velas? Para conservar a luz elétrica?

— Ah — respondeu Marisol, começando a ferver água no fogão e a picar a cebola. — Que bom que perguntou. Não, não é por isso, apesar de os últimos meses terem me ensinado muito a respeito da necessidade de saber poupar. É devido à guerra e à proximidade de Avalon Bluff e da linha de frente.

— Qual é a distância? — perguntou Iris.

— A linha de frente fica a uns oitenta quilômetros daqui.

Iris olhou para Attie, que já a encarava com uma expressão inescrutável. Ela se perguntou quanto tempo seria necessário para a guerra lhes parecer concreta. Para sentirem sua proximidade, como um tremor no chão.

— Tudo bem — disse Marisol, empunhando a faca. — Quantos anos vocês têm? Porque vou acabar com a raça da Helena se ela tiver mandado menores de idade para cá.

— Tenho dezoito anos — disse Iris.

— Vinte — respondeu Attie. — Pela lei, somos maiores de idade que podem beber e ser condenadas por assassinato, então Helena está segura.

— Ainda são muito jovens para serem repórteres de guerra.

Attie ousou perguntar:

— E quantos anos você tem, Marisol?

A mulher não se ofendeu.

— Tenho trinta e três, mas sei que pareço ter vinte e cinco.

— Não é um defeito — comentou Attie.

— Talvez — disse Marisol, arqueando a sobrancelha, mas um sorriso iluminou seu rosto, e Iris pensou que ela talvez fosse uma das pessoas mais lindas que já vira. — Certo. Me contem sobre vocês enquanto cozinho.

— Precisa de ajuda? — ofereceu Iris, se levantando.

— De modo algum! — retrucou Marisol. — Fique sentada. Ninguém cozinha na minha casa sem minha aprovação.

Iris voltou a sentar rapidamente. Attie quase estremecia de tanto rir, e Iris a olhou com severidade. Isso só fez Attie gargalhar ainda mais e, pelo amor dos deuses, a risada dela era muito contagiante, como a de Roman Kitt.

Pensar nele fez Iris gelar.

Ela o afastou dos pensamentos e ficou extremamente aliviada quando Attie começou a contar da própria vida. Ela era a mais velha de seis filhos — três meninos, três meninas —, e Iris ficou boquiaberta, tentando imaginar como seria morar em uma casa transbordando de irmãos.

— Eu os amo mais que tudo — disse Attie, voltando a atenção para Iris. — E você? Tem irmãos?

— Tenho um irmão mais velho — revelou Iris. — Ele está lutando na guerra. Por Enva.

Isso fez Marisol hesitar.

— É muita coragem da parte dele — comentou.

Iris concordou com a cabeça, mas corou ao pensar em todas as vezes em que se ressentira do irmão por sua partida.

166 Rebecca Ross

Ela tocou distraidamente o pingente da mãe, escondido por baixo do macacão.

— E você, Marisol? — perguntou Attie.

— Tenho duas irmãs mais novas — respondeu a mulher. — Eu faria qualquer coisa por elas.

Attie assentiu, como se compreendesse perfeitamente. Iris tentou combater a pontada de inveja, então Marisol completou:

— Elas nem são minhas irmãs de sangue, mas eu as escolhi. E esse tipo de amor é eterno.

Ela sorriu e serviu duas canecas na mesa.

Iris pegou uma delas com ambas as mãos e inspirou o vapor gostoso de especiarias. Ela tomou um gole e gemeu.

— Que delícia.

— Que bom — disse Marisol, de volta ao fogão, onde fritava cebola, pimentão e ovos.

Fez-se silêncio na cozinha por um momento, mas era uma quietude confortável, e Iris percebeu-se relaxar de verdade pela primeira vez em semanas. Ela bebeu o chocolate quente e sentiu calor no peito, gostando de escutar Attie conversar com Marisol. Porém, no fundo, se perguntava por que aquele lugar era tão escuro e quieto.

Marisol não explicou nada antes de as duas moças acabarem de comer a refeição deliciosa que ela serviu: pratos cheios de arroz, legumes refogados, ervas picadas e ovos fritos.

— Agora que as alimentei — começou a mulher, sentando-se na cadeira diante de Iris —, é hora de dizer por que Avalon Bluff é assim, para que saibam como reagir.

— Reagir? — repetiu Iris, com um toque de preocupação.

— Às sirenes e ao que elas indicam — disse Marisol, ajeitando uma mecha de cabelo atrás da orelha, o que fez a pequena pedra vermelha de seu brinco reluzir. — Há três sirenes diferentes, e elas podem soar a qualquer instante. Onde quer que vocês estejam, seja na enfermaria, na mercearia ou na rua, é preciso estar sempre preparadas para reagirem de acordo. Se uma sirene tocar continuamente durante à noite, vocês têm exatamente *três* minutos para apagarem todas as luzes, cobrirem todas as janelas e se trancarem em um lugar fechado antes de os cães chegarem.

— Cães? — repetiu Attie, e franziu a testa. — Achei que fossem mero mito.

— De modo algum — respondeu Marisol. — Eu nunca os vi, porque não ouso olhar pela janela enquanto percorrem a terra à noite, mas uma vizinha viu certa vez e disse que os cães têm o tamanho de lobos. Eles destroem tudo o que é vivo em seu caminho.

— Eles já mataram alguém aqui? — perguntou Iris.

Ela se lembrou do mito que o correspondente enigmático mandara, sobre a busca de Dacre por Enva. Sobre sua invocação dos cães do reino inferior.

— Não — respondeu Marisol, mas havia certa tristeza em sua voz —, mas uma vez perdemos um rebanho de ovelhas, assim como outros animais. É provável que à noite vocês já estejam aqui, porque Avalon tem toque de recolher, tendo em vista a... situação. Todos devem estar em casa, seguros, ao pôr do sol. Portanto, se acordarem com a sirene, apaguem as velas e luzes imediatamente, cubram as janelas e venham ao meu quarto. Combinado?

Iris e Attie assentiram.

— A segunda sirene que quero explicar — continuou Marisol — é a que toca continuamente durante o dia. Se a ouvirem, têm exatamente *dois* minutos para se protegerem da chegada dos eithrais. Eles são dragões, e Dacre faz com que carreguem bombas nas garras, que jogam no que virem em movimento. Se estiverem dentro de algum lugar, cubram as janelas e fiquem paradas e quietas até eles passarem. Se, por acaso, estiverem na rua quando eles tomarem os céus, é preciso fazer o que parece impensável: se deitar exatamente onde estiver e não se mover até eles irem embora. Entenderam bem?

As moças concordaram em uníssono outra vez.

— É por isso que o trem não viaja por aqui durante o dia? — perguntou Iris. — Notamos que ele parou e atrasou o trajeto até o anoitecer em determinado ponto da viagem.

— É exatamente por isso — confirmou Marisol. — O trem tem mais chance de escapar dos cães à noite do que de parar a tempo caso um eithral seja avistado. Seria uma catástrofe para nós se a ferrovia fosse bombardeada. Isso me leva à terceira e última sirene: a que toca intermitentemente, a qualquer momento, dia ou noite. Ainda não a escutamos em Avalon Bluff, mas, a cada dia que passa, torna-se uma possibilidade maior, para a qual devemos nos preparar.

"Se ouvirem essa sirene, precisam evacuar a cidade em direção ao leste imediatamente. Quer dizer que nossos soldados na linha de frente oeste estão recuando, cederam terreno e não podem nos defender aqui. Quer dizer que o inimigo está a caminho, e provavelmente tomará a cidade. Vou preparar kits de emergência para vocês duas, que pendurarei na despensa, para pegarem e fugirem. Eles vão conter uma caixa de fósforos, um cantil de água, latas de feijão e outros itens não perecíveis. Espero que seja o suficiente para aguentarem o trajeto até a cidade seguinte.

"Agora, sei que é mais do que vocês esperavam e que devem estar zonzas, mas têm alguma pergunta para mim?"

Ⓓivinos Ⓡivais **169**

Attie e Iris passaram dez segundos em silêncio. Até que Attie pigarreou e perguntou:

— As sirenes... vêm de onde?

— De uma cidade a alguns quilômetros a oeste daqui, que se chama Clover Hill. Eles têm melhor visibilidade dos arredores, além de uma sirene que usavam para indicar tempo ruim, e combinaram de nos alertar assim que avistassem cães, eithrais ou soldados inimigos.

Marisol começou a recolher os pratos vazios. Iris notou uma aliança dourada e fina no dedo anelar esquerdo. Ela era casada, então, apesar de não ter mencionado ninguém. Parecia que morava sozinha ali.

— Já é tarde — acrescentou Marisol. — Quase meia-noite. Vou levá-las ao segundo andar. Vocês podem escolher seus quartos e dormir bem esta noite.

Desde que não soe a sirene, pensou Iris, e foi tomada por um lampejo de pavor. Ela torceu para que não acontecesse e, depois, que acontecesse, sim, para poder passar logo pela experiência apavorante de escutar a sirene.

— Podemos ajudá-la com a louça, Marisol? — perguntou Attie, se levantando da cadeira.

— Hoje, não — respondeu. — Tenho uma regra. Na primeira noite, hóspedes não devem fazer nada além de descansar. Amanhã, porém, será diferente. O café da manhã será servido às oito em ponto, e vocês duas podem me ajudar a preparar uma refeição para levar à enfermaria e alimentar os soldados feridos. Achei que seria um bom modo de começar sua pesquisa. Alguns dos soldados não vão querer falar do que viram e viveram, mas outros, sim.

— Estaremos prontas — disse Attie, recolhendo a bagagem.

Iris pegou a própria mala de couro, com a cabeça a mil pensando em Dacre, e acompanhou Marisol e Attie pelo corredor e escada acima. Marisol carregava uma pequena candeia, e a chama ardia nos muitos espelhos da parede. Ela explicou que a maioria dos residentes de Avalon Bluff decidira abrir mão da eletricidade à noite — pois era de uma claridade inevitável, que seria vista de longe —, optando por velas que poderiam ser facilmente apagadas no caso de um cão ou da sirene intermitente.

— Agora — disse Marisol, quando chegaram ao segundo andar — esta é a porta do meu quarto. Há outros quatro, todos vazios e muito agradáveis. Escolham o que lhes parecer melhor.

Attie entrou em um, Iris em outro. Parecia um crime acender a luz elétrica depois de saber das sirenes.

O quarto que Iris escolheu era decorado em tons de verde. Tinha duas janelas com vista para os fundos da casa, com uma cama no canto, um armário esculpido na parede que se assemelhava ao de sua casa e uma mesa, perfeita para escrever.

— Este é um dos meus quartos preferidos — disse Marisol, da porta. — E pode usar eletricidade, se preferir. Ou vela.

— Vela está bom — disse Iris, bem quando Attie apareceu.

— Eu quero o quarto na frente desse — declarou. — É vermelho, combina comigo.

— Maravilha! — disse Marisol, sorridente. — Nos vemos pela manhã. As roupas de cama e de banho ficam ali naquele guarda-roupa, se precisarem. Ah, e o banheiro é no fim do corredor.

— Obrigada, Marisol — sussurrou Iris.

— De nada. Durma bem, minha amiga — respondeu ela, suave, antes de fechar a porta.

18

Um risco tremendo

Iris tentou dormir naquela noite, no frio escuro do novo quarto, mas, no fim das contas, ficou inquieta. A tristeza e a culpa pela morte da mãe voltavam a se esgueirar por seus ossos, e ela não teve opção além de acender a vela com um suspiro.

Ela coçou os olhos com a palma da mão, encolhendo os ombros. Estava exausta; por que não conseguia dormir?

Quando abriu os olhos, fitou a porta estreita do guarda-roupa do outro lado do cômodo. Ela se perguntou se aquela porta funcionaria como a do outro quarto. Se datilografasse na máquina da avó, as cartas ainda chegariam ao garoto sem nome para quem escrevia?

Iris queria descobrir a força daquele laço mágico. Se seiscentos quilômetros o romperiam. Ela deslizou do colchão até sentar-se no chão e abriu a máquina.

Aquele processo lhe era familiar, mesmo em outro lugar, cercada por desconhecidas que se tornavam amigas. Aquele gesto, os dedos marcando palavras na folha em branco, as pernas cruzadas sobre o tapete... Aquilo a firmava.

Sei que isso é impossível.

Sei que é um risco tremendo.

Ainda assim, cá estou, escrevendo para você de novo, sentada no chão à luz da vela. Cá estou, procurando você e esperando que responda, mesmo que eu esteja em outra casa, a quase seiscentos quilômetros de Oath. Ainda assim, não consigo deixar de me perguntar se minhas palavras ainda o alcançarão.

Se alcançarem, tenho um pedido.

Tenho certeza de que você se lembra da primeira carta de verdade que me escreveu. Aquela em que detalhava o mito de Dacre e Enva. Estava pela metade, mas você acha que seria capaz de encontrar o resto? Gostaria de saber o fim.

Agora preciso parar por aqui. A última coisa que quero é que minha escrita desperte alguém, porque este lugar é tão quieto e silencioso que escuto meu próprio coração pulsando em meus ouvidos.

Não deveria ter esperança. Não deveria tentar mandar esta carta. Nem sei seu nome.

Mas acho que há uma conexão mágica entre nós. Um elo que nem a distância pode romper.

Iris tirou o papel da máquina com cuidado e o dobrou. Ela se levantou, sentindo o joelho estalar, e se aproximou do guarda-roupa.

Vai ser uma loucura se funcionar, pensou, passando a carta por baixo da porta. Respirou três vezes e a abriu.

Para seu choque, o papel tinha sumido.

Era maravilhoso e terrível, porque ela precisaria esperar. Talvez ele nem respondesse.

Iris andou em círculos, enroscando mechas de cabelo nos dedos.

Ele levou dois minutos para responder. O papel deslizou pelo chão.

Ela pegou a carta e leu:

```
SEISCENTOS QUILÔMETROS DE OATH?!!! Responda, e farei
o possível para encontrar a outra metade do mito:
    Você foi para a guerra?
    E, antes que pergunte, sim. Estou aliviado de
encontrar mais uma carta sua no meu chão.
    P.S.: Perdão pela falta de educação. Como você
tem estado?
```

Ela sorriu.

Datilografou e enviou a resposta:

```
Vim como correspondente de guerra, na verdade.
Não se preocupe: não vi a batalha. Pelo menos por
enquanto.
    A primeira coisa que aprendi foi a esperar o
inesperado e a sempre estar preparada para tudo.
Porém, acabei de chegar e acho que levarei certo
tempo para me ajustar à vida tão próxima da linha
de frente.
    É diferente. Como eu disse, é mais quieto, de um
modo estranho. Imaginava que seria barulhento e
fervilhante, um lugar repleto de pólvora e explo-
sões. Porém, por enquanto, vejo sombras, silêncio,
portas trancadas e sussurros.
```

Quanto a mim... o luto ainda pesa, e acho que me afundaria em um poço se não estivesse tão distraída. Em alguns momentos, me sinto bem. No entanto, logo sou tomada por uma enxurrada de tristeza que me deixa sem ar.

Mas estou aprendendo a suportar. Como você me ensinou.

Devo ir agora. Acho que provavelmente preciso considerar maneiras de conservar meu papel e minha tinta. Porém, se você encontrar o mito, eu adoraria lê-lo. E você sabe onde me encontrar.

Ele respondeu quase imediatamente:

Não posso prometer encontrar a outra metade. Encontrei a primeira parte por acaso, escrita à mão e guardada em um dos livros antigos de meu avô. Porém, vasculharei a biblioteca. Tenho certeza de que Enva derrotou Dacre com sua astúcia no reino inferior e que os homens, desde então, leram e esconderam essa parte do mito, com orgulho ferido.

Enquanto isso, espero que encontre seu lugar, onde quer que você esteja. Mesmo no silêncio, espero que encontre as palavras que precisa compartilhar.

Cuide-se. Fique bem.

Escreverei em breve.

19

Palavras de saudade

O prédio em formato de U de uma antiga escola com dois andares e um jardim no pátio havia sido convertido em enfermaria. A maioria das janelas tinha cortinas para amenizar o sol forte do meio-dia. Iris analisou o lugar enquanto ajudava a descarregar os inúmeros pães que Marisol assara pela manhã. Peter, um vizinho de Marisol, tinha um caminhão verde e enferrujado, e eles carregaram a caçamba de cestas e mais cestas de pão, além de dois panelões de sopa, para levar à enfermaria do outro lado da cidade.

Iris sentiu um calafrio ao carregar uma cesta para os fundos do edifício, onde alguns enfermeiros preparavam bandejas de almoço. As mãos dela suavam; estava nervosa. Não sabia se preparar para aquilo, para falar com soldados feridos.

Também estava tomada de uma esperança ansiosa. Talvez Forest estivesse ali.

— Preparou as perguntas com antecedência? — sussurrou Attie quando elas se cruzaram.

176   Rebecca Ross

— Não, mas tenho pensado nelas — respondeu Iris, voltando ao caminhão para buscar outra cesta.

— Também não preparei — disse Attie quando se cruzaram outra vez. — Acho que vamos só fazer o que acharmos melhor, né?

Iris concordou, mas sentiu a boca secar. Se estivesse ferida, com dor e acamada em uma enfermaria, será que teria gostado que uma desconhecida a entrevistasse? Provavelmente não.

Marisol ficou na cozinha com os enfermeiros, preparando as refeições, mas Attie e Iris receberam permissão de andar pelo térreo. Alguns quartos eram interditados, mas elas foram informadas de que a maioria dos soldados ficava no salão da assembleia, que deveria ser o foco da tarefa.

Era um cômodo amplo, revestido de janelas e cheio de camas. O piso era de madeira gasta e rangia sob Iris enquanto ela olhava ao redor. Imediatamente, procurou por Forest. Buscou o irmão em um mar de lençóis brancos e feixes de luz solar.

Alguns dos soldados tinham perdido pernas e braços. Alguns tinham o rosto enfaixado, queimaduras, cicatrizes. Alguns estavam sentados, conversando; outros, deitados, dormindo.

Emocionada, Iris temeu não reconhecer o irmão, mesmo se ele estivesse ali. Respirou fundo, porém, pois sabia que aqueles soldados tinham sobrevivido a mais do que ela era capaz de imaginar. O ar tinha gosto de xarope de cereja, limpa-piso de limão e aço frio, tudo mascarando um indício de doença. Ela fechou os olhos e imaginou Forest exatamente como era no dia da partida.

Eu o reconheceria em qualquer lugar.

Quando Iris abriu os olhos, uma soldada chamou sua atenção. Estava sentada na cama, parecia ter a idade de Iris e dava cartas de um baralho velho por cima da coberta. Tinha o cabelo em um tom claro de loiro, lembrando palha de milho, cortado na altura do ombro. Sua pele era pálida e as mãos tremiam enquanto distribuía as cartas. Seus olhos, no entanto, eram calorosos, castanhos e vivos, e Iris começou a se aproximar assim que seus olhares se encontraram.

— Você joga? — perguntou a moça, a voz áspera.

— Só quando encontro uma boa dupla — respondeu Iris.

— Então traga um banquinho e jogue comigo.

Iris obedeceu. Ela sentou-se à cabeceira da cama e viu a soldada embaralhar as cartas com as mãos trêmulas. Seus dedos eram compridos, como os de uma pianista.

— Eu me chamo Prairie — disse a moça, olhando para Iris. — Significa "prado".

— Eu me chamo Iris, que nem a íris do olho.

Isso fez Prairie abrir um sorrisinho.

— Nunca a vi aqui, Iris do Olho.

— Cheguei ontem — respondeu ela, pegando as cartas que Prairie entregou.

— Repórter, é?

Iris assentiu, sem saber o que mais dizer. Se seria correto perguntar a ela se...

— Eu não falo com repórteres — informou Prairie, pigarreando, e sua voz continuava rouca e fraca. — Mas estou sempre procurando alguém para ganhar de mim no carteado. Pronto, pode começar.

Bom, está resolvido, pensou Iris. Pelo menos a sinceridade brusca de Prairie diminuiu seu nervosismo e suas expectativas, e Iris pôde simplesmente aproveitar o jogo.

Elas jogaram em silêncio. Prairie era competitiva, mas Iris estava quase em seu nível. Acabaram jogando mais duas partidas, até os enfermeiros entregarem o almoço.

— Suponho que seja melhor deixá-la comer em paz — disse Iris, se levantando.

Prairie mergulhou a colher na tigela de sopa. O talher tilintava devido a seus movimentos incertos.

— Pode ficar. Todo mundo que conversaria com você está comendo.

Iris olhou ao redor e encontrou Attie, sentada junto a um soldado mais à frente. Ele era jovem e bonito e sorria para ela, que estava com o bloco em mãos e anotava o que dizia.

— Tenho uma pergunta para você — disse Iris, voltando a se sentar. — Se eu quisesse descobrir onde certo soldado está postado, para quem eu escreveria?

— Pode escrever para a central de comando em Mundy, mas é provável que não respondam. Não gostam de revelar o posto dos soldados, por questão de segurança. As coisas andam meio caóticas, e o correio não é confiável.

Iris assentiu, tentando disfarçar o desespero.

— E se um soldado estiver ferido, tenho como descobrir?

Prairie encontrou o olhar de Iris.

— Sabe o nome do pelotão ou da companhia em que ele está? — perguntou.

Iris fez que não com a cabeça.

— E o batalhão?

— Não, não tenho nenhuma dessas informações. Apenas o nome completo.

Prairie fez uma careta.

— Então vai ser muito difícil encontrar informações ou notícias. Sinto muito.

— Tudo bem. Era só uma dúvida — disse Iris, com um sorriso frágil.

A decepção dela deve ter ficado evidente, porque Prairie soltou a colher e falou:

— Não converso com repórteres, mas talvez você possa fazer algo por mim?

— O que seria?

— Pode escrever uma carta para mim?

Iris pestanejou.

A esperança no olhar de Prairie se apagou com o momento de silêncio desajeitado, e ela olhou para baixo.

— Deixa para lá.

— *Sim* — disse Iris, se recuperando do choque, e tirou o bloco e a caneta do bolso de trás. — Eu adoraria fazer isso, sim.

Ela abriu o bloco em uma página nova e esperou, com a caneta a postos.

Prairie olhou a refeição pela metade.

— É para minha irmã.

— Pode começar quando quiser.

A soldada precisou de um momento, como se tomada pela timidez, mas finalmente começou a pronunciar palavras suaves e tristes, e Iris as escreveu por completo.

Depois disso, ela foi de soldado em soldado, se oferecendo para escrever uma carta para cada um. Não pedia detalhes da guerra, não perguntava por que tinham decidido lutar, como tinham se ferido nem se conheciam um tal de Forest Winnow. Todos tinham alguém para quem escrever, e Iris tentou não pensar no irmão enquanto anotava carta atrás de carta, enquanto o bloco se enchia de palavras de saudade, memória, encorajamento e esperança.

Porém, uma pontada fria de medo a atingiu.

Por que Forest não escrevera para ela? Ele prometera, e seu irmão nunca fora dado a descumprir juramentos.

Iris estava começando a acreditar que ele estava morto.

A quem interessar possa,

Escrevo na esperança fervente de que estejam aptos a me informar o paradeiro ou o posto atual do soldado Forest Merle Winnow, recrutado por Enva na cidade de Oath, no Distrito Leste de Cambria, há quase seis meses. Sua data de nascimento é no sétimo de Vyn, ano 1892. Sua altura é 1,82m, e ele tem cabelo castanho e olhos cor de mel.

Sou sua única parente consanguínea viva e tenho buscado um modo de enviar uma carta a ele. Nunca fui informada de seu batalhão ou companhia nem recebi notícias de algum capitão com a informação de que ele faleceu em combate. Se puderem me assistir na obtenção de tal conhecimento, ou transmitir esta carta a alguém que possa fazê-lo, terei eterna gratidão.

Agradeço pela atenção.

Atenciosamente,

Iris Winnow

20

A música abaixo

Naquela noite, Iris se sentou à mesa no quarto, vendo a luz do sol esmaecer em uma campina distante, e começou a datilografar todas as cartas que tinha transcrito na enfermaria. Ela se sentia um receptáculo preenchido pelas histórias, dúvidas e garantias que os soldados tinham compartilhado. Datilografava para pessoas que não conhecia. Avós, avôs, mães, pais, irmãs, irmãos, amigos, amantes. Pessoas que nunca veria, mas que, mesmo assim, estavam conectadas a ela naquele momento.

Uma atrás da outra e mais outra. A cada palavra datilografada, o sol afundava um pouco mais, até as nuvens sangrarem ouro. Um instante depois, a luz cedeu à noite. As estrelas queimavam no breu, e Iris jantou no quarto, continuando a trabalhar à luz da chama da vela.

Estava tirando a última folha da máquina quando ouviu o murmúrio inconfundível de papel sendo arrastado no chão.

Ele tinha escrito.

Iris sorriu e se levantou para pegar a carta. Ela leu:

Tenho boas notícias, cara amiga. Encontrei a outra parte do mito que você pediu. Não me pergunte onde ou como consegui tal façanha; direi apenas que precisei subornar alguém com chá e biscoitos. Esse alguém é, por acaso, minha avó, que tem um temperamento de renome e gosta de apontar meus defeitos sempre que a vejo. Desta vez, alegou que tenho "má postura", que "lamentavelmente" tenho o queixo pontudo do meu pai (como se pudesse ter mudado desde a última vez em que nos vimos) e que meu "cabelo cresceu excessivamente; só de olhar, parece até um bandido ou um cavaleiro errante". Serei sincero com você: às vezes, minha postura é _mesmo_ ruim, especialmente na presença dela, mas meu cabelo está bom. Infelizmente, quanto ao queixo não há nada a fazer.

Mas por que tanta enrolação? Peço desculpas. Eis a segunda metade, começando de onde paramos, quando Enva aceitou ir ao subterrâneo com Dacre, mas em seus próprios termos:

—

Enva, que amava o céu e o gosto do vento, foi infeliz no reino subterrâneo, mesmo que este fosse composto de outro tipo de beleza: espirais de mica e veios de cobre, além de estalactites que gotejavam em piscinas profundas e hipnotizantes.

Dacre a servia no início, ávido para alegrá-la. Porém, sabia que Enva era Celeste, e nunca pertenceria verdadeiramente ao cerne da terra. Haveria sempre nela certa inquietação, que ele vislumbrava vez ou outra no brilho de seus olhos verdes e no traço de seus lábios, cujo sorriso Dacre nunca conseguia convocar.

Desesperado, ele pediu a ela:

— Por que não toca e canta para mim e minha corte?

Pois sabia que a música não daria prazer apenas a ele, mas a ela também. Dacre se lembrava de como Enva fora transcendente ao tocar para os caídos. Lá embaixo, porém, ela nunca cantara até então.

Enva concordou.

Convocaram uma grande assembleia no salão de Dacre, iluminado por fogo. Seus discípulos, seus cães, seus eithrais, seus lacaios humanos, sua horda feia de irmãos. Enva empunhou a harpa. Ela se sentou no centro da caverna, cercada por Inferiores. E, como seu coração pesava de tristeza, cantou um lamento.

A música de seu instrumento espalhou-se aos poucos pelo ar frio e úmido. Sua voz, pura e doce, ergueu-se e reverberou nas rochas. Espantada, ela viu Dacre e sua corte começarem a chorar. Até mesmo as criaturas ganiam de tristeza.

A deusa decidiu cantar algo alegre em seguida. Mais uma vez, viu a música influenciar todos que a ouviam. Dacre sorriu, o rosto ainda brilhando das lágrimas anteriores. Logo, houve palmas e batidas com os pés, e Enva temeu que a alegria efusiva fizesse as rochas caírem em suas cabeças.

Por fim, cantou uma cantiga de ninar. Um a um, Dacre e os membros da corte caíram em um sono profundo. Enva os viu fecharem os olhos e abaixarem o queixo até o peito, as criaturas se enroscando. Logo sua música se misturou ao som de centenas de roncos, e ela se encontrou só no salão, a única ainda desperta. Enva se perguntou por quanto tempo dormiriam. Quanto tempo duraria o encanto de sua música?

Ela deixou o salão e decidiu esperar para ver. Enquanto aguardava, vagou pela fortaleza subterrânea de Dacre, por aquelas trilhas antigas de magia que decoravam suas curvas, suas voltas e seus muitos portais secretos para o mundo de cima. Três dias e três noites depois, Dacre finalmente despertou, seguido de perto pelos irmãos e então pelo restante da corte. A cabeça dele estava enevoada; as mãos, dormentes. Ele se levantou cambaleando, sem saber o que acontecera, mas o fogo do salão tinha se apagado e estava escuro.

— Enva? — chamou, e sua voz retumbou nas rochas para encontrá-la. — Enva!

Ele temia que ela tivesse partido, mas Enva surgiu no salão com uma tocha.

— O que aconteceu? — questionou Dacre.

Enva mostrou-se contida e calma.

— Não sei — respondeu, e bocejou. — Acordei agora mesmo, um minuto antes de você.

Dacre ficou desconcertado, mas, naquele momento, achava Enva bela e confiava em suas palavras. Menos de uma semana depois, ele voltou a sentir fome de sua música e convocou outra assembleia no salão para que Enva os entretivesse.

A deusa tocou a tristeza. A alegria. E o sono. Desta vez, cantou a cantiga de ninar pelo dobro do tempo, e Dacre e sua corte dormiram por seis dias e seis noites. Quando Dacre despertou, frio e rígido, chamou Enva pelas rochas, mas não houve resposta. Ele buscou sua presença, que era um fio de sol em sua fortaleza, mas encontrou apenas sombras.

Irado, percebeu que ela subira. Chamou suas criaturas e seus lacaios para a guerra, mas, quando emergiram pelos portais secretos que levavam ao mundo superior, Enva e um exército Celeste os aguardavam. A batalha foi sangrenta e longa, e muitos Inferiores fugiram para as profundezas da terra. Dacre foi ferido por uma flecha da própria Enva, disparada em seu ombro, e não teve opção além de recuar, voltando às entranhas de sua fortaleza. Ele bloqueou todas as passagens, para que nada nem ninguém de cima pudesse invadir o subterrâneo. Desceu até o fogo da terra, e lá tramou sua vingança.

Entretanto, Dacre nunca foi vitorioso. Não pôde vencer os Celestes, então escolheu atormentar os mortais. Nunca percebeu que Enva descobrira todas as passagens de seu reino enquanto ele dormia sob seu encanto. Portanto, quando ela decidiu voltar ao reino do deus, duzentos anos depois, levou consigo a harpa e um juramento no coração: fazer ele e sua corte dormirem por cem anos.

> Há quem diga que ela teve sucesso, pois houve um período de paz e a vida foi agradável e brilhante para os mortais na terra. Outros, porém, dizem que ela foi incapaz de cantar tanto sem diminuir seu poder, incapaz de fazer com que Dacre e sua corte dormissem por tanto tempo. Conclui-se, então, que nunca é sábio ofender um músico. E escolha seus amores com sabedoria.

O fim do mito deixou Iris pensativa. Ela se perguntou se a história se equivocara; durante todo aquele tempo, ela aprendera que sua espécie fora vitoriosa contra os cinco deuses sobreviventes — Dacre, Enva, Alva, Mir, e Luz —, que tinham sido enganados e convencidos a beber uma poção envenenada que os fizera dormir sob o solo. Porém, talvez sempre tivesse sido obra de Enva e sua harpa, e apenas quatro deuses estivessem dormindo, enquanto o quinto vagava em segredo.

Quanto mais Iris refletia, mais lhe parecia verdade. Enva nunca fora enterrada no túmulo do Leste; ela devia ter firmado um acordo com os mortais muito tempo antes. Era *ela* quem cantara para as outras quatro divindades até caírem em sono encantado em tumbas profundas e sombrias. De repente, não foi tão difícil conceber por que Dacre acordaria com tamanha sede de vingança. Por que devastaria uma cidade após a outra, decidido a atrair Enva de volta.

O pensamento fez Iris estremecer. Ela respondeu ao correspondente:

> Estou <u>encantada</u> por sua capacidade de encontrar esta segunda parte, e serei eternamente grata pelo seu sacrifício com chá, biscoitos e reprimendas

de sua avó, que parece alguém de quem eu provavelmente gostaria.

Quase hesito, agora, em pedir mais de você, mas há outra coisa...

Fui à enfermaria ~~daqui de Aval~~ de onde estou instalada. Tive a oportunidade de conhecer soldados que foram feridos. Alguns se recuperam bem, mas outros morrerão, e acho difícil engolir tal verdade. Eles foram dilacerados e desmembrados, foram atingidos por tiros, facadas e estilhaços. Suas vidas foram irrevogavelmente alteradas, mas nenhum se arrepende da escolha de lutar contra o mal que avança pela terra. Nenhum se arrepende, exceto de uma coisa: querem mandar uma carta para seus entes queridos em casa.

Envio para você um conjunto de tais cartas. Os endereços estão datilografados em cada rodapé. Gostaria de perguntar se você estaria disposto a colocá-las em envelopes, endereçá-las, botar os selos adequados e postá-las no correio para mim? Prometo pagar pelo valor do envio. Se não puder, não se preocupe. Apenas me devolva-as pelo portal, e eu as entregarei no próximo trem.

P.S.: Você por acaso tem uma máquina de escrever que a princípio parece comum, mas possui algumas características únicas? Por exemplo, a fita talvez soe como uma nota musical, a barra de espaço talvez brilhe dependendo da luz e talvez haja uma placa prateada e com inscrições presa na parte de baixo. Pode me dizer o que o entalhe diz?

Ela recolheu as cartas dos soldados e mandou-as pelo portal. Andou em círculos enquanto esperava a resposta, que chegou antes do que previra.

É claro, será um prazer ajudá-la com isso. Postarei as cartas amanhã logo cedo. Não precisa me pagar pelo envio.

E, sim, minha máquina tem suas peculiaridades. Era de minha avó. Ela me deu de presente no meu aniversário de dez anos, na esperança de que um dia eu me tornasse autor, como meu avô.

Antes de sua carta, nunca me ocorrera olhar a parte de baixo. Foi um choque encontrar a placa de prata que descreveu. O texto entalhado diz o seguinte: A SEGUNDA ALOUETTE / FABRICADA ESPE-CIALMENTE PARA H.M.A. São as iniciais de minha avó.

Terei de perguntar mais a ela quanto a isso, mas acredito que sua máquina também seja uma Alouette? Imagina que seja essa nossa conexão? Por nossas máquinas raras?

O peito de Iris foi preenchido de calor, como se ela inspirasse o fogo da vela. Sua teoria estava confirmada. Ela começou a responder rapidamente:

Sim! Recentemente descobri a lenda das máquinas de escrever Alouette, que logo contarei a você, pois creio que a achará muito intrigante. Mas minha avó, que era uma mulher solene e repleta de poesia, me deu a máquina dela no

O uivo assombroso de uma sirene a interrompeu em meio à frase.

Os dedos de Iris ficaram paralisados nas teclas, e seu coração começou a bater com força de repente.

Era a sirene dos cães.

Ela tinha três minutos até as criaturas chegarem a Avalon Bluff, o que era tempo suficiente para Iris se preparar, mas parecia que os cães ferozes de Dacre poderiam saltar das sombras a qualquer momento.

Com mãos trêmulas, escreveu com pressa:

```
Precisoi ir! Desculppaa. Até maos.
```

Ela arrancou a folha da máquina. Parte da página se rasgou, mas ela conseguiu dobrá-la e mandá-la pelo portal.

Rápido, pensou. *Cubra a janela, apague a vela, vá para o quarto de Marisol.*

Iris andou até a janela enquanto a sirene uivava. Ouvir aquela lamúria lhe dava calafrios. Saber o que estava a caminho. Ela olhou pelo vidro, encarou o breu da noite. As estrelas continuavam a cintilar como se não houvesse nada de incomum; a lua continuava a iluminar a terra. Iris forçou a vista e conseguiu, por pouco, discernir o brilho da janela do vizinho, do telhado e do campo atrás, cuja grama alta era soprada por uma lufada de ar. Seu quarto dela dava vista para o leste, então era provável que os cães viessem do lado oposto.

Ela fechou as cortinas com força e apagou a vela. Escuridão tomou o ambiente.

Deveria pegar mais alguma coisa? Avançou na direção da máquina, passando os dedos pelo metal frio no escuro. Pensar em deixá-la para trás a fez perder o fôlego.

Vai ficar tudo bem, pensou com firmeza, forçando as mãos a deixarem a máquina na mesa.

Iris deu um passo em direção à porta e tropeçou no tapete. Deveria ter esperado para apagar a vela quando encontrasse Marisol. Entretanto, conseguiu chegar ao corredor, onde quase colidiu com Attie.

— Cadê a Marisol? — perguntou Iris.

— Aqui.

As duas se viraram e a viram subir a escada, trazendo uma candeia.

— Preparei o térreo. Venham as duas para o meu quarto. Vão passar a noite comigo.

Attie e Iris a acompanharam até o cômodo espaçoso. Havia uma cama larga de dossel, um divã, uma escrivaninha e uma estante. Marisol soltou a luz e começou a empurrar o móvel mais pesado para a frente da porta. Attie foi ajudá-la, enquanto Iris correu para fechar as cortinas.

De repente, fez-se muito silêncio. Iris não sabia o que era pior: a sirene ou o silêncio que a seguia.

— Fiquem à vontade na cama — disse Marisol. — A noite pode ser longa.

As duas sentaram-se de pernas cruzadas, recostadas na cabeceira. Attie finalmente apagou a vela, mas Marisol ainda empunhava sua candeia. Ela abriu o armário, e Iris a observou afastar vestidos e blusas até encontrar uma lanterna e um pequeno revólver.

Marisol recarregou a arma e entregou a lanterna para Iris.

— Se os cães conseguirem entrar, o que não deve acontecer, mas é sempre possível... quero que os ilumine para que eu possa enxergá-los.

E assim atirar neles, Iris entendeu. Ela fez que sim com a cabeça e estudou a lanterna até encontrar o botão de ligar e desligar com o polegar.

Marisol se sentou devagar na beira da cama, entre as garotas e a porta, e apagou a candeia.

A escuridão voltou.

Iris começou a contar a própria respiração, para manter o ritmo profundo e regular. Para se distrair.

Um... dois... três...

Ouviu o primeiro cão na décima quarta inspiração. Ele uivou ao longe, um som tão horripilante que fez Iris cerrar a mandíbula. O som se aproximou, acompanhado de outro. E outro, até ser impossível contar quantos tinham chegado a Avalon Bluff.

Vinte e quatro... vinte e cinco... vinte e seis...

Eles rosnavam pela rua, logo abaixo da janela de Marisol. A casa pareceu estremecer. Pelo barulho, era como se um cão arranhasse a porta com as garras. Ouviu-se um estrondo.

Iris deu um pulo.

Estava respirando em ritmo frenético, mas agarrava-se à lanterna como se fosse uma arma, preparada para tudo. Sentiu Attie pegar sua outra mão, e elas se seguraram. Mesmo sem enxergar, Iris sabia que Marisol estava bem diante delas, sentada nas sombras como uma estátua, a arma pousada no colo.

Os gritos diminuíram. Voltaram. A casa tremeu de novo, como se repetindo um ciclo.

Iris estava expirando pela septingentésima quinquagésima segunda vez quando o silêncio retornou. Mas foi como Marisol previra.

Acabou sendo uma noite muito comprida.

21

Bandido ou cavaleiro errante

Você está segura? Está bem? O que aconteceu?

Por favor, me escreva assim que puder.

Roman mandou a mensagem pela porta do armário pouco depois da carta abrupta de Iris. Ele sabia que algo de inesperado e terrível devia ter acontecido para ela errar a grafia de tantas palavras. Andou em círculos até de madrugada, olhando para o armário, para o chão recém-varrido diante da porta. Passaram-se horas e mais horas, frias e sombras, e ela não escreveu de volta.

O que estava acontecendo? Roman estava desesperado para saber. Finalmente, de tamanha exaustão, sentou-se na beirada da cama, assolado por receios.

Talvez a cidade em que ela estivesse instalada tivesse sido atacada. Ele imaginou Iris precisando se abrigar de uma cascata de bombas, que explodiam em uma variedade flamejante de faíscas e destruição. Imaginou Iris ferida. Imaginou os soldados de Dacre invadindo, vitoriosos, e tomando-a como prisioneira.

Roman não suportava ficar sentado.

Ele se levantou e voltou a andar em círculos, abrindo um rastro no tapete.

Se algo acontecesse com ela... como ele seria informado?

— Iris — falou para a luminária. — *Iris*, me escreva.

Foi às três da manhã que ele pegou as cartas antigas do esconderijo. Sentou-se no chão e as releu e, apesar de sempre ter se comovido com as palavras que ela escrevera para Forest, percebeu sentir-se atravessado por todas as que Iris escrevera para *ele*. Lê-las doía, e Roman não sabia o motivo.

Ele saiu do quarto para caminhar pelos corredores escuros da mansão. Tomou a rota que fizera todas as noites após a morte de Del, quando o sono lhe faltava. Quando tinha quinze anos e estava tão devastado que o luto parecia capaz de enterrá-lo.

Desceu a escada, quieto como um fantasma. Atravessou salas frias e passagens sinuosas. Finalmente, foi atraído pela luz fraca que escapava da cozinha. Esperava entrar no cômodo e descobrir que a casa deixara leite quente e biscoitos para ele, por pressentir sua angústia. Roman se sobressaltou na porta quando viu que era a avó, sentada à bancada com uma vela e uma xícara de chá.

— Roman — disse ela, no tom brusco de sempre.

— V... vó — respondeu ele. — Perdão, eu não queria... Vou deixá-la.

— Não seja ridículo — disse a avó. — A chaleira ainda está quente, se quiser chá, apesar de eu saber que você prefere café.

Era um convite para conversar. Roman engoliu em seco; abatido, entrou devagar na cozinha e pegou uma xícara. Serviu-se de chá e sentou-se no banco de frente para a avó, de início temendo fazer contato visual. Ela levava jeito para ler pensamentos.

— Por que está acordado a uma hora dessas? — perguntou ela, com aquele olhar astuto e penetrante.

— Estou esperando uma carta.

— Uma carta no meio da madrugada?

Ele corou.

— Sim.

A avó continuou a fitá-lo. Ela sorrira apenas três vezes, talvez, em toda a vida, então Roman se chocou ao vê-la curvar os lábios tensos em um sorriso.

— Finalmente está usando direito aquela máquina de escrever, então — falou. — Imagino que esteja se correspondendo com a neta de Daisy Winnow?

Roman hesitou, mas cedeu e assentiu.

— Como a senhora sabia?

— Foi um palpite — respondeu ela. — Visto que eu e Daisy estávamos determinadas a manter as máquinas na família, em vez de entregá-las àquele museuzinho lamentável.

Roman pensou na carta que Iris estivera escrevendo para ele antes de ser interrompida pelo que quer que estivesse acontecendo no momento, a quilômetros dali. Ela descobrira a conexão entre as máquinas, e ele queria saber exatamente o que os conectava.

— A senhora era amiga de Daisy Winnow? — ousou perguntar, sabendo que a avó relutava em falar do passado.

— Isso o surpreende, Roman?

— Bem… sim, vó — respondeu ele, com um toque de exasperação. — Nossa família é…

— Composta de novos ricos esnobes da alta classe? — concluiu ela. — Eu sei. Por isso amava tanto Daisy. Ela era sonhadora e criativa, e tinha o coração sempre aberto. Alouette e eu nunca nos incomodamos com sua posição social.

Ela hesitou. Roman ficou quieto, na espera. Ele prendeu a respiração quando a avó começou a contar a história de sua amizade com Alouette Stone e Daisy Winnow e das máquinas de escrever que as conectavam.

De início, ele ficou espantado. Bebeu o chá morno e escutou, até começou a enxergar os fios invisíveis que o conectavam a Iris. Não parecia ser destino; Roman não acreditava nessas fantasias. Porém, certamente parecia ser *alguma coisa*. Alguma coisa que lhe tirava o sono e fazia seu peito doer a cada respiração.

— Como ela é? — perguntou a avó. — A neta de Daisy?

Roman olhou para a borra do chá.

— Não sei. Não a conheço tão bem.

— Caso tenha se esquecido, sei quando você mente, Roman. Você aperta os olhos.

Ele riu, porque Iris lhe dissera a mesma coisa na semana anterior.

— Certo, vó. Eu diria que ela se parece com Daisy, então. Considerando sua descrição.

— É mesmo? — perguntou a avó, e se calou um instante, pensativa. — Humm. É por isso que queria a outra metade do meu mito? Para mandar para…?

— Iris — sussurrou ele.

A avó arqueou a sobrancelha.

— *Iris* — repetiu, então, e o som foi tão suave que causou um calafrio em Roman.

— Sim.

Roman achou que era hora de ir embora, antes que a avó dissesse qualquer outra coisa que o deixasse desconfortável. Ele estava se levantando do banco quando ela perguntou, com a voz arrastada:

— E vai deixar ela escapar, então?

Ele ficou paralisado. Como responder?

— Acho que não tenho muita escolha, vó.

A avó bufou e deu um tapinha na mão dele.

— Sempre há escolha. Vai deixar seu pai escrever sua história, ou você mesmo vai escrevê-la?

Roman ficou em silêncio enquanto ela se levantava, soltando um pequeno grunhido. A avó caminhou até a porta, mas parou ali, e Roman ficou tenso, sem saber o que ela estava prestes a dizer.

— Tenho setenta e cinco anos, Roman. Vi inúmeras coisas ao longo da vida, e neste momento posso dizer que este mundo está prestes a mudar. Os dias vindouros serão ainda mais sombrios. Se encontrar algo de bom, não solte. Não pode perder tempo preocupado com coisas que, no fim, não terão importância. Em vez disso, é preciso se arriscar pela luz. Entende o que estou dizendo?

Ele concordou com a cabeça, apesar de o coração estar a mil.

— Que bom — disse a avó. — Agora lave essas xícaras, senão a cozinheira vai reclamar da bagunça.

Então ela se foi. As sombras da cozinha pareciam mais escuras sem ela, e Roman levou o bule e as xícaras à pia, percebendo que nunca, na vida inteira, lavara louça.

Ele fez o possível e guardou as xícaras no armário antes de voltar ao quarto, onde olhou para o armário. Nada de carta.

Sentou-se no chão e acabou adormecendo, por fim. Quando despertou, no amanhecer, viu que ela finalmente escrevera. Roman se arrastou correndo pelo tapete, com o coração na boca ao desdobrar a carta e lê-la:

```
Estou segura e estou bem. Não se preocupe! Peço
desculpas por ter precisado partir tão abrupta-
mente ontem.
    Não tenho tempo para escrever uma carta mais
longa agora, pois preciso ir. Hoje vou à enferma-
ria, mas entrarei em contato com você em breve.
    P.S.: Espero mandar mais cartas de soldados
hoje ou amanhã à noite, para que você coloque no
correio, se não for incômodo.
```

Ele estremeceu de alívio, mesmo sabendo que o que quer que tivesse ocorrido na véspera não era bom. Porém, ela estava segura e estava bem, e Roman suspirou, encostando a cabeça no chão.

A tranquilidade era como um cobertor caloroso e, de repente, ele percebeu como estava dolorido e cansado. Queria adormecer pensando em Iris, mas resistiu à atração provocante.

O relógio de pulso tiquetaqueava, incômodo.

Roman gemeu ao olhar as horas. Ele se levantou com pressa, pegou as cartas de Iris e as escondeu. Vestiu-se rápido. Não teve tempo de fazer a barba, de engraxar os sapatos, nem mesmo de se pentear.

Pegou a pasta e desceu a escada correndo.

Estava atrasado para o trabalho.

— Vamos, a geada já passou e o jardim precisa de cuidado — disse Marisol à tarde. — Vocês seriam de boa ajuda. Vamos lavrar hoje e plantar amanhã.

Iris ficou aliviada de receber uma tarefa, mesmo que fosse o trabalho difícil de quebrar a terra dura com a pá, algo que ela nunca fizera, pois crescera na cidade de pedra e asfalto de Oath. As três trabalharam no quintal da pousada, onde o jardim encontrava-se adormecido pelo inverno, coberto de ervas daninhas e galhos velhos e murchos.

— Parece que alguém chegou antes de nós — comentou Attie, ao se agachar para apontar sulcos profundos na terra.

— Foram os cães — disse Marisol, cavando com a pá menor. — Esse é o problema de cultivar em Avalon Bluff. Os cães gostam de pisotear tudo quando percorrem a cidade à noite. Às vezes, passamos meses sem vê-los, mas outras vezes Dacre os manda toda noite.

Iris e Attie olharam os sulcos, que reconheciam finalmente como marcas de garras. Um calafrio percorreu Iris, e ela voltou a atenção para a terra que cavava.

— Você cultiva o jardim todo ano, Marisol? — perguntou, notando os canteiros nas beiradas, onde brotavam flores, alfaces e outras verduras de tempo frio.

— Cultivo, mas é apenas por causa de Keegan — respondeu Marisol.

— Quem é Keegan?

— Minha esposa.

— Onde ela está? — perguntou Attie.

Iris reconheceu o tom cauteloso e respeitoso; elas não sabiam se a esposa de Marisol estava viva. Nunca a mencionara, apesar de usar aliança.

— Ela viaja muito a trabalho — respondeu Marisol. — Não tenho como saber exatamente quando voltará. Mas espero que seja em breve.

— Ela é comerciante? — perguntou Iris.

— Algo assim.

— Como vocês se conheceram?

— Bem, Keegan estava viajando pela região em certo dia de verão e reservou um quarto aqui — começou Marisol, limpando a terra das mãos. — Ela disse que a casa era um charme, a comida, deliciosa e a hospitalidade, perfeita, mas que meu jardim estava uma tristeza. Não gostei muito do comentário, como vocês devem imaginar, mas a verdade era que a pousada havia sido da minha tia, que era uma jardineira excelente e cultivava a maior parte das verduras que cozinhávamos. E, apesar de eu ter herdado o estabelecimento dela, infelizmente não adquiri seu talento com as plantas.

"Depois que terminei de xingar Keegan por aquele excesso de franqueza, ela decidiu ficar aqui mais tempo, para me ajudar com o jardim. Acho que, de início, deve ter se sentido culpada, porque minha tia tinha falecido havia um ano e eu sentia muita saudade. Apesar de eu querer recusar seu auxílio... Keegan contava histórias maravilhosas à noite, e decidi que, se ela quisesse ajudar a restaurar a horta de minha tia, de graça, quem era eu para recusar?

"O jardim voltou a ser o que era, devagar e sempre, com nosso trabalho conjunto. Às vezes, a gente discutia, mas, na maior parte do tempo, a gente ria e se divertia com a companhia e as histórias uma da outra. Quando ela acabou indo embora, decidi não criar expectativas. Achei que ela demoraria muito para voltar. Ela sempre foi uma alma errante, que nunca gostou de passar tempo demais no mesmo lugar. Mas ela voltou menos de uma semana depois e escolheu ficar comigo, e eu soube que era o amor da minha vida, por mais bobo que pareça."

Attie estava sorrindo, revelando covinhas, apoiada na pá.

— Não é nada bobo. Mas nem *imagino* você xingando alguém, Marisol. Você é uma santa.

Marisol riu.

—Ah, pode acreditar. Eu sou temperamental.

— Eu acredito — brincou Iris, e Marisol jogou um punhado de ervas nela com irritação fingida.

Elas voltaram a trabalhar, e Iris viu a terra se desmanchar e suavizar sob seu cuidado. Falou antes de conseguir se conter:

— Espero que a gente possa conhecer Keegan logo.

— Eu também, Iris. Ela vai amar vocês duas — disse Marisol, mas sua voz de repente soou trêmula, como se segurasse as lágrimas.

Iris percebeu, então, que Keegan devia ter ido embora já fazia muito tempo, para o jardim ter chegado àquele estado de descuido novamente.

Nervosa, Iris escreveu para ele à noite:

Você gostaria de me encontrar?

A resposta chegou rápido:

SIM.
Mas você está a seiscentos quilômetros de mim.

Iris retrucou:

Se eu tivesse asas, voaria para passar um dia em
casa. Como não tenho, teremos que marcar quando eu
voltar para Oath.

Ele perguntou:

Você vai voltar? Quando? Já sabe ou vai esperar o
fim da guerra?
P.S.: Jura que não tem asas? Estou chocado.

Ela hesitou, sem saber como responder. De repente, sentiu um frio congelante na barriga, e datilografou:

Provavelmente voltarei quando a guerra acabar.
Quero ver você. Quero ouvir sua voz.
P.S.: Não tenho asas mesmo.

Ela mandou a confissão pelo portal e, mentalmente, acrescentou: *Quero tocar você.* Ele levou um minuto para responder, durante o qual ela roeu as unhas e desejou fervorosamente ter guardado para si aquelas palavras.

Até que leu:

Quero o mesmo.
Talvez a gente possa irritar os bibliotecários
de Oath com nossa busca por mitos desaparecidos,
ou eu possa levar você para conhecer minha avó e
tomar chá com biscoitos. Acho que ela simpatizaria
com você. Você também pode desempatar a discussão

sobre meu queixo ser pontudo e afiado e dizer se eu lembro mais um bandido ou um cavaleiro errante. Ou talvez a gente possa simplesmente caminhar juntos pelo parque. O que você quiser, eu também quero.

Estarei aqui, esperando para quando você estiver pronta para me ver.

Ela leu a carta duas vezes antes de esconder o sorriso na dobra do papel.

Cara sra. Winnow,

Temos em nosso registro que o soldado Forest M. Winnow, de Oath, se alistou para lutar pela causa de Enva no primeiro dia de Shiloh, quase seis meses antes de sua procura. Ele foi delegado ao Segundo Batalhão Leste, Quinta Companhia Landover, sob o comando da Capitã Rena G. Griss. Neste momento, não podemos fornecer mais informações, mas recomendamos que entre em contato com o comando da Brigada Leste, postado em Halethorpe. Por favor, leve em consideração que o serviço de correios no Distrito Sul tem sido irregular e pode, portanto, ser o motivo para a senhora não ter recebido notícias do soldado Winnow nem de seus comandantes.

Atenciosamente,

William L. Sorrel

Segundo Assistente do Brigadeiro-General Frank B. Bumgardener

22

Iridescente

Uma guerra entre deuses não é o que se espera.

O que se espera é o que a história conta dos assuntos mortais: batalhas que duram dias e noites, bloqueios, muitas mortes, racionamento de comida, táticas e generais implacáveis, missões secretas que levam a sucessos surpreendentes e uma bandeira branca de rendição. Esperam-se números, mapas muito protegidos e um mar de uniformes.

Porém, uma guerra também é uma cidade que precisa se trancar à noite para não permitir que cães à espreita percebam sua luz. É uma cidade que precisa ser ainda mais vigilante durante o dia, preparada para as consequências devastadoras provocadas por algo tão banal e comum quanto caminhar pela rua em que você cresceu.

É uma escola transformada em enfermaria, repleta de corpos, almas e vidas feridas, mas também pessoas tão cheias de coragem, esperança e determinação que isso obriga você a se analisar no espelho quando está a sós para encontrar e nomear o que se esgueira dentro de si. Alívio, vergonha, admiração, tristeza, esperança, encorajamento, temor, fé. E faz com que você se pergunte por que tais coisas estão aqui em seus ossos, quando você ainda não se entregou a algo tão altruísta.

É se perguntar o que o amanhã trará. O que a hora seguinte trará. O que o minuto seguinte trará. O tempo de repente parece mais afiado do que uma faca roçando a pele, capaz de cortar a qualquer momento.

Iris parou de datilografar.

Ela olhou para a urna sobre a mesa: as cinzas da mãe. Sua respiração estava ofegante, e um nó apertou seu peito. Ela ainda não sabia onde espalhá-las. Se deveria fazê-lo logo ou aguardar.

O que você quer, mãe?

Silêncio. Não houve resposta. Iris voltou a olhar para a página, tentando desembaraçar as emoções que sentia.

Ainda não tinha visto a linha de frente. Ainda não tinha vivido nenhuma batalha, catástrofe, fome nem lesão. Porém, tinha vivido a perda e procurava ver a guerra por essa lente. Passaram-se alguns minutos e Iris suspirou.

Não sei escrever sobre a guerra.

Como se pressentisse seu anseio, Attie bateu à porta.

— Como anda seu artigo? — perguntou.

— Mais difícil do que eu esperava — confessou Iris, com um sorriso triste.

— O meu também. Vamos dar uma volta.

As garotas saíram da pousada pelos fundos, atravessaram o jardim recém-arado e seguiram pela rua seguinte, na direção do campo dourado que Iris via pela janela do quarto. A grama era alta e batia nos joelhos enquanto elas caminhavam lado a lado. Estavam suficientemente afastadas do centro para conversar com liberdade, mas suficientemente próximas para voltarem a um abrigo caso tocasse a sirene.

Para a surpresa de Iris, Attie não pediu detalhes do que ela escrevia nem perguntou por que o trabalho estava tão lento e árduo. O que perguntou foi:

— Onde você acha que está a esposa de Marisol?

— Keegan? Marisol disse que ela estava viajando, não? — respondeu Iris, roçando as sementes na ponta das plantas com os dedos. — Imagino que esteja em Oath ou talvez alguma cidade do Norte.

Attie ficou em silêncio por um momento, forçando a vista contra o sol do fim de tarde.

— Talvez. É que tenho a estranha impressão de que Marisol está mentindo para nós.

Isso fez Iris hesitar.

— Por que ela precisaria mentir? — perguntou.

— Talvez *mentir* seja um termo muito forte. *Disfarçar* é melhor, porque está tentando proteger a si e à esposa.

— Proteger do quê?

— Não sei — disse Attie. — Mas alguma coisa aí está estranha.

— Acho que Marisol nos contaria se fosse importante — respondeu Iris.

— Sim. Também acho. Talvez seja só impressão minha.

Elas avançaram mais pelo campo, e o mero movimento da caminhada, depois da maior parte do dia passada debruçada na mesa, aliviou o humor de Iris. Não havia nada além do som da grama sussurrando ao contato com as pernas e alguns estorninhos piando no céu. Ela achava que nunca se acostumaria com o silêncio dali, por mais tempo que passasse na cidade.

— Você acha possível se apaixonar por um desconhecido? — perguntou Iris.

— Amor à primeira vista?

— Não exatamente. Amar alguém que nunca conheceu. Alguém cujo nome você nem sabe, mas com quem tem uma conexão.

Attie fez um instante de silêncio.

— Não sei. Talvez? Mas apenas porque, no fundo, sou romântica — respondeu, com um sorriso malicioso para Iris. — Por que a pergunta? Um desconhecido chamou sua atenção na enfermaria?

— Não. É só uma questão na qual tenho pensado.

Attie olhou para o céu, como se as respostas se escondessem lá em cima, em meio às nuvens. As palavras que disse em seguida ressoaram em Iris por horas:

— Hoje em dia, acho que tudo é possível, Iris.

Coisas que sei sobre você:

1. Você às vezes tem má postura;
2. Você tem o queixo do seu pai;
3. Seu cabelo é perfeito, entre o de um bandido e de um cavaleiro errante;
4. Você tem uma avó cheia de mitos;
5. Você é o irmão mais velho de Del;
6. Você mora em Oath;

7. Você tem dezenove anos (eu acho? Fiz as contas a partir de outra carta);
8. Sua escrita é impecável e frequentemente
me faz rir.

Coisas que não sei sobre você:

1. Seu nome.

Iris dobrou o papel e o enviou pelo portal à noite. Esperou que ele respondesse logo, como era costumeiro. Porém, quando os minutos se estenderam, quietos e demorados, ela começou a sentir dor de barriga e andou em círculos pelo quarto, repleta de inquietação. Tinha imaginado que eles finalmente estivessem prontos para compartilhar nomes, mas talvez tivesse interpretado mal a comunicação.

Depois de uma hora, ele respondeu.

Iris pegou o papel do chão e leu:

Então já conhece minhas facetas mais importantes.
Não sinto que meu nome seja notável, mas você pode
me chamar de Carver. É assim que Del me chamava,
e às vezes sinto saudade.

— C.

Carver. Iris deixou o nome dele atravessá-la antes de sussurrá-lo para as sombras do quarto.

— Carver.

Um nome duro e implacável, que cortava o ar com seu som. Um nome que ela nunca imaginaria pertencer a ele.

Ela datilografou:

Oi, Carver. Eu me chamo Iris.

Ele respondeu a mensagem:

"Florzinha." Agora entendi. O nome combina com você.
P.S. Oi, Iris.

Iris riu, sem saber o que pensar dele. Pelo amor dos deuses, como queria conhecer sua aparência, a cadência de sua voz... Que expressões faciais ele fazia ao datilografar os pós-escritos?

Querido Carver (Confesso: como é bom finalmente ter a quem endereçar minhas cartas!),

A maioria das pessoas pensa imediatamente em olhos quando ouve meu nome. Eu me incomodava enormemente quando era mais nova e estava na escola. Alguns meninos implicavam comigo sem cessar, e, por isso, Forest me apelidou de Florzinha.

Ainda assim, eu não gostava de meu nome e perguntei a minha mãe (que, por sinal, se chamava Aster) por que ela não me dera um nome mais da moda, como Alexandra ou Victoria.

"As mulheres da nossa família sempre tiveram nome de flor. Se orgulhe do seu nome", foi a resposta dela.

Infelizmente, ainda estou tentando.

— Iris

Ele respondeu:

Querida Iris,

Devo dizer que sequer cheguei a pensar em olhos. Nem mesmo a flor indômita que inspirou sua mãe a batizá-la foi a primeira coisa a me ocorrer. Foi o arco-íris e seu brilho iridescente.

Vamos tornar nossos nomes exatamente o que quisermos que sejam.

— C.

Caro Comandante da Brigada Leste,

Meu nome é Iris Winnow e estou à procura do paradeiro de meu irmão, o soldado Forest M. Winnow. Fui informada pelo segundo assistente do Brigadeiro-General que meu irmão foi delegado ao Segundo Batalhão Leste, Quinta Companhia Landover, sob o comando da Capitã Rena G. Griss.

Não tenho notícias de Forest desde o dia de seu alistamento, há quase seis meses, e me preocupo com seu bem-estar. Se o senhor puder me fornecer uma atualização sobre a Quinta Companhia Landover ou um endereço ao qual escrever, eu ficaria profundamente agradecida.

Atenciosamente,

Iris Winnow

Correspondente de guerra da <u>Tribuna Inkridden</u>

Postada em Avalon Bluff, Distrito Oeste, Cambria

23

Champanhe e sangue

Roman revelara seu nome do meio para Iris e fazia uma careta sempre que pensava nisso. Ele pensou nisso no elevador da *Gazeta*. Pensou nisso enquanto preparava o chá no aparador, desejando que fosse café. Pensou nisso ao se sentar à mesa e virar os dicionários para esconder a lombada, como ela frequentemente fazia para irritá-lo.

Ele andava pensando muito nela, e sabia que seria seu fim.

Porém, na verdade, estava ansioso. Pois, quando a visse novamente, teria de contar que era Carver. Temia que Iris sentisse que havia mentido para ela, apesar de ele sempre ter contado a verdade, mesmo que de modo dissimulado.

Quero que ela saiba que sou eu, pensou, olhando a máquina de escrever. Queria que ela soubesse de imediato, mas seria uma tolice transmitir algo de tamanha seriedade por meio de uma carta. Não, precisava ser dito pessoalmente. Cara a cara, para ele poder se explicar.

— Você parece estar bastante concentrado — disse uma voz conhecida.

Roman ficou tenso e, ao se virar, viu a última pessoa que esperava encontrar na *Gazeta*. Ele apoiou a xícara na mesa e se levantou.

— Pai.

O sr. Kitt olhou ao redor da redação. Roman levou um momento para entender que ele estava procurando por *ela*. Por Iris.

— Ela não está aqui — disse Roman, frio.

O sr. Kitt voltou a olhá-lo.

—Ah, é? E onde está?

— Não sei. Não a vejo desde que fui promovido.

Fez-se um silêncio desajeitado. Roman sentiu o olhar de Sarah quando ela passou, desviando do sr. Kitt. Alguns dos redatores tinham parado de trabalhar e os observavam através das espirais de fumaça de cigarro.

Roman pigarreou.

— Por que o senhor...

— Fiz uma reserva para um almoço seu com a srta. Little — disse o sr. Kitt, severo. — Hoje. Uma em ponto, no Monahan. Vocês vão se casar daqui a três semanas, e sua mãe achou boa ideia passarem algum tempo juntos.

Roman se forçou a engolir a réplica. Isso era a *última* coisa que ele queria fazer. Porém, concordou com a cabeça, mesmo sentindo sua vida se esvair.

— Pois não. Obrigado, pai.

O sr. Kitt observou Roman, avaliando-o, como se surpreso por ele ter concedido tão facilmente.

— Que bom, meu filho. Nos vemos em casa para o jantar.

Roman observou o pai ir embora.

Afundou na cadeira e olhou a página em branco na máquina. Os dicionários que tinha virado ao contrário. Forçou os dedos a repousarem nas teclas, mas não conseguiu escrever uma palavra sequer. Ouvia apenas a voz de Iris, como se ela lesse sua carta em voz alta.

Você tira um pedaço da armadura para ela; deixa a luz entrar, mesmo que isso faça você se encolher. Talvez seja assim que aprendamos a ser suaves, mas fortes, mesmo com medo e insegurança. Uma pessoa, uma peça de aço.

Roman suspirou. Ele não queria ser vulnerável com Elinor Little. Porém, talvez devesse aceitar o conselho de Iris.

Devagar, começou a encontrar palavras para oferecer à página.

O sol estava a pino quando um caminhão imenso surgiu na cidade, com um estrondo. Iris caminhava com Marisol pela High Street, carregando cestas de comida que tinham negociado na mercearia, quando o veículo chegou sem avisar. Iris não sabia o que pensar: os pneus enormes estavam enlameados e a estrutura de metal, amassada por tiros.

Ele vinha da estrada oeste, que Iris sabia levar à linha de frente.

— Ai, meus deuses — ofegou Marisol.

Ela largou a cesta e saiu correndo, perseguindo o caminhão que pegava outra rua.

Iris não teve opção: abaixou a própria cesta e foi atrás dela.

— Marisol! Marisol, o que houve?

Mesmo que Marisol a estivesse ouvindo, não desacelerou. O cabelo preto voava como uma flâmula enquanto ela corria, enquanto todos a seu redor faziam o mesmo, até uma grande multidão se aglomerar ao redor do veículo. O caminhão estacionou na enfermaria, e foi então que Iris, sem fôlego e sentindo uma fisgada na lateral do corpo, percebeu o que era.

O caminhão trazia soldados feridos.

— Rápido, peguem as macas!

— Cuidado. *Cuidado.*

— Cadê um enfermeiro? A gente precisa de enfermeiros, por favor!

Foi uma loucura quando abriram as portas de trás do caminhão e os feridos foram tirados dali com cuidado. Iris queria ajudar. Queria avançar e fazer alguma coisa — *Faça alguma coisa!*, gritava em pensamento —, mas conseguiu apenas ficar parada, presa à estrada, observando.

Os soldados estavam imundos, cobertos de sujeira e sangue. Um deles chorava e sua perna tinha sido arrancada por uma explosão na altura do joelho. Outra perdera um braço e gemia. As feições estavam pálidas de choque, franzidas de agonia. Alguns estavam desacordados, com o rosto surrado e o uniforme rasgado.

Iris sentiu o mundo girar.

Ninguém lhe deu atenção quando ela se virou e vomitou.

Controle-se, pensou, de mãos nos joelhos e olhos fechados. *É a guerra. É para isso que você veio. Não dê as costas.*

Iris se endireitou e limpou a boca com a mão. Ela se virou, imaginando o irmão. Se Forest estivesse naquele caminhão, andaria até ele com confiança. Ela se mostraria calma, contida e prestativa.

Ela abriu caminho pela multidão e ajudou uma soldada a descer da caçamba. Iris notou que a moça mal conseguia ficar de pé; estava ferida na barriga. O sangue no uniforme verde-escuro era grudento — manchou as mãos e o uniforme de

Iris, carmim como uma rosa —, e a mulher gemeu enquanto era levada para dentro da enfermaria.

Não havia camas para todos.

Uma enfermeira à porta fez sinal para Iris levar a mulher pelo corredor direito, após ver suas feridas.

— Encontre qualquer lugar em que ela fique confortável — orientou a enfermeira, e Iris saiu em busca de um espaço.

Porém, restava apenas o chão — até as cadeiras estavam todas ocupadas —, e Iris sentia que a moça estava quase desacordada.

— Está tudo bem — disse Iris para a soldada quando ela choramingou. — Você está em segurança agora.

— Só... me ponha... no... chão.

Iris obedeceu e a apoiou na parede com cuidado. A moça fechou os olhos, apertando a barriga com as mãos.

Atordoada, Iris chamou o enfermeiro mais próximo, que passava correndo com um balde de panos e água ensanguentada.

— Por favor, uma soldada aqui precisa de cuidado. Não sei o que fazer para ajudá-la.

O enfermeiro, exausto, olhou por trás de Iris. Ele analisou a moça sentada no chão e sussurrou:

— Eu sinto muito, mas ela não vai sobreviver. Não temos como tratar uma ferida dessas. Apenas deixe-a o mais confortável possível. Há mantas naquele armário ali.

Perdida, Iris se virou para buscar uma manta. Ela voltou e cobriu a soldada, que continuava de olhos fechados e com o rosto tenso de dor.

— Obrigada — sussurrou antes de desmaiar.

Iris continuou ao lado dela, sem saber o que fazer, até ouvir Marisol chamar por seu nome no corredor.

Ⓓivinos Ⓡivais **215**

— Iris? Precisamos de ajuda — disse ela, puxando a garota pela mão em meio ao tumulto, para saírem pela porta lateral. — As camas estão todas ocupadas. Pode vir comigo e com Attie buscar colchões da pousada? E alguns lençóis, para rasgarmos e usarmos de atadura?

— Claro — disse Iris, mas sua voz soava fraca.

Peter tinha aceitado emprestar o próprio caminhão para transportarem mais facilmente as camas e ajudou Marisol, Attie e Iris a arrastarem os leitos forrados de plumas da pousada escada abaixo. Elas ofereceram até os próprios colchões, deixando para trás apenas os estrados e as colchas.

Quando voltaram à enfermaria, os feridos tinham sido todos tirados do caminhão e um homem de meia-idade, de uniforme militar esfarrapado, se encontrava na rua, conversando com uma médica.

Iris ouviu a discussão enquanto descia do caminhão de Peter.

— Vocês não param de me trazer soldados que não posso tratar — disse a médica, com a voz frustrada. — Não posso fazer muito por eles.

— Tudo o que peço é que tenham alguma dignidade na morte — respondeu o militar. — Eu me recuso a deixá-los vulneráveis no campo de batalha.

A carranca da médica se suavizou. A exaustão dela era quase palpável quando disse:

— É claro, capitão. Mas não poderei salvar muitos desses soldados.

— A doutora e sua equipe fornecem um lugar seguro e confortável para eles falecerem, o que ajuda mais do que imaginam — disse o capitão. — Obrigado, dra. Morgan.

Ao se virar para abrir a caçamba, agora carregada de mantimentos fornecidos pela cidade, o militar percebeu Iris ali. O capitão parou de repente e logo se aproximou dela.

— Você é correspondente de guerra? — perguntou, notando o crachá. — Quando chegou?

— Semana passada, senhor — respondeu Iris.

— Nós duas chegamos, capitão — disse Attie, atrás dela.

— Posso levar uma de vocês comigo agora até a linha de frente, se a enfermaria permitir — ofereceu ele. — E posso trazê-la de volta no próximo transporte, que há de ser daqui a sete dias, se tudo correr bem.

Iris se virou para Attie, com o coração martelando o peito. Isso era inesperado.

— Vamos decidir na sorte, Iris? — sussurrou Attie.

Iris concordou. Pelo canto do olho, discerniu Marisol, que parara para ver o que acontecia.

Attie tirou uma moeda do bolso, que levantou à luz.

— Montanha ou castelo? — perguntou.

Iris lambeu os lábios. Estava morta de sede. Não sabia o que queria, e a indecisão era como uma faca cravada no peito. Suor começou a brotar nas mãos.

— Castelo.

Attie assentiu e jogou a moeda bem alto. Ela pegou o disco de cobre na queda e abriu a mão, que estendeu para Iris.

Era o lado da montanha.

Attie iria, então.

Roman entrou no restaurante Monahan dez minutos antes do horário combinado, na esperança de ser o primeiro a chegar. Para seu choque, Elinor Little já estava sentada à mesa, aguardando.

— Roman — cumprimentou ela, com a voz distante.

Ela tinha frisado o cabelo loiro e pintado a boca de vermelho-sangue. Usava um vestido azul-marinho e um xale de franjas, e foi com olhos azuis frios que o observou sentar-se na cadeira a sua frente.

— Elinor — respondeu Roman.

Era um dos restaurantes mais elegantes de Oath, onde os pais de Roman tinham se apaixonado durante um longo jantar à luz de velas. O ambiente à meia-luz era romântico, com piso preto e branco, vasos de rosas em todas as mesas, estátuas de mármore nos cantos e cortinas de veludo nas janelas.

Roman nunca se sentira tão desconfortável na vida, e pigarreou ao olhar o cardápio. Elinor parecia desinteressada em conversar, e ele não fazia ideia do que dizer. Felizmente, um garçom surgiu para servi-los de champanhe e registrar o pedido da entrada.

Porém, logo voltou o silêncio tenso, e Roman olhou ao redor do restaurante, finalmente dirigindo a atenção a duas estátuas de mármore no canto mais próximo. Um casal entrelaçado, tão maravilhosamente esculpido que Roman podia imaginá-los vivos. As roupas enrugadas, a textura da pele onde se abraçavam, o sopro da respiração…

— Então — disse Elinor, finalmente, e Roman voltou a olhá-la. — Cá estamos.

— Cá estamos — ecoou Roman e, quando ela estendeu a taça, ele retribuiu o gesto.

Eles brindaram àquele estranho arranjo. As palmas de Roman estavam molhadas de suor quando olhou para a noiva.

— Conte-me mais a seu respeito — pediu ele.

Elinor bufou.

— Não precisa fingir, Roman. Sei que você não quer se casar comigo, assim como não quero desposá-lo. Podemos comer em silêncio, tranquilizar nossos pais e voltar a nossas vidas separadas.

Ele pestanejou. Não sabia como interpretar a declaração — se ela estaria fingindo ou se *realmente* sentia tamanho desinteresse por ele. Eles se casariam dali a três semanas, e ela lhe era uma completa desconhecida. Roman não sabia nada a respeito de Elinor, apenas seu nome e que ela costumava tocar piano. E também que ajudava o pai no laboratório, na criação de bombas.

As entradas chegaram.

Roman decidiu que ficaria quieto, como ela queria, e veria por quanto tempo conseguiriam comer em completo silêncio. Suportou três pratos até não aguentar mais. Passou os dedos no cabelo e fixou o olhar nela. Elinor mal o fitara durante o almoço inteiro, como se ele não existisse.

— Por que estamos fazendo isso? — perguntou Roman, direto.

O olhar afiado de Elinor praticamente o cortou quando ela ergueu o rosto.

— É pelo bem de nossas famílias.

— Que bem há quando vem em detrimento de nossas vontades? — retrucou ele.

Elinor sustentou seu olhar.

— Há coisas maiores do que nós, Roman. Coisas que estão prestes a se desenrolar. Devemos nos preparar para elas.

— Por exemplo? — provocou ele, um pouco alto. — A vinda de Dacre a Oath?

— Quieto! — sussurrou Elinor, com o olhar ardente. — Não deve falar de tais coisas em público.

— Tais como você ajudar seu pai a construir bombas para mandar à linha de frente pela ferrovia de meu pai? — disse ele, a voz gélida. — Para permitir que Dacre destrua pessoas inocentes?

Roman inevitavelmente se lembrou da noite que passara em claro, morrendo de preocupação com a segurança de Iris. Cerrou os punhos sob a mesa.

Elinor ficou paralisada. Ela corou, mas logo se recuperou, com um sorriso que não chegava aos olhos.

— Bombas? Não seja ridículo.

— Eu vi, Elinor. Uma caixa enorme no escritório de meu pai.

Elinor tomou um gole de champanhe. Ele ficou fascinado pela insensibilidade dela.

— Não são *bombas*, Roman — disse, por fim, em tom condescendente. — São algo diferente. Não julgue nem fale de coisas que não entende.

Foi a vez dele de corar, envergonhado.

— Então o que são?

— Você descobrirá depois do casamento.

Ela terminou de beber o champanhe e apertou o xale ao redor dos ombros. Estava pronta para partir antes da chegada do último prato, e Roman a viu se levantar.

— Você está apaixonada por outra pessoa — constatou ele, e Elinor hesitou.

Ele a viu engolir em seco, e soube que estava se esforçando para esconder as emoções.

— Você deveria ficar com essa pessoa, não comigo — continuou Roman. — Não percebe, Elinor? Eu e você seremos infelizes juntos.

220 Rebecca Ross

— Podemos nos manter em quartos separados, até precisarmos de um herdeiro — murmurou ela.

Roman se calou enquanto o peso daquelas palavras se desdobrava. Sua noiva sugeria, então, que eles tivessem amantes. O casamento seria apenas de fachada. Um elo triste com juras vazias.

Você merece isso, uma voz sussurrou para ele. A voz de sua culpa, que ainda ardia, viva, mesmo quatro anos após a morte de Del. *Você não merece felicidade nem amor.*

— Como preferir, então — disse Roman.

Elinor encontrou seu olhar por um breve momento vulnerável. Ela estava aliviada por sua concordância, e o desespero dele só fez aumentar.

Ela se foi, batendo os saltos no chão quadriculado. Roman continuou sentado à mesa até a sobremesa chegar. Olhou para a comida por um longo momento antes de se voltar para as estátuas entrelaçadas no canto.

Roman em breve estaria casado com uma mulher que não tinha interesse em conhecê-lo. O coração dela estava em outro lugar, e ele nunca conheceria a experiência de ser amado por ela.

É o que mereço, pensou novamente, bebendo o resto da champanhe.

Deixou o restaurante e começou o caminho de volta à *Gazeta*, as mãos enfiadas nos bolsos e uma carranca no rosto. Havia uma multidão na esquina, e Roman começou a desviar dela até perceber que estavam aglomerados ao redor da banca de jornal.

Ele rapidamente mudou de trajeto e entrou na fila para comprar o periódico que tinha causado tamanho frenesi. Obviamente, não era a *Gazeta*. Era a *Tribuna Inkridden*, e Roman pagou pelo exemplar.

Ele se afastou em alguns passos e decidiu rapidamente que olharia a primeira página e jogaria tudo na lixeira. Zeb Autry o demitiria no ato se soubesse que o colunista recém-contratado lia o concorrente. Roman podia passar o olho pelo jornal enquanto andava, e esticou o papel dobrado enquanto lia a manchete.

Parou bruscamente.

O coração vibrou de súbito, batendo até os ouvidos.

Em letras grossas, a manchete atravessava a página:

O ROSTO INESPERADO DA GUERRA, por IRIS INKRIDDEN

Roman, parado sob o sol, leu todas as palavras da matéria. Ele se esqueceu de onde estava, de onde tinha parado. Aonde ia. De onde vinha. Esqueceu-se de tudo ao ler as palavras dela, e um sorriso surgiu em seu rosto ao chegar ao fim.

Caramba, que orgulho.

Não havia a menor chance de o jornal ir parar na lixeira. Roman o dobrou com cuidado e o escondeu na jaqueta. Voltando com pressa para a *Gazeta*, só conseguia pensar em Iris e em suas palavras.

Pensou nela enquanto esperava o elevador. Estava quebrado. Portanto, subiu pela escada, e o coração continuou a bater rápido muito depois de chegar à mesa, sem que ele entendesse o porquê.

Era aquela dor de novo. Com gosto de sal e fumaça. Um desejo que ele temia apenas se fortalecer a cada ano que passasse. Um arrependimento futuro.

Roman se remexeu no lugar e ouviu o papel farfalhar dentro da jaqueta. O jornal pintado com as palavras de Iris.

Ela escrevia coisas corajosas e ousadas.

Roman tinha demorado, mas finalmente estava pronto.

Estava pronto para escrever a própria história.

Iris continuou na enfermaria com Marisol naquela noite. Depois de arranjarem todos os colchões, as duas ajudaram na cozinha, no preparo de pão e sopa. Em seguida, lavaram a louça e a roupa de cama, esfregaram o chão ensanguentado e prepararam os corpos para o enterro.

A soldada que Iris ajudara a descer do caminhão estava entre os mortos.

Já era quase meia-noite, e Iris e Marisol se sentaram em uma pilha de engradados vazios no canto para rasgar lençóis que usariam de atadura. Attie tinha partido havia horas, e Iris não conseguia deixar de se perguntar onde ela estava, se já teria chegado à linha de frente. Quanto perigo enfrentaria.

— Ela ficará em segurança — afirmou Marisol, suave, como se lesse os pensamentos de Iris. — Sei que parece inútil dizer isso, mas tente não se preocupar.

Iris assentiu, mas seus pensamentos giravam e giravam. Ela não parava de rever o momento em que abriram o caminhão, revelando os soldados machucados.

— Marisol?

— Humm?

Iris ficou em silêncio, vendo-a rasgar os lençóis com precisão.

— Keegan está lutando na guerra? — perguntou.

Divinos Rivais **223**

Marisol parou de súbito. Porém, quando encontrou o olhar de Iris, havia um vestígio de medo ali.

— Por que acha isso, Iris?

— Meu irmão está lutando por Enva, e reconheço em você o mesmo lampejo que vive em mim. A preocupação, a esperança e o temor.

Marisol suspirou e relaxou as mãos no colo.

— Eu ia contar para você e para Attie. Estava só esperando.

— Estava esperando pelo quê? — perguntou Iris.

— Não queria interferir no trabalho de vocês — respondeu ela. — Helena não faz ideia de que minha esposa se alistou. Nem sei se ela mandaria correspondentes para mim, caso soubesse. Afinal, vocês devem escrever a partir de uma perspectiva neutra.

— Ela sabe que meu irmão está na guerra e ainda assim me contratou — disse Iris. — Não acho que você deveria esconder o fato de sua esposa ser corajosa e altruísta.

Marisol se calou, passando os dedos compridos pelas ataduras no colo.

— Faz sete meses que ela partiu. No dia em que noticiaram que Dacre tomou a cidade de Sparrow, ela se alistou. No começo, eu pedi, *implorei*, para ela não ir. Mas percebi que não podia enjaulá-la. E que, se Keegan sentia tanto fervor por lutar contra Dacre, eu precisava apoiá-la. Decidi que faria todo o possível para ajudar em casa, fosse no preparo de comida na enfermaria, me dispondo a abrigar correspondentes de guerra ou mesmo abrindo mão de meus mantimentos para alimentar os soldados na linha de frente.

— Ela escreve para você? — sussurrou Iris.

— Sim, sempre que pode, mas não é frequente. Eles passaram um bom tempo em trânsito, e agora o exército deve priorizar o transporte apenas das coisas mais essenciais, então cartas muitas vezes são negligenciadas — disse Marisol, e parou um instante. — Você teve notícias de seu irmão, Iris?

— Não.

— Com certeza terá em breve.

— Espero que sim — respondeu Iris, apesar do peso no peito.

Ela ainda não tinha recebido uma resposta do comandante da brigada e temia nunca receber.

Uma hora depois, Marisol disse para ela descansar. Iris se deitou no chão da enfermaria e fechou os olhos, exausta até os ossos.

Ela sonhou com Forest.

Querido Carver,

Perdão por ter passado tanto tempo sem escrever. Os dias aqui têm sido longos e difíceis. E me fizeram perceber que não creio ter a coragem ou a força necessária para isso. Não creio que minhas palavras serão capazes de descrever o que sinto agora. Não creio que minhas palavras serão capazes de descrever o que vi. As pessoas que conheci. O modo que a guerra tem de se esgueirar como uma sombra.

Como devo escrever artigos sobre isso se minhas palavras e experiências são tão terrivelmente inadequadas? Se _eu_ me sinto tão terrivelmente inadequada?

Com amor,

Iris

Querida Iris,

Não creio que você perceba a força que tem, porque às vezes a força não está nas espadas, no aço ou no fogo, como tão frequentemente nos fazem acreditar. Às vezes, se encontra nos lugares quietos e suaves. Em segurar a mão de alguém em luto. Em escutar os outros. Em se prontificar, um dia após o outro, mesmo em momentos de cansaço, de medo ou de simples incerteza.

Isso é força, e eu a vejo em você.

Quanto a sua coragem... Posso dizer com sinceridade que não conheço ninguém com a sua intrepidez. Quem mais faria as malas e deixaria o conforto de casa para trabalhar como correspondente de guerra? Não são muitas as pessoas assim. Eu a admiro, de diversos modos.

Continue a escrever. Você encontrará as palavras que necessita compartilhar. Elas já estão em você, mesmo nas sombras, escondidas como pedras preciosas.

Do seu,

— C.

24

Instrumentos perigosos

— **Ela voltou — disse Marisol.**

Iris parou na porta da pousada, com os olhos arregalados de surpresa. Tinha acabado de voltar da enfermaria à noite, após o toque de recolher, e esperava que Marisol fosse recebê-la com uma bronca.

— Attie? — Iris suspirou.

Marisol concordou com a cabeça, fechando a porta atrás de si.

— Ela está no quarto.

Iris subiu a escada correndo e bateu à porta de Attie. Como não ouviu resposta, seu coração deu um pulo de medo, e ela entreabriu a porta.

— Attie?

O quarto estava vazio, mas a janela, aberta. A brisa da noite brincava com as cortinas quando Iris adentrou o cômodo e se debruçou na janela até ver a amiga sentada no telhado, de binóculo grudado no rosto, admirando as estrelas.

— Vem cá, Iris — disse Attie.

— Marisol não vai matar a gente por subir no telhado?

— Talvez. Mas pelo menos só mataria a gente *depois* da guerra.

Iris, que nunca tinha gostado muito de altura, subiu no telhado com cautela, engatinhando até sentar-se ao lado de Attie. Ficaram alguns momentos em silêncio, até ela perguntar, suave:

— Como foi na linha de frente?

— Árduo — respondeu Attie, com a atenção ainda nas estrelas.

Iris mordeu o lábio, os pensamentos a mil. *Estou tão feliz por você ter voltado! Estava preocupada com você. Foi esquisito estar aqui sem sua presença...*

— Quer conversar sobre isso? — ofereceu Iris, hesitante.

Attie passou um instante quieta.

— Quero, mas não agora. Ainda preciso processar tudo — disse, e abaixou o binóculo. — Aqui, Iris, olhe.

Iris pegou o binóculo e, de início, viu tudo embaçado e escuro, até Attie ensiná-la a acertar o foco das lentes, quando, de repente, o mundo explodiu em centenas de estrelas. Sem fôlego, Iris analisou os aglomerados, e um sorriso surgiu em seu rosto.

— É lindo — falou.

— Minha mãe é professora de astronomia na Universidade de Oath — compartilhou Attie. — Ela ensinou o nome das estrelas para mim e para meus irmãos.

Iris passou mais alguns segundos observando o céu antes de devolver o binóculo para a amiga.

— Sempre admirei as estrelas, mas sou péssima de identificar constelações.

— O truque é encontrar primeiro a Estrela Norte — explicou Attie, apontando. — Depois, fica mais fácil nomear as outras.

As duas se calaram de novo, olhando as constelações. Attie acabou rompendo o silêncio com um sussurro:

— Tenho um segredo, Iris. E estou cogitando contá-lo para você.

Iris a olhou de relance, surpresa pela confissão de Attie.

— Então somos duas — respondeu. — Porque eu também tenho um segredo. Contarei o meu se você me contar o seu.

A amiga bufou.

— Tudo bem. Você me convenceu. Mas precisa começar.

Iris contou a história da máquina de escrever enfeitiçada e das cartas de Carver.

Attie escutou, boquiaberta, e finalmente abriu um sorriso malicioso.

— Foi por *isso* que você me perguntou sobre se apaixonar por um desconhecido.

Iris riu, um pouco envergonhada.

— Eu sei, soa…

— Como algo saído de um romance? — sugeriu Attie, irônica.

— Ele pode ser horrendo, na realidade.

— Verdade. Mas as cartas não indicam isso, imagino?

Iris suspirou.

— Não. Estou gostando muito dele. Contei a ele coisas que nunca contei a ninguém.

— Que loucura — disse Attie, se ajeitando no telhado. — Eu me pergunto quem ele é.

— Um garoto chamado Carver. É tudo que sei — respondeu Iris, e parou, observando de novo as estrelas. — Tudo bem. Agora me conte o seu segredo.

— Não é tão emocionante quanto o seu — disse Attie. — Mas meu pai é músico. Anos atrás, ele me ensinou a tocar violino.

Imediatamente, Iris pensou na restrição atual de instrumentos de corda na cidade. Tudo por medo do recrutamento de Enva.

— Antigamente, eu pensava que poderia ser contratada para tocar na orquestra sinfônica — continuou Attie. — Eu ensaiava por horas todos os dias, às vezes até meus dedos sangrarem. Queria aquilo mais do que qualquer outra coisa. Porém, é claro que tudo mudou no ano passado, quando começou a guerra. Quando todo mundo de repente se viu à mercê das canções de Enva e Oath começou a combater os músicos como se fôssemos uma doença. A polícia chegou a ir até a nossa casa para confiscar tudo que tivesse cordas. Imagine quantos instrumentos provavelmente tínhamos? Como falei, sou a mais velha de seis irmãos, e meu pai queria que todos os filhos aprendessem a tocar pelo menos um instrumento.

"Mas meu pai tinha se preparado para isso. Ele entregou todos os instrumentos, exceto por um violino, que escondeu em um compartimento secreto na parede. Ele fez isso por mim, porque sabia do meu amor por aquele violino. E me disse que eu ainda podia tocar, mas muito menos. Eu teria que descer ao porão e tocar durante o dia, quando meus irmãos estivessem na escola, quando a cidade, do outro lado das paredes, fizesse barulho. E ninguém, nem mesmo meus irmãos, poderia saber.

"Então foi o que fiz. Entre minhas aulas na universidade, eu voltava para casa e tocava no porão. Meu pai era minha única plateia, e, apesar de parecer que nossas vidas estavam interrompidas, ele me mandou manter o queixo erguido. Não perder a esperança, nem deixar o medo roubar minha alegria."

Iris permaneceu em silêncio, absorvendo a história de Attie.

— Havia noites em que eu ficava furiosa — continuou a amiga. — Por uma deusa como Enva ter interrompido nossa vida e roubado tanto de nossa gente, obrigando as pessoas a lutarem em uma guerra a quilômetros dali. Ficava furiosa por não poder mais tocar meu violino abertamente. Por meus sonhos sinfônicos terem sido destruídos. E sei que te contei a respeito do meu professor metido que disse que minha escrita era "impublicável", mas outro motivo para eu me candidatar a correspondente foi simplesmente porque queria saber a verdade sobre a guerra. Em Oath, há um ar de medo e de preparação vagos, mas sinto que ninguém sabe realmente o que está acontecendo. E eu queria ver com meus próprios olhos.

"Então aqui estou. Recém-chegada da linha de frente. E agora entendo."

O coração de Iris batia na boca. Ela observou Attie à luz das estrelas, sem conseguir parar de encarar a amiga.

— O quê, Attie? — perguntou. — O que você entende?

— Por que Enva cantou para nosso povo. Por que encheu seu peito com o conhecimento da guerra. Pois é isso que a música dela fazia e ainda faz: nos mostra a verdade. E a verdade é que a população do Oeste estava sendo esmagada pela ira de Dacre. Eles *precisavam* de nós, e ainda precisam. Sem os soldados vindos de Oath, sem nossa participação na batalha... a guerra já teria acabado e Dacre reinaria.

Attie se calou, erguendo de novo o binóculo para observar as estrelas.

— Você acha que vamos perder? — sussurrou Iris, perguntando-se como seria o mundo se os deuses se reerguessem e comandassem.

— Espero que não, Iris. Mas sei que precisamos que mais gente se junte à guerra para vencermos. E se a música é tratada como pecado em Oath, como as pessoas saberão a verdade?

Iris ficou pensativa. Finalmente, sussurrou:

— Eu e você, Attie. Teremos de escrevê-la.

Querida Iris,

Tenho notícias boas e notícias ligeiramente menos boas. Tudo bem, são notícias ruins. Mas sempre preferi começar pelo bom, então cá está:

Encontrei um trecho de um mito que creio que você vá gostar. Trata do instrumento de Enva, e é o seguinte:

"A harpa de Enva, a única de seu feitio, nasceu primeiro nas nuvens. Sua mãe deusa amava ouvir Enva cantar e decidiu fabricar uma harpa inimitável para ela. Sua estrutura é composta de ossos de dragão, recuperados das terras ermas atrás do pôr do sol. Suas cordas são compostas de cabelo roubado de uma das harpias mais ferozes dos céus. O que sustenta sua estrutura é o próprio vento. Dizem que a harpa é pesada para mãos mortais e que recusaria que tais dedos a tocassem sem guinchar. Apenas as mãos de Enva podem fazê-la cantar realmente."

Agora, a notícia de que você não vai gostar: passarei um tempo fora. Por enquanto, não sei quanto tempo será e não poderei escrever. Porém, pensarei em você com frequência. Então, por favor, saiba disso, mesmo no silêncio que deverá surgir entre nós por um momento.

Escreverei assim que puder. Prometa que ficará bem e segura.

Do seu,

— C.

Querido Carver,

Primeiro, me permita agradecer pelo pequeno mito. Gostei imensamente. Eu me pergunto se você é um feiticeiro, já que consegue encontrar mitos desaparecidos dessa forma. Como se por magia.

Mas também não posso deixar de me perguntar... aonde você vai? Vai sair de Oath?

Com amor,

Iris

Iris esperou que ele respondesse. Quando a resposta não chegou, ela odiou sentir o próprio coração afundar no silêncio.

25

Colisão

Querido Carver,

Não sei por que estou escrevendo isso. Você me disse ontem à noite que ia embora, mas cá estou. Escrevendo para você. Como tenho feito compulsivamente há meses.

Ou talvez hoje eu esteja, na verdade, escrevendo para mim, sob o disfarce do seu nome. Talvez seja bom você ter partido. Talvez agora eu possa finalmente tirar minha armadura e me olhar, o que tenho evitado fazer desde a morte de minha mãe.

Quer saber? Preciso começar de novo esta carta ~~para você~~ para mim.

Querida Iris,

Você não sabe o que virá nos dias pela frente, mas está indo bem. Você é muito mais forte do que pensa, do que sente. Não tema. Continue.

Escreva as coisas que precisa ler. Escreva o
que sabe ser verdade.

— I.

— Precisamos semear a terra — disse Marisol, suspirando. Elas ainda não tinham cultivado o jardim, apesar de estar arado e pronto. — Mas temo não ter tempo hoje. Preciso ajudar na cozinha da enfermaria.

— Eu e Iris podemos plantar as sementes — ofereceu Attie, acabando de tomar o chá da manhã.

Iris concordou.

— Só nos mostre o que fazer e plantaremos tudo — completou.

Meia hora depois, Iris e Attie estavam ajoelhadas no jardim, com terra sob as unhas, enquanto criavam fileiras de montinhos e plantavam as sementes. Iris foi pega de surpresa pelo peso da paz que sentia ao dar sementes e mais sementes à terra, sabendo que logo cresceriam. Aquietava seu medo e suas preocupações, deixar a terra passar entre os dedos, sentir o cheiro da argila e ouvir os pássaros cantarem nas árvores. Deixar algo partir com a garantia de que voltaria transformado.

Attie ficou quieta a seu lado, mas Iris teve a impressão de que a amiga sentia o mesmo.

Estavam quase acabando quando uma sirene distante começou a soar. Imediatamente, o calor e a segurança que Iris sentira se esgotaram, e seu corpo se tensionou com a mão no solo, a outra segurando as últimas sementes de pepino.

Por instinto, ela ergueu o olhar.

O céu estava azul e claro, riscado por nuvens finas. O sol alto de meio-dia continuava a queimar, e soprava um vento leve do sul. Parecia impossível que um dia tão agradável pudesse amargar tão rápido.

— Rápido, Iris — apressou Attie, se levantando. — Vamos entrar.

Ela soava calma, mas Iris escutava a apreensão na voz da amiga enquanto a sirene continuava a tocar.

Dois minutos.

Elas tinham dois minutos antes que os eithrais chegassem a Avalon Bluff.

Iris começou a contar em silêncio enquanto corria atrás de Attie pela porta dos fundos da pousada. As botas iam sujando de terra os pisos e tapetes enquanto elas começavam a puxar as cortinas, cobrindo as janelas como Marisol instruíra.

— Vou cuidar das janelas do térreo — informou Attie. — Feche as de cima. A gente se encontra lá.

Iris concordou e subiu correndo a escada. Foi primeiro até seu quarto e, prestes a fechar as cortinas de uma das janelas, algo ao longe chamou sua atenção. Do outro lado do telhado de palha e do jardim do vizinho, além do vasto campo dourado, Iris viu uma silhueta se mexer. Alguém caminhava pela grama alta na direção de Avalon Bluff.

Quem era? Aquela persistência tola em caminhar durante o alerta de uma sirene ameaçava a cidade inteira. A pessoa deveria estar deitada no chão, porque os eithrais logo tomariam os céus, e se as criaturas aladas jogassem uma bomba tão perto... será que a casa de Marisol seria obliterada? Será que a explosão devastaria Avalon Bluff inteira?

Iris forçou a vista contra o sol, mas era distância demais; ela não discernia nenhum detalhe da silhueta em movimento, apenas os passos rápidos em desafio à sirene, então correu para o quarto de Attie e pegou o binóculo da mesa. Iris voltou à janela, as mãos suando profusamente, e olhou pelas lentes.

De início viu tudo embaçado, um mundo de âmbar, verde e sombras. Inspirou fundo, se acalmando, e ajustou o foco do binóculo. Procurou o indivíduo solitário no campo e, depois do que pareceu um ano, finalmente o encontrou.

A pessoa alta, de ombros largos e macacão cinza atravessava a grama. Carregava uma máquina de escrever e uma bolsa de couro. Tinha uma insígnia no peito: era outro correspondente de guerra, Iris percebeu. Ela não sabia se estava aliviada ou irritada ao erguer para analisar para o rosto do sujeito. Mandíbula definida, testa franzida, cabelo grosso cor de tinta penteado para trás.

Ela ficou boquiaberta. Sentiu a pulsação nos ouvidos, engolindo todos os sons além do coração, que batia rápido e forte. Olhou para o garoto no campo; o olhou como se sonhasse. Até que a verdade a percorreu em um calafrio.

Ela reconheceria aquele belo rosto em qualquer lugar.

Era Roman Confuso Kitt.

Ela sentiu as mãos congelarem. Não conseguia se mexer e, conforme passavam os segundos, percebeu que ele estava perto *assim* dela, mas ainda tão distante, caminhando naquele campo. Sua ignorância atrairia uma bomba. Ele estava fadado a ser morto e destroçado, e Iris tentou imaginar como seria sua vida se ele morresse.

Não.

Ela soltou o binóculo. Com a cabeça agitada, se virou e saiu correndo do quarto, passando por Attie na escada.

— Iris? *Iris!* — gritou Attie, pegando seu braço. — Aonde você vai?

Não havia tempo de explicar; Iris escapou da amiga e saiu correndo pela casa, pela porta dos fundos e pelo jardim que meros minutos antes estava sendo cultivado. Pulou a mureta de pedra e atravessou a rua à toda, percorrendo o jardim do vizinho. Os pulmões dela pareciam pegar fogo, e o coração vibrava na base do pescoço.

Finalmente chegou ao campo.

Iris acelerou, sentindo a reverberação nos joelhos, o vento puxando seu cabelo solto. Ela o via; não era apenas uma sombra desconhecida em um mar de ouro. Viu o rosto dele, e a carranca se dissipou de sua feição quando ele a olhou. Quando a reconheceu.

Roman finalmente pressentiu seu pavor. Soltou a máquina de escrever e a bolsa de couro e correu para alcançá-la.

Iris tinha perdido a conta do tempo. Em meio às marteladas do coração e ao rumor da adrenalina, percebeu que a sirene se calara. A tentação de olhar para o céu era quase insuportável, mas ela resistiu. Iris manteve o olhar fixo em Roman conforme a distância entre eles diminuía e se forçou a correr mais e *mais* rápido, até sentir que seus ossos derreteriam de exaustão.

— Kitt! — tentou gritar, mas sua voz era pouco mais de um sussurro.

Kitt, se abaixe, pensou, mas era claro que ele não entendia o que estava acontecendo. Roman não sabia o motivo da sirene e continuou correndo na direção dela.

No momento antes de colidirem, Iris viu seu rosto nitidamente, como se o tempo parasse. O medo que iluminava seu olhar, a expressão confusa, a boca entreaberta, fosse para respirar ou para chamar o nome dela. Roman estendeu as mãos para Iris como Iris estendeu as mãos para Roman, e a imobilidade se partiu quando eles se tocaram, como se rachassem o mundo.

Ela agarrou o macacão dele e usou a inércia da corrida para jogá-lo no chão. Ele não esperava o movimento, e acabou se desequilibrando com facilidade. O impacto foi duro; Iris mordeu a língua enquanto os dois se embrenhavam na grama alta, sentindo o corpo dele, quente e firme, sob o dela. Ele espalmou as mãos nas costas dela, segurando-a em um abraço.

— Winnow? — arfou Roman, o rosto a meros centímetros do dela.

Ele a olhava como se ela tivesse acabado de cair das nuvens para atacá-lo.

— *Winnow* — insistiu —, o que está acon…?

— Não se mexa, Kitt! — sussurrou ela, o peito subindo e descendo como um fole junto ao dele. — Não fale, não *se mexa*.

Pela primeira vez na vida, ele a obedeceu sem discutir. Ficou paralisado junto a ela, e Iris fechou os olhos e se esforçou para aquietar a respiração, à espera.

Não demorou para a temperatura baixar, para o vento morrer. Sombras se derramaram sobre ela e Roman quando os eithrais circularam pelo céu, bloqueando o sol com suas asas. Iris percebeu o momento em que Roman os viu; sentiu a tensão retesar seu corpo, a respiração brusca como se o terror tivesse perfurado seu peito.

Por favor… por favor, Kitt, não se mexa.

Ela manteve os olhos fechados com força, sentindo o gosto de sangue na boca. Fios de cabelo balançavam em seu rosto e, de repente, ela teve uma necessidade insuportável de coçar o nariz, de secar o suor que começava a pingar do queixo. A adrenalina que a tinha impulsionado na corrida escapava, deixando para trás apenas um tremor nos ossos. Iris se perguntou se Roman sentia o quanto ela tremia junto a ele e, quando Roman apertou as costas dela com mais força, ela soube que sim.

As asas acima dos dois batiam constantemente. Sombras e ar frio continuaram a cobrir seus corpos. Um coro de guinchos atravessou as nuvens, lembrando o ruído de unhas em lousa de giz.

Iris escolheu se concentrar no cheiro terroso da grama a seu redor, amassada após a queda deles. Na respiração de Roman em contraponto com a sua: quando o peito dele subia, o dela afundava, como se compartilhassem o mesmo sopro, passado de um para o outro. No calor dele que a invadia, mais forte que o sol.

Ela sentia o cheiro da água de colônia dele. Especiarias e sempre-viva. Transportava-a ao passado, aos momentos que tinham vivido juntos, no elevador e na redação. Com o corpo sobre o de Roman, Iris não podia negar como a sensação era boa, como os dois se encaixavam. Uma faísca de desejo aqueceu seu sangue, mas o calor abaixou imediatamente quando ela pensou em Carver.

Carver.

A culpa quase a sufocou. Iris o manteve em mente até um calafrio a percorrer e ela sentir a necessidade estranha de abrir os olhos.

Ousou fazê-lo e descobriu que Roman analisava seu rosto atentamente. O cabelo dela caía, emaranhado, na boca dele, e seu suor pingava no pescoço de Roman, mas ele não se mexia, obedecendo às ordens. Ele a olhou e ela o olhou, e os dois esperaram a chegada do fim.

Parecia que a primavera dera lugar ao verão quando os eithrais recuaram. As sombras fugiram, o ar esquentou, a luz brilhou, o vento voltou e a grama suspirou junto aos ombros e às pernas de Iris. Ao longe, ela ouviu os gritos da vida voltando devagar a Avalon Bluff. Levou mais alguns momentos para engolir o medo, para ter a confiança de se mexer, para acreditar que a ameaça se fora.

Com uma careta, ela se impulsionou para se levantar, os punhos e ombros doloridos devido ao tempo que passara paralisada. Um leve gemido lhe escapou quando ela se levantou um pouco, sentada na cintura de Roman, e sentiu as mãos formigarem. A dor era boa; lembrava-lhe de que estava furiosa com Roman por chegar sem aviso no meio de uma sirene. Pela tolice absoluta dele, que quase os matara.

Iris o olhou. Ele ainda a observava atentamente, como se esperasse que ela lhe desse outras ordens, e um sorriso irônico brincava em seu rosto.

— Que *merda* você veio fazer aqui, Kitt? — perguntou ela, empurrando o peito dele. — Enlouqueceu?

Ela sentiu as mãos dele descerem por suas costas, até se apoiarem na curva de seu quadril. Se não estivesse tão exausta e tensa devido ao encontro aterrador a que milagrosamente tinham sobrevivido, teria se desvencilhado do toque. Teria estapeado ele. Talvez o tivesse beijado.

Roman apenas sorriu, como se lesse seus pensamentos, e respondeu:

— Também é bom ver você de novo, Winnow.

26

Ofuscar

O que ela deveria fazer com ele?

Iris não fazia ideia, mas sentiu um nó no estômago ao se afastar com um empurrão do corpo esguio de Roman e se levantar, cambaleante. Cruzou os braços e o viu se levantar e soltar um leve gemido. Parecia que ela tinha engolido a luz do sol — um zumbido quente em seu corpo ia se intensificando conforme olhava para Roman — e percebeu que estava *feliz* de vê-lo. Porém, seu orgulho continuou fixo, como um escudo; ela nunca permitiria que ele soubesse tal coisa.

— Preciso perguntar outra vez, Kitt?

Ele se demorou, espanando grama e terra do uniforme, antes de olhá-la.

— Talvez. Palavrões lhe caem muito bem — comentou.

Iris rangeu os dentes, mas conseguiu conter outro xingamento e estalou o pescoço.

— Você faz ideia do perigo que passamos porque você decidiu atravessar o campo durante uma sirene?

Isso o fez ficar mais sério ao olhá-la. Uma nuvem cobriu o sol. As sombras caíram sobre eles outra vez e Iris se encolheu, como se viessem das asas de um eithral.

— Foram eithrais, não foram? — perguntou Roman, a voz pesada.

Iris assentiu.

— Você conhece as lendas antigas?

— Algumas. Eu dormia muito nas aulas de mitologia.

Ela teve dificuldade de imaginar isso. Era Roman Competitivo Kitt, e ele queria ser o melhor em tudo.

— Imagino que a sirene sinalize a chegada deles? — perguntou ele.

— Sim, dentre outras coisas.

Roman a fitou por um longo momento atordoante. O vento soprava entre eles, fresco e perfumado pela grama esmagada.

— Eu não sabia, Winnow. Ouvi a sirene e imaginei que recomendasse voltar correndo à cidade. Você não deveria ter se arriscado por mim e corrido para se expor assim.

— Teriam jogado uma *bomba* em você, Kitt. Provavelmente devastaria a cidade.

Ele suspirou e passou a mão pelo cabelo escuro.

— Peço perdão mais uma vez. Preciso saber de mais alguma coisa?

— Há outras sirenes e protocolos, mas Marisol vai explicar.

— Marisol? Ela é meu contato.

Ele começou a procurar a bagagem que tinha derrubado. Voltou pelo caminho e recuperou a máquina de escrever e a bolsa de couro antes de retornar a Iris, que o esperava imóvel como uma estátua.

— Pode me apresentar a ela? — pediu.

Divinos Rivais **243**

— Não posso fazer *nada* até você responder minha pergunta — disse Iris. — Por que está aqui?

— O que você acha, Winnow? Vim escrever sobre a guerra, que nem você.

Ele não estava apertando os olhos, mas Iris ainda tinha dificuldade de acreditar naquilo. O coração dela continuava acelerado, e ela não sabia se vinha da proximidade da morte ou do fato de Roman estar ali, diante dela, tão bonito de macacão como ficava de calça e camisa engomadas.

— Caso tenha se esquecido... você *venceu*, Kitt — lembrou ela. — *Você* ganhou o cargo de colunista, como sempre quis. Então decidiu que não bastava para seus gostos refinados e decidiu me perseguir aqui também?

— Até onde sei, precisavam de mais correspondentes de guerra — retrucou Roman, com um brilho perigoso no olhar.

— Não podiam mandar você para outra cidade?

— Não.

— A pressão de ser colunista foi demais para você?

— Não, mas Zeb Autry foi. Não queria mais trabalhar para ele.

Iris pensou na última conversa que tivera com Zeb. Ela conteve um tremor, mas Roman percebeu. Mal acreditava na própria audácia, mas precisava saber...

— E sua noiva, Kitt? Ela não se incomoda que você trabalhe tão perto da linha de frente?

Ele franziu ainda mais a testa.

— Eu rompi o noivado.

— Como é?

— Não vou me casar com ela. Então suponho que posso dizer que estou aqui para escapar da morte que meu pai planejou para mim ao notar a vasta decepção que lhe causei ao arruinar o nome da família.

Isso tirou a graça de provocá-lo. De repente, Iris sentiu frio. Esfregou os braços.

— Ah. Sinto muito. Seu pai certamente estará preocupado.

Roman sorriu, mas era uma expressão torta, como se tentasse esconder a dor.

— Talvez, mas é improvável.

Iris se virou e olhou de relance para a cidade.

— Bem, então venha. Vou levá-lo à casa de Marisol.

Ela o conduziu pelo prado, e Roman a acompanhou de perto.

Attie estava andando em círculos na cozinha, com uma expressão furiosa, quando Iris abriu a porta dos fundos.

— *Nunca* mais faça isso comigo, Iris Winnow! — gritou ela. — Senão eu mesma vou matá-la, entendeu?

— Attie — disse Iris, calma, ao passar pela porta. — Preciso apresentá-la a alguém.

Ela deu um passo ao lado para Attie enxergar Roman, que entrava na pousada pela primeira vez.

A mulher ficou boquiaberta. Mas logo se recuperou da surpresa e estreitou os olhos, levemente desconfiada.

— Os eithrais por acaso jogaram um menino do céu?

— É outro correspondente de guerra — explicou Iris, e Roman a olhou de relance. — Este é Roman Kitt. Kitt, esta é minha amiga, também escritora, Att...

— Thea Attwood — concluiu ele, e abaixou a máquina de escrever para estender a mão para Attie, cujo espanto se renovara. — É uma honra finalmente conhecê-la.

Iris olhou, confusa, de um para o outro. A surpresa de Attie então se esvaiu, e ela abriu um sorriso repentino ao apertar a mão de Roman.

Ⓓivinos Ⓡivais **245**

— Trouxe um exemplar? — perguntou.

Roman tirou do ombro a mala de couro. Ele a abriu e puxou de lá um jornal, bem enrolado para evitar amassar, que entregou a ela. Attie o desenrolou com voracidade, lendo as manchetes apressada.

— Pelos deuses inferiores — murmurou, sem fôlego. — Olhe só, Iris!

Iris foi até o lado da amiga e segurou uma exclamação. O artigo de Attie sobre a guerra estava na primeira página da *Tribuna Inkridden*. Uma imensa manchete.

O RASTRO DA DESTRUIÇÃO DE DACRE, por THEA ATTWOOD

Iris leu as primeiras linhas por cima do ombro da amiga, tomada por animação e fascínio.

— Se me derem licença, preciso escrever uma carta — disse Attie, abruptamente.

Iris a viu sair correndo e soube que ela provavelmente escreveria uma bela vingança contra o professor que desprezara seu trabalho. O sorriso de Iris se manteve quando ela pensou nas palavras de Attie na primeira página e na quantidade de pessoas que provavelmente as tinham lido.

Pelo canto do olho, viu Roman pegar outra coisa da bolsa. Ouviu o farfalhar de papel e resistiu à tentação de olhá-lo até ele falar:

— Achava mesmo que eu não traria o seu, Winnow?

— Como assim? — perguntou ela, um pouco defensiva.

Finalmente o olhou, e viu que ele lhe estendia um jornal enrolado.

— Leia com seus próprios olhos — disse Roman.

Ela aceitou o jornal e o desenrolou devagar.

Outra edição da *Tribuna Inkridden*, de outro dia. Dessa vez, era o artigo de Iris na primeira página.

O ROSTO INESPERADO DA GUERRA, por IRIS INKRIDDEN

Ela passou o olhar pelas palavras conhecidas — *Uma guerra entre deuses não é o que se espera* — e, com a visão momentaneamente embaçada, tentou se recompor. Engoliu em seco, enrolou o jornal e o estendeu para Roman, que a observava com a sobrancelha arqueada.

— *Iris Inkridden* — disse ele, e sua voz arrastada e elegante a fez soar como uma lenda. — Ah, Autry passou dias furioso quando viu, e Prindle comemorou, e de repente a cidade de Oath estava lendo sobre uma guerra não tão distante e percebendo que é apenas questão de tempo até chegar lá.

Ele parou por um instante e se recusou a pegar o jornal que Iris continuava a oferecer no espaço entre os dois.

— Por que você quis vir para cá, Winnow? Por que escolheu escrever sobre a guerra?

— Foi meu irmão — respondeu ela. — Quando perdi minha mãe, percebi que minha carreira não era tão importante quanto minha família. Espero encontrar Forest e, enquanto isso, me mostrar útil.

A expressão de Roman se suavizou. Ela não queria a pena dele, e estava se preparando para ouvi-la quando ele abriu a boca, mas o que planejava dizer nunca chegou, pois naquele instante alguém abriu a porta da frente com um estampido.

— Meninas? *Meninas*, está tudo bem? — chamou a voz frenética de Marisol, acompanhada dos passos apressados em direção à cozinha.

Ela apareceu à porta, o cabelo preto escapando da tiara de trança e o rosto corado como se tivesse saído correndo da enfermaria. Olhou para Iris com alívio, mas logo se voltou para o desconhecido em sua cozinha. Marisol desceu a mão do peito, se empertigou e piscou.

— E você, quem é? — perguntou para Roman.

— Kitt. Roman Kitt — apresentou-se ele, tranquilo, com uma reverência como se vivessem na era medieval, e Iris quase revirou os olhos. — É um prazer conhecê-la, sra. Torres.

— Marisol, por favor — pediu a mulher, com um sorriso encantado. — Você deve ser outro correspondente de guerra?

— Exatamente. Helena Hammond acabou de me mandar — respondeu Roman, cruzando as mãos atrás das costas. — Eu deveria chegar no trem de amanhã, mas ele enguiçou a poucos quilômetros daqui, portanto vim a pé. Peço perdão por minha chegada inesperada.

— Não se desculpe — disse Marisol, abanando a mão. — Helena nunca me avisa. O trem enguiçou, foi?

— Sim, senhora.

— Então que bom que você conseguiu chegar aqui em segurança.

Iris olhou de relance para Roman. Ele já a estava olhando, e, naquele momento compartilhado, os dois se lembraram de como caíram na grama dourada, da respiração misturada e da sombra das asas que os sobrevoaram.

— Vocês se conhecem? — perguntou Marisol, a voz repentinamente presunçosa.

— Não — disse Iris, rápido.

— Sim — respondeu Roman ao mesmo tempo.

Uma pausa desconfortável. Finalmente, Marisol perguntou:

— Sim ou não, afinal?

— Sim, na verdade — corrigiu-se Iris, atrapalhada. — Somos conhecidos.

Roman pigarreou.

— Winnow e eu trabalhamos juntos na *Gazeta de Oath*. Ela era minha maior concorrente, devo confessar.

— Mas não nos conhecemos tão bem — acrescentou Iris, como se fizesse diferença.

Por que Marisol apertava a boca daquele jeito, como se escondesse um sorriso?

— Bem, que graça — comentou. — É um prazer recebê-lo, Roman. Infelizmente, dei todos os colchões da pousada para a enfermaria, então você precisará dormir no chão, como o restante de nós. Mas terá seu próprio quarto particular e, se subir agora comigo, posso mostrar o lugar.

— Seria uma maravilha — disse Roman, recolhendo a bagagem. — Obrigado, Marisol.

— Disponha — disse ela, virando-se. — Acompanhe-me, por favor.

Ele passou por Iris, e ela reparou que ainda estava segurando o jornal com a manchete que escrevera.

— Tome — sussurrou ela. — Obrigada por me mostrar.

Roman olhou para o jornal e para a mão dela, que segurava o papel com tanta força que os dedos estavam pálidos. Voltou o olhar para seu rosto.

— Fique com ele, Iris.

Ela o viu sumir pelo corredor. Seus pensamentos estavam emaranhados.

Por que ele está aqui?

Iris temia saber a resposta.

Roman era o tipo de pessoa que ansiava por uma competição. Ele tinha ido a Avalon Bluff para ofuscá-la mais uma vez.

* * *

Naquela noite, Iris se deitou no estrado da cama, envolta em lençóis. Olhou para o teto e viu as sombras dançarem à luz de velas. Tinha sido um dia comprido e estranho. O luto pesava em seu peito como uma pedra.

Era em momentos como aquele, quando estava exausta demais para dormir, que Iris inevitavelmente pensava na mãe. Às vezes via apenas o corpo de Aster sob o lençol do necrotério. Às vezes chorava no escuro, desesperada pelo sono rápido e sem sonhos, para não precisar se lembrar da última vez em que vira a mãe.

Um corpo frio, pálido, quebrado.

Iris resistiu ao impulso de olhar para a mesa, onde estava a urna de cinzas, ao lado da máquina de escrever. Uma urna de cinzas que esperava ser espalhada.

Está orgulhosa de mim, mãe? Está me vendo aqui? Pode me levar a Forest?

Iris secou as lágrimas e fungou. Tocou o pingente da mãe, como uma âncora pendurada no pescoço. O ouro era frio e liso.

Ela mergulhou em lembranças antigas — nas boas — até perceber que, pela parede fina, ouvia Roman datilografar na máquina. Escutava seu suspiro ocasional e o rangido da cadeira quando se mexia.

Era claro que ele ficaria no quarto ao lado do dela.

Iris fechou os olhos.

Pensou em Carver, mas adormeceu ao som da melodia metálica das teclas de Roman Kitt.

27

Sete minutos de atraso

Ele estava atrasado para o café da manhã.

Iris engoliu o divertimento junto com o chá enquanto Marisol bufava, vendo o mingau esfriar na mesa.

— Eu falei que era às oito em ponto, não falei? — perguntou Marisol.

— Falou — confirmou Attie, ignorando os bons modos para pegar um pãozinho. — Talvez ele tenha perdido a hora de acordar?

— Talvez — disse Marisol, olhando para o outro lado da mesa. — Iris? Pode bater à porta de Roman para ver se ele acordou?

Iris concordou e abaixou a xícara. Subiu apressada a escada sombreada, espalhando seu reflexo em um espelho atrás do outro. Ela se aproximou do quarto de Roman e bateu com força na porta, encostando o nariz na madeira.

—Acorde, seu preguiçoso. Estamos esperando você para tomar café.

As palavras foram respondidas com silêncio. Ela franziu a testa e bateu de novo.

— Kitt? Está acordado?

Sem resposta mais uma vez. Iris não sabia explicar por que seu peito ficou apertado nem por que o estômago embrulhou de repente.

— Responda, Kitt.

Iris girou a maçaneta, mas a porta estava trancada. O medo aumentou, até ela decidir que era ridículo e deixar para lá.

Voltou ao calor da cozinha, onde Marisol e Attie a olhavam com expectativa.

— Ele não respondeu — informou Iris, sentando-se na cadeira. — E a porta estava trancada.

Marisol empalideceu.

— Será que preciso subir no telhado e olhar pela janela para ver se está tudo bem?

— Pode deixar comigo qualquer subida ao telhado — declarou Attie, servindo-se de uma terceira xícara de chá.

— E você não tem uma chave mestra, Marisol?

Foi então que a porta dos fundos se escancarou e Roman irrompeu na cozinha, os olhos brilhantes e o cabelo bagunçado pelo vento. Marisol gritou, Attie derramou chá no prato inteiro e Iris se sobressaltou tanto que bateu o joelho na perna da mesa.

— Perdão — arfou Roman. — Perdi a noção do tempo. Espero que não estejam me aguardando.

Iris o olhou, carrancuda.

— É claro que estávamos, Kitt.

— Minhas desculpas — disse ele, e fechou a porta dupla. — Cuidarei para não me repetir.

Marisol abaixou devagar a mão que cobria a boca e falou:

252 Rebecca Ross

— Por favor, sente-se, Roman.

Ele se acomodou na cadeira de frente para Iris. Ela não conseguiu se impedir de observá-lo por sob os cílios. Roman estava corado como se beijado pelo vento, os olhos brilhantes como o orvalho, o cabelo embaraçado como se depois de um cafuné. Ele parecia quase indomável e cheirava ao ar da manhã, a névoa e a suor, e Iris não conseguiu mais ficar calada.

— Onde você estava, Kitt?

Ele a olhou de relance.

— Estava correndo.

— Correndo?

— Sim. Gosto de correr vários quilômetros pela manhã — explicou ele, acrescentando uma colher de açúcar no chá.

— Por quê? Considera isso aceitável, Winnow?

— Considero, desde que não passemos fome à sua espera todo amanhecer — provocou Iris, e achou ver um sorriso mexer a boca dele, mas talvez fosse apenas imaginação.

— Mais uma vez, peço perdão — disse Roman, olhando para Marisol.

— Não há por que se desculpar — respondeu ela, e ofereceu ao rapaz a leiteira. — Peço apenas para que não saia quando ainda é noite, devido à primeira sirene de que comentei.

Ele pausou.

— A dos cães, sim. Esperei o amanhecer para sair hoje. Tomarei o cuidado de voltar na hora certa amanhã.

Em seguida, ele deu uma piscadela para Iris.

Ela ficou tão alvoroçada que derramou o chá.

Querido Carver,

Recebi sua última carta há apenas cinco dias, mas me parecem cinco semanas. Não percebi o quanto

suas cartas me davam força e, apesar de me sentir
vulnerável demais ao confessar isto... sinto saudade
delas. Sinto saudade de você e das suas palavras.
    Estava me perguntando quando...

Uma batida na porta a interrompeu.

Iris parou de escrever, deslizando os dedos nas teclas. Estava tarde. A vela tinha queimado até a metade, e ela deixou a frase solta no papel enquanto se levantava para atender à porta.

Ficou chocada ao ver Roman ali.

— Precisa de alguma coisa? — perguntou.

Às vezes, ela se esquecia de como ele era alto, até ver-se cara a cara com ele.

— Vejo que está escrevendo mais matérias de primeira página sobre a guerra — disse ele, olhando para a máquina de escrever na mesa atrás dela. — Ou talvez esteja escrevendo uma carta para alguém?

— Desculpa, minha escrita noturna está atrapalhando seu sono? — retrucou Iris. — Acho que devemos pedir para Marisol mudar seu quar...

— Queria saber se você gostaria de correr comigo.

Ele conseguia fazer a possibilidade soar sofisticada, mesmo que os dois estivessem de macacão amarrotado às dez da noite.

Iris levantou a sobrancelha.

— Como assim?

— Correr. Dois pés abaixando e subindo no chão, avançando. Amanhã de manhã.

— Receio que eu não *corra*, Kitt.

— Preciso discordar. Você foi veloz como um incêndio ontem à tarde no campo.

— Bem, foi uma circunstância excepcional — disse ela, e se recostou na porta.

— E talvez outra ocasião semelhante volte a surgir — retrucou Roman, e Iris não teve o que dizer, pois era verdade.

— Pensei em convidá-la, para o caso de estar interessada. Se estiver, me encontre amanhã no jardim, assim que clarear.

— Vou considerar, Kitt, mas agora estou cansada e preciso concluir a carta que você interrompeu. Boa noite.

Ela fechou a porta na cara dele com cuidado, mas não antes de perceber um lampejo no olhar arregalado dele, como se quisesse dizer mais alguma coisa, mas tivesse perdido a oportunidade.

Iris retornou à escrivaninha e se sentou. Olhou para a carta e tentou voltar ao que estava escrevendo, mas não tinha mais vontade de escrever para Carver.

Ele é quem deveria escrever para ela primeiro. Quando pudesse ou quisesse.

Iris precisava esperar. Não deveria soar desesperada assim por um garoto que nem conhecia.

Tirou o papel da máquina e o jogou na lixeira.

Ela não queria mesmo fazer exercício com Roman. Porém, quanto mais pensava em quando o vira voltar da corrida — puro vigor e fogo, como se tivesse bebido do céu, indômito, desimpedido e *vivo* —, mais queria sentir o mesmo.

Também ajudou que, convenientemente, ela acordou antes do amanhecer.

Deitada no estrado, Iris o ouviu se mexer no quarto ao lado. Escutou-o abrir a porta devagar e passar, em passos le-

Ⓓivinos Ⓡivais **255**

ves, pela porta dela e escada abaixo. Ela o imaginou no jardim, esperando-a.

Decidiu que iria, pois não seria má ideia entrar em forma antes de ser convocada para a linha de frente.

Iris vestiu o macacão limpo e, apressada, calçou as meias e amarrou as botas no escuro. Trançou o cabelo enquanto descia a escada e sentiu uma pontada de preocupação. Talvez Roman não a estivesse esperando. Talvez ela tivesse demorado demais e ele tivesse partido.

Ela abriu a porta dupla dos fundos e o encontrou ali, andando na beirada do jardim. Roman parou ao vê-la, perdendo o fôlego como se não acreditasse que Iris fosse encontrá-lo.

— Estava com medo de eu não aparecer, Kitt? — perguntou, andando até ele.

Roman sorriu, mas, nas sombras, poderia ser uma careta.

— Nem um pouco.

— Por que tanta confiança?

— Você não é de deixar um desafio passar, Winnow.

— Para um mero conhecido e rival profissional, você parece saber muito sobre mim — comentou Iris, parada diante dele.

Roman a fitou. Algumas estrelas ainda ardiam no céu, apagando-se, uma a uma, conforme o dia raiava. Os primeiros raios de sol iluminavam as copas das árvores, a hera e o musgo das pedras da pousada, os pássaros esvoaçantes. A luz delineava os braços e a trança comprida de Iris, o rosto angular e o cabelo escuro e bagunçado de Roman.

Parecia que ela tinha despertado em outro mundo.

— Posso até tê-la chamado de *rival* — retrucou ele —, mas nunca disse que era uma *conhecida*.

Antes de Iris pensar em uma resposta — o que ele dissera era bom ou ruim? —, Roman já estava a caminho do portão e da rua.

— Diga, Winnow — pediu ele. — Já correu um quilômetro antes?

— Não.

Ela começou a se arrepender amargamente da decisão de se juntar a Roman; reparou que ele provavelmente a faria correr até se exaurir, que se gabaria da própria resistência. Já sentia o gosto da poeira que ele jogaria em seu rosto ao deixá-la para trás. Talvez fosse uma espécie de vingança cruel por obrigá-lo a se esforçar pela vaga de colunista, sendo que o cargo lhe teria sido entregue de bandeja se ela não estivesse na *Gazeta*. A coluna que ele rejeitara quase tão rápido quanto ganhara, o que continuava a confundi-la.

— Tudo bem — disse Roman, enquanto Iris saía pelo portão. — Vamos começar aos poucos e aumentar o ritmo toda manhã.

— *Toda* manhã?! — exclamou ela.

— Precisamos de consistência para você ver qualquer progresso — respondeu ele, começando a caminhar rapidamente pela rua. — Algum problema?

Iris suspirou e acompanhou o ritmo de Roman.

— Não. Mas se você for um treinador ruim, não espere que eu volte amanhã.

— Combinado.

Eles caminharam por vários minutos, que Roman calculava pelo relógio de pulso. O silêncio entre os dois era suave, e o ar fresco da manhã descia pela garganta de Iris, afiado como uma faca. Ela logo sentiu o sangue aquecer e, quando Roman disse que era hora de correr, ela acelerou um pouco a seu lado.

— Vamos correr por um minuto, caminhar por dois e repetir o ciclo até voltar à pousada — explicou ele.

— Você é profissional nisso, por acaso? — perguntou Iris, sem resistir.

— Eu fazia atletismo na escola, há alguns anos.

Iris tentou imaginar Roman correndo em uma pista circular, vestido em um calção muito curto. Ela riu, um pouco envergonhada pela imagem, o que chamou a atenção dele.

— Acha isso hilário?

— Não, mas estou me perguntando por que você desaceleraria por mim, se pode dar várias voltas nesta cidade.

Roman olhou o relógio. Ela achou que ele não ia responder, até dizer:

— E agora caminhamos.

Ele desacelerou e Iris o imitou.

— Tenho o hábito de correr sozinho — continuou Roman. — Mas às vezes gosto de companhia.

Ele a fitou. Iris rapidamente desviou o rosto, distraída pelos detalhes da rua.

Os dois entraram no ritmo daquela dança lado a lado, correndo por um minuto e caminhando por dois. De início, Iris achava o movimento fácil, até chegarem ao trecho mais inclinado da área, e de repente ela sentiu que morreria ali mesmo.

— Está tentando me matar, Kitt? — arquejou, subindo a ladeira com esforço.

— Essa, *sim*, seria uma manchete de sucesso — disse Roman, alegre e nada cansado. — IRIS INKRIDDEN E A LADEIRA QUE A DESTRUIU.

Ela deu um tapa no braço dele, segurando um sorriso.

— Quanto… tempo até… a gente andar?

Ele olhou o relógio.

— Quarenta segundos.

Não seria Roman Kitt se não se exibisse. Ele se virou de frente para ela e correu de costas, se adiantando um pouco para olhá-la enquanto ela subia com dificuldade.

— É isso mesmo. Está indo bem, Winnow.

— Cale a boca, Kitt.

— Certamente. Como quiser.

Iris o olhou com raiva: aquele rosto corado, o humor no olhar. Ele era uma tremenda distração, e ela arfou:

— Está tentando... me estimular a... avançar como se... você fosse uma... cenoura metafórica?

Ele riu. O som a percorreu como eletricidade, descendo até os pés.

— Eu bem gostaria disso. Precisamos parar?

Sim.

— Não.

— Que bom. Mais vinte segundos. Respire fundo pela barriga, Winnow. Não pelo peito.

Ela arreganhou os dentes para segurar o desconforto e se esforçou para respirar como Roman instruíra. Era difícil, pois os pulmões arfavam descontroladamente. *Não vou fazer essa tortura amanhã*, pensava sem parar, em um cântico que a carregava ladeira acima. *Não vou...*

— Me diga o que acha deste lugar — pediu Roman, meros dois segundos depois. — Está gostando de Avalon Bluff?

— Não consigo correr *e* conversar, Kitt!

— Quando eu acabar de treiná-la, conseguirá.

— Quem disse... que eu vou... voltar amanhã?

Pelo amor dos deuses, ela ia cair morta ali mesmo.

— Vai voltar por causa disso — disse ele, finalmente se virando para conduzi-la até o topo da ladeira.

— Seu traseiro? — grunhiu Iris, admirando-o com desamparo.

— Não, Winnow — respondeu Roman, olhando para trás. — A vista.

Ele parou no alto da colina.

Iris viu o sol dourar o corpo dele. A luz a atingiu dois ofegos mais tarde, quando o alcançou no topo. De mãos apoiadas nos joelhos, ela se esforçou para acalmar o peito, enquanto suor lhe pingava pelas costas. Porém, quando conseguiu se empertigar, a vista foi um deleite. A névoa derretia nos vales. Um rio serpenteava por um campo. O orvalho cintilava como joias na grama. A terra parecia se estender eternamente, idílica como um sonho, e Iris protegeu os olhos, se perguntando aonde a estrada os levaria se continuassem a correr.

— Que lindo — sussurrou.

Como era estranho aquela vista ter estado sempre ali e ela não a ter visto antes.

Roman ficou em silêncio ao lado dela, e assim permaneceram por alguns momentos. Logo, o coração de Iris ficou mais estável e os pulmões, mais calmos. As pernas ainda tremiam um pouco, e ela sabia que sentiria dor no dia seguinte.

— Winnow? — chamou Roman, franzindo a testa para o relógio.

— O que houve, Kitt?

— Temos exatamente cinco minutos para chegar na pousada.

— *Como assim?*

— Teremos que correr o caminho inteiro para chegar lá às oito, mas pelo menos é quase tudo descida.

— Kitt!

260 Rebecca Ross

Ele começou a correr de volta pela trilha pela qual chegaram ali, e Iris não teve opção além de segui-lo, os tornozelos doendo enquanto as botas batiam nos paralelepípedos.

Ah, ela ia matá-lo.

Chegaram com sete minutos de atraso.

28

Um divino rival

Querida Iris,

Ontem eu tive um sonho. Estava no meio da Broad Street de Oath e chovia. Você passou por mim; sabia que era você assim que seu ombro roçou o meu. Porém, quando tentei chamá-la, não me saiu som algum. Quando corri para alcançá-la, você acelerou. A chuva logo piorou, e você escapou.

Não cheguei a ver seu rosto, mas sabia que era você. Foi apenas um sonho, mas me deixou inquieto.

Me escreva e me diga como está.

Do seu,

— C.

P.S.: Pois não, olá. Posso voltar a escrever, então espere que minhas cartas inundem seu piso.

Querido Carver,

Nem consigo descrever a felicidade de descobrir a chegada de sua carta. Espero que esteja tudo bem com você em Oath, inclusive em relação ao que exigiu sua atenção na semana passada. Ouso dizer que senti saudades.

Foi mesmo um sonho estranho, mas não há motivo para preocupação. Estou muito bem. Acho que gostaria de vê-lo em sonhos, apesar de eu ainda tentar imaginar sua aparência durante o dia e quase sempre fracassar. Talvez você possa me fornecer mais algumas pistas?

Ah, tenho notícias a contar!

Meu rival de meu antigo emprego surgiu como correspondente, como uma erva daninha. Não sei por que ele está aqui, apesar de imaginar que pretenda provar que seus textos são muito superiores aos meus. O que quero dizer é que... a chegada dele causou certo alvoroço, e não sei bem o que fazer quanto à presença dele no quarto ao lado.

Além do mais, tenho mais cartas transcritas dos soldados. Vou enviá-las a você — há mais do que o habitual, visto que recentemente chegou uma nova leva de feridos na enfermaria —, e espero que possa postá-las. Obrigada desde já por me fazer esse favor!

Enquanto isso, me diga como vai. Como está sua avó? Acabo de notar que não tenho ideia do que você faz como ofício, nem mesmo por diversão. Estuda na universidade? Trabalha em algum lugar?

Me conte algo sobre você.

Com amor,

Iris

* * *

Elas tinham plantado as sementes no jardim, mas se esqueci-do completamente de regar. Marisol fez uma careta ao lembrar.

— Nem quero imaginar o que Keegan pensará de mim — resmungou ela, com a mão na testa, ao ver as fileiras tortas plantadas por Iris e Attie. — Minha esposa luta na linha de frente, e eu não consigo nem cumprir a simples tarefa de regar o jardim.

— Keegan vai ficar impressionada por você ter instruído duas garotas urbanas que nunca araram, plantaram nem cuidaram de um jardim para ajudá-la. E as sementes darão resultado — disse Attie. — Não é? — acrescentou, baixinho.

— Sim, mas não vão germinar sem água. O solo precisa ficar úmido por aproximadamente duas semanas. Imagino que vá resultar em um jardim de fim de verão. Se os cães não o pisotearem.

— Você tem um regador? — perguntou Iris, pensando nas sirenes do dia, em rivais que apareciam de repente e em soldados feridos que voltavam à linha de frente.

Era quase impossível se lembrar de comer, quem pensaria em regar o jardim?

— Tenho dois, na verdade — disse Marisol, e apontou. — Ali no depósito.

Iris e Attie se entreolharam. Cinco minutos depois, Marisol já havia voltado à cozinha para continuar a preparação dos pães para os soldados, e as duas tinham enchido os regadores de metal e começavam a molhar a terra.

— Seis dias — começou Attie, com um sorriso malicioso. — Você se atrasou para o café *seis* dias, Iris. Sempre porque estava *correndo* com aquele Roman Kitt.

— *Quatro* dias, na verdade. Agora já faz dois dias seguidos que chegamos na hora — respondeu Iris, e ela se virou para regar uma nova fileira antes que Attie notasse que seu rosto estava corado. — É porque ele esquece que sou lenta. Não nos atrasaríamos se eu estivesse em forma. Ou se ele escolhesse um circuito mais curto.

Porém, ela amava a vista da colina que parecia destinada a derrotá-la, apesar de Iris nunca ousar confessar tal coisa a Roman.

— Humm.

— Quer correr conosco, Attie?

— De modo algum.

— Então por que esse sorriso?

— Ele é um velho amigo seu, não é?

Iris bufou.

— É um antigo concorrente, e está aqui apenas para me superar outra vez.

Assim que as palavras saíram de sua boca, um papel dobrado em triângulo caiu na terra, bem na frente dela. Iris, boquiaberta, ergueu o olhar para a casa coberta de hera. Roman estava debruçado no parapeito da janela do quarto no segundo andar, sorrindo em sua direção.

— Não está vendo que estamos tentando trabalhar? — gritou Iris.

— Eu vi — respondeu ele, tranquilo, como se habituado a discutir da janela. — Mas preciso de sua assistência.

— Com o quê?

— Abra o recado.

— Estou ocupada, Kitt.

Attie pegou o papel antes que Iris o estragasse com a água. Ela desdobrou a folha, pigarreou e leu em voz alta:

— "Qual é um bom sinônimo para *sublime*?"

Attie parou, como se profundamente decepcionada, e olhou para Roman.

— É isso? — perguntou ela. — É *esse* o recado?

— Sim. Sugestões?

— Que eu me lembre, você tinha sempre três dicionários e duas enciclopédias na sua mesa, Kitt — disse Iris, voltando a regar.

— Sim, e *alguém* gostava muito de virá-los de ponta-cabeça e ao contrário. Mas isso é irrelevante. Eu não as incomodaria se tivesse meu dicionário em mãos — respondeu ele. — Por favor, Winnow. Me dê uma palavra e eu deixarei...

— Que tal *transcendental*? — sugeriu Attie. — Parece que está escrevendo sobre os deuses. Os Celestes?

— É algo nessa linha — disse Roman. — E você, Winnow? Uma palavra.

Ela o olhou a tempo de vê-lo passar a mão pelo cabelo, como se ansioso. Ela raramente via Roman Kitt ansioso. Até o queixo dele estava um pouco manchado de tinta.

— Pessoalmente, gosto de *divino* — disse ela. — Mas não sei se atribuiria o termo aos deuses hoje em dia.

— Agradeço às duas — respondeu Roman, e voltou para dentro do quarto.

Deixou a janela aberta, e Iris ouviu os estalidos da máquina de escrever quando ele voltou a datilografar.

Caiu um silêncio suspeito no jardim.

Iris olhou para Attie e viu que a amiga mordia o lábio, como se escondesse um sorriso.

— Tudo bem, Attie. O que foi?

Ela simplesmente deu de ombros, despreocupada, e esvaziou o regador.

— De início, eu não confiei nesse tal de Roman Kitt. Mas ele certamente acende um fogo em você.

— Você dá crédito demais para ele — disse Iris, e abaixou a voz. — Você ficaria assim também se seu velho inimigo aparecesse para desafiá-la outra vez.

— E foi por isso que ele veio?

Iris hesitou, e remexeu no regador.

— Precisa que eu encha o seu?

Ela pegou o regador vazio de Attie e estava a caminho do poço quando notou que Marisol as observava da porta da cozinha. Quanto tempo tinha passado ali?

— Marisol? — chamou Iris, atenta à postura tensa. — O que houve?

— Nada de grave — respondeu a mulher, com um sorriso que não chegava aos olhos. — O capitão está aqui e gostaria de levar um de vocês à linha de frente.

Roman tinha acabado de datilografar a carta para Iris e passá-la pela porta do armário quando ouviu uma batida na porta da pousada. O som provocou um arrepio pela casa, e ele parou no meio do quarto, à escuta. Ouvia um pouco da conversa de Iris e Attie, que entrava do jardim pela janela. E também ouviu Marisol abrir a porta.

Um homem havia chegado, e a voz dele era abafada pelas paredes.

Roman não conseguiu decifrar as palavras. Abriu um pouco a porta do quarto, se esforçando para escutar melhor.

— ... à linha de frente. Há duas correspondentes hospedadas aqui, correto?

— Três, capitão. Entre, sim. Vou chamá-los para conversar com o senhor.

Roman respirou fundo e desceu a escada com pressa, em silêncio. Conseguia pensar apenas que era ele quem precisava ser escolhido, não Attie, e certamente não Iris. Porém, enquanto seguia pelo corredor, sentiu um aperto no coração, ferroado pelo medo. Parou na porta, olhando para a cozinha.

Iris vinha do jardim, os joelhos sujos de terra. Ultimamente usava o cabelo solto, o que nunca deixava de chocá-lo — era tão comprido, tão ondulado. Ela parou ao lado de Attie, remexendo as mãos em um gesto ansioso. Roman não conseguia parar de olhá-la. Nem mesmo quando o capitão começou a falar.

— Tenho um lugar vago no caminhão — disse ele, seco. — Quem gostaria de ir?

— Eu vou, senhor — disse Iris, antes que Roman pudesse sequer estremecer. — É minha vez.

— Muito bem. Vá buscar sua bagagem. Traga apenas o essencial.

Ela acenou com a cabeça e se virou para o hall. Foi então que viu Roman no caminho.

Ele não sabia que expressão tinha no rosto, mas viu o espanto dela decair em outra coisa. Parecia preocupação, e depois irritação. Como se soubesse as palavras que estavam prestes a sair da boca de Roman antes mesmo de serem pronunciadas.

— Capitão? — chamou ele. — Se ela for, eu gostaria de acompanhá-la, senhor.

O capitão se virou para ele, levantando a sobrancelha.

— Eu tenho apenas *um* lugar vago.

— Então posso ir no estribo, senhor — disse Roman.

— *Kitt* — sibilou Iris.

— Não quero que vá sem mim, Winnow.

— Ficarei perfeitamente bem. Continue aqui e...

— Vou com você — insistiu ele. — Seria aceitável, capitão?

O capitão suspirou e abanou a mão em um gesto resignado.

— Arrumem as malas... os dois. Têm cinco minutos para me encontrar no caminhão, na frente da pousada.

Roman se virou e subiu correndo. Foi então que percebeu: tinha acabado de mandar a Iris uma carta muito *importante*, e aquele era um momento inacreditavelmente ruim para lê-la. Estava se perguntando se teria tempo de entrar de fininho no quarto dela e recuperar a carta do chão quando a ouviu às suas costas.

— Kitt! — exclamou Iris. — Kitt, por que está fazendo isso?

Ele estava no alto da escada e não teve opção além de olhá-la. Vinha correndo atrás dele, com o rosto manchado por um rubor de indignação.

Todas as oportunidades de recuperar a carta tinham se dissipado, a não ser que ele quisesse dar a notícia para ela naquele instante, conforme subia a escada e o espaço entre eles diminuía. Com o caminhão estacionado na frente da pousada, esperando para levá-los ao Oeste.

Aquela empreitada poderia matá-los. E Iris nunca saberia quem ele era, nem o que sentia por ela. Porém, quando abriu a boca, sua coragem desmoronou por completo, e foram outras as palavras que emergiram.

— É melhor para eles irmos em dupla — disse, ríspido.

Estava tentando esconder o coração esmurrando o peito. Esconder o tremor das mãos. Estava morto de medo de ir, morto de medo de algo acontecer com ela se ele não fosse, mas não podia revelar isso a Iris.

— Dois escritores, o dobro de artigos, não é? — acrescentou.

Ela o olhava com raiva. Aquele fogo em seus olhos poderia tê-lo feito cair de joelhos. Roman odiava a fachada que vinha mantendo. Correu para arrumar a mala antes de dizer mais qualquer coisa que pudesse dizimar suas chances com ela.

Iris entrou furiosa em seu quarto. Não queria que Roman fosse à linha de frente. Queria ele ali na pousada, em segurança.

Ela grunhiu.

Foco, Iris.

A bolsa de couro estava guardada no armário, e ela pisou em uma pilha de papel ao agarrar a maçaneta. Hesitante, olhou para baixo, vendo o monte de cartas datilografadas: as cartas que tinha transcrito para os soldados.

Pavor perfurou o peito de Iris quando ela se ajoelhou e recolheu as folhas. Será que o vento as jogara de volta ao quarto? Havia mandado as cartas para Carter pela manhã, e não pôde evitar se perguntar se a magia entre eles enfim se desfizera.

Ela abriu uma folha dobrada em cima da pilha, aliviada ao ver que era uma carta dele. Levantou-se na nesga de sol da tarde, passando o dedo pela boca enquanto lia, rápido:

```
Querida Iris,
     Seu rival? Quem é esse sujeito? Se estiver
competindo com você, há de ser um tremendo tolo.
Não tenho dúvida de que você o derrotará de todos
os modos.
     Agora, uma confissão: não estou em Oath. Se es-
tivesse, postaria as cartas esta tarde mesmo. Peço
```

perdão por causar qualquer atraso ou inconveniên-
cia, mas as devolvo para você, pois creio que seja
a melhor opção. Novamente, perdão por não poder
ajudá-la mais, como desejo tão fervorosamente.

Quanto às outras perguntas, minha avó está
bem, apesar de bastante chateada comigo no momento
— explicarei quando finalmente nos encontrarmos.
Ela às vezes pergunta se

— Winnow? — chamou Roman, batendo de leve na
porta. — Winnow, está pronta?

Ela amassou a carta de Carver, ainda por ler, e guardou
no bolso. Não tinha tempo para estranhar aquelas palavras
— *não estou em Oath* —, então pegou as cartas dos soldados
e as pôs em cima da mesa, prendendo as pontas sob a máquina de escrever.

Foi atingida pela constatação como uma pancada na boca
do estômago.

Estava prestes a ir à linha de frente.

Estava prestes a passar *dias* fora e não tinha tempo para
escrever a Carter e explicar o motivo do silêncio iminente.
O que ele imaginaria quando ela desaparecesse de repente?

— Winnow? — repetiu Roman, urgente. — O capitão
está esperando.

— Já vou — disse Iris, a voz fraca e estranha, como gelo
estalando em água quente.

Roubou mais um segundo de paz e tocou a urna das cinzas
da mãe, ao lado da Alouette na escrivaninha.

— Já volto, mãe — sussurrou Iris.

Ela se virou, fez o inventário — coberta, caderno, três
canetas, uma lata de feijão, cantil, mais meias — e arrumou a

mala com pressa antes de pendurá-la no ombro. Quando abriu a porta, Roman a aguardava no corredor mal iluminado com a própria mala de couro pendurada nas costas.

Ele não disse nada, mas a fitou com olhos brilhantes e quase febris.

Iris se perguntou se ele estava com medo enquanto a acompanhava escada abaixo.

PARTE TRÊS

As palavras entre nós

29

Pelotão Sicômoro

Para sua infelicidade, Iris teve que ir sentada no colo de Roman Kitt quase que por todo o caminho até a linha de frente.

O caminhão estava lotado de comida, remédios e outros mantimentos, o que deixava apenas um lugar vago na boleia. Exatamente como o capitão avisara. Um lugar que Iris e Roman teriam de disputar.

Iris hesitou, perguntando-se como tratar aquela situação estranha, mas Roman tranquilamente abriu a porta para ela, como se fosse um veículo em Oath e não um caminhão enorme e enferrujado pela guerra. Ela evitou contato visual e a mão que ele oferecia e subiu sozinha pelo estribo de metal até a boleia empoeirada.

O ar fedia a suor e gasolina. O assento de couro sob ela estava puído e gasto. Parecia ter uma mancha velha de sangue, e o painel estava salpicado de lama. *Reze para não chover*, dissera Attie antes de despedir-se com beijos nas bochechas. Iris pigarreou e deixou a bolsa no chão, entre as pernas. Deveria haver algum problema quando chovia nas trincheiras, supunha Iris, apesar de Attie ainda não ter falado muito sobre sua experiência lá.

— Tudo certo? — perguntou Roman.

Iris decidiu que seria melhor encarar aquela situação... desagradável. Ela se virou para se dirigir a ele — *não precisa mesmo ir, Kitt* —, mas Roman já tinha fechado a porta e, como prometido, se instalado no estribo.

Iris ficou com o rosto grudado ao peito do rapaz, que bloqueava a janela. Porém, viu que ele segurava o metal capenga do espelho retrovisor lateral — que parecia prestes a cair a qualquer momento —, assim como a maçaneta da porta. Um vento forte poderia derrubá-lo, mas ela segurou a língua quando o capitão ligou o motor.

Saíram de Avalon Bluff e pegaram a estrada oeste. Iris nunca tinha andado de caminhão; era surpreendentemente lento e acidentado, e ela assistiu ao capitão mudar de marcha. Sentia o motor ronronar sob as solas dos pés e não conseguia deixar de olhar para Roman a cada buraco por que passavam. E eram muitos.

— Faz tempo que não cuidam dessas estradas — explicou o capitão, quando Iris quase pulou do assento. — Desde que a guerra chegou a esse distrito. Espero que seu amigo se segure bem. Daqui para a frente, só vai piorar.

Iris fez uma careta e protegeu os olhos de uma inundação de sol repentina.

— Quanto tempo vai demorar o trajeto?

— Três horas, se o tempo ajudar.

Meia hora depois, pararam na cidade vizinha, Clover Hill, para o capitão recolher uma última leva de mantimentos. Iris abaixou a janela e cutucou o peito de Roman.

— Não vai ajudar ninguém se você quebrar o pescoço a caminho da linha de frente — falou. — Não me incomodo de dividir o lugar. Isto é, se você não se incomodar de eu me sentar no seu...

— Não me incomodo — interrompeu ele.

Roman desceu do estribo, o cabelo embaraçado pelo vento.

Iris abriu a porta e se levantou, encolhida na boleia, enquanto o rival subia e se sentava no lugar. Ele encaixou a bolsa ao lado da dela e pegou Iris pelo quadril, puxando-a para seu colo.

Ela se apoiou nas coxas dele, rígida como uma tábua.

Aquilo era ruim. Era muito, muito ruim.

— Iris — sussurrou Roman, e ela tensionou o corpo. — Se não se recostar, vai acabar voando pelo para-brisas.

— Estou bem.

Ele suspirou, exasperado, e a soltou.

A determinação de Iris durou apenas dez minutos. O capitão estava certo: a estrada ficou ainda mais acidentada, erodida pelas semanas de chuva, e ela foi obrigada a relaxar, alinhando a coluna com o peito de Roman. Ele passou o braço por sua cintura, e Iris se apoiou no calor da mão dele, sabendo que era o que a impedia de bater com a cabeça no vidro.

Pelo menos, para compensar, a situação fazia com que ele ficasse com a boca cheia do cabelo de Iris. Ela não tinha a menor dúvida de que Roman estava tão desconfortável quanto ela. Especialmente quando o ouviu gemer depois de uma sequência de buracos particularmente fundos na estrada, que pareceram sacudir até os pensamentos dos dois.

— Estou machucando você? — perguntou Iris.

— Não.

— Você está apertando os olhos, Kitt? — provocou ela.

Iris sentiu a respiração de Roman no cabelo quando ele murmurou:

— Quer se virar para confirmar, Winnow?

Ela não ousou, pensando que ficaria com a boca perto demais da dele. Pelo menos Roman voltara a chamá-la de Winnow. Aquilo era mais familiar; sabia o que esperar dele quando a chamava pelo sobrenome. As provocações, a ironia, as carrancas. Quando ele a chamava de Iris... era como um território inteiramente novo, que às vezes a assustava. Como se ela se aproximasse da beirada de um grande penhasco.

Chegaram à linha de frente no fim da tarde.

Uma cidadezinha fora evacuada pelos habitantes, e todas as construções, cedidas à causa. O caminhão parou diante do que parecia ter sido a prefeitura, e soldados começaram a rapidamente descarregar os engradados de verduras, munição e uniformes novos. Iris ficou parada no meio da agitação, Roman atrás dela. Não sabia aonde ir ou o que fazer, e o coração lhe subiu à boca.

— Correspondentes? — perguntou uma mulher de meia-idade e voz grave.

O uniforme dela era verde-azeitona com fivelas de latão, e havia uma estrela dourada presa no peito. Um quepe cobria o cabelo preto e curto.

— Sim — confirmou Iris. — Aonde devemos...

— Vocês vão acompanhar a Companhia Amanhecer. Eu sou a capitã Speer, e meus soldados estão concluindo seu tempo na reserva e seguirão para as trincheiras ao anoitecer. Venham por aqui.

Iris e Roman acompanharam os passos dela pela estrada de terra; os soldados abriam caminho para os correspondentes, olhando-os com curiosidade. Iris teve a breve esperança louca de encontrar Forest. Mas logo percebeu que não podia se permitir a distração de olhar para todos os muitos rostos a seu redor.

— Nossas companhias servem em turnos de doze horas — explicou a mulher. — Do amanhecer ao pôr do sol, seja observando a linha de frente, cuidando das trincheiras de comunicação ou descansando na reserva. Esta cidade é a base da reserva. Se precisarem encher seus cantis ou comer uma refeição quente, devem vir para cá, o rancho. Se precisarem se lavar, devem ir ao velho hotel na esquina. Se precisarem de cuidado médico, devem ir àquela casa, mas estejam advertidos de que a enfermaria está lotada no momento e que estamos com falta de láudano.

"Olhando para a frente, verão que esta estrada leva à mata. É por ali que marcharão com a Companhia Amanhecer na direção das trincheiras de comunicação, que se encontram do outro lado da floresta. Vocês passarão a noite lá e, ao nascer do sol, estarão prontos para seguir para a linha de frente. Alguma pergunta?"

A cabeça de Iris estava a mil, tentando organizar tanta informação nova. Acabou levando a mão ao pingente da mãe, escondido sob o tecido do macacão.

— Há alguma chance de vermos a ação? — perguntou Roman.

— Sim — respondeu a capitã Speer. — Usem capacete, obedeçam às ordens e mantenham-se sempre abaixados. — Um soldado que passava por ali lhe chamou a atenção. — Tenente Lark! Cuide para que os correspondentes recebam instruções e equipamentos para o tempo que passarão aqui. Eles acompanharão seu pelotão pelos próximos dias.

Um soldado de rosto jovem parou em posição de sentido até pousar o olhar em Roman e Iris. A capitã Speer já estava chegando ao outro lado da estrada quando Lark falou:

— É a primeira vez?

Iris resistiu à vontade de olhar de relance para Roman para ver se ele sentia a mesma mistura de temor e agitação que lhe percorria.

— Pois sim — disse Roman, e estendeu a mão. — Roman Kitt. E esta é...

— Iris Winnow — interrompeu Iris, antes que ele a apresentasse.

O tenente sorriu e apertou a mão dela. Uma cicatriz cortava sua boca e puxava para baixo o canto direito dos lábios, mas ele tinha rugas no canto dos olhos, como se tivesse o hábito de sorrir e rir muito antes da guerra. Iris se perguntou por quanto tempo ele já tinha lutado. Parecia tão jovem.

— Ficamos felizes de recebê-los aqui — disse Lark. — Venham, vou ao rancho comer minha última refeição quente dos próximos dias. É bom que vocês também comam, e posso aproveitar para explicar mais do que devem esperar.

Lark começou a conduzi-los até a prefeitura transformada em refeitório. Iris mudou de posição para caminhar do outro lado do tenente, de modo a deixá-lo entre ela e Roman, que percebeu o movimento; ele olhou rapidamente para Iris antes de voltar a atenção ao que os aguardava adiante.

— Tenho uma confissão, tenente — começou Iris. — Não tenho familiaridade com as divisões do exército. A capitã Speer disse que acompanharemos o seu *pelotão*?

— Sim — confirmou Lark. — Há quatro companhias por batalhão. Duzentos homens e mulheres por companhia, divididos em quatro pelotões. No meu, sou responsável por aproximadamente cinquenta homens e mulheres, e sargento Duncan é meu subtenente. Vocês logo saberão que fomos apelidados de Pelotão Sicômoro.

Ela deveria estar com o bloco em mãos, mas guardou na memória os números e nomes para registrá-los assim que possível.

— Pelotão Sicômoro? Por quê?

— É uma longa história, srta. Winnow. Uma história que gostaria de compartilhar quando for a hora certa.

— Tudo bem, tenente. Outra pergunta, se não for incômodo — continuou Iris. — Eu estava curiosa para saber como um soldado é alocado na companhia. Por exemplo, se um soldado de Oath se alistar, quem decide onde ele deve servir?

— Ótima pergunta, pois temos uma boa quantidade de soldados de Oath, apesar de o Distrito Leste ainda não ter declarado guerra contra Dacre e se juntado à luta — disse Lark, com um sorriso triste. — Quando alguém de Oath se alista, é incluído em uma companhia auxiliar. Eles ainda são considerados residentes do Distrito Leste, mas são incluídos a um ramo das nossas forças armadas, como se fossem um dos nossos.

Iris imaginou o irmão. Queria perguntar do paradeiro do Segundo Batalhão Leste, Quinta Companhia Landover, mas outra questão emergiu:

— Há algo que *não* devemos publicar?

Lark inclinou a cabeça para o lado, considerando.

— Bem, é claro. Nada de estratégia, caso escutem algo. Nada de localização nem informações que dariam vantagem a Dacre caso ele se deparasse com o jornal.

O tenente parou de falar para abrir a porta para Iris. Uma lufada de ar os atingiu, com cheiro de cebola e bolo de carne.

— Soube que vocês devem ser jornalistas *neutros* — continuou o tenente —, mas não acredito que tal coisa seja possível, para ser sincero. Duvido muito que sejam acolhidos no lado de Dacre, muito menos que voltem vivos caso isso aconteça. Acho que o melhor conselho, srta. Winnow, é que escrevam o que virem acontecer, o que sentirem, sobre quem somos e por que é vital que o povo de Oath e de outros lugares se juntem ao nosso trabalho. Acredita que isso seja possível?

Iris hesitou, encontrando o olhar esperançoso do tenente.

— Sim — confirmou, quase em um sussurro.

Mas na verdade... ela se sentia indo por água abaixo. Como se tivessem amarrado uma pedra em seu tornozelo e a arremessado em mar aberto.

Às cinco em ponto, eles marcharam.

Iris e Roman tinham recebido capacetes e comida, que colocaram nas mochilas, e seguiram os duzentos integrantes da Companhia Amanhecer pela trilha sinuosa e sombreada da floresta. Lark os informara que seria uma marcha de quatro quilômetros em ritmo rápido, em total silêncio exceto pelo som das botas contra a terra. Iris de repente ficou muito agradecida pelas corridas matinais com Roman.

Quando o bosque começou a ficar mais esparso, ela estava sem fôlego, com ardência nas panturrilhas, e o pôr do sol derramava veios laranja pelo céu. A trilha ali seguia em paralelo à linha de frente, e havia estações erguidas, escondidas na floresta, até perder de vista. Os postos eram construídos de pedra e palha, e soldados entravam e saíam. Talvez fossem pontos de comunicação?

Os pensamentos de Iris foram podados por Lark, que de repente emergiu do mar de uniformes marrom-esverdeados para se dirigir a ela e Roman outra vez.

— Estamos prestes a adentrar as trincheiras de comunicação na Estação Catorze — explicou em voz baixa. — Ainda estamos a alguns quilômetros da linha de frente, mas é fundamental que vocês se mantenham discretos e atentos aos arredores, mesmo que estejam em repouso em uma das trincheiras consideradas "seguras". Também notarão que há bunkers. Estes são reservados para ataques, sejam dos soldados ou dos cães de Dacre.

Iris lambeu os lábios.

— Pois bem, tenente Lark, eu gostaria de perguntar a respeito dos cães. O que devemos fazer se forem soltos durante a noite?

— Vá imediatamente a um bunker, srta. Winnow — respondeu o tenente. — Com o sr. Kitt, é claro.

— E os eithrais? — perguntou Roman. — Qual é o protocolo?

— É raro ver eithrais na linha de frente, pois, do céu, eles não sabem diferenciar entre nossos soldados e os soldados de Dacre. As feras bombardeariam os próprios batalhões se estivessem em movimento na terra. Temo dizer que são uma arma que Dacre prefere reservar para cidades civis e para a ferrovia.

Iris não conseguiu conter um calafrio. Lark reparou e continuou com a voz mais tranquila:

— A companhia logo se dividirá nas trincheiras, mas vocês devem seguir meu pelotão. Quando pararmos, vocês também podem encontrar um lugar para descansar durante a noite. Acordarei vocês antes do amanhecer para seguirmos para a linha de frente. Fiquem quietos, mantenham-se abaixados e alertas, é claro. São essas as suas ordens. Se formos bombardeados e as forças de Dacre dominarem nossas trincheiras, quero que os dois recuem à cidade imediatamente. Podem ser considerados "neutros" neste conflito, mas eu não me surpreenderia se o inimigo os matasse à primeira vista.

Iris assentiu. Roman concordou com um murmúrio.

Ela acompanhou o Pelotão Sicômoro do tenente Lark até a trincheira, e Roman foi logo atrás. Estava tão perto que podia ouvir a respiração dele, entrecortada como se estivesse nervoso, mas com dificuldade de disfarçar. De vez em quando, ele acidentalmente pisava no calcanhar dela, sobressaltando-a.

— Desculpa — sussurrava ele, com um toque leve em suas costas.

Tudo bem, Iris queria dizer, mas as palavras ficaram entaladas na garganta.

Ela não sabia bem o que esperava, mas as trincheiras eram bem construídas, com tábuas de madeira pregadas à terra para protegê-los da lama. Eram largas o suficiente para duas pessoas caminharem lado a lado com conforto. Havia galhos entrelaçados nas paredes, que se curvavam como o rastro de uma cobra. O caminho sinuoso virava para a esquerda, para a direita e então se bifurcava, antes de se bifurcar outra vez. Iris passou por postos de artilharia, onde canhões enormes repousavam na grama como feras adormecidas. Alguns pontos mais baixos eram preenchidos por sacos de areia, para fornecer cobertura adicional, e, quanto mais se aprofundava nos canais, mais Iris notava os bunkers que Lark mencionara. A terra tinha sido cavada, formando abrigos de pedra com aberturas escuras. Não eram nada convidativos e lembravam bocarras paralisadas prestes a devorar os soldados, e Iris esperava não precisar se abrigar ali.

O ar frio tocava seu rosto. Cheirava a terra molhada, com um toque de podridão vindo da madeira amolecida. Algumas vezes, Iris sentiu o fedor de dejetos e urina, misturado à fumaça de cigarro. Imaginou ver um ou dois ratos passarem correndo, mas talvez fosse um truque das sombras.

Ela relaxou os ombros em alívio quando o Pelotão Sicômoro parou para descansar pela noite, em um trecho relativamente seco e limpo da trincheira.

Iris deixou a mochila cair dos ombros e escolheu um lugar sob uma pequena lamparina pendurada. Roman a imitou, sentando-se na frente dela, cruzando as pernas compridas. Lark veio falar com eles assim que as estrelas começaram a salpicar o céu. Ele sorria, segurando um cigarro entre os dentes, e se instalou pouco adiante, ainda à vista de Iris.

O silêncio era estranho e pesado. Ela quase temia respirar fundo demais e acolher o ar carregado e frio nos pulmões. O mesmo ar que o inimigo inspirava e expirava a meros quilômetros dali.

Dava para se afogar naquele silêncio.

Iris abriu a mochila e tirou a manta de flanela, que usou para cobrir os joelhos conforme a noite avançava. Em seguida, pegou o bloco e uma caneta e começou a anotar os destaques do dia enquanto ainda estavam vivos na memória.

A escuridão continuou a se desenrolar.

Iris pegou uma laranja na bolsa e deixou o bloco de lado para comer. Não tinha olhado para Roman um instante sequer, mas sabia que ele também escrevia. Dava para ouvir o arranhão suave de sua caneta no papel.

Ela se remexeu, e sentiu algo amassado no bolso.

A carta de Carver.

No furor do dia, tinha se esquecido da correspondência que ainda não acabara de ler. Ao lembrar daquilo enquanto estava sentada em uma trincheira, com fome, frio e ansiedade... a carta dele foi como um abraço. Como procurar um amigo no escuro e encontrar sua mão.

Observou Roman, que escrevia de testa franzida. Um segundo depois, ele ergueu o rosto bruscamente, como se sentisse o olhar de Iris, que o desviou, distraída pela laranja.

Precisaria esperar que ele adormecesse para pegar a carta. A última coisa que queria era que Roman Chato Kitt soubesse que ela mantinha uma correspondência mágica com um garoto que não conhecia, mas pelo qual sentia faíscas.

Passou-se uma hora. Pareciam três, mas o tempo nas trincheiras seguia uma vontade própria, fosse fluida ou empacada.

Iris recostou a cabeça nos galhos de bétula trançados, e o capacete fez ruído no contato com a madeira. Fechou os olhos, fingindo dormir, e esperou, afastando a própria exaustão. Quando voltou a olhá-lo discretamente, dez minutos depois, o rosto de Roman tinha relaxado. Estava de olhos fechados, respiração profunda, o peito subindo e descendo, o bloco precariamente equilibrado no colo. Parecia mais jovem, pensou Iris. Mais suave. Por algum motivo, ela sentiu uma pontada, e precisou afastar aquele sentimento preocupante.

Ela se perguntou o quanto os dois mudariam durante aquela guerra. Que marcas aquilo deixaria neles, reluzindo como cicatrizes que jamais sumiriam?

Iris tirou, devagar, a carta do bolso.

O papel farfalhou alto, óbvio, no silêncio da trincheira. Quando Lark a olhou de relance, Iris fez uma careta, se perguntando se Dacre ouviria um som tão inocente através daquela vasta terra de ninguém.

Ela ficou paralisada com o papel ainda no meio do caminho. Murmurou um pedido de desculpas para Lark, que percebeu o que a garota fazia e lhe deu uma piscadela. Iris imaginava que cartas na linha de frente fossem sagradas.

Olhou então para Roman. Ele não tinha se mexido. A viagem de três horas no caminhão, carregando-a no colo, devia tê-lo exaurido mesmo.

Iris terminou de levantar a carta de Carver, sentindo que finalmente podia inspirar fundo ao desdobrá-la com as mãos sujas.

Encontrou a parte em que tinha parado de ler, quando seu correspondente falava sobre a avó, e continuou:

minha avó está bem, apesar de bastante chateada comigo no momento — explicarei quando finalmente nos vermos. Ela às vezes pergunta se já escrevi meu próprio romance na máquina de escrever que me deu há anos — a máquina que me conecta a você —, e sempre odeio decepcioná-la. Mas às vezes sinto que minhas palavras são comuns e sem graça. Não parece haver nenhuma história escondida em meus ossos ultimamente, como minha vó acredita. E não tenho coragem de dizer a ela que não sou quem imagina.

Mas conte-me mais sobre você. Uma de suas lembranças prediletas, um lugar ao qual deseja ir um dia, um livro que mudou sua vida e sua visão de mundo. Você bebe café ou chá? Prefere doce ou salgado? Admira o nascer ou o pôr do sol? Qual é sua estação do ano preferida?

Quero saber tudo sobre você, Iris.

Quero saber suas esperanças e seus sonhos. Quero saber

A leitura foi interrompida por uma bola de papel amassado que voou pela trincheira e a atingiu na cara.

Iris se encolheu, chocada, até erguer o rosto e ver que Roman a olhava. Ela o encarou com irritação até ele fazer sinal para ela abrir o papel que jogara.

Ela abriu e viu um bilhete rabiscado: *Está lendo o quê, Winnow?*

Iris pegou a caneta e respondeu por escrito: *O que você acha, Kitt?* Embolou o papel de novo e jogou nele.

A atenção dela estava dividida entre Roman e a carta de Carver. Desejava um momento particular para saborear as palavras que lia. Palavras que a derretiam por dentro. Porém, Roman não era confiável. Ele alisou o papel e escreveu uma resposta, e Iris não desejava ser atingida na cara outra vez.

Pegou o papel quando ele jogou e leu: *Uma carta de amor, imagino?*

Iris revirou os olhos em resposta, mas sentiu o calor inundar o rosto. Esperava que as sombras do lampião escondessem seu rubor.

Não é da sua conta, mas, se fizesse a gentileza de me permitir acabar a leitura em paz... eu agradeceria eternamente, escreveu e devolveu o bilhete.

Roman rabiscou em resposta: *Então é uma carta de amor. De quem, Winnow?*

Ela apertou os olhos. *Não vou contar, Kitt.*

A folha de papel já estava amarrotada demais para usar. Ele rasgou com cuidado uma nova folha do caderno e mandou: *Você deveria se aproveitar de mim. Posso dar conselhos.*

Por que seu olhar se demorou naquela primeira frase? Iris abanou a cabeça, lamentando o dia em que conhecera Roman Kitt, e respondeu: *Não preciso dos seus conselhos, mas agradeço a oferta.*

Ela tinha certeza de que aquilo resolveria o assunto. Começou a reler a carta de Carver, com olhos ávidos para chegar ao fim da confissão...

Outra bola de papel voou pela trincheira, acertando a clavícula de Iris, que ficou tentada a ignorar.

Roman poderia persistir e mandar mais uma bolinha, mas papel ali tinha valor, e os dois seriam tolos de desperdiçar mais. Como se lesse sua mente, Roman esbarrou a bota na dela, e ela o olhou. A expressão dele, à luz do lampião, era abatida, como se um pouco desesperado.

Iris engoliu em seco e abriu a folha de papel:

Deixe-me adivinhar: ele abriu o coração, alegou se sentir inadequado porque o que verdadeiramente deseja é sua validação. Provavelmente mencionou a família, a mãe, uma irmã ou uma avó. Porque sabe que você se derreterá ao pensar nas outras mulheres na vida dele, as mulheres que o moldaram. E se ele a conhecer suficientemente bem... provavelmente falará de livros ou reportagens, porque certamente já deve saber que sua escrita é espetacular. Acima de tudo, sabe que não merece você nem suas palavras, nem nunca merecerá.

Iris ficou pasma. Ela o encarou, sem saber o que responder. Quando Roman sustentou seu olhar, como se em desafio, ela abaixou o rosto para a carta. Teria de esperar para acabar de ler. Dobrou o papel com cuidado e o guardou no bolso.

Não deixaria, porém, seu antigo rival dar a última palavra.

Ela rabiscou e devolveu: *Você está pensando demais. Vá dormir, Roman Kitt.*

Ele suspirou e recostou a cabeça. Iris percebeu que estava corado. Viu seus olhos pesarem. Talvez fosse tudo que precisava fazer para que ele a obedecesse: chamá-lo de Roman.

Iris adormeceu antes de conseguir pensar mais no assunto. Sonhou com uma cidade fria de ruas sem fim, com névoa pesada e um garoto de cabelo escuro que corria à frente dela, logo além de seu alcance.

30

Notas das trincheiras

Regras para um civil nas trincheiras:

1. *Fique abaixado. Resista à tentação de subir uma das escadas para vislumbrar a terra acima, que você não valorizou devidamente antes de descer. As escadas devem ser usadas pelos vigias e pelos periscópios, pelos atiradores ou quando houver uma barragem* (ver nota nº 1).*
2. *Fique confortável em um lar de céu aberto e com paredes de terra úmida, mas nunca confie demais. O céu é sempre uma ameaça e, apesar de a terra ser seu maior escudo quando os cães caçarem e o morteiro atirar, também pode ser perigosa* (ver nota nº 2).*
3. *Reze para não chover. Todos os dias. Ou prepare-se para viver em condições alagadas* (ver nota nº 3).*
4. *Ignore os ratos. Sim, isso é muito difícil quando vagam à noite pela trincheira, sobem em suas pernas e mastigam sua bagagem. Ignore também os piolhos.*

5. *Coma e beba apenas o suficiente para manter-se alimentado e hidratado. Sentirá sempre a leve (ou intensa) pontada da fome enquanto viver à base de carne seca e feijão enlatado. Porém, no melhor dos dias, você pode arranjar um sanduíche de ovo* (ver nota nº 4) de gosto inteiramente divino.*
6. *Lampiões podem ficar acesos, a fogo baixo, nas trincheiras de comunicação, mas qualquer chama é proibida à noite na linha de frente. Não é permitido nem mesmo uma faísca para acender o cigarro* (ver nota nº 5).*
7. *Não há privacidade. Nem mesmo na hora de ir ao banheiro.*

Notas:

1. *A "barragem" pode ser definida como um "bombardeio de artilharia concentrado em uma área ampla". O tenente Lark me informou que a tática é utilizada quando um dos lados quer atravessar a "terra de ninguém", o terreno entre as trincheiras das duas forças armadas. Há baixas pesadas nessa zona, o que tende a resultar em um impasse, sem que nada ocorra nas trincheiras por dias, enquanto ambos os lados esperam que o outro ataque. Porém, uma abordagem de "fogo, cobertura e movimento" pode ocorrer quando se dispara a artilharia pesada, que causa fumaça, escondendo os soldados que se arrastam pela zona intermediária para chegar às trincheiras do oponente. Há um soldado em cada companhia responsável por medir a direção do vento no dia. Às vezes, basta isso para indicar a melhor hora para o ataque, de modo*

que a fumaça sopre a seu favor na direção em que pretende investir. Pode também ser um indício de quando o inimigo planeja atacar.

2. *Sargento Duncan me informou de uma circunstância em que soldados recuaram a um bunker para se proteger durante um bombardeio de artilharia e a bomba atingiu o terreno logo acima do abrigo. O bunker desabou e os soldados foram enterrados vivos ali.*

3. *Graças a todos os deuses preocupados com assuntos mortais, não choveu no meu tempo aqui, mas acredito que tenha chovido bastante quando Attie esteve nas trincheiras. Ela pode oferecer uma opinião sincera quanto a como tal experiência pode ser miserável e moralmente esmagadora.*

4. *Receita do sanduíche de ovo preparado pela cabo Marcy Gould: Frite um ovo usando sua frigideira de ferro fundido. Deixe a gema bem vermelha e mole. Pegue duas fatias grossas de pão com manteiga e ponha o ovo entre elas. Sem dúvida, os outros soldados perguntarão se você comerá tudo. Não se preocupe; você devorará até as migalhas.*

5. *O tenente Lark me informou de um soldado que acendeu um cigarro em seu posto na linha de frente. Dois segundos depois, artilharia pesada foi disparada e metade do seu pelotão foi morto.*

Passaram-se três dias. Era estranho se habituar ao ritmo: noites nas trincheiras de comunicação e dias rígidos na linha de frente. Os Sicômoros faziam rotação com outro pelotão e manteriam a rotatividade por sete dias antes de voltarem à base para mais sete dias de repouso e recuperação.

Enquanto isso, Iris preenchia seu bloco.

Ela nunca escrevia durante o dia, que passava encolhida com Roman na frente de batalha, morta de medo de fazer um gesto inocente como coçar o nariz. Porém, à noite, quando estavam na reserva, o Pelotão Sicômoro começou a simpatizar com ela, que frequentemente jogava carteado com eles à luz do lampião, lembrando que competição amigável era um modo eficiente de ganhar acesso a histórias mais profundas e íntimas.

Iris perguntava aos soldados sobre suas vidas em casa e sobre as famílias que os amavam. Perguntava o que os fizera querer se juntar à guerra. Perguntava sobre batalhas passadas — vitórias e derrotas — e mergulhava nas histórias de coragem, lealdade e dor que eles compartilhavam. Os soldados se chamavam de irmão e irmã, como se a guerra forjasse eles mais fortes do que os do sangue.

Ela se sentia incrivelmente realizada em um momento e profundamente triste no outro.

Sentia saudade da mãe. De Forest. De Attie e de Marisol. De escrever para Carver.

Às vezes, tentava traçar mentalmente o trajeto que a levara até ali, mas era difícil revivê-lo. Revirava sentimentos parcialmente enterrados em si, perigosos demais para escavar no momento.

Ainda assim… o sangue vibrava em suas veias.

Na quarta noite, Iris estava escrevendo as anotações do dia quando foi atingida por uma onda de exaustão.

Ela parou, a mão com câimbra.

Roman se sentava no lugar de costume, diante dela na trincheira, enquanto comia feijão enlatado. O cabelo preto embaraçado caía nos olhos e a barba estava crescendo, escurecendo a parte inferior do rosto. As maçãs do rosto pareciam mais pronunciadas, como se tivesse perdido peso. Os nós dos dedos brilhavam com feridas, as unhas estavam imundas de terra e o macacão tinha furado no joelho. Sinceramente, não se parecia em nada com como ela se lembrava dele. Quando trabalhavam na *Gazeta de Oath*, ele vivia arrumado e bem--apessoado e caminhava por aí com ar pomposo.

Por que ele está aqui?, Iris se perguntou pela milésima vez. Houvera um tempo em que ela o achara fácil de compreender, mas, a cada dia que passava, percebia que Roman Kitt era um mistério. Um mistério que ficava tentada a solucionar.

Iris não o observou por muito tempo, por medo de atrair sua atenção. Voltou a olhar para o bloco de notas e, de repente, sentiu-se vazia e cansada, como se tivesse envelhecido anos em uma noite.

Fechou os olhos e se recostou.

Antes de perceber, se entregou ao sono.

Iris percorria as trincheiras à noite.

Estava sozinha, acompanhada apenas pela lua cheia e brilhante no céu, embebida em luz prateada. Ela parou, escutando o vento descendente. Onde estavam todos? Que lugar era aquele?

Onde estava Roman, sua sombra incômoda?

Ao longe, ouviu uivos. *Os cães.* Seu coração deu um pulo e ela correu até o abrigo mais próximo, sentindo-se exposta e apavorada.

Uma luz brilhava nas sombras.

Assim que Iris entrou no abrigo, atraída pelo fogo, percebeu que era um cômodo. A antiga sala de estar de seu apartamento. O lugar que tinha dividido com a mãe e com Forest.

Percorrendo com o olhar o ambiente que conhecia tão bem — o tapete puído, o papel de parede descascado, o aparador com o rádio da avó —, encontrou uma pessoa que imaginava nunca mais ver.

— Florzinha — disse a mãe, empertigada no sofá, com um cigarro soltando fumaça entre os dedos. — Por onde andou, meu bem?

— Mãe? — perguntou Iris, com uma voz enferrujada. — Mãe, o que está fazendo aqui?

— Estou aqui porque você está aqui, Iris.

— Onde estamos?

— Por enquanto, em casa. Achou que eu a abandonaria?

Iris perdeu o fôlego. Estava confusa, tentando se lembrar de algo que lhe escapava da memória.

— Voltei a escrever, mãe — disse ela, a garganta apertada. — Na máquina da vovó.

— Eu sei, querida — disse Aster, sorrindo.

Era o sorriso que costumava florescer antes do vinho e do vício. O sorriso que Iris mais amava.

— Um dia, você vai ser uma escritora famosa — continuou. — Escute o que digo. Você vai me dar muito orgulho.

Iris inclinou a cabeça.

— Você já me disse isso, não disse, mãe? Por que não me lembro?

— Porque este é um sonho, e eu queria vê-la outra vez.

O sorriso de Aster esmaeceu. Os olhos afastados — olhos cor de mel, que Forest e Iris tinham roubado dela — brilhavam de tristeza penetrante.

— Faz tanto tempo que não a olho e a *vejo* de verdade, Iris — continuou. — E percebo o quanto perdi. Perdão, meu bem, mas agora eu vejo.

As palavras sulcaram o peito de Iris ao meio.

Ela se encolheu de dor, em carne viva, e reparou que chorava, como se as lágrimas pudessem lavar o acontecido. Porque sua mãe estava morta.

— *Iris*.

Uma voz conhecida começou a derreter as bordas da sala. Do bunker. Dos fiapos de sombra.

— Iris, acorde.

Era a voz de um garoto que aparecera em seu apartamento no pior dia de sua vida. Que levara para ela seu casaco abandonado, como se temesse que ela pegasse friagem. A voz de um garoto que a seguira até a guerra, jogara bolas de papel em seu rosto, entregara nas mãos dela um jornal com seu artigo na primeira página e a desafiara a correr colina acima para admirar a vida do outro lado.

O sonho se partiu. Iris estava encolhida, chorando silenciosamente.

Roman sentava-se a seu lado. O luar brilhava, e ele apoiava a mão no ombro dela. Iris sentiu o calor de sua palma pelo macacão.

— Está tudo bem — sussurrou ele.

Ela cobriu o rosto para esconder a emoção. Sons terríveis escoaram por seus dedos, porém, e ela estremeceu, tentando engolir tudo que antes escondera no fundo dos ossos. Lidaria com aquilo *depois*. Estava morta de vergonha por chorar de soluçar em uma trincheira, pois os Sicômoros sem dúvida a escutavam e deviam achá-la fraca e patética e...

Roman tirou o capacete de Iris com cautela. Acariciou o cabelo dela; estava oleoso e nojento, e ela queria muito um bom banho, mas ainda assim o toque era confortável.

Ela respirou fundo, decidida, e pressionou os dedos contra os olhos latejantes. Roman afastou a mão de seu cabelo, apoiando o braço em seus ombros. Ela afundou na lateral do corpo dele, no seu calor.

— Me desculpa — sussurrou Iris. — Sonhei com minha mãe.

— Não tem motivo para se desculpar.

— Estou envergonhada de...

— Ninguém escutou, só eu — disse ele. — Não é incomum acordar com lágrimas nos olhos por aqui.

Iris levantou o rosto, sentindo o torcicolo repuxar o pescoço. Catarro escorria do nariz, e ela estava prestes a secá-lo, relutante, na manga da roupa quando um lenço surgiu de súbito. Ela piscou e percebeu que era Roman quem o oferecia.

— É claro que você traria um lencinho para a linha de frente — disse Iris, meio resmungando.

— Não incluíram lencinhos na sua lista de "itens a trazer para a guerra", Winnow? — brincou ele.

Iris assoou o nariz.

— Cale a boca, Kitt.

Roman respondeu apenas com uma risada, colocando o capacete de volta na cabeça dela. Porém, manteve-se bem a seu lado, aquecendo-a durante as horas mais sombrias que antecediam o amanhecer.

31

Vento do oeste

Naquela tarde, a temperatura subiu a níveis abrasadores. A primavera enfim chegara, com o sol quente e os dias mais longos, e nuvens pesadas se formavam no céu. Roman as encarava, sabendo que em breve estourariam em uma tempestade.

Suor escorria pelas costas dele, fazendo cócegas na nuca. O macacão estava encharcado e grudado na pele. A sombra era parca nas trincheiras àquela hora, e ele tentou se preparar mentalmente para em breve estar molhado e enlameado e precisar mergulhar os pés em poças profundas. Pelo menos a mochila era feita de couro impermeável, então suas coisas ficariam protegidas. Era tudo o que lhe importava, afinal: as coisas na mochila e Iris, sentada diante dele. Muito em breve, voltariam a Avalon Bluff, e ele finalmente poderia respirar fundo. Finalmente teria um momento para relaxar.

Ela o viu observá-la.

De repente, ficou agradecido por serem proibidos de conversar naquela parte da trincheira. Senão, Iris poderia ter comentado a frequência de seu olhar.

O vento começou a soprar.

Assobiou por cima das trincheiras, mas alguns fios de ar desceram, e Roman ficou grato pelo frescor.

Era naquilo que estava pensando, distraído — na gratidão pelo vento, em Iris, nos futuros artigos, em Iris, no tempo que faltava até o sol se pôr, em *Iris* —, quando vieram as explosões, rasgando a tarde quieta de céu azul. As balas guincharam em disparos rápidos, estourando os tímpanos, fazendo a terra tremer. O coração de Roman pulou à boca e Iris caiu do banco, se encolhendo no chão por reflexo.

Ali estava.

Era seu pior pesadelo trazido ao mundo desperto.

Ele se jogou para a frente, para cobri-la com o próprio corpo.

Os morteiros continuaram a uivar e explodir. Um depois do outro e do outro. Os disparos pareciam eternos, e Roman fechou os olhos com força quando pedaços de terra e lascas de madeira começaram a chover em cima deles. Iris não se moveu sob ele, e Roman temia está-la esmagando quando ela choramingou.

— Está tudo bem — disse, sem saber se ela o ouviria em meio ao estrépito. — Fique abaixada, respire.

Finalmente, veio um intervalo, mas o ar fumegava e a terra parecia chorar.

Roman ajeitou seu peso e ajudou Iris a se levantar.

Ela estava tremendo.

Com o olhar arregalado e desvairado, Iris se virou para ele. Roman poderia se perder naqueles olhos cor de mel, no desejo de acalmar o medo que ardia dentro dela. Porém, ele mesmo nunca se sentira tão apavorado e impotente, e não sabia se conseguiria tirá-los dali em segurança.

Soldados começaram a se mover ao redor dos dois como uma correnteza, preparando fuzis e gritando ordens. Ainda assim, entre ele e Iris estava tudo quieto. Como se o tempo tivesse parado.

— Pegue sua bolsa, Iris — orientou Roman, com calma, como se já tivessem vivido aquilo antes, juntos.

Ela pegou a alça da mochila de couro. Levou um momento para pendurá-la nas costas, de tanto que as mãos tremiam.

Roman pensou nas anotações dela. Em todas as histórias de soldados que ela recolhera nos últimos dias. No horror, no orgulho, na dor, nos sacrifícios, nas vitórias.

Iris precisava carregar aquelas palavras de volta para casa. Precisava sobreviver para datilografar aquilo tudo. Para suas palavras serem levadas de trem pelos seiscentos quilômetros até a *Tribuna Inkridden*, na irrelevante cidade de Oath.

Ela precisa sobreviver, pensou Roman. Não queria viver em um mundo sem Iris e suas palavras.

Ele expirou — a respiração tremeu como os ossos em seu corpo — e olhou para o céu. Uma parede de fumaça subia, soprando no vento do Oeste. Em breve os cobriria, e Roman sentia o gosto de sal, metal e terra.

Fogo, cobertura, movimento.

— Eles estão vindo? — perguntou Iris.

A resposta foi outra rodada de artilharia pesada. Ela saltou outra vez quando os projéteis ruidosos explodiram mais perto, batendo fundo no chão. Antes que Iris pudesse se encolher, Roman a empurrou, de pé, contra a parede da trincheira e a cobriu com o próprio corpo. Se qualquer coisa fosse machucá--la, precisaria atravessá-lo. Seus pensamentos estavam a mil.

Atrás deles ficava a terra de ninguém, que de repente lhe parecia mais perigosa do que ele jamais imaginara. Roman percebeu que os soldados de Dacre poderiam estar se esgueirando na direção das trincheiras deles, acobertados pela fumaça. Poderiam se arrastar como sombras pela grama queimada, de fuzis em punho, a meros metros dali.

Ele imaginou a erupção de uma batalha; imaginou lutar. Iris correria se ele ordenasse? Ele deveria perdê-la de vista? Imaginou escondê-la em um bunker, fugir pelas trincheiras com ela, energizado por puro pavor.

Esperou o bombardeio acabar, cobrindo a nuca dela com a mão, mantendo-a mais próxima. Perdeu os dedos em seu cabelo.

O tenente Lark de repente agarrou o ombro de Roman, sacudindo-o para trazê-lo à realidade.

A artilharia continuava a gritar, a cascatear, a explodir, e era preciso gritar para ser ouvido:

— Vocês precisam recuar em direção à cidade! É uma ordem direta.

Roman assentiu, aliviado de receber um comando, e puxou Iris da parede. Entrelaçou os dedos nos dela e começou a conduzi-la pelo caos das trincheiras. Passaram por cima de madeira rachada, montes de terra e soldados ajoelhados. Roman demorou um momento para entender que alguns deles estavam feridos, encolhidos de dor. Sangue salpicava as tábuas do piso. Estilhaços de metal brilhavam à luz do sol.

Iris começava a se desvencilhar.

— Kitt. *Kitt!*

Roman se virou para ela. O pânico o percorria como óleo fervendo.

— Temos que correr, Iris.

— Não podemos deixar eles assim!

Iris estava gritando, mas ele mal a escutava. Seus ouvidos pareciam entupidos de cera. Sua garganta ardia.

— Recebemos uma ordem — respondeu Roman. — Eu e você... não somos soldados, Winnow.

Porém, ele sabia a emoção exata que ela sentia. Parecia um erro correr. Fugir quando outros se agrupavam, se preparavam para lutar. Quando homens e mulheres estavam caídos, gemendo de dor. Dilacerados por morteiros, esperando morrer com o brilho lascado dos ossos e o fulgor vermelho--vivo do sangue.

Roman hesitou.

Foi então que viu o pequeno objeto redondo cortando um arco pelo ar. De início, achou ser simplesmente um pedaço de terra, até aterrissar logo atrás de Iris na trincheira, com um silvo. O objeto girou na madeira por um momento, e Roman o fitou, percebendo... percebendo que era...

— *Merda!*

Ele agarrou o colarinho do macacão de Iris e a levantou como se não pesasse nada. Girou-os até parar entre ela e a granada. O terror azedou na boca e ele percebeu que estava prestes a vomitar o pêssego e a torrada que tinha comido no café da manhã.

Quantos segundos tinham antes de a granada explodir?

Roman impeliu Iris para a frente, com a mão na lombar dela, empurrando-a mais e mais rápido, até a curva seguinte. Estavam quase lá, no ponto em que a trincheira virava em um ângulo brusco e protetor. Ela tropeçou em uma das tábuas sobressaindo do chão. Roman a segurou pela cintura e a levantou, na fumaça, na luz baixa e nos estalos perpétuos das armas.

Ouviu-se um clique… clique… assobio atrás deles quando ela virou a esquina primeiro.

— *Iris* — sussurrou Roman, desesperado.

Ele a apertou com mais força logo antes de a explosão separá-los.

32

Fumaça nos olhos

Iris se mexeu. Estava com o rosto esmagado contra a terra revirada e sentia gosto de metal quente na boca.

Ela se endireitou devagar, o capacete torto na cabeça.

Soldados passavam correndo por ela. Fumaça espiralava à luz dourada. Havia estalidos incessantes que faziam seu coração dar pulos constantes, o corpo se encolher. Ela se sentou, se esticou para a frente e cuspiu a terra e o sangue da boca, passando as mãos pelas pernas, pelo tronco, pelos braços. Tinha alguns arranhões nos dedos e nos joelhos e um corte comprido no peito, mas estava praticamente incólume, apesar dos estilhaços de metal cintilando no chão.

Kitt.

Ela tinha virado a esquina antes da explosão da granada, mas não sabia se ele tinha feito o mesmo.

— Kitt! — gritou. — *Kitt!*

Iris se levantou, cambaleando, procurando-o com o olhar em meio à névoa. Ela o encontrou a poucos passos dali. Es-

Divinos Rivais **305**

tava caído de costas, de olhos abertos, como se, através da fumaça, enxergasse até as nuvens.

Iris engoliu um soluço e caiu de joelhos ao lado dele. Estava morto? Sentiu o peito doer ao pensar naquilo. Não suportaria, percebeu, ao passar as mãos por seu rosto, por seu peito. Não suportaria viver em um mundo sem ele.

— Kitt? — chamou, apoiando a mão na altura do coração de Roman.

Ele estava respirando, e o alívio quase a fez derreter.

— *Kitt*, está me vendo? — insistiu.

— Iris — disse ele, rouco.

A voz de Roman estava distante, e ela percebeu que era porque seus ouvidos tiniam.

— Iris... Na minha mochila...

— Pois não, Kitt — disse ela, e sorriu quando ele pestanejou.

Roman estava atordoado, e ela começou a avaliar o resto de seu corpo. A barriga, a lateral do tronco, até ver. Tinha estilhaços cravados na perna direita dele. A destruição parecia concentrada principalmente na parte externa da coxa e da panturrilha e ao redor do joelho, mas as feridas sangravam consistentemente. Era impossível determinar quanto sangue ele já tinha perdido. As manchas no chão podiam ser do sangue dele ou de outras pessoas feridas. Iris respirou fundo, tentando se acalmar.

— Tudo bem, Kitt — disse, e encontrou o olhar dele. — Você está ferido. Parece que principalmente na perna direita, mas precisamos chamar um médico. Você acha...

— Iris, minha mochila — interrompeu ele, buscando-a em vão com as mãos. — Preciso que... Preciso pegar a mochila. Tem uma coisa... Quero que você...

— Não se preocupe com a mochila, Kitt. Preciso tirar você daqui primeiro — disse Iris, e se agachou. — Vem, eu posso ajudar. Você consegue se apoiar na perna esquerda?

Ele assentiu.

Iris se esforçou para levantá-lo e equilibrá-lo. Roman, no entanto, era muito mais alto do que ela, e bem mais pesado do que o esperado. Deram alguns passos cambaleantes antes que ele afundasse devagar em direção ao chão.

— Iris. Preciso contar uma coisa.

Ela ficou rígida, sentindo um choque de pavor.

— Pode me contar depois — insistiu.

Entretanto, começou a temer que ele tivesse perdido muito mais sangue do que ela percebia. Roman estava muito pálido, e a agonia em seus olhos a deixou sem ar.

— Pode me contar quando voltarmos à pousada, está bem?

— Acho que não... — começou ele, meio sussurrando, meio gemendo. — Você deve pegar minha mochila e ir embora. Me deixar aqui.

— Até parece! — gritou ela.

Tudo dentro de Iris se fraturava sob o peso do medo. Ela não fazia ideia de como levaria Roman a um lugar seguro, mas, naquele segundo de desespero, viu claramente o que desejava.

Ela e Roman sobreviveriam à guerra. Teriam a oportunidade de envelhecer juntos, ano após ano. Seriam amigos até finalmente reconhecerem a verdade. E teriam tudo que os outros casais tinham: as brigas, as mãos dadas no mercado, a exploração gradual de seus corpos, as comemorações de aniversário, as viagens a novas cidades, a moradia conjunta, a cama dos dois, a sensação gradual de se misturarem. Seus nomes seriam entrelaçados — *Roman e Iris*, ou *Winnow e Kitt*, porque, sinceramente, como ter um sem o outro? —

e eles redigiriam histórias à máquina de escrever, editariam sem piedade os textos um do outro e leriam livros à luz de velas à noite.

Ela o desejava. Deixá-lo para trás nas trincheiras era uma impossibilidade.

— Vem, vamos tentar de novo — pediu ela, com a voz mais suave, na esperança de encorajá-lo. — Kitt?

Roman não respondeu, a cabeça inclinada e apoiada na parede da trincheira.

Iris tocou o rosto dele. Os dedos deixaram um rastro de sangue em sua mandíbula.

— Olhe para mim, Roman.

Ele se virou para ela, os olhos arregalados e embaçados.

— Se você morrer nesta trincheira — disse Iris —, eu morrerei com você. Entendeu? Se escolher simplesmente ficar aqui sentado, serei obrigada a arrastá-lo até Dacre chegar. Agora vamos.

Roman teve dificuldade para se levantar com a ajuda dela. Ele se apoiou na parede, e os dois deram alguns passos difíceis antes de Roman parar.

— Pegou minha mochila... minha *mochila*, Iris?

Por que ele estava tão preocupado com aquela porcaria de mochila? Ela suspirou e procurou-a, sentindo o corpo arder pelo esforço de sustentar o peso de Kitt. *Não consigo carregá-lo sozinho*, pensou, e seu olhar encontrou um soldado que estava prestes a passar por eles, com o fuzil pendurado nas costas.

— Ei! — gritou Iris para interceptá-lo. — Isso, você, soldado. Me ajude a carregar este correspondente à Estação Catorze. Por favor, preciso de ajuda.

O soldado nem hesitou. Passou o outro braço de Roman por cima do ombro.

— Precisamos correr. Eles ocuparam as trincheiras da dianteira.

As palavras fizeram um choque de medo percorrer Iris, mas ela assentiu e se ajeitou sob Roman, posicionando-o entre ela e o soldado. Eles avançaram mais rápido do que Iris previa, seguindo as curvas das trincheiras. Havia mais feridos largados no chão. Ela foi obrigada a contorná-los e sentia os olhos arderem, o nariz escorrer, os ouvidos tinirem, mas estava respirando, viva, e ia levar Roman a um médico longe dali e...

O soldado virou a esquina e parou abruptamente.

Estavam quase no fim da trincheira. Estavam quase na mata, na Estação Catorze, na estrada que os levaria à cidade, mas Iris foi obrigada a seguir o movimento do soldado, e Roman gemeu entre eles devido ao sacolejo. Ela reconheceu o capitão que levara ela e Roman até a linha de frente, que avançava em meio ao rebuliço. Tinha sangue espalhado pelo rosto, e ele fez uma careta, exibindo dentes reluzentes. Soldados feridos preenchiam a trincheira ao redor dele, e não havia como Iris simplesmente passar por todos aqueles homens. Ela entrou em pânico quando o soldado começou a abaixar Roman.

— Espere, *espere*! — gritou, e o capitão a notou.

Ele deu mais algumas ordens antes de se aproximar. Iris viu os feridos serem carregados em macas, subindo e saindo da trincheira.

— Srta. Winnow — disse o capitão, olhando para Roman. — Ele está respirando?

— Sim, está apenas ferido. Estilhaços na perna direita. Capitão, podemos...

— Vou mandar que seja carregado na maca até o caminhão de transporte. E a senhorita, está ferida?

— Não, capitão.

Divinos **R**ivais **309**

— Então preciso de sua ajuda. Me falta pessoal, e temos que trazer o máximo possível de feridos a este ponto antes de Dacre levá-los. Vá com o soldado Stanley e use esta maca para trazer todos que conseguir. Só terá o tempo que durar o disparo das armas. Vá!

Iris ficou estupefata, e o capitão se virou para dar outras ordens. Ela era correspondente, não soldada, mas o soldado Stanley a olhava, segurando um dos lados de uma maca ensanguentada e suja de vômito, e o tempo de repente pesou em sua pele.

Fazia diferença quem ela era?

Iris se ajoelhou diante de Roman.

— Kitt? Consegue me olhar?

Ele entreabriu os olhos.

— Iris.

— Precisam de mim, mas vou encontrá-lo, Kitt. Quando isso acabar, vou encontrá-lo, está bem?

— Não vá — sussurrou Roman, e abanou a mão, tentando segurá-la. — Eu e você... precisamos ficar juntos. Somos melhores assim.

Um nó apertou sua garganta quando ela viu o pânico nos olhos de Roman. Iris entrelaçou os dedos deles, mantendo-o firme.

— Você precisa ser forte, por mim. Quando estiver curado, preciso que escreva um artigo sobre isto tudo. Preciso que roube a primeira página de mim, como sempre faz, está bem?

Ela sorriu, mas seus olhos ardiam. Era por causa da fumaça, que se aproximava da barragem.

— Vou encontrá-lo — insistiu Iris, e beijou os dedos dele, que tinham gosto de sal e sangue.

A dor em seu peito cresceu quando precisou se desvencilhar da mão de Roman e pegar a outra ponta da maca. Quando precisou se virar e deixá-lo, seguir o trote firme do soldado Stanley.

Eles buscaram uma soldada ferida e a carregaram de volta ao lugar onde Iris deixara Roman. Enquanto ajudava Stanley a tirar a soldada da maca, com cuidado, Iris olhou para os demais e viu que Roman ainda esperava, mas estava mais a frente na fila do caminhão.

Partiram de novo, correndo como os ratos das trincheiras. Carregaram outra soldada de perna machucada de volta à Estação Catorze. Daquela vez, Roman tinha sumido, e Iris sentiu ao mesmo tempo alívio e ansiedade. Ele devia ter sido posto no veículo e estar em trânsito, a caminho da enfermaria. Porém, Iris não estava lá para xingá-lo, para insistir que ficasse de olhos abertos, para segurar sua mão e garantir que ele estivesse bem.

Ela engoliu saliva, a boca seca e cheia de cinzas. Piscou para segurar as lágrimas.

Era apenas fumaça nos olhos. Fumaça nos olhos, queimando-a por dentro.

— Acho que podemos buscar mais um — disse Stanley. — Enquanto houver tiros, há tempo. Pode me ajudar?

Iris assentiu, escutando os tiros a distância. Estava com dor nos ombros e respirando com dificuldade. O coração palpitava no ritmo de uma canção dolorida no peito, e ela correu atrás de Stanley, batendo a maca em suas coxas machucadas.

Eles se aprofundaram mais nas trincheiras. As pernas de Iris tremiam, e ela percebeu que os tiros estavam começando a diminuir. Será que os soldados de Dacre tinham matado todos na linha de frente? Será que em breve avançariam mais?

Será que a matariam se a encontrassem, perdida em meio às trincheiras? Será que tomavam prisioneiros?

Antes de Dacre levá-los. As palavras do capitão ecoaram por ela, causando um calafrio.

Distraída, Iris tropeçou em alguma coisa.

Caiu de joelhos e sentiu alguns estilhaços perdidos perfurarem a pele.

Stanley parou e olhou para trás, para ela.

— Levante-se — disse ele, e de repente soou assustado, porque os tiros iam morrendo.

Iris mal o escutava, mal ouvia o silêncio fantasmagórico que voltava ao mundo. Porque ali, no chão, estava uma bolsa de couro igual à que ela carregava. Gasta, salpicada de sangue, pisoteada por inúmeras botas.

A mochila de Roman.

Iris a pendurou no ombro, ao lado da própria mochila, e sentiu o peso nas costas ao se levantar.

— O que ainda está fazendo aqui, correspondente? — gritou a capitã Speer para Iris. — Entre no caminhão! Você deveria ter sido evacuada há uma hora!

Iris se sobressaltou. Estava no meio da Estação Catorze, sem saber o que deveria fazer. Sabia apenas que tinha sangue seco nas mãos e no macacão, que o corte no peito ardia e que o coração estava frenético, perguntando-se onde estaria Roman.

— Vá! — gritou a capitã, pois Iris continuava parada, atordoada.

Iris assentiu e foi aos tropeços ao caminhão sob a luz do entardecer. Soldados estavam sendo levados, e ela esperou, sem querer abrir caminho à força. Finalmente, uma soldada a viu e a puxou para a caçamba lotada sem dizer uma palavra.

Ela caiu em cima de alguém, que gemeu de dor.

Iris ajeitou o peso, desequilibrada pelas duas bolsas penduradas nas costas.

— Ah, me desculpa!

— Srta. Winnow?

Iris olhou o soldado ensanguentado abaixo dela.

— Tenente Lark? Ai, meus deuses, você está bem?

Era uma pergunta ridícula. Era claro que ele não estava bem — *ninguém* estava bem —, mas de repente ela não sabia o que fazer, o que dizer. Com cuidado, sentou-se ao lado dele, encaixada entre o tenente e outro soldado. O caminhão deu um solavanco e avançou trêmulo, sacudindo todos ali atrás.

Lark fez uma careta. À luz fraca, Iris via a terra e o sangue no rosto dele, o choque que assombrava seus olhos.

— Tenente Lark?

Iris olhou para a mão dele. Seus dedos estavam espalmados na barriga, cobertos de sangue brilhante. Como se tentasse contê-lo.

— Srta. Winnow, eu mandei recuar. Por que ainda está aqui? Por que está comigo, no último transporte?

O último transporte? Iris engoliu o ácido que subiu à garganta. Havia tantos outros soldados feridos na Estação Catorze. Ela não deveria ter ocupado um lugar. Não deveria estar ali.

— Eu queria ajudar.

A voz dela soava áspera e estranha. Como se pertencesse a outra pessoa.

— O que posso fazer para deixá-lo mais confortável, tenente? — perguntou.

— Fique aqui comigo, srta. Winnow. Todos... se foram. Todos.

Ela levou um momento para entender. "Todos" eram seu pelotão. Os Sicômoros.

Iris fechou os olhos por um momento para se firmar. Para controlar o pânico e as lágrimas crescentes. Estava sentada na caçamba coberta de um caminhão, cercada por soldados feridos. Dirigiam-se ao leste, onde Avalon Bluff os esperava, a quilômetros dali. Estavam em segurança; chegariam na enfermaria a tempo.

O corte no peito queimou.

Iris levantou a mão e a espalmou no peito. Foi então que percebeu o que faltava. O pingente dourado da mãe.

Ela soltou um palavrão baixinho, procurando ao redor, mas sabia que o colar desaparecera havia tempo. A corrente devia ter arrebentado quando ela fora arrastada no chão pela explosão da granada. O resquício de sua mãe provavelmente ainda estava lá, no lugar que a separara de Roman. Ela o via em pensamento: o pingente, pisoteado na lama da trincheira. Um pequeno brilho, um rastro fraco de ouro entre estilhaços e sangue.

Iris suspirou, abaixando a mão.

— Você está bem, srta. Winnow? — perguntou Lark, trazendo-a de volta ao presente.

— Sim, tenente. Só pensando em uma coisa.

— Onde está o sr. Kitt?

— Ele foi ferido. Já está no transporte.

— Que bom — disse Lark, e acenou com a cabeça.

Ele fechou os olhos com força. Iris viu o sangue continuar a escorrer entre seus dedos. Ela o sentia encharcar devagar a perna de seu macacão.

— Que bom — continuou ele. — Fico feliz... fico feliz por ele estar seguro.

— Gostaria de ouvir uma história, tenente Lark? — perguntou Iris, em voz baixa, sem saber bem de onde vinha a pergunta. — Gostaria de ouvir a história de quando Enva enganou Dacre com a harpa no subterrâneo?

— Gostaria, sim, srta. Winnow.

A boca dela estava seca. A garganta parecia lascada e a cabeça latejava, mas ela começou a narrar a lenda. Já a lera tantas vezes nas cartas de Carver que decorara as palavras dele.

Quando os soldados ao redor se calaram para ouvir, ela se perguntou se talvez devesse ter escolhido outra história. Ali estava ela, falando de Dacre, o autor daquelas feridas, das dores, das derrotas, das tristezas. Entretanto, percebeu que havia poder na história; provava que Dacre poderia ser domado e derrotado, que não era tão forte e astuto quanto gostava de ser considerado.

— Devo uma história em troca — disse Lark quando Iris acabou. — Uma vez, você me perguntou a respeito do Pelotão Sicômoro. Da origem de nosso nome.

— Sim — sussurrou Iris.

— Quero contar agora. Crescemos todos na mesma cidade, sabe? — começou Lark, com a voz tão baixa e rouca que Iris precisou se curvar para escutar mais de perto. — É um lugar ao norte daqui, difícil de achar no mapa. Somos fazendeiros; labutamos faça chuva ou faça sol, sabemos tudo da terra e contamos a vida por estações, não por anos. Quando irrompeu a guerra... decidimos nos unir à luta. Um grupo dos nossos poderia formar o próprio pelotão. E achamos que, se nos uníssemos, o conflito acabaria mais rápido. — Ele bufou. — Que equívoco.

Lark se calou, fechando os olhos. O caminhão passou por um buraco, e Iris viu o rosto dele se contorcer de dor.

— Antes de partirmos — continuou, ainda mais fraco —, decidimos entalhar nossas iniciais no imenso sicômoro que se erguia perto de uma das plantações. A árvore ficava em uma colina, quase uma sentinela. Tinha sido atingida por raios duas vezes, mas não se partira nem caíra. Portanto, acreditávamos que havia magia naquela árvore, que suas raízes davam nutrientes ao solo que arávamos, plantávamos e colhíamos. Que seus galhos vigiavam nosso vale.

"Entalhamos nossas iniciais na casca. Era uma prece para a magia do lar cuidar de nós, mesmo com todos os quilômetros que nos afastariam. Uma prece e a promessa de que um dia todos voltaríamos."

— Que lindo, tenente — disse Iris, e tocou o braço dele.

Ele sorriu e abriu os olhos, que ergueu para o teto. Sangue borbulhou entre seus dentes.

— Eu nem queria ser tenente — confessou. — Não *queria* liderar. Mas as cartas foram dadas, e suportei o peso. Suportei a preocupação de que alguns de nós não voltariam para casa. De que eu precisaria ir até as mães, os pais, os irmãos, as irmãs, as esposas, os maridos. Pessoas que conheci a vida toda. Pessoas que eram como minha família. E pedir… perdão. Meus pêsames por sua perda. Perdão por não poder impedir. Perdão por não poder fazer mais para protegê-los.

Iris se manteve quieta. Perguntou-se se ele estava prestes a desmaiar. Se a dor das feridas era forte demais. Perguntou-se se deveria mantê-lo acordado, mantê-lo falando.

Ela pegou a mão dele.

— Agora, terei de repetir isso de novo e de novo — continuou Lark. — Se eu sobreviver, viverei repleto de arrependimentos e desculpas, porque sou o último. O Pelotão Sicômoro se foi, srta. Winnow. Hoje acordamos em um mundo, e o sol se põe em outro.

Quando ele fechou os olhos, Iris continuou em silêncio. Segurou a mão do tenente, e a última luz do dia se esvaiu. O entardecer dava lugar à noite. Antes, ela teria temido os cães de Dacre e seu possível ataque. Mas não havia mais nada a temer. Restava apenas o luto, afiado e exposto.

Iris ainda segurava a mão do tenente Lark uma hora depois, quando ele morreu.

Havia fumaça no cabelo dela, fumaça nos pulmões, fumaça nos olhos, queimando por dentro.

Iris cobriu o rosto e chorou.

33

A neve na mala de Kitt

Eles adentraram Avalon Bluff no meio da noite. O ar estava fresco e estrelas queimavam no céu escuro quando Iris desceu do caminhão, as pernas trêmulas.

Ela de repente se viu cercada por enfermeiros, médicos, aldeões. Foi carregada à luz da enfermaria, tão exausta que mal conseguia falar *"estou bem, não desperdicem tempo comigo"*. Antes que pudesse protestar, uma enfermeira a parou no meio do salão para limpar os cortes e arranhões com antisséptico.

— Está ferida em algum outro lugar? — perguntou a enfermeira.

Iris pestanejou. Por um momento, viu tudo dobrado. Não se lembrava da última vez que bebera ou comera qualquer coisa, da última vez que dormira.

— Não — falou, a língua grudando nos dentes.

A enfermeira pegou um copo d'água e dissolveu algo ali.

— Tome, beba isso. Marisol está lá para o fim do corredor. Sei que ela vai querer vê-la.

— *Iris!* — gritou Attie, e a voz cortou a algazarra.

Iris deu um salto e olhou ao redor freneticamente, até ver que Attie abria caminho pela multidão. Ela abaixou o copo d'água e se jogou no abraço da amiga. Respirou fundo e decidiu ficar calma, mas, no instante seguinte, acabou soluçando no pescoço de Attie.

— Está tudo bem, tudo bem — sussurrou Attie, abraçando-a apertado. — Vem, deixa eu olhar para você.

Ela se esticou para trás e Iris secou as lágrimas dos olhos.

— Desculpa — disse Iris, fungando.

— Não se desculpe — respondeu Attie, firme. — Eu estava *morta* de preocupação por você desde que chegou o primeiro transporte, horas atrás. Analisei literalmente todos os recém-chegados na esperança de encontrá-la.

O coração de Iris parou. Ela sentiu a cor esmaecer no rosto.

— Kitt. Ele chegou? Você o viu? Ele está bem?

Attie sorriu.

— Ele está aqui, sim. Não se preocupe. Acho que acabou de sair da cirurgia no segundo andar. Venha, vou levá-la até ele, mas antes pegue a água.

Iris pegou o copo. Ela só percebeu como tremia quando tentou beber um gole e derramou metade do líquido no peito. Attie reparou, mas não disse nada, conduzindo-a ao elevador em vez disso. Elas subiram ao segundo andar. Lá havia silêncio; os corredores cheiravam a sabão e iodo. Iris sentiu a garganta apertar conforme Attie a levava pelo caminho, virando uma esquina e chegando a uma sala mal-iluminada.

Havia várias camas ali, todas separadas por biombos de pano que forneciam parca privacidade. O olhar de Iris o encontrou imediatamente.

Roman estava na primeira baia, deitado em uma cama estreita. Ele dormia, de boca aberta e o peito subindo e descendo devagar, como se à mercê de um sonho profundo. De avental hospitalar, parecia muito magro. À luz da lâmpada, parecia muito pálido. A impressão era de que qualquer coisa, por menor que fosse, poderia destruí-lo.

Ela deu um passo na direção dele, sem saber se deveria estar ali. Uma enfermeira assentiu para ela, e Iris, hesitante, continuou o caminho até a cabeceira de Roman. A perna ferida estava envolta em ataduras, apoiada em um travesseiro, e fluidos intravenosos entravam em uma veia da mão direita.

Iris parou e o olhou. Ele tinha adquirido ferimentos múltiplos por ela. Tinha se colocado em perigo para protegê-la, e Iris se perguntou se, sem ele, ela estaria ali de pé naquele momento, com machucados leves, ou se estaria dilacerada pelos estilhaços e morta nas sombras da trincheira. Se ele não a tivesse acompanhado... se não tivesse sido tão teimoso, tão *insistente* em segui-la...

Iris perdeu o fôlego e ousou esticar o braço para tocar a mão dele, os cortes e arranhões nos dedos.

Por que você veio, Kitt?

Ela observou o rosto dele, quase esperando encontrá-lo de olhos abertos e boca curvada em um sorriso metido. Como se Roman sentisse a mesma faísca perigosa que ela sentia ao tocá-lo. Kitt, porém, continuou a dormir, longe dela naquele momento.

Iris engoliu em seco.

Por que acolheu as feridas que deveriam ser minhas?

Subiu os dedos pelo braço dele, pela clavícula, pelo ângulo do maxilar, pelo cabelo grosso e desgrenhado. Afastou uma mecha da testa dele, desafiando-o a despertar sob sua carícia.

Roman não despertou, claro.

Ela sentiu alívio e também decepção. Ainda transbordava de preocupação, e sentia que o gelo na barriga só derreteria completamente quando conversasse com ele. Quando ouvisse sua voz, sentisse seu olhar.

— Removemos doze estilhaços de bomba da perna dele — disse a enfermeira, em voz baixa. — Ele teve muita sorte por ter ferido apenas a perna e por nenhuma artéria ter sido atingida.

Iris soltou o cabelo escuro de Roman. Olhou para trás e viu a enfermeira parada ao pé da cama.

— Sim. Eu estava com ele quando aconteceu — sussurrou Iris, começando a recuar.

Pelo canto do olho, viu Attie, que a esperava na porta.

— Então ele deve estar aqui por sua causa — disse a enfermeira, aproximando-se para medir a frequência cardíaca de Roman. — Tenho certeza de que amanhã vai querer vê-la e agradecê-la pessoalmente.

— Não — respondeu Iris. — Eu é que estou aqui por causa dele.

Foi tudo que o nó na garganta lhe permitiu dizer.

Ela se virou e saiu da sala, a respiração cada vez mais rasa e acelerada, e achou que desmaiaria no corredor, até erguer o rosto e ver alguém que caminhava em sua direção a passos largos e decididos. Cabelo preto e comprido escapava da trança. Sangue salpicava a saia e fogo queimava em seus olhos castanhos.

Marisol.

— *Aí* está você! — exclamou Marisol, e Iris temeu estar encrencada até ver que a amiga *chorava*. Lágrimas brilhavam em seu rosto. — Meus deuses, eu rezei por você todos os dias!

Ⓓivinos Ⓡivais **321**

Em um instante, Iris ainda estava parada, incerta e trêmula, no corredor. No seguinte, Marisol a abraçava, chorando em seu cabelo sujo. Iris suspirou — estava segura, *estava segura*, podia abaixar a guarda e *respirar* — e abraçou Marisol, com dificuldade para disfarçar as lágrimas que brotavam.

Ela achou que não conseguiria chorar mais, mas, quando Marisol recuou um pouco e acariciou o rosto dela, Iris deixou as lágrimas caírem.

— Qual foi a última vez que você comeu, Iris? — perguntou Marisol, secando seu pranto com carinho. — Venha, vou levar você para casa para comer. Depois você pode tomar um banho e descansar.

Marisol pegou a mão de Attie e, segurando bem as duas garotas, levou-as para casa.

Iris queria tomar banho primeiro.

Enquanto Marisol e Attie preparavam chocolate quente e uma refeição de madrugada na cozinha, Iris subiu com dificuldade até o banheiro. A adrenalina que a tinha mantido desperta desde a tarde — um dia que lhe parecia durar anos, um dia de céu azul, nuvens de tempestade iminentes, trincheiras repletas de silêncio pesado, quando o Pelotão Sicômoro estava vivo — estava inteiramente gasta. De repente, ela sentiu a pontada afiada da exaustão.

Iris levou uma vela ao quarto. Largou as mochilas no chão, onde caíram amontoadas no tapete. Tirou a roupa, estremecendo ao desgrudar o linho manchado de sangue da pele.

Um banho rápido, Marisol dissera. Porque era noite avançada, e elas sempre deveriam estar prontas para a chegada dos cães.

322 Rebecca Ross

Iris se lavou à luz de velas. O banheiro estava quente e escuro, o vapor subia dos azulejos, e ela parou sob o chuveiro, de olhos fechados, para esfregar a pele ardida. Iris se esfregou como se pudesse se lavar de tudo.

Ainda ouvia um tinido leve; perguntou-se se um dia passaria.

Ela derrubou algo da saboneteira. O ruído a sobressaltou, fez seu coração parar. Ela quase se encolheu, mas, devagar, se convenceu de que estava tudo bem. Estava no banho, e era apenas a lata metálica do xampu de lavanda de Marisol.

Quando Iris teve certeza de ter lavado toda a terra, o suor e o sangue, fechou o registro e se secou. Nem queria olhar para o corpo, para a pele marcada. Os hematomas e os cortes que a lembrariam do que tinha vivido.

Pensou em Roman ao vestir a camisola. Ele perdurava na mente dela enquanto desembaraçava o cabelo molhado. Quando ele despertaria? Quando Iris voltaria a vê-lo?

— Iris? — chamou Marisol. — Café!

Café da manhã, no meio da noite.

Iris deixou o pente de lado e desceu com a vela, seguindo para a cozinha. Ao sentir o cheiro da comida, seu estômago se apertou. Estava faminta, mas não sabia se conseguiria comer.

— Venha, comece com o chocolate — orientou Attie, e ofereceu a Iris uma xícara fumegante.

Iris aceitou, agradecida, e se afundou na cadeira de sempre. Marisol continuou a pôr a mesa. Ela tinha preparado uma espécie de mexido com queijo, repleto de ingredientes acolhedores, e, gradualmente, Iris conseguiu comer alguns bocados. O calor se espalhou por ela, que suspirou e, devagar, sentiu-se voltar ao próprio corpo.

Ⓓivinos Ⓡivais **323**

Attie e Marisol se sentaram para comer também, mas ficaram quietas. Iris agradeceu. Não achava que conseguiria falar sobre aquilo ainda. Tê-las por perto era tudo de que precisava.

— Posso ajudar a limpar, Marisol? — perguntou Attie, ao se levantar para tirar a mesa quando acabaram de comer.

— Não, deixe comigo. Por que não ajuda Iris a se deitar? — sugeriu Marisol.

Os olhos de Iris pesavam. Ao se levantar, seus pés pareciam feitos de ferro, e Attie segurou-a pelo braço. Ela mal se lembrava de subir a escada ou de Attie abrir a porta e conduzi-la para dentro do quarto.

— Quer que eu durma aqui com você, Iris?

Iris se largou no estrado no chão. A coberta estava fria.

— Não, estou tão cansada que acho que não vai ser difícil dormir. Mas me acorde se tocar a sirene.

Ela mal se lembraria de adormecer.

Iris despertou de sobressalto.

De início, não sabia onde estava. A luz do sol entrava pela janela e a casa estava silenciosa. Ela se sentou, o corpo tenso e dolorido. A pousada. Ela estava na pousada de Marisol, e parecia ser o fim da manhã.

Os acontecimentos dos dias anteriores lhe voltaram de uma vez.

Roman. Ela precisava ir à enfermaria. Queria vê-lo, tocá-lo. Ele certamente já teria despertado.

Iris se levantou, gemendo. Tinha dormido de cabelo molhado, e estava tudo embaraçado. Quando foi pegar o pente, viu sua mochila no chão, ao lado da de Roman. Ambas puídas e sujas. Então olhou para o macacão, descartado ao lado da mesa onde repousava a máquina de escrever reluzente.

Carver.

O nome dele a atravessou em um sussurro, e ela olhou com avidez para o armário, na expectativa de encontrar inúmeras cartas no chão.

Não havia nada ali. O chão estava vazio. Carver não escrevera enquanto Iris não estava, e ela sentiu o coração apertar.

Fechou os olhos, os pensamentos mareados. Lembrou-se da última carta dele. A que ela guardara no bolso e tentara ler antes de Roman interrompê-la *duas* vezes.

Iris pulou até o macacão e revirou os bolsos. Imaginava que a carta tivesse desaparecido, assim como o pingente da mãe, como se a batalha também a houvesse arrancado dela. Mas o papel ainda estava lá. Algumas gotas de sangue tinham secado no canto. Com as mãos trêmulas, Iris alisou a folha.

Onde ela tinha parado de ler? Carver fazia perguntas. Queria saber mais sobre ela, como se estivesse tão ávido quanto Iris. Porque ela também queria conhecê-lo.

Encontrou a linha. Estivera quase no fim quando Roman, mal-educado, jogara aquela bola de papel nela.

Iris mordeu o lábio. Percorreu as palavras com o olhar apressado:

Quero saber tudo sobre você, Iris.

Quero saber suas esperanças e seus sonhos. Quero saber o que a irrita, o que a faz sorrir, o que a faz gargalhar e o que você mais deseja no mundo.

Mas talvez, ainda mais urgentemente... quero que saiba quem sou.

Se pudesse me ver agora, enquanto datilografo esta carta... sorriria. Não, provavelmente riria de mim. Pois veria como minhas mãos tremem, de tanta vontade de acertar. Quero acertar há semanas, mas a verdade é que não sabia como, e temo o que você vá pensar.

É estranho como a vida muda rápido, não é? Como uma coisa qualquer, como datilografar uma carta, pode abrir uma porta que nunca vimos. Uma conexão transcendental. Um portal divino. Porém, se há algo que ~~posso~~ devo dizer neste momento — com o coração batendo em desvario no peito, quando eu suplicaria para que você viesse domá-lo —, é o seguinte: suas cartas foram uma luz a me guiar. Suas palavras? Um banquete divino que me alimentou nos dias em que eu estava faminto.

Eu te amo, Iris.

E quero que você me veja. Quero que você me conheça. Através da fumaça, do fogo e dos quilômetros que um dia existiram entre nós.

Você me vê?

— C.

Ela abaixou a carta, mas continuou a encarar as palavras em tinta de Carver.

"Qual é um bom sinônimo para *sublime*?", Roman perguntara da janela do segundo andar. Como se fosse um príncipe enclausurado no castelo.

"Divino", ela resmungara lá de baixo, do jardim que regava. "Transcendental", Attie sugerira, supondo que ele escrevia sobre os deuses.

O coração de Iris batia com força. Ela releu a carta de Carver — *Eu te amo, Iris* — até as palavras começarem a se embaralhar e piscou para segurar uma enchente repentina de lágrimas.

— Não — sussurrou. — Não, não pode ser. É mera coincidência.

Entretanto, ela nunca fora de acreditar em coincidências. Acabou olhando para a mochila de Roman, caída no meio do quarto. Ele insistira tanto para ela pegar a bolsa depois de se ferir. A voz ainda era vívida nos pensamentos de Iris.

Minha mochila... Preciso que... Preciso pegar a mochila. Tem uma coisa... Quero que você...

O mundo parou.

O zumbido nos ouvidos voltou, como se Iris tivesse acabado de passar uma hora agachada sob o fogo da artilharia.

A carta de Carver caiu de seus dedos enquanto ela se dirigia à bolsa de Roman. Ela se abaixou e pegou a bagagem, e a terra seca caiu em montes do couro. Levou um minuto para abrir a amarra. Estava com os dedos gelados, atrapalhados. Finalmente, abriu-a e virou-a de cabeça para baixo.

Todos os objetos dele começaram a cair.

Uma manta de lã, algumas latas de legumes e frutas em conserva. O bloco de notas, repleto de sua letra. Canetas. Um par de meias. E o papel. Tantas folhas soltas, esvoaçando ao chão como neve. Páginas e mais páginas, amassadas e dobradas e marcadas pela tinta da máquina.

Iris encarou o papel que se acumulava aos seus pés.

Ela sabia o que era aquilo. Sabia ao largar a bolsa de Roman, ao se ajoelhar para recolher as folhas.

Eram suas cartas.

Suas palavras.

Primeiro escritas para Forest, e depois para alguém que ela conhecia como Carver.

Com as emoções embaraçadas, começou a relê-las. As palavras ardiam como se ela nunca as tivesse datilografado, sentada no chão do antigo quarto, solitária, preocupada e furiosa.

Queria que você fosse covarde por mim, pela mamãe. Queria que largasse as armas e abandonasse a lealdade à deusa que o convocou. Queria que você parasse o tempo e voltasse para nós.

Ela achava que Carver tinha jogado fora as primeiras cartas. Iris pedira que as devolvesse e ele dissera que era impossível.

Bem, ela sabia que era mentira. Pois ali estavam elas. Ali estavam *todas* elas, amassadas como se tivessem sido lidas inúmeras vezes.

Iris parou de ler. Sentiu os olhos arderem.

Roman Kitt era Carver.

Ele sempre fora Carver, e a constatação foi um baque tão forte que ela precisou se sentar no chão. Foi inundada por uma onda espantosa de alívio. Era *ele*. Desde o início estivera escrevendo para ele, se apaixonando por ele.

As perguntas começaram então a tomá-la, perturbando aquele alento.

Roman a tinha manipulado? Era apenas um jogo para ele? Por que não contara antes?

Ela cobriu o rosto, e a palma das mãos absorveu o calor de sua face.

— *Meus deuses* — sussurrou através dos dedos, e, quando voltou a abrir os olhos, sua visão estava mais aguçada.

Ela encarou as cartas espalhadas ao redor. E começou a recolhê-las, uma a uma.

34

C.

Iris entrou na enfermaria dez minutos depois, vestida em um macacão limpo, com o cinto bem apertado. O cabelo, caído nos ombros, ainda estava bagunçado, embaraçado e desastroso, mas ela tinha preocupações mais importantes. Com todas as cartas dobradas em mãos, subiu o elevador que levava ao segundo andar.

A porta apitou.

Saiu para o corredor, onde passou por alguns enfermeiros e uma médica que não lhe deram a menor atenção, ao que foi grata. Ela não sabia exatamente o que estava prestes a ocorrer, mas sentia o sangue vibrar.

Com o rosto corado, chegou ao quarto de Roman.

Ele estava na mesma cama, na mesma baia acortinada. A mão ainda estava presa ao tubo intravenoso, e a perna direita fora enfaixada novamente, mas ele estava sentado, concentrado na tigela de sopa que comia.

Iris parou à porta e o observou, o coração amolecendo ao vê-lo acordado. Roman não parecia tão pálido quanto na véspera. Ela sentiu alívio por ele estar com uma aparência muito melhor, e ele engoliu uma colherada de sopa, fechando os olhos momentaneamente, como se saboreasse a refeição.

Iris sentiu o suor começar a molhar as mãos, umedecendo as cartas. Escondeu as folhas atrás das costas e caminhou até ele, parando ao pé da cama.

Roman ergueu o rosto e se sobressaltou ao vê-la. Ele derrubou a colher com estrépito e, apressado, deixou a tigela na mesa de cabeceira.

— Iris.

Ela escutou a alegria em sua voz. Roman a encarou com avidez e, quando se moveu — ele ia mesmo tentar se levantar e andar até ela em uma perna só? —, ela pigarreou.

— Fique aí, Kitt.

Roman parou de repente. Franziu a testa.

Ela tinha ensaiado o que queria lhe dizer. Como começar aquela estranha conversa. Tinha martelado as palavras na cabeça pelo trajeto inteiro. Porém, ao vê-lo... as frases desvaneceram dentro dela.

Iris ergueu o punhado de cartas. E disse:

— Você.

Roman ficou em silêncio por um segundo. Ele respirou fundo e sussurrou:

— Eu.

Iris sorriu, um escudo para a vergonha que sentia. Queria rir e chorar, mas forçou-se a conter as duas reações. Começou a sentir dor de cabeça.

— Você estava recebendo minhas cartas esse tempo todo?

— Sim — respondeu Roman.

— Eu... não acredito, Kitt!

— Por quê? O que é tão inacreditável, Iris?

— O tempo todo, era *você*.

Ela piscou, segurando as lágrimas, e largou uma das cartas na cama de Roman. Foi satisfatório ouvir o farfalhar do papel, uma distração do constrangimento. Ela largou outra carta, e mais uma. As folhas caíram no colo dele.

— Pare, Iris — pediu Roman, recolhendo as cartas que esvoaçavam, que ela amassava, descuidada. — Entendo por que está com raiva de mim, mas me deixe expli...

— Há quanto tempo você sabe? — perguntou Iris, severa. — Quando soube que era eu?

Roman hesitou, o maxilar tenso. Ele continuou a recolher as cartas com cuidado.

— Sei desde o princípio.

— Desde o princípio?

— Desde a primeira carta que você mandou — acrescentou ele. — Você não assinou seu nome, mas falou do trabalho na *Gazeta*, do cargo de colunista.

Iris ficou paralisada de horror ao ouvi-lo. Ele sabia o tempo inteiro? *Ele sabia o tempo inteiro!*

—Sinceramente, de início, achei que fosse um jogo seu — continuou Roman. — Que estivesse fazendo isso para mexer comigo. Até eu ler mais cartas...

— Por que você não me disse *nada*, Kitt?

— Eu queria falar. Mas estava com medo de você parar de escrever.

— Então achou melhor me fazer de boba?

O olhar dele queimou de ultraje.

— Eu nunca a fiz de boba, Iris. Nem sequer pensei isso de você.

— Então estava só me fazendo um favor? — supôs Iris, odiando o tremor na voz. — Foi uma mera brincadeira com a coitada da menina pobre do trabalho?

Isso o magoou. A expressão de Roman murchou, como se ela o tivesse atingido.

— *Não.* Eu nunca faria nada disso com você, e, se acha que eu faria, então não...

— Você *mentiu* para mim, Kitt! — gritou ela.

— Não menti para você. Tudo que eu contei... Nada era mentira. *Nada*, me ouviu?

Iris encarou Roman. Ele estava com o rosto vermelho, abraçando as cartas ao peito, e de repente ela precisou acrescentar-lhe novas camadas. Todos os detalhes de Carver. Pensou em Del, e entendeu que Roman era seu irmão mais velho, que havia perdido a irmã. Que a tinha tirado da água depois de ela se afogar no aniversário de sete anos. Que tinha carregado o corpo dela até os pais.

Um nó subiu à garganta de Iris. Ela fechou os olhos.

Roman suspirou.

— Iris? Pode vir para cá? Sente-se comigo um pouco, para conversarmos melhor.

Ela precisava de um momento sozinha. Para processar o emaranhado de sentimentos dentro de si.

— Preciso ir, Kitt. Tome. Pegue suas cartas. Não as quero.

— Como assim não quer? São minhas.

— Pois é! E essa foi outra mentira! — exclamou ela. — Pedi que me devolvesse minhas cartas. As que escrevi para Forest. E você falou que não podia.

— Eu disse que não podia porque não *queria* — respondeu Roman. — Você acabou de ler minha última carta? Ao que parece... acho que você não consegue nem começar a entender a importância de suas palavras para mim. Mesmo que, no início, fossem dirigidas a Forest. Você era uma irmã que escrevia para o irmão mais velho desaparecido. E eu *senti* sua dor, sendo um irmão que perdeu a única irmã que já teve.

Iris não sabia o que fazer. Com a dor dela, com a dele, com a fusão repentina de ambas. Um alerta piscou em sua mente; ela estava dançando perto demais do fogo, prestes a se queimar. Sua armadura fora arrancada, e ela se sentia nua.

— Tome — disse, e entregou as últimas cartas. — Preciso ir.

— Iris? *Iris* — sussurrou Roman e, quando tentou pegar sua mão, ela se esquivou. — Por favor, fique aqui.

Ela recuou.

— Tenho coisas... coisas a fazer e preciso... preciso ir embora.

— Me perdoe — disse ele. — Me perdoe por magoá-la, mas nunca foi minha intenção, Iris. Por que acha que estou aqui?

Ela estava quase na porta. Parou, mas evitou o olhar dele. Encarou as cartas que Roman apertava com força.

— Você veio me ofuscar de novo — disse Iris, o tom distante. — Veio provar que seu texto é muito superior ao meu, como fez na *Gazeta*.

Virou-se para fugir, mas dois passos depois escutou um estrépito — o som da cama rangendo, um grunhido de dor. Iris olhou para trás e arregalou os olhos ao ver que era Roman erguendo-se em uma perna só, arrancando a agulha do acesso intravenoso da mão.

— Volte para a cama, Kitt — ralhou ela.

— Não fuja de mim, Iris — disse Roman, mancando na direção dela. — Não fuja de mim, não depois do que acabei de viver. Não antes de me conceder um último pedido.

Iris fez uma careta enquanto ele se esforçava para alcançá-la em uma perna só. Ela avançou, as mãos prontas para ampará-lo, mas Roman se segurou no batente da porta e se equilibrou, encontrando o olhar dela com seus olhos azuis penetrantes. Havia apenas uma fina distância entre os corpos dos dois, e Iris quase recuou, lutando contra a atração tentadora que sentia por ele.

— Que pedido é esse, afinal? — perguntou, fria, apenas para esconder a dor no peito. — O que é tão importante para fazer você agir como um *tolo*, arrancar uma agulha da veia, talvez arrebentar os pontos e...

— Eu nunca menti para você — afirmou Roman, com a expressão mais suave, mas o olhar ainda aguçado. — Você me perguntou isso uma vez, há meses, e eu me recusei a responder — sussurrou. — Mas quero que me pergunte de novo, Iris. Me pergunte qual é meu nome do meio.

Iris rangeu os dentes, mas sustentou o olhar dele. A memória começou a girar como um fonógrafo, e ela ouviu a própria voz no passado, arrogante, cheia de humor e curiosidade.

Roman Charlatão Kitt. Roman Chato Kitt. Roman Cínico Kitt...

Ela perdeu o ar.

— O C é de Carver — disse Roman, aproximando-se mais. — Eu me chamo Roman *Carver* Kitt.

Ele afundou os dedos no cabelo de Iris e levou a boca de encontro à dela. Iris sentiu o choque se espalhar pelo corpo no momento em que seus lábios se encontraram. O beijo era faminto, como se ele desejasse tocá-la havia muito tempo, e, de início, ela não conseguiu respirar. Finalmente, o choque passou e Iris sentiu a excitação aquecer seu sangue.

Ela abriu a boca, retribuindo o beijo. Sentiu Roman estremecer quando ela subiu as mãos pelo braço dele, segurando-o. Quando ele moveu seus corpos de lugar, Iris sentiu que estava caindo e se viu inteiramente desamparada até sentir a parede às suas costas. Roman a apertou contra a parede, o corpo esguio ardendo como se pegasse fogo. O calor encharcou a pele de Iris, instalando-se em seus ossos, e foi impossível conter o gemido que lhe escapou.

Roman segurou o rosto dela entre as mãos. Sim, ele a desejava havia muito tempo. Era palpável no modo como a tocava, como tomava seus lábios. Como se houvesse imaginado aquele momento incessantemente.

Iris mal sabia as horas, o dia ou o lugar onde estavam. Os dois tinham sido pegos por uma tempestade que eles mesmos criaram, e ela não sabia o que aconteceria quando cessasse. Sabia apenas que algo doía no fundo do peito. Algo de que Roman parecia necessitado, pois sua boca, seu fôlego e suas carícias tentavam tomar o que quer que fosse para si.

Alguém pigarreou.

Iris voltou a si de repente, sentindo o ar frio e adstringente da enfermaria. As lâmpadas acesas no teto. Os sons metálicos de penicos e bandejas sendo movidos.

Ela se soltou de Roman, ofegante. Olhou para ele, para sua boca inchada, para os olhos transbordando de uma luz perigosa enquanto ainda a encarava.

— Vou precisar restringir seu horário de visitas se houver a probabilidade de beijos assim voltarem a ocorrer, sr. Kitt — disse uma voz cansada.

Iris olhou para trás de Roman e viu uma enfermeira, que segurava a agulha e o tubo intravenoso que ele arrancara da mão.

— Você precisa ficar de cama — continuou a enfermeira.
— De *repouso*.

— Isso não vai voltar a acontecer — prometeu Iris, o rosto corado.

A enfermeira apenas arqueou a sobrancelha. Roman, por sua vez, arquejou como se Iris o tivesse socado.

O que estou fazendo?, pensou Iris, se desvencilhando de Roman. *Que tolice. Que...*

Ela parou na porta e o olhou.

Roman ainda se encostava à parede. Seu olhar, no entanto, estava inteiramente consumido por ela, mesmo quando a enfermeira se adiantou para ajudá-lo.

Iris o deixou com a memória fervilhante do beijo e as cartas espalhadas pela cama.

Cara Iris,

~~No que estava pensando?~~

~~Como deixou seu coração confundir seus pensamentos?~~

~~Você deveria saber!!!~~

Como não percebeu? Como o deixou ganhar de você? Roman "C-de-Carver" Kitt fez você de trouxa.

Kitt: 2 (um ponto pelo cargo de colunista, outro pelo truque elaborado)

Winnow: 0

Eu... Eu nem sei o que pensar. Estou envergonhada, estou furiosa. Estou triste e estranhamente aliviada. Attie e Marisol não param de me chamar para visitar a enfermaria, mas se eu encontrar Kitt agora, não sei como reagirei a ele. Agi como uma boba hoje de manhã, então é melhor me manter afastada. Em vez disso, me voluntariei para cavar covas no campo. Cavei por horas. Entreguei toda a minha raiva, meu desamparo e minha tristeza à terra. Ajudei o povo de Avalon Bluff a registrar os nomes dos soldados antes de enterrá-los.

É um trabalho exaustivo. As bolhas estouraram nas minhas mãos, mas nem as sinto. Tantos morreram, e estou muito cansada, triste e furiosa, e nem sei o que fazer com Kitt.

Reli todas as cartas dele ontem. E não acho que Roman tenha tentado me manipular. Ou melhor, talvez tenha feito isso lá no início, mas não recentemente. Também não sei como descrever inteiramente o que sinto. Talvez não existam palavras para explicar tal coisa, mas...

Às vezes ainda sinto a mão dele na minha, me puxando pela fumaça e pelo terror das trincheiras. Às vezes ainda o sinto me levantando como se eu não pesasse nada, me girando como se dançássemos. Ou como ele se posicionou para me proteger da granada, e ainda não consigo respirar. Às vezes, lembro que meu coração parou quando o vi caído de costas, os olhos voltados para o céu como se morto. Quando o vi caminhar pelo campo durante a sirene dos eithrais. Quando colidimos na grama dourada. Quando sua boca tocou a minha.

Estou aprendendo a amá-lo de dois modos diferentes. Cara a cara e palavra a palavra. Para ser sincera, houve momentos em que desejei Carver e momentos em que desejei Roman, e agora não sei como unir os dois. Nem se _devo_.

Ele tentou me contar. E eu estava distraída demais para unir as peças. É culpa minha; estou apenas de orgulho ferido, e preciso deixar isso para lá e seguir em frente com a vida, seja com ou sem ele.

Estou apenas ~~furiosa envergonhada chateada enfurecida~~ apavorada.

Tenho medo de ele me magoar. Tenho medo de perder alguém que amo outra vez. Tenho medo de me entregar. De reconhecer o que sinto por ele. Ainda assim, Roman se provou para mim. Uma vez após a outra. Ele me encontrou no meu dia mais sombrio. Ele me seguiu até a guerra, até a linha de frente. Ele se interpôs entre mim e a Morte e acolheu feridas que deveriam ser minhas.

Há uma eletricidade dentro de mim. Algo que _implora_ para que eu remova o que resta da minha armadura e permita que ele me veja como sou. Para escolhê-lo. Porém, cá estou, sozinha, datilografando palavra atrás de palavra, tentando me entender. Vejo a vela bruxulear e penso apenas que...

Estou tão apavorada. Ainda assim, desejo ser vulnerável e corajosa no que diz respeito a meu coração.

35

A ladeira que quase destruiu Iris

Iris se ajoelhou no jardim para regar a terra. Nos dias que passara na linha de frente, alguns caules verdes tinham começado a irromper do solo, e ver aquele desenrolar frágil amoleceu seu coração. Ela imaginou Keegan voltando da guerra em breve e a alegria que sentiria ao perceber que Marisol tinha tomado o cuidado de plantar o jardim. Não era o jardim mais bonito, nem o mais organizado, mas despertava devagar.

Fiz brotar algo vivo em uma temporada de morte.

As palavras ecoaram por Iris enquanto ela passava o dedo de leve no caule mais próximo. Mesmo quando esvaziou o regador, continuou ajoelhada, e a terra úmida molhou os joelhos do macacão.

Sentia-se cansada e pesada. Tinham acabado de enterrar todos os mortos na véspera.

— Achei que a encontraria aqui — disse Attie.

Iris olhou para trás e viu a amiga na varanda dos fundos, protegendo os olhos do sol da tarde.

— Marisol precisa de mim? — perguntou Iris.

— Não é isso.

Attie hesitou e chutou uma pedrinha com a bota.

— O que houve, Attie? Estou ficando preocupada.

— Roman acabou de voltar da enfermaria — disse a amiga, e pigarreou. — Ele está de repouso no quarto.

— Ah.

Iris voltou a atenção para a terra, mas o coração de repente batia mais forte. Fazia dois dias desde que ela fora vê-lo, com as cartas em mão. Dois dias desde que o vira e falara com ele pela última vez. Dois dias desde que tinham se beijado, como se famintos. Dois dias que passara processando os sentimentos e tentando decidir o que fazer.

— Acho que é uma boa notícia — respondeu.

— Acho que você deveria ir vê-lo, Iris.

— Por quê?

Ela precisava se distrair. Ali: uma erva daninha que devia arrancar. Iris deu cabo da tarefa com rapidez, desejando de repente mais uma função para as mãos.

— Não sei o que ocorreu entre vocês e não vou perguntar — disse Attie. — Sei apenas que ele não está com boa aparência.

As palavras congelaram Iris por dentro.

— Não está com boa *aparência*?

— Quero dizer que… parece que está fraco de espírito. E você sabe o que dizem dos soldados feridos que não têm ânimo.

— Kitt é jornalista — argumentou Iris, mas sua voz falhou.

Ela não conseguiu se conter; olhou para a janela de Roman no segundo andar, lembrando-se do dia em que ele se debruçara no peitoril para jogar um bilhete para ela.

A janela estava fechada, cortinas cobriam o vidro.

340   Rebecca Ross

Attie ficou quieta. O silêncio acabou por atrair o olhar de Iris de volta.

— Vá vê-lo, por favor? — pediu Attie. — Posso regar no seu lugar.

Antes que Iris arranjasse uma desculpa, Attie pegou o regador de metal e seguiu na direção do poço.

Iris mordeu o lábio, mas se levantou e espanou a terra do macacão. Viu como as mãos estavam imundas e parou para lavá-las na pia de Marisol, mas logo desistiu com um suspiro. Roman já a vira em seu momento mais sujo. Mais desordenado.

A casa estava repleta de sombras quietas quando Iris subiu a escada. O coração acelerou quando viu a porta de Roman, fechada para todos. Ela parou diante da madeira, escutando o ir e vir da respiração, e se repreendeu por tamanha covardia.

Não vou saber o que quero fazer até vê-lo.

Ela bateu à porta, três pancadas rápidas.

Não houve resposta. Iris franziu a testa e bateu de novo, com mais força e intenção. Roman não reagiu.

— Kitt? — chamou através da madeira. — Kitt, pode me responder, por favor?

Finalmente, ele retrucou, a voz seca:

— O que quer, Winnow?

— Posso entrar?

Roman fez silêncio por um segundo, até que finalmente disse, arrastado:

— Por que não?

Iris abriu a porta e entrou no quarto. Era a primeira vez que entrava naquele cômodo, mas, à luz do entardecer, olhou imediatamente para ele, deitado no estrado improvisado no chão. Roman estava de olhos fechados e mãos cruzadas no peito. Usava um macacão limpo, e o cabelo escuro caía, úmido, na testa. Ela sentiu o cheiro de sabonete na pele dele, que estava mais pálida do que de costume. Roman tinha feito a barba, e as faces estavam fundas sob as maçãs do rosto pronunciadas, como se estivesse oco.

Ela estava certa; sabia exatamente o que queria escolher.

— O que você quer? — repetiu ele, rouco.

— Boa tarde para você também — retrucou Iris, alegre. — Como você está?

— Ótimo.

Um sorriso brincou no canto da boca de Roman, e o nó no estômago dela começou a se soltar. Ele, porém, continuava de olhos fechados. De repente, Iris desejou que a olhasse.

— Ah, aí está a segunda Alouette — disse, encontrando a máquina de escrever, e sentiu um calor no peito. — Mas como está escuro aqui, Kitt! É melhor deixar a luz entrar.

— Não quero luz — resmungou Roman, mas Iris já abrira as cortinas, e ele levantou as mãos para proteger o rosto dos raios de sol. — Por que veio me torturar, Winnow?

— Se isso é tortura, odiaria descobrir o que faço por prazer.

Roman não respondeu. Continuou com as mãos espalmadas no rosto. Como se a última coisa que quisesse fosse olhá-la.

Iris andou até o lado do estrado, derramando sua sombra por cima do corpo magro dele.

— Olhe para mim, Kitt?

Roman não se mexeu.

— Você não deveria sentir-se obrigada a me visitar. Sei que me odeia.

— Obrigada?

— Por Attie. Sei que ela mandou você vir me ver. Está tudo bem, pode voltar à tarefa importante que a ocupava.

— Eu não estaria aqui se não quisesse vê-lo — disse Iris, e sentiu um aperto no peito, como se um fio amarrasse todas as costelas. — Na verdade, vim fazer uma pergunta.

Ele permaneceu em silêncio, mas, quando falou, Iris ouviu a curiosidade em sua voz:

— Então diga.

— Você gostaria de caminhar comigo?

Roman afastou as mãos do rosto, incrédulo.

— *Caminhar?*

— Hum, talvez não necessariamente caminhar. Se sua perna... Se você não quiser. Mas podemos sair.

— Para onde?

Quando o olhar dele encontrou o dela, Iris sentiu que ele a enxergava até os ossos. Mal conseguia respirar, e acabou por desviar o olhar para as unhas sujas.

— Pensei que poderíamos subir nossa colina.

— *Nossa* colina?

— Ou sua colina — corrigiu ela, apressada. — A da ladeira que quase me destruiu. A não ser que você imagine que ela esteja fadada a destruí-lo. Se for o caso, acho que dá tempo de chegar às manchetes de amanhã.

Roman ficou quieto, fitando-a. Iris não conseguia esperar por mais um momento sequer. Encontrou o olhar dele e sorriu, hesitante, estendendo as mãos em sua direção.

— Vamos, Kitt. Saia comigo. O sol e o ar fresco vão fazer bem a você.

Devagar, ele ergueu os dedos e os entrelaçou nos dela; dedos que tinham escrito cartas e mais cartas para ela. E Iris o puxou para se levantar.

* * *

Roman estava decidido a andar, e usou uma muleta para não se apoiar na perna direita. De início, avançava em ritmo constante, impulsionando-se para a frente. Entretanto, acabou se cansando, e o movimento desacelerou. Depois de quinze minutos pela rua de paralelepípedos, suor brilhava no rosto de Roman, causado pelo calor e pelo esforço. Iris imediatamente desejou ter pensado melhor na oferta.

— Não precisamos ir até a colina — sugeriu, e o olhou de soslaio. — Podemos voltar na metade do caminho.

Roman bufou, sorrindo.

— Não sou assim tão frágil, Winnow.

— Certo, mas sua perna ainda...

— Minha perna está bem. Gostaria de ver aquela paisagem de novo, de qualquer modo.

Iris assentiu, mas mexeu na ponta da trança, preocupada em exauri-lo.

Eles entraram na rua que subiria gradualmente até o topo. Pela primeira vez desde que o conhecera, Iris não sabia o que dizer. Na redação da *Gazeta*, ela sempre tinha uma réplica preparada. Mesmo quando escrevia para Carver, as palavras se derramavam na página. No momento, entretanto, sentia-se estranhamente tímida, e as palavras pareciam espessas como mel na língua. Queria desesperadamente dizer as coisas certas.

Iris aguardou que Roman falasse, na esperança de talvez romper aquele estranho silêncio, mas ele começou a arfar quando a ladeira se tornou mais íngreme. Ela refletiu sobre aquela última carta que ele escrevera e, de repente, soube exatamente o que dizer para Roman Carver Kitt.

Ela se virou para ele, caminhando de costas. Roman notou e arqueou a sobrancelha.

344   Rebecca Ross

— Salgado — disse ela.

Ele riu, e olhou para os paralelepípedos enquanto avançava com apoio da muleta.

— Eu sei, estou suando.

— Não — disse Iris, atraindo o olhar dele de volta. — Prefiro salgado a doce. Prefiro o pôr do sol ao amanhecer, mas é apenas porque amo ver as constelações começarem a queimar. Minha estação preferida é o outono, porque eu e minha mãe acreditávamos que é a única época em que se sente o gosto da magia no ar. Sou devota do chá e consigo beber litros de uma vez.

Um sorriso tremeu no rosto de Roman. Ela respondia às perguntas que ele fizera na última carta.

— Agora — disse Iris —, me conte suas respostas.

— Receio que eu seja uma formiguinha incorrigível, de tanto que gosto de doces — começou Roman. — Prefiro o nascer do sol, mas é apenas porque gosto das possibilidades que traz o novo amanhecer. Minha estação preferida é a primavera, porque é quando começa a temporada de beisebol. Prefiro café, mas bebo o que me servirem.

Iris sorriu. Uma gargalhada escapou dela, que se apressou para continuar a caminhar à frente dele, fora de seu alcance no caso de ele tentar agarrá-la. Porque o olhar de Roman faiscava com fome, como se ela fosse, de fato, uma cenoura metafórica.

— Está surpresa com minhas respostas, Winnow?

— Que nada, Kitt. Sempre soube que você era meu oposto. Inimigos normalmente são assim.

— Prefiro o título de *antigo rival* — disse ele, e abaixou o olhar para os lábios dela. — Me conte mais sobre você.

— Mais? O que mais?

— Qualquer coisa.

— Tudo bem. Eu tive um caracol de estimação aos sete anos.

— Um caracol?

Iris assentiu.

— Ele se chamava Morgie. Eu o mantinha em uma travessa de servir, com uma bandejinha de água, algumas pedras e umas flores murchas. Eu contava todos os meus segredos para ele.

— E o que aconteceu com Morgie?

— Ele fugiu um dia, quando eu estava na escola. Voltei e ele não estava lá, e não o encontrei em lugar algum. Passei duas semanas chorando.

— Imagino que tenha sido devastador — disse Roman, e Iris deu um tapinha nele de brincadeira.

— Não zombe de mim, Kitt.

— Não estou zombando, Iris.

Ele pegou a mão dela, sem esforço, e os dois pararam de andar no meio da rua.

— Me conte mais — pediu Roman.

— Mais? — Iris suspirou e, apesar de a mão estar quente como brasa, não se desvencilhou. — Se eu contar mais alguma coisa hoje, você vai cansar de mim.

— É impossível — sussurrou Roman.

Iris sentiu a timidez se esgueirando novamente. O que estava acontecendo, e por que ela sentia asas farfalharem na barriga?

— Qual é seu segundo nome? — perguntou Roman, de repente.

Iris arqueou a sobrancelha, achando graça.

— Você *talvez* precise conquistar essa informação.

346   Rebecca Ross

— Ah, me poupe. Pode pelo menos me dizer a inicial? Seria justo.

— Muito bem, contra isso não posso discutir — disse ela. — Meu segundo nome começa com *E*.

Roman sorriu, formando rugas no canto dos olhos.

— E o que poderia representar? Iris *Encantadora* Winnow? Iris *Etérea* Winnow? Iris *Estonteante* Winnow?

— Pelo amor dos deuses, Kitt — disse ela, corada. — Vamos nos poupar de tal tortura. É Elizabeth.

— Iris Elizabeth Winnow — repetiu Roman, e ela sentiu um calafrio ao ouvir o nome em sua boca.

Iris sustentou o olhar dele até a graça se esvair. Ele a olhava como naquele dia na sala de Zeb. Como se a visse por inteiro. Iris engoliu em seco, mandando o coração se acalmar, desacelerar.

— Preciso dizer algo para você — começou Roman, acariciando os nós dos dedos dela com o polegar. — No outro dia, você mencionou que vim aqui apenas para "ofuscá-la". Mas isso não poderia estar mais distante da verdade. Eu rompi meu noivado, pedi demissão e viajei seiscentos quilômetros em direção ao território da guerra para estar com você, Iris.

Ela se encolheu. Não parecia verdade. O olhar dele, a mão dele na dela. Devia ser um sonho, prestes a escapar.

— Kitt, eu…

— Por favor, me deixe acabar.

Ela assentiu, mas, por dentro, se preparou.

— Não tenho especial interesse em escrever sobre a guerra — disse ele. — É claro que escreverei, porque a *Tribuna Inkridden* me contratou para tal, mas prefiro que os seus artigos vivam na primeira página. Prefiro sempre ler o que você escreve. Mesmo que não sejam cartas para mim.

Roman hesitou, apertando os lábios como se estivesse em dúvida.

— O dia em que você foi embora — continuou. — Meu primeiro dia como colunista. Foi um horror. Percebi que estava me tornando alguém que não queria ser, e ver sua mesa vazia me despertou. Meu pai tinha planejado minha vida inteira, desde sempre. Era meu "dever" obedecer à vontade dele, e tentei segui-la à risca, mesmo que isso me matasse. Mesmo que eu não pudesse comprar um sanduíche para seu almoço, coisa na qual penso até hoje e pela qual me detesto.

— Kitt — sussurrou Iris, apertando a mão dele com mais força.

— Mas, no momento em que foi embora — prosseguiu Roman —, eu soube que sentia algo por você, fato que eu negava havia *semanas*. No momento em que você me escreveu e disse estar a seiscentos quilômetros de Oath... Achei que meu coração fosse parar. Pois sabia que você ainda queria escrever para mim, mas também que estava tão distante. Conforme nossas cartas progrediam, finalmente reconheci que estava apaixonado por você e que queria que soubesse quem eu era. Foi então que decidi que a seguiria. Não queria a vida que meu pai planejou para mim, uma vida na qual eu nunca poderia estar com você.

Iris abriu a boca, mas estava tão transbordante e assoberbada que não disse nada. Roman a observou atentamente, com o rosto vermelho e os olhos arregalados, como se prestes a cair no chão e se despedaçar.

— Você... — começou ela, pestanejando. — Você está dizendo que quer uma vida comigo?

— Sim.

E, porque o coração dela se derretia, Iris sorriu e brincou:

— Isso é um pedido de casamento?

Roman continuou a sustentar seu olhar, completamente sério.

— Se eu pedisse, você aceitaria? — perguntou ele.

Iris se calou, mas sua cabeça estava a mil, repleta de pensamentos brilhantes.

Um dia, pouco tempo antes, na vida *anterior* à linha de frente, ela teria achado aquilo ridículo. Teria dito *não, agora tenho outros planos*. Mas aquilo era *antes*, em uma época dourada por um ângulo diferente da luz, e o momento presente estava delineado pelo tom azulado do *depois*. Ela vira a fragilidade da vida. Que era possível despertar ao amanhecer e morrer ao anoitecer. Ela correra pela fumaça, pelo fogo e pela agonia com Roman, de mãos dadas. Os dois tinham sentido o gosto da Morte, esbarrado nela. Tinham cicatrizes na pele e na alma causadas por aquele momento, e Iris via mais do que antes. Enxergava a luz, mas também as sombras.

O tempo ali era precioso. Se ela quisesse aquela vida com Roman, por que não agarrá-la, tomá-la para si com as duas mãos?

— Acho que você vai ter que pedir para descobrir — provocou ela.

E, bem quando Iris achava que mais nada a surpreenderia, Roman começou a se ajoelhar. Bem ali, no meio da rua, na subida da ladeira. Ele estava prestes a pedir sua mão. Estava mesmo prestes a pedir que ela fosse sua esposa, e Iris perdeu o fôlego.

Roman fez uma careta quando o joelho encontrou o paralelepípedo, com uma pontada de dor no olhar.

Iris olhou para baixo, além das mãos unidas. Sangue molhava a perna direita do macacão dele.

— Kitt! — exclamou, puxando-o para se levantar. — Você está sangrando!

— Não é nada, Winnow — disse ele, mas estava começando a empalidecer. — Algum ponto deve ter arrebentado.

— Venha, sente-se.

— Na rua?

— Não, neste engradado aqui.

Iris o conduziu ao quintal mais próximo. Devia ser da propriedade dos O'Brien, pois havia vários gatos pegando sol na grama morta, e ela se lembrava de que Marisol dissera que a maior parte de Avalon Bluff temia que aqueles felinos acabassem levando a cidade toda a ser bombardeada.

— Devo ter me esquecido de mencionar que sou alérgico a gatos — disse Roman, franzindo a testa quando Iris o forçou a sentar-se no engradado de leite. — E sou perfeitamente capaz de voltar andando à pousada.

— Não é, não — discutiu Iris. — Os gatos vão deixá-lo em paz, sem dúvida. Espere aqui, Kitt. Nem ouse se mexer.

Ela começou a se afastar, mas ele pegou sua mão e a puxou de volta.

— Vai me deixar aqui?

Roman falava como se ela fosse abandoná-lo. O coração de Iris subiu à boca quando se lembrou de que o deixara na trincheira. Ela se perguntou se ele, como ela, era assombrado por aquele dia. Toda noite, deitada no escuro, ela se lembrava.

Eu e você... precisamos ficar juntos. Somos melhores assim.

— Apenas por um momento — disse Iris, e apertou os dedos dele. — Vou buscar Peter. Ele tem carro e pode nos dar carona até a enfermaria, para um médico cuidar do seu...

— Não vou voltar à enfermaria, Iris — declarou Roman.

— Eles estão sobrecarregados, não há espaço para algo tão

irrelevante quanto um ponto arrebentado. Eu mesmo posso resolver, se Marisol tiver linha e agulha.

Iris suspirou.

— Tudo bem. Vou levá-lo à pousada, desde que fique aqui parado até eu voltar.

Roman cedeu e assentiu. Ele soltou a mão dela, mesmo que devagar, e Iris saiu correndo, voando rua abaixo e virando a esquina em ritmo irreprimível. Ela felizmente encontrou Peter, o vizinho da pousada, em casa, e ele aceitou subir a colina para dar uma carona a Roman.

Iris foi de pé na caçamba, ao lado de um fardo de feno, segurando o painel lateral de madeira enquanto o veículo sacolejava pela rua. Ela não entendia por que a respiração continuava a falhar, como se o coração acreditasse que ainda estava correndo. Não entendia por que o sangue pulsava ou por que, de repente, sentiu medo.

Ela quase achou que, ao subir a ladeira, não fossem encontrar Roman ali. Sentia-se presa nas páginas de um estranho conto de fadas, no qual deveria ser astuta, não tola, e se preparar para algo horrível frustrá-la. Porque nada de bom durava muito em sua vida. Ela pensou em todas as pessoas que lhe tinham sido próximas, nos fios da vida entrelaçados aos dela — a avó, Forest, a mãe —, todas as quais a tinham deixado, por escolha ou por destino.

Ele estava prestes a me pedir em casamento, pensou Iris, fechando os olhos enquanto começavam a subir a lareira aos trancos. *Roman Kitt quer se casar comigo.*

Ela se lembrou das palavras que escrevera para si mesma. Ela se lembrou de que, apesar de ter sido abandonada inúmeras vezes pelas pessoas que amava, Roman fora atrás *dela*.

Ele a escolhera.

O caminhão começou a desacelerar quando Peter mudou a marcha. O escapamento estourou, e Iris deu um pulo. Lembrava muito o barulho do disparo das armas, e seu coração acelerou. Fez uma careta, lutando contra o impulso de se encolher, e decidiu abrir os olhos.

Roman sentava-se no engradado onde ela o deixara, carrancudo. Um gato estava deitado em seu colo.

```
Querido Kitt,
    Agora que seus pontos foram consertados e você
se recuperou do encontro com o gato, é hora de re-
solver duas questões urgentes entre nós, pois ambas
me tiram o sono. Está de acordo?
                                            — I.W.
```

```
Querida Winnow,
    Tenho uma suspeita quanto a uma das questões,
que foi tão grosseiramente interrompida por esses
malditos pontos. Mas a outra... Quero saber exata-
mente o que tira seu sono.
    Por favor, me esclareça.
                                          Seu Kitt
    P.S.: É estranho estarmos em quartos vizinhos
e, ainda assim, optando por trocar cartas pelo
armário?
```

Querido Kitt,

Me surpreende que não se lembre em detalhes vívidos do debate que em certo momento compartilhou comigo. Eu deveria resolvê-lo ao encontrá-lo.

Acho que sua avó ficará feliz com minha escolha.

Minha resposta é firme: Cavaleiro Errante.

— I.W.

P.S.: É estranho, sim, mas muito mais eficiente, não acha?

Queridíssima Winnow,

Fico lisonjeado. Deve ser efeito do queixo pontudo. E quanto a outra questão? Deve ser resolvida pessoalmente.

Seu Kitt

P.S.: Concordo. Mas não seria ruim vê-la agora...

Meu querido Kitt,

Terá de esperar para me ver amanhã, quando planejo arrastá-lo ao jardim. Porém, por enquanto, nada de caminhadas nem de gatos. Apenas quando você sarar. Então, poderemos apostar corrida ladeira acima, e talvez eu o vença desta vez (mas não me deixe ganhar).

E você pode fazer o pedido oficial amanhã.

Com amor,

Iris

P.S.: Se me vir demais, acabará cansado de minhas tristes histórias sobre caracóis.

Querida Iris,

    Combinado: no jardim.

Seu Kitt

    P.S.: Impossível.

36

No jardim

Iris queria que ele fizesse o pedido no jardim. Porém, havia algo que precisava pedir antes a Roman, e esperou que ele se instalasse na cadeira, à sombra. Roman a observou se ajoelhar na terra, arrancando ervas daninhas e regando uma fileira atrás da outra.

— Ontem à noite estava pensando em uma coisa, Kitt — disse ela.

— Ah? E o que era, Winnow?

Ela o olhou. Raios de sol dançavam em seus ombros, pelos traços marcantes de seu rosto. O cabelo escuro estava quase azul.

— Estava pensando no tempo todo que desperdicei no passado.

Roman arqueou a sobrancelha, mas seus olhos brilhavam de interesse.

— Você não me parece alguém que desperdiçaria qualquer coisa.

— Alguns dias atrás, desperdicei. Quando fui vê-lo na enfermaria. Quando levei minhas cartas — disse ela e, sem suportar olhar para ele enquanto falava, arranjou uma erva daninha para arrancar. — A verdade é que sou orgulhosa e temi meus sentimentos. Então, o deixei com tantas coisas por dizer e coloquei entre nós alguns dias que via como um amortecedor. Tempo para me proteger, para vestir a armadura. Porém, percebi que nada me é garantido. Eu já deveria saber disso, depois de voltar das trincheiras. Esta noite não me é garantida, muito menos o amanhã. Uma bomba pode cair do céu a qualquer momento, e eu não teria tido a oportunidade de fazer isso.

Roman estava quieto, absorvendo a confissão enrolada. Suavemente, perguntou:

— E de que *isso* está falando?

Iris sentiu a atração irresistível do olhar de Roman e ergueu o rosto para encontrá-lo.

— Tem certeza de que quer que eu diga?

— *Sim.*

Iris limpou a terra das mãos e se levantou, andando até parar diante dele. Enfiou a mão no bolso, de onde resgatou uma folha de papel dobrada.

— Veja bem, Kitt — começou. — Eu gosto muito de Carver. As palavras dele me carregaram por alguns dos momentos mais sombrios de minha vida. Ele foi um amigo de que eu precisava desesperadamente, alguém para me ouvir e encorajar. Nunca fui tão vulnerável com alguém. Estava me apaixonando por ele. Ainda assim, meus sentimentos entraram em conflito quando você chegou em Avalon, porque percebi que estava a caminho de gostar de você também.

Roman tentava não sorrir. Sem sucesso.

— Há algum jeito de fechar essa brecha?

— Há, sim, na verdade — disse ela, e tirou do bolso a carta suja de terra e sangue. — Eu o conheço como Carver.

356 Rebecca Ross

E o conheço como Roman Kitt. Quero unir os dois, como é devido. E consigo pensar em apenas um modo de fazer isso.

Iris estendeu a carta para ele.

Roman aceitou, e seu sorriso foi diminuindo ao perceber que carta era aquela. Ao começar a reler as palavras.

— Está me pedindo para...

— Ler sua carta em voz alta para mim? — concluiu Iris, sorridente. — Estou, sim, Kitt.

— Mas esta carta... — disse ele, e riu, passando a mão pelo cabelo. — Digo muitas coisas nesta carta em especial.

— Diz, e quero ouvi-lo dizê-las para mim.

Roman a fitou com o olhar inescrutável. De repente, ela sentiu o calor na pele. Uma brisa leve brincou com seu cabelo solto. Pensou: *Pedi demais. É claro que ele não fará isso por mim.*

— Está bem — concedeu Roman. — Mas, como o hoje não nos é garantido, qual será minha recompensa por ler em voz alta esta carta terrivelmente dramática?

— Leia primeiro, e depois veremos.

Roman olhou para as próprias palavras e mordeu o lábio.

— Se ajudar — cantarolou Iris, e se ajoelhou para começar a arrancar mais ervas daninhas —, não olharei para você enquanto lê. Pode fingir que nem estou aqui.

— Impossível, Iris.

— Por quê, Kitt?

— Porque você é uma tremenda distração.

— Então não vou me mexer.

— Vai ficar apenas ajoelhada na terra?

— Você está enrolando, não está? — disse Iris, e se voltou para ele.

Ele já a olhava, como se nunca tivesse desviado o rosto. O coração de Iris batia como um tambor, mas ela respirou fundo e sussurrou:

— Leia para mim, Roman.

A emoção que espreitava dentro dele — fosse medo, preocupação ou vergonha — se foi. Roman pigarreou e abaixou o olhar para a carta. Já de boca aberta para ler a primeira palavra, ele hesitou e voltou a olhá-la.

— Você ainda está me encarando, Iris.

— Desculpe.

Ela não se sentia nem um pouco culpada. Dirigiu a atenção para a terra, de onde puxou mais um caule.

— Muito bem, lá vamos nós — disse Roman. — *Querida Iris. Seu rival? Quem é esse sujeito? Se estiver competindo com você, há de ser um tremendo tolo. Não tenho dúvida de que você o derrotará de todos os modos.* Insiro uma nota pessoal aqui: eu me diverti muito mais do que deveria ao escrever esta parte.

— Foi muita esperteza sua, Kitt — disse Iris. — Eu deveria ter percebido imediatamente que era você.

— Na verdade, achei que perceberia na frase seguinte, quando digo: *Agora, uma confissão: não estou em Oath.*

— Parece que preciso lembrá-lo de que, da primeira vez que tentei ler esta carta, você me interrompeu porque estávamos a caminho da linha de frente — explicou ela. — Da segunda, você jogou bolas de papel na minha cara.

Roman levou a mão ao peito.

— Em minha defesa, Iris, eu sabia que você estava lendo esta carta nas trincheiras, e achei que não era a *melhor* hora para minha confissão abobalhada.

— É compreensível. Agora, continue, por favor.

— Deuses do céu, onde eu estava antes de ser interrompido?

— Você só leu seis frases, Kitt.

Ele se localizou e continuou a ler, e Iris saboreou o som de sua voz. Fechou os olhos enquanto o barítono volumoso dele transformava as palavras, antes silenciosas, em imagens vivas e concretas. Iris sempre se perguntara qual seria a aparência de Carver e, finalmente, o via. Dedos compridos dançando nas teclas, olhos azuis como o céu de verão, cabelo preto e bagunçado, queixo pontudo, sorriso irônico.

A voz de Roman falhou. Iris abriu os olhos, fitando a bruma abafada do fim da manhã. Devagar, ele continuou:

— *Quero acertar há semanas, mas a verdade é que não sabia como, e temo o que você vá pensar. É estranho como a vida muda rápido, não é? Como uma coisa qualquer, como datilografar uma carta, pode abrir uma porta que nunca vimos. Uma conexão transcendental. Um portal divino. Porém, se há algo que ~~posso~~ devo dizer neste momento — com o coração batendo em desvario no peito, quando eu suplicaria para que você viesse domá-lo...*

Ele hesitou.

Iris o olhou. Roman ainda encarava fixamente as palavras datilografadas até ela se erguer do chão, atraindo seu olhar.

— *É o seguinte* — ele sussurrou, enquanto Iris diminuía a distância entre os dois. — *Suas cartas foram uma luz a me guiar. Suas palavras? Um banquete divino que me alimentou nos dias em que eu estava faminto. Eu te amo, Iris.*

Iris pegou o papel das mãos de Roman, dobrou-o e guardou no bolso. Ela sabia o que queria, mas, se pensasse demais, poderia estragar tudo. O medo daquilo se desfazer era quase sufocante.

Como se pressentisse os pensamentos dela, Roman estendeu a mão e puxou-a para se sentar no colo dele, uma perna de cada lado, peito com peito.

Os dois estavam maravilhosa e insuportavelmente próximos. Os rostos no mesmo nível, os olhares alinhados. O calor de Roman a inundou, e Iris se ajeitou nas coxas dele. Segurou as mangas da roupa de Roman como se o mundo estivesse rodando. Ele soltou um som — um arquejo leve — que fez o coração dela acelerar.

— Vou machucá-lo, Kitt!

Iris começou a recuar, mas Roman tocou o quadril dela, mantendo-a no lugar.

— Não vai machucar minha perna — disse ele, sorrindo. — Não tenha medo de me machucar.

Ele a puxou para perto, cada vez mais perto, até ela arfar.

— Agora, antes de procedermos com qualquer coisa, tenho uma pergunta muito importante para você — disse ele.

— Diga.

Seria *o* momento. Roman estava prestes a pedi-la em casamento.

Humor brilhava nos olhos dele.

— Você estava sendo sincera quando disse à enfermeira que não voltaria a me beijar?

Iris ficou boquiaberta. Então, caiu na gargalhada.

— É *essa* a sua maior preocupação?

Roman apertou o quadril dela com as mãos.

— Temo que, após provar algo assim... eu não seja capaz de esquecer, Iris. E agora preciso saber se suas palavras de três dias atrás ainda valem ou se você deseja reescrevê-las aqui, comigo, neste momento.

Iris ficou quieta, a cabeça repleta de pensamentos inebriantes enquanto absorvia a declaração de Roman. Nunca desejara ninguém com tanta voracidade — era quase como se estivesse adoecendo. Acariciou o cabelo dele, os fios pretos e macios entre os dedos, e Roman fechou os olhos, inteiramente entregue a seu toque. Iris aproveitou o momento para admirar o rosto dele, a boca curvada enquanto perdia o fôlego.

— Suponho que possa ser persuadida a reescrever tais palavras — sussurrou, em cadência de brincadeira, e ele abriu os olhos para fitá-la.

As pupilas de Roman estavam grandes e escuras, como luas cheias. Iris praticamente via seu reflexo nelas.

— Mas apenas com você, Kitt — acrescentou.

— Porque sou um excelente escritor? — retrucou ele.

Iris sorriu.

— Dentre *outras* coisas.

Ela o beijou — um leve roçar contra os lábios de Roman — e ele ficou imóvel, como se enfeitiçado. Porém, logo abriu a boca, ávido, e passou as mãos pela curva de sua coluna. Iris sentiu um calafrio quando os dedos dele a memorizaram, quando os dentes dele mordiscaram seu lábio enquanto começavam a se explorar.

Iris o tocou também, aprendendo a extensão larga de seus ombros, o declive da clavícula, o desenho reto da mandíbula. Sentia que estava se afogando; sentia que tinha corrido ladeira acima. Havia uma dor agradável dentro de si — viva, vibrante e ardente —, e ela percebeu que queria sentir a pele dele junto à sua.

Roman interrompeu o beijo, e seu olhar parecia vidrado quando encontrou o dela. Ele encostou a boca no pescoço de Iris, como se bebesse o perfume de sua pele. As mãos espalmavam-se às costas dela, abraçando-a com força, e o fôlego dele era quente contra o pescoço de Iris.

— Case comigo, Iris Elizabeth Winnow — sussurrou Roman, e recuou um pouco para olhá-la. — Quero passar todos os meus dias e todas as minhas noites com você. *Case comigo.*

Iris, de coração repleto de fogo, levou as mãos ao rosto dele. Nunca estivera tão próxima de ninguém, mas sentia-se segura com Roman. E fazia tanto tempo que não sentia tal segurança...

— Iris... Iris, responda alguma coisa — implorou ele.

— Sim, Roman Carver Kitt, eu me casarei com você.

A confiança de Roman voltou, um lampejo sorridente. Ela notou em seus olhos, como estrelas ardendo ao anoitecer; sentiu em seu corpo, cuja tensão relaxou. Ele enroscou os dedos no cabelo comprido e desgrenhado dela e disse:

— Achei que não fosse responder nunca, Winnow.

Fora apenas questão de segundos.

Ela riu de novo.

A boca dele encontrou a dela, engolindo o som.

Com o sangue pulsando, Iris interrompeu o beijo e perguntou:

— Quando vamos nos casar?

— Hoje à tarde — respondeu Roman, sem hesitar. — Você mesma disse: a qualquer momento, pode cair uma bomba. Não sabemos o que o amanhã nos trará.

Iris concordou com um gesto. Porém, seus pensamentos a levaram ao entardecer. Se trocassem seus votos naquele dia mesmo, dividiriam a cama naquela noite. E, apesar de já ter imaginado a proximidade com ele... ela era virgem.

— Kitt, nunca me deitei com ninguém.

— Nem eu — disse Roman, ajeitando uma mecha solta de cabelo atrás da orelha dela. — Mas, se não estiver pronta para isso, podemos esperar.

Ela mal conseguia falar enquanto acariciava seu rosto.

— Não quero esperar. Quero viver isso com você.

Abaixou o rosto para beijá-lo outra vez.

— Será que preciso pedir a permissão de Marisol para me casar com você? — perguntou ele, finalmente, junto aos lábios dela.

Iris sorriu.

— Não sei. Será?

— Acho que sim. Também preciso da aprovação de Attie.

Então eles fariam mesmo aquilo. Assim que Marisol e Attie voltassem da enfermaria, ela se casaria com Roman. Iris estava prestes a dizer mais alguma coisa quando as copas das árvores farfalharam acima deles. Ouviu o portão do jardim se abrir, as dobradiças enferrujadas rangerem. Ouviu os sinos que Marisol pendurara na varanda, um emaranhado de notas prateadas.

Iris sabia que era o vento do oeste, um sopro de força surpreendente, vindo da linha de frente.

Uma sensação incômoda a invadiu. Quase parecia que ela e Roman estavam sendo observados, e Iris franziu a testa, olhando ao redor do jardim.

— O que houve? — perguntou Roman, e escutou um sinal de preocupação em sua voz.

— Estou com muita coisa na cabeça — disse, voltando a atenção para ele. — Há tanta coisa acontecendo agora. E nem comecei a escrever meu artigo.

Roman riu. Ela amava o som da gargalhada dele, e quase o roubou de sua boca, mas resistiu ao desejo, fechando a cara de brincadeira.

— Qual é a graça, Kitt?

— Sua ética profissional, Winnow.

— Se não me engano, você era uma das últimas pessoas a ir embora da *Gazeta* quase toda noite.

— Era mesmo. E você acabou de me dar uma ideia.

— Acabei?

Ele assentiu.

— Que tal abrirmos a porta dupla e trazermos nossas máquinas para a cozinha? Podemos escrever à mesa e aproveitar o ar quente enquanto esperamos a volta de Marisol e Attie.

Iris estreitou os olhos.

— Está dizendo o que imagino que esteja, Kitt?

— Estou — disse Roman, passando a ponta do dedo pelo canto da boca de Iris. — Vamos trabalhar juntos.

37

O crime da alegria

Eles se sentaram frente a frente à mesa da cozinha, com as máquinas quase encostadas. Abriram os blocos de notas e espalharam na madeira folhas soltas com pensamentos, rascunhos e trechos. Ler as anotações que reunira na linha de frente era mais difícil do que Iris esperava. As histórias dos soldados que ela sabia terem morrido.

— Alguma ideia de como começar? — perguntou Roman, como se sentisse a mesma relutância.

Às vezes, ela ainda sonhava com aquela tarde. Às vezes, sonhava que estava correndo sem cessar pelas trincheiras, sem encontrar a saída, com a boca repleta de sangue.

Iris pigarreou e mudou de página no bloco.

— Não.

— Acho que podemos abordar a questão de dois modos diferentes — sugeriu ele, largando o bloco na mesa. — Podemos escrever sobre nossas experiências e sobre a sequência de acontecimentos durante o ataque. Ou podemos editar as histórias que ouvimos sobre soldados específicos.

Ⓓ ivinos Ⓡ ivais **365**

Iris ficou pensativa, mas sentia que Roman estava certo.

— Você se lembra de muita coisa, Kitt? Depois de a granada estourar?

Roman passou a mão pelo cabelo, bagunçando-o ainda mais.

— Lembro um pouco, sim. Acho que a dor me atordoou bastante, mas me lembro vividamente de você, Iris.

— Então se lembra de como foi teimoso? Que insistiu para eu pegar sua mochila e deixá-lo para trás?

— Lembro que senti que estava prestes a morrer, e queria que você soubesse quem eu era — disse Roman, sustentando o olhar dela.

Iris se calou e puxou um fio solto da manga da roupa.

— Eu não ia deixar você morrer.

— Eu sei — disse Roman, e um sorriso brotou em seu rosto. — E, sim, teimosia é meu nome do meio. Não aprendeu isso ainda?

— Acho que você já tem um nome do meio, *Carver*.

— Sabe o que Carver adoraria agora? Um pouco de chá.

— Faça seu próprio chá, preguiçoso — implicou Iris, mas já estava se levantando da cadeira, agradecida por ter algo a fazer, um momento para se afastar das lembranças que a inundavam.

Quando acabou de preparar as xícaras de chá, Roman já tinha começado a transcrever as histórias dos soldados. Iris decidiu que seria melhor ela escrever sobre o ataque em si, já que estivera lúcida o tempo inteiro.

Ela encaixou uma folha nova na máquina e olhou a brancura gritante por um longo momento, bebendo o chá. Era estranhamente reconfortante escutar Roman datilografar. Quase riu ao lembrar que antes se incomodava ao saber que as palavras dele fluíam enquanto ela trabalhava nos classificados e obituários.

Precisava quebrar o gelo.

Tocou as teclas, de início com os dedos hesitantes. Como se estivesse se lembrando para que serviam.

Começou a escrever e, de início, as palavras eram lentas e pesadas. Porém, ela logo entrou no ritmo de Roman e, em pouco tempo, suas teclas já subiam e desciam acompanhando as dele, como se criassem uma canção metálica juntos.

Iris o notou sorrindo algumas vezes, como se Roman esperasse ouvir as palavras dela soarem.

O chá esfriou.

Ela parou para preparar novas xícaras. Notou que o vento ainda soprava. Vez ou outra, um filete de ar entrava na cozinha, fazendo farfalhar os papéis na mesa. A brisa cheirava a terra quente, a musgo e a grama recém-cortada, e ela viu o jardim lá fora dançar sob seu toque.

Continuou o artigo, recortando as lembranças e restaurando-as no papel. Chegou ao momento da explosão da granada e parou, olhando para Roman. Ele tinha o hábito de fechar a cara enquanto escrevia, e uma ruga profunda marcava sua testa. Naquele momento, porém, seus olhos estavam iluminados, a boca, apertada em uma linha fina, e ele inclinava a cabeça para o cabelo sair da frente dos olhos.

— Gosta do que vê? — perguntou Roman, sem hesitar.

Ele continuava a olhar o papel, os dedos voando pelas teclas.

Iris franziu a testa.

— Você está me distraindo, Kitt.

— Fico feliz. Agora você sabe como me senti esse tempo todo, Iris.

Ⓓivinos Ⓡivais **367**

— Se eu o distraí por tanto tempo... você deveria ter feito alguma coisa.

Sem dizer outra palavra, Roman pegou uma folha de papel, amassou-a em uma bola e a arremessou nela, por cima da mesa. Iris rebateu o ataque, os olhos faiscando.

— E pensar que eu fiz *duas* xícaras de chá perfeitas para você! — exclamou, amassando a própria folha para jogar nele.

Roman pegou a bola de papel como se em um jogo de beisebol, ainda olhando para o trabalho e datilografando com a outra mão.

— Acha que há alguma chance de uma terceira xícara?

— Talvez. Mas mediante uma taxa.

— Pagarei o que você quiser — disse Roman, e parou de datilografar para olhá-la. — Me diga o preço.

Iris mordeu o lábio, pensando no que deveria pedir.

— Tem certeza, Kitt? E se eu quiser que você lave minhas roupas até a guerra acabar? E se eu quiser que você massageie meus pés toda noite? E se eu quiser que você prepare chá para mim de hora em hora?

— Posso fazer tudo isso e muito mais — disse ele, inteiramente sério. — Basta me dizer o que deseja.

Ela respirou fundo e devagar, tentando abafar o fogo que parecia tão ávido em arder dentro de si. O fogo de cerne azulado que Roman acendia. Ele a observava, esperando, e Iris abaixou o olhar para a frase que deixara interrompida na página.

A explosão. A mão dele, arrancada da dela. A fumaça que se espalhou. Por que *ela* tinha saído incólume, se tantos outros não tinham? Homens e mulheres que haviam aberto mão de muito mais do que Iris, que nunca poderiam voltar para casa, para as famílias, para os parceiros. Que nunca veriam o próximo aniversário, beijariam a pessoa mais inesperada, se tornariam cada vez mais velhos e sábios ou veriam as flores brotarem no jardim.

— Não mereço isso — sussurrou ela.

Iris sentia que traía o irmão. O tenente Lark. O Pelotão Sicômoro.

— Não mereço ser tão feliz — continuou. — Não quando há tanta dor, tanto terror, tantas perdas no mundo.

— Por que diz isso? — respondeu Roman, com a voz suave, mas urgente. — Acha que poderíamos viver em um mundo composto apenas dessas coisas? De morte, dor e horror? De perdas e agonia? Não é um crime sentir alegria, mesmo quando nada parece ter solução. Iris, olhe para mim. Você merece toda a felicidade do mundo. E eu pretendo garantir que você a receba.

Queria acreditar nele, mas seu medo a cobria como uma sombra. Ele poderia ser morto. Poderia ser ferido outra vez. Poderia escolher abandoná-la, como Forest. Ela não estava preparada para outro golpe daqueles.

Iris piscou, contendo as lágrimas, e esperou que Roman não as visse. Pigarreou e respondeu:

— Parece dar muito trabalho, não acha?

— Iris — disse Roman —, você merece amor. Você merece alegria agora, mesmo nas trevas. E caso esteja em dúvida... Eu não vou a lugar algum, a não ser que você me mande embora, e, mesmo assim, teríamos de negociar.

Ela assentiu. Precisava *confiar* nele. Antes, duvidara de Roman, mas ele provara sua sinceridade. De novo e de novo.

Iris lhe mostrou um vestígio de sorriso. Seu peito pesava, mas ela queria aquilo. Queria estar com ele.

— Uma xícara de chá — disse. — É meu preço por hoje.

Roman retribuiu o sorriso e se levantou.

— De hora em hora, imagino?

— Depende da sua proficiência no preparo de chá.

— Aceito seu desafio, Winnow.

Ela o viu mancar até o fogão e encher a chaleira na pia. Roman não gostava de usar a muleta em casa, mas parecia ainda precisar. Ela mordeu a língua, admirando a luz que o delineava e o movimento gracioso de suas mãos.

Roman estava servindo sua xícara de chá perfeitamente preparado quando a sirene soou. Iris ficou tensa, escutando o uivo distante crescer e diminuir, crescer e diminuir. Repetidas vezes, como uma criatura nas garras da morte.

— Eithrais? — perguntou Roman, largando a chaleira com um baque.

— Não — disse Iris, ao se levantar, e olhou para o jardim, a brisa que soprava ali. — Não, é a sirene de evacuação.

Ela nunca a ouvira, mas a imaginara com frequência. Seus pés ficaram paralisados no chão enquanto a sirene continuava a uivar.

— Iris?

A voz de Roman a trouxe de volta ao momento. Ele estava ao lado dela, observando-a atentamente.

— Kitt.

Ela pegou a mão dele quando o chão começou a tremer sob seus pés. Perguntou-se se seriam tremores secundários de uma bomba distante, mas o abalo continuou a aumentar, como se algo se aproximasse.

Iris ouviu um estalo alto e imediatamente se encolheu, rangendo os dentes. Roman a puxou para que ficasse ereta novamente e a abraçou. Ele sussurrou, a voz quente no cabelo dela:

— Foi só um caminhão. Só o escapamento. Estamos seguros aqui. Você está segura comigo.

Ela fechou os olhos, mas escutou o coração dele bater, os sons que os cercavam. Roman estava certo: o tremor que ela sentira era da passagem de um caminhão na frente da casa. O suor gelado ainda pinicava nas mãos e na nuca de Iris, mas ela conseguiu se acalmar no abraço dele.

Vários caminhões deveriam estar passando por ali, porque a sirene continuava a soar, e o chão, a tremer.

Ela abriu os olhos, sentindo o impulso repentino de fitá-lo.

— Kitt, você não acha…?

Roman apenas a encarou, mas havia um ar assombrado em sua expressão.

Você não acha que são os soldados de Dacre? Não acha que este é o fim, acha?

Roman não sabia, ela percebeu, enquanto ele acariciava seu rosto. Ele a tocou como sempre a tocava, como se quisesse saborear o momento. Como se pudesse ser a última vez.

A porta da casa foi escancarada com força.

Iris se assustou outra vez, mas Roman continuou a abraçá-la. Havia alguém em casa, avançando pelo corredor a passos pesados. Então veio uma voz, desconhecida, mas penetrante:

— *Marisol!*

Uma mulher apareceu na cozinha. Uma soldada alta, usando um uniforme verde-azeitona manchado de sangue. Um fuzil estava preso nas costas dela, granadas no cinto. Uma estrela dourada pregada no peito revelava sua posição de capitã. O cabelo loiro era cortado bem curto, mas alguns fios brilhavam à luz sob o capacete. Ela tinha o rosto magro, como se não comesse direito havia meses, mas seus olhos castanhos eram aguçados, e ela os virou para onde Iris e Roman se abraçavam na cozinha.

Imediatamente, Iris a reconheceu. Havia se ajoelhado no jardim daquela mulher, preparando-o para seu retorno.

— Keegan?

— Sim. Cadê minha esposa? — questionou Keegan, e mal deu tempo para Iris responder antes de dar meia-volta e sumir no corredor. — Mari? *Marisol!*

Iris se desvencilhou do abraço de Roman e correu atrás dela.

— Ela não está.

Keegan se virou no saguão.

— E onde está?

— Na enfermaria. O que está acontecendo? Precisamos evacuar a cidade?

— Sim — disse Keegan, e olhou para trás dela, para Roman, que as seguira ao corredor, mancando. — Um de vocês precisa preparar os kits de emergência. O outro pode vir comigo.

Ela voltou para a luz do quintal da frente, e Iris se virou para Roman.

— Os kits de emergência estão prontos, Marisol os guarda na despensa — explicou. — Devem ser quatro, um para cada um de nós. Se puder pegá-los, volto para encontrar você aqui dentro em alguns minutos.

— Iris, *Iris*, espere.

Ele a puxou pela manga e a abraçou, e Iris achou que Roman estava prestes a discutir, até esmagar a boca contra a dela.

Um minuto depois, correndo atrás de Keegan pelas ruas caóticas, Iris ainda estava sem fôlego por causa do beijo. Havia caminhões estacionados por todo lado, e soldados se jogavam deles, preparando-se para a batalha.

— Keegan? — chamou Iris, apressando-se para alcançar a esposa de Marisol. — O que houve?

— Dacre está prestes a atacar Clover Hill — respondeu Keegan, desviando de um homem que corria para casa carregando três cabras de coleira e uma cesta de verduras. — É uma cidadezinha a poucos quilômetros daqui. Não acho que poderemos contê-los por muito tempo, então estamos supondo que Dacre atacará Avalon Bluff em seguida, daqui a um dia ou pouco mais.

As palavras atravessaram Iris como balas. Ela sentiu um lampejo de dor no peito e logo ficou atordoada pelo choque. *Não pode ser*, pensou, mesmo vendo os habitantes de Avalon Bluff fugirem de suas casas com malas e kits de emergência, obedecendo às ordens de soldados que os mandavam subir nos caminhões para evacuação.

Uma família arrastava um enorme retrato emoldurado pelo quintal. Um soldado balançou a cabeça em negativa e disse:

— Não, apenas o essencial. Deixe todo o resto para trás.

— Os habitantes estão sendo evacuados por caminhão? — perguntou Iris.

— Estão — respondeu Keegan, com o olhar firme à frente enquanto continuavam a abrir caminho pela rua lotada. — Eles serão levados à cidade vizinha, a leste daqui. Mas estou pedindo para todos os habitantes dispostos a lutar que fiquem e nos ajudem. Espero que alguns se voluntariem.

Iris engoliu. Sentia a boca seca, e o sangue pulsava forte em sua garganta. Queria ficar para ajudar, mas soube de imediato que ela e Roman deveriam ser evacuados.

— Não sei seu nome — disse Keegan, e a olhou de relance.

— Iris Winnow.

A mulher arregalou os olhos. Ela tropeçou em um paralelepípedo solto, mas logo conteve a reação ao nome, o que fez

Iris considerar que apenas a imaginara. Mas uma pergunta silenciosa a assombrava...

Keegan já ouviu falar de mim?

A enfermaria finalmente surgiu à vista delas. Iris notou que Keegan alargava os passos até praticamente correr. O pátio estava repleto de enfermeiros e médicos que ajudavam pacientes feridos a subir nos caminhões.

O que devo fazer? Ficar ou partir? Os pensamentos de Iris se repetiam, desamparados, como a sirene que continuava a tocar.

Keegan forçou caminho pelo contrafluxo para entrar na enfermaria, com Iris em sua cola. A maioria das camas estava vaga. Passos ecoavam no espaço vazio, rebatendo no teto alto. A luz do sol continuava a derramar-se fielmente pelas janelas, iluminando o chão arranhado.

O ar cheirava a sal, iodo e sopa de cebola derramada. Keegan parou abruptamente, como se tivesse batido em uma parede. Iris olhou adiante e viu Marisol a poucos passos dali. Dourada pela luz do sol, ela se abaixava para carregar uma cesta de mantas, ao lado de Attie.

Iris prendeu a respiração, à espera. Pois Keegan era uma estátua, paralisada, observando a esposa.

Finalmente, Marisol ergueu o rosto. De queixo caído, ela derrubou a cesta. Correu na direção de Keegan com um grito agudo, chorando e rindo, e pulou em seus braços.

Iris sentiu a visão embaçar ao observar a reunião das duas. Secou as lágrimas, mas, antes, encontrou o olhar de Attie.

— Keegan? — murmurou a amiga, sorrindo.

Iris sorriu de volta e assentiu.

E pensou: *Mesmo que o mundo pareça parar, ameaçando desmoronar enquanto o toque da sirene prenuncia a chegada de uma hora sombria... não é um crime sentir alegria.*

* * *

— Quero que você vá, Mari. Irá com um sargento meu, que protegerá você.

— Não. *Não*, de jeito nenhum!

— Marisol, meu bem, me escute…

— Não, Keegan. Me escute *você*. Não vou deixá-la. Não vou deixar nossa casa.

Iris e Attie, no pátio da enfermaria, escutavam, sem jeito, a discussão entre beijos de Marisol e Keegan.

A esposa de Marisol olhou para as duas e as indicou com um gesto.

— E suas meninas, Mari? Suas correspondentes?

Marisol vacilou. Uma expressão de dor tomou seu rosto ao ver as duas.

— Eu quero ficar — disse Attie. — Posso ajudar como for necessário.

Iris hesitou.

— Também quero ficar, mas, com a lesão de Kitt…

— Você deve partir com ele — disse Marisol, gentil. — Mantê-lo em segurança.

Iris assentiu, dividida. Não queria deixar Attie e Marisol. Queria ficar e ajudá-las a lutar, defender o lugar que se tornara um lar querido. Mas não suportaria abandonar Roman.

Keegan interrompeu o momento tenso e se dirigiu à esposa com a voz arrastada:

— Então tudo bem você querer que Iris e Kitt estejam seguros, mas eu não posso pedir o mesmo de *você*?

— Eu estou velha, Keegan — argumentou Marisol. — Eles ainda são jovens!

— Marisol! — exclamou Attie. — Você tem apenas trinta e três anos!

Marisol suspirou. Ela olhou para Keegan e declarou, firme:

— Não vou embora. Minhas meninas podem fazer o que acharem melhor.

— Tudo bem — concedeu Keegan, massageando a testa. — Sei que não dá para discutir com você.

Marisol apenas sorriu.

— Imagino que eu e Kitt devamos pegar carona em um dos caminhões? — perguntou Iris, as palavras espessas na boca.

A culpa a atingiu quando ela olhou para as mãos, sujas de terra do jardim e manchadas de tinta da máquina de escrever.

— Sim — respondeu Keegan, em tom grave. — Mas, antes de ir, tenho algo para você.

Iris, deslumbrada, viu a capitã tirar do bolso o que parecia ser uma carta. Keegan estendeu o envelope para ela e, por um momento, Iris conseguiu apenas olhar. Uma carta, dirigida a ela, amarrotada pela guerra.

— O que é isso? — perguntou, a voz fraca.

Seu coração, entretanto, já sabia a resposta, e batia de pavor. Era a carta que ela esperava. Uma notícia do irmão.

— Acabou misturada à minha correspondência — explicou Keegan. — Deve ter sido por causa do endereço em Avalon Bluff. Eu ia mandar junto com minha carta para Marisol, mas acabamos tendo que mudar de posição, então peço desculpas por não ter enviado antes.

Atordoada, Iris aceitou a carta. Ela olhou para o envelope, onde seu nome tinha sido escrito em tinta escura. Não era a letra de Forest, e Iris de repente sentiu que ia vomitar.

Deu as costas às amigas, sem saber se deveria ler na presença delas ou encontrar um lugar mais íntimo. Afastou-se em quatro passos e achou que os joelhos iam ceder, então parou. Com as mãos geladas, mesmo precisando forçar a vista para se proteger do sol forte, ela finalmente abriu o envelope.

Leu:

Cara Iris,

Seu irmão de fato lutou no Segundo Batalhão Leste, Quinta Companhia Landover, sob o comando da capitã Rena G. Griss. Infelizmente, ele foi ferido na Batalha de Lucia River e transportado à enfermaria na cidade de Meriah. Como uma das baixas sofridas pela tropa foi de sua capitã, a notícia não chegou à senhora.

Duas semanas depois, Meriah foi atacada, mas o soldado Winnow foi evacuado a tempo. Como seus ferimentos foram sofridos há alguns meses e toda a sua companhia faleceu em Lucia River, ele foi incorporado a uma nova força auxiliar e luta corajosamente pela causa de Enva. Se qualquer outra notícia de seu posto atual chegar à minha mesa, irei transmiti-la à senhora.

Ten. Ralph Fowler
Assistente do Comandante da Brigada Leste

— Iris?

Ela se virou, piscando para segurar as lágrimas, quando Marisol tocou seu ombro.

— Meu irmão — sussurrou Iris, invadida por esperança.

— Ele foi ferido, mas está *vivo*, Marisol. Foi por isso que não tive notícia dele nesses meses todos.

Marisol exclamou e puxou Iris para um abraço. Ela se agarrou a amiga, lutando contra o soluço aliviado que ameaçava estourar em seu peito.

— Notícia boa? — perguntou Keegan.

Iris assentiu e se desvencilhou do abraço de Marisol.

— Meriah é muito longe? — perguntou a Keegan.

Uma sombra perpassou a expressão da capitã. Ela devia estar se lembrando das batalhas, da desolação. A morte de tantos soldados.

— Fica a uns oitenta quilômetros daqui, ao sudoeste — respondeu Keegan.

— Então não é tão distante — sussurrou Iris, passando um dedo no lábio superior.

Forest lutava em outra companhia. Que talvez estivesse próxima a Avalon Bluff.

— Iris? — disse Attie, interrompendo seu devaneio. — Quer dizer que você vai ficar aqui?

Iris abriu a boca para responder, mas as palavras travaram na garganta. Ela olhou de Attie para Keegan, de Keegan para Marisol, e soltou:

— Preciso falar com Kitt.

— É melhor correr — disse Keegan. — O último transporte de evacuação sairá em breve.

O anúncio fez uma onda de choque percorrer Iris. Ela assentiu, se virou e saiu correndo pela rua. A cidade ainda estava frenética, e caminhões repletos de habitantes começavam a partir na direção leste. Iris pulou por cima de uma mala descartada, de um saco de batatas esparramadas, de um engradado de verduras enlatadas.

A High Street estava surpreendentemente quieta. A maioria dos habitantes dali já fora transportada, mas, con-

378 Rebecca Ross

forme se aproximava da pousada, Iris viu que a porta da casa estava escancarada.

— Acho que acabamos, Kitt. Obrigado, meu filho.

Iris desacelerou o passo, seguindo a voz com o olhar. Era Peter, o vizinho. Ele e Roman estavam carregando a caçamba de seu caminhãozinho.

— É um prazer ajudar o senhor — disse Roman, amarrando o engradado.

Quando Iris se aproximou, viu que o macacão dele estava molhado de suor. Por reflexo, olhou para a perna direita de Kitt, com medo de ver sangue manchar o tecido outra vez.

— Kitt — chamou, e ele se virou.

Iris viu a tensão em sua postura relaxar ao notá-la, e ele a pegou pela mão e a puxou para perto.

— Está tudo bem? — perguntou ele.

— Está.

Mas as palavras pareceram se esfarelar dentro dela. Em silêncio, Iris entregou a carta para Roman.

Ele franziu a testa, confuso, até começar a ler. Quando voltou a olhar para Iris, lágrimas brilhavam em seus olhos.

— *Iris*.

— Eu sei — disse ela, sorridente. — Forest está vivo, com outra companhia.

Iris engoliu em seco. Não acreditava que estava prestes a dizer aquilo. Não acreditava que vivia um momento daqueles, um momento que poderia selar seu destino.

— Eu planejava evacuar a cidade com você. Mas, depois desta carta, preciso ficar aqui. Virei correspondente inteiramente por causa de Forest. Ele é a única família que me resta, e eu viajei ao Oeste na esperança de cruzar o caminho dele. Agora que sei que ele pode estar vindo para cá, se preparando para defender Avalon Bluff de Dacre... tenho que ficar para ajudar.

Os braços de Roman se apertaram ao redor dela enquanto escutava. Os olhos dele eram tão azuis que a atravessavam até a alma, e ela se perguntou que expressão teria em seu rosto. Ela se perguntou o que ele via nela, se ela lhe parecia determinada, assustada, preocupada ou corajosa.

— Não vou pedir para que fique aqui comigo — continuou Iris, a voz vacilante. — Na verdade, sei que o melhor é você partir, porque ainda está se recuperando e, acima de tudo, quero que fique em segurança.

— Eu vim por você, Iris — disse Roman. — Se você for ficar, eu também ficarei. Não vou deixá-la.

Ela suspirou, surpresa pelo alívio que sentiu ao ouvir a decisão — Roman não ia abandoná-la, o que quer que o amanhã trouxesse —, e o abraçou pela cintura. Ainda assim, não conseguiu deixar de olhar para a perna dele outra vez.

— Querem uma carona? — ofereceu Peter. — Minha esposa vai na cabine, mas tem espaço para os dois na caçamba.

— Não, sr. Peter, obrigado — respondeu Roman. — Vamos ficar aqui para ajudar.

Iris viu Peter e a esposa partirem, o caminhão soltando fumaça pelo escapamento. Sentiu um buraco no estômago e se perguntou se estava cometendo um erro enorme, se acabaria se arrependendo da decisão de continuar ali. De sua resistência em fugir para o leste com Roman quando ainda tinham a chance.

A rua ficou quieta e inerte, exceto por alguns soldados que marchavam. Um jornal esvoaçou pelos paralelepípedos. Um pássaro cantou, empoleirado na sebe.

Iris começou a voltar para dentro da pousada, de mãos dadas com Roman. Pensou no casamento que estiveram tão próximos de celebrar. Nas meras horas que os tinham impedido de entrelaçar suas vidas. Na mudança repentina de tudo, como se o mundo virasse do avesso.

Mas Forest está vivo.

Ela se agarrou à esperança de vê-lo, de cruzar seu caminho. Mesmo que parecesse improvável no caos que estava prestes a se desenrolar.

Em silêncio, Iris e Roman voltaram à cozinha. As máquinas de escrever estavam na mesa, e a porta dupla dos fundos continuava aberta, como eles a haviam deixado. Uma brisa entrara no cômodo, jogando no chão algumas folhas de papel.

Iris, sem saber o que mais deveria fazer enquanto esperava por Keegan, Marisol e Attie, se ajoelhou e começou a arrumar a bagunça. Roman lhe dizia alguma coisa, mas a atenção dela foi atraída por uma das folhas no chão. Uma pegada enlameada a tinha marcado.

Ela levantou o papel para aproximá-lo da luz e estudar a mancha.

— O que houve, Winnow? — perguntou Roman.

— Você pisou nesses papéis com as botas sujas, Kitt?

— Não. Eles estavam todos na mesa quando fui ajudar Peter. Deixe-me ver.

Iris estendeu a folha para ele e percebeu que outra das caídas no chão estava também pisoteada. Ela se levantou e olhou para a porta aberta. Seguiu a luz até o pátio e parou na porta, observando o quintal.

O portão estava aberto, rangendo ao vento. As copas das árvores gemiam. Os sinos tiniam. E havia pegadas pelo jardim todo. Alguém o pisoteara, atravessando as fileiras tão cuidadosamente preparadas e os brotos das plantas.

O maxilar de Iris ficou tenso conforme observava o rastro. Tanto trabalho, devoção e esforço. Alguém pisoteara tudo sem a menor preocupação.

Ela sentiu o calor de Roman a seu lado. Um arquejo dele remexeu seu cabelo quando viu o rastro.

— Alguém entrou na casa — murmurou Roman.

Ela não sabia o que dizer, o que pensar. Fora um tumulto quando a infantaria chegara de caminhão. Os habitantes tiveram meros minutos para escapar. Poderia ter sido qualquer pessoa a passar ali no quintal.

Iris se ajoelhou e começou a apagar os rastros com rapidez, consertando o jardim antes que Keegan voltasse. Queria que estivesse perfeito para ela. Queria dar orgulho a Marisol.

A sirene de Clover Hill finalmente se calou.

38

A véspera do dia de Enva

— **Cadê o restante dos kits de emergência?** — perguntou Marisol.

Foi a primeira coisa pela qual procurou ao voltar à pousada com Attie e Keegan. Ela pegou os dois sacos de juta dispostos na bancada da cozinha e olhou para Iris e Roman, que limpavam a mesa.

Roman hesitou.

— Estavam todos aí, Marisol. Eu separei os quatro.

— Que estranho — disse ela, franzindo a testa. — Porque só tem dois.

Iris viu Marisol procurar pela cozinha e seu coração deu um pulo.

— Marisol? Acho que alguém deve ter roubado.

— Roubado? — ecoou, como se roubo fosse uma ideia inexistente em Avalon Bluff. — Por que pensaria isso, Iris?

— Porque havia pegadas no jardim, e o rastro entrava aqui.

— No jardim? — perguntou Keegan, e olhou para a esposa. — Você plantou mesmo o jardim, Mari?

— É claro! Falei que plantaria. Mas não teria dado certo se não tivesse tanta ajuda.

— Me mostre.

Attie estava mais perto da porta e abriu o caminho para a luz da tarde. Era estranha aquela quietude do mundo. Até o vento se acalmara, notou Iris ao seguir o grupo para a varanda.

Keegan soltou um assobio baixo.

— Ficou bonito. Desta vez você se lembrou de regar, Marisol.

Ela cutucou o braço da esposa de brincadeira.

— Bem, não teria conseguido sem Iris e Attie.

— Realmente. E vejo o que você comentou, Iris — disse Keegan, andando até uma das fileiras plantadas, onde se agachou para passar a mão no monte de terra. — Você apagou os rastros?

— Sim, porque queria que o jardim ficasse bonito para você — explicou Iris, apressada. — Mas tenho um registro perfeito da pegada.

Ela levou a folha de papel enlameada para Keegan, que a estudou com a testa franzida.

— É uma bota de soldado. Devem ter entrado na casa durante a evacuação e levado dois kits de emergência. Fico surpresa. Minha companhia sabe se comportar e nunca roubaria de civis.

— Tudo bem — disse Marisol. — Quem fez isso deve ter precisado de recursos, e fico feliz de ter ajudado alguém com necessidade. É fácil preparar mais três kits. Na verdade, farei isso agora mesmo.

— Mais três? — disse Keegan, segurando o braço de Marisol com delicadeza para interrompê-la. — Só precisa de mais dois, meu bem.

— Sim, e outro para você — respondeu Marisol, sorridente. — Já que você voltou para nós.

— É claro.

Keegan soltou Marisol, que retornou à cozinha. Iris notou a tristeza que passou pelo olhar da capitã quando voltou a fitar o jardim. Como se pressentisse que talvez fosse a última vez que o admiraria.

Estava tudo mudando.

Iris sentia o gosto no ar, como se a estação tivesse se esfarelado como uma página antiga, pulando o verão e o outono para apressar o frio rastejante do inverno. Havia soldados postados pela cidade inteira, de uniforme verde-azeitona e capacete, preparando o lugar para a batalha iminente. Barricadas construídas com sacos de areia, móveis perdidos das casas evacuadas e o que mais pudesse oferecer cobertura bloqueavam as ruas.

A cidade não parecia mais um refúgio, e sim uma armadilha à espera de um monstro.

Como se o próprio Dacre pudesse entrar em Avalon Bluff.

E se entrasse? Como seria o rosto dele? Iris o reconheceria, se cruzasse seu caminho?

Ela pensou em Enva com sua harpa. No poder de sua música, nas profundezas da terra.

Enva, onde está você? Vai nos ajudar?

Iris ofereceu ajuda para Marisol, que preparava refeições para as tropas na cozinha, e auxiliou Keegan na missão de criar o máximo de barricadas estratégicas possíveis nas ruas, mas, em um momento de quietude, lembrou-se da mãe e das cinzas contidas na urna sobre sua mesa no segundo andar.

Se eu morrer amanhã, as cinzas de minha mãe nunca terão encontrado repouso.

As palavras eram afiadas e faziam cada minuto parecer mais perigoso. Acima de tudo, Iris queria dar liberdade à mãe.

Ela pegou a urna e se aproximou de Keegan, porque os soldados tinham montado guarda ao redor da cidade e ninguém podia entrar ou sair sem permissão especial.

— Quanto tempo ainda temos? — perguntou Iris à capitã. — Até Dacre chegar?

Keegan olhou para o oeste em silêncio.

— Ele precisará do restante do dia de hoje para saquear completamente Clover Hill. Prevejo que entre em marcha a caminho de Avalon Bluff pela manhã.

Iris soltou um suspiro trêmulo. Um último dia para fazer as coisas que queria, precisava, *ansiava* por fazer. Era uma loucura imaginar aquilo, as horas douradas que lhe restavam. Decidiu que faria tudo que pudesse, preenchendo o último dia até o fim.

Surpresa pelo silêncio, Keegan finalmente se virou para a garota e notou a urna que ela segurava.

— Por que a pergunta, Iris?

— Gostaria de espalhar as cinzas de minha mãe antes disso.

— Então deve fazer isso agora mesmo. Mas leve seu garoto junto.

Iris pediu que Roman e Attie a acompanhassem ao campo dourado.

Uma brisa leve soprou do leste, remexendo a grama.

Iris fechou os olhos.

Fazia pouco tempo desde que chegara àquele lugar, tomada de dor, culpa e medo. Apesar dos sentimentos ainda viverem nela, eram menos afiados do que tinham sido.

Espero que você me veja, mãe. Espero que esteja orgulhosa.
Ela abriu a tampa e virou a urna.

Viu as cinzas da mãe serem carregadas ao vento, pela dança dourada da grama.

— Algum de vocês sabe dirigir caminhões? — perguntou Keegan, meia hora depois.

Iris e Attie se entreolharam, em dúvida. Tinham acabado de carregar para a rua uma mesa da casa de Peter.

— Não — disse Iris, secando suor da testa.

— Bom, está bem, então venham. Vou ensinar às duas.

Iris olhou para trás, para a pousada, onde Marisol ainda cozinhava. Roman fora designado a ajudá-la, e Iris ficou agradecida por saber que Marisol o fazia descascar batatas à mesa.

Ele provavelmente estava detestando a tarefa, mas precisava descansar a perna.

Iris seguiu Attie e Keegan pelas barricadas em direção à fronteira leste da cidade, onde uma fileira de caminhões estava estacionada. Keegan escolheu um veículo na frente da fila, com caminho direto para a estrada leste.

— Quem quer começar? — perguntou Keegan, abrindo a porta do motorista.

— Eu vou — disse Attie, antes de Iris conseguir sequer respirar.

Ela subiu no banco do motorista enquanto as outras duas se apertavam no lado oposto da cabine. Alguns soldados postados naquela parte da cidade precisaram abrir um portão improvisado, mas, do outro lado, havia apenas a estrada aberta.

— Gire a chave — orientou Keegan.

Iris viu Attie ligar o motor. O caminhão sacolejou, ganhando vida.

— Agora, sabe como funciona a marcha?

— Sei.

Attie soava um pouco hesitante, mas botou as mãos no volante e observou rapidamente o painel e as alavancas.

— Que bom — disse Keegan. — Pise naquele pedal. Aperte.

Iris viu Attie obedecer às instruções. Em pouco tempo, estavam sacolejando pela estrada e Avalon Bluff virou apenas uma nuvem de fumaça atrás delas. Primeira marcha, segunda, terceira. Attie conseguia passar as marchas sem dificuldade, e, quando estavam andando tão rápido que os dedos de Iris chacoalhavam, Attie soltou um grito triunfante.

— Muito bem. Agora volte a marcha para estacionar — disse Keegan.

Attie obedeceu, e em seguida foi a vez de Iris.

As mãos dela estavam molhadas ao pegar o volante. O pé mal alcançava o acelerador, muito menos a embreagem que precisava pressionar.

Foi... um desastre.

Ela quase saiu da estrada duas vezes, deixou o carro morrer no mínimo quatro e já estava cuspindo palavrões sem parar quando Keegan assumiu o volante.

— Com mais um pouco de treino, você vai acertar — disse a capitã. — Entendeu a ideia geral, e é isso que importa.

Iris foi para o banco do carona com Attie, e ficaram em silêncio enquanto Keegan as levava de volta à cidade. O portão improvisado se fechou atrás delas, e logo o caminhão voltou a estar estacionado na vaga de antes, com a frente voltada para o leste.

Keegan desligou o motor, mas não se mexeu. Olhou para o para-brisa empoeirado e falou:

— Se as coisas aqui acabarem mal, quero que vocês duas peguem Marisol e aquele seu Kitt e fujam neste caminhão. Se precisarem arrancar este portão para fugir, atropelem-no sem hesitar. E não parem por nada. Dirijam ao leste até estarem seguras — falou, e voltou o olhar sombrio para as garotas. — A irmã de Marisol mora em uma cidadezinha chamada River Down, uns cinquenta quilômetros ao oeste de Oath. Sigam para lá primeiro. Fiquem juntas e se preparem para o pior. Mas vocês têm que tirar Marisol daqui por mim. Me prometem isso?

A boca de Iris ficou seca de repente. Ela encarou a capitã — os traços duros do rosto, as cicatrizes nas mãos — e odiou aquela guerra. Odiou que arrastasse boas pessoas tão cedo às tumbas, que destruísse vidas e sonhos assim.

Porém, ela assentiu e respondeu em uníssono com Attie:

— Prometo.

Depois disso, foram delegadas à função de mensageiras.

Attie e Iris corriam pelas ruas sinuosas de Avalon Bluff para entregar refeições, recados e o que mais Marisol ou Keegan pedissem. Iris já conhecia a cidade como as linhas da própria mão, e frequentemente corria pelas mesmas rotas que cobrira com Roman quando ele a treinava. Quando corriam ao amanhecer. Ela ficou feliz de perceber que sua resistência melhorara muito desde aquela primeira caminhada.

Naqueles momentos, desejava apenas que Roman pudesse correr com ela.

O pelotão postado na colina precisava comer, e Iris e Attie correram para entregar a refeição. As nuvens da tarde começavam a crescer, bloqueando o sol, e Iris sentia um indício de fumaça no vento. Entendeu o motivo quando chegou ao topo do monte.

Ao longe, Clover Hill queimava.

Ela entregou as cestas de comida aos soldados e fitou cada rosto, para o caso de Forest estar entre eles. Ele não estava, mas a esperança dentro de Iris continuava forte, mesmo que, de pé, visse a fumaça subir ao longe. Ela se perguntou se havia sobreviventes em Clover Hill ou se Dacre massacrara todos.

— Quanto tempo até Dacre vir atrás de nós, você diria? — perguntou Attie, parando ao lado de Iris.

A terra que se estendia entre elas e Clover Hill era pacífica, idílica. Uma inocência enganosa.

— Keegan disse que ele viria pela manhã — respondeu.

Ainda havia quatro horas de luz no dia, e então cairia a noite. Do outro lado, Iris podia apenas imaginar.

De certo modo, aquela extensão de espera quieta era mais difícil de suportar. Horas e mais horas de dúvida, preparação e antecipação. Quem morreria? Quem sobreviveria? Seriam capazes de proteger a cidade? Dacre incendiaria tudo, como em Clover Hill?

— Se a situação ficar ruim e precisarmos cumprir o que juramos a Keegan — começou Attie —, eu vou buscar Marisol. Você busque Roman. Nos encontramos no caminhão.

— Como sabemos que as coisas estão ruins *mesmo*? — perguntou Iris, lambendo os lábios e sentindo o gosto salgado do suor. — Em que momento saberemos *quando* fugir?

Ela quisera perguntar a Keegan, mas engolira a pergunta rapidamente, com medo de a capitã achá-la desnecessária.

Você não deveria perceber quando a situação está suficientemente ruim?

— Não tenho certeza, Iris — respondeu Attie, sombria. — Mas acho que, no momento… simplesmente *saberemos*.

Iris sentiu algo roçar o tornozelo. Ela se sobressaltou ao ouvir um miado triste e, ao olhar para baixo, viu uma gata tricolor se esfregando em suas pernas.

— Ora, veja só! — exclamou Attie, alegre, e pegou a gata no colo. — Um amuleto de boa sorte!

— Não sabia que gatos eram bons presságios — disse Iris, mas sorriu ao ver Attie murmurar para o animal.

— De quem será que ela é? — perguntou a amiga. — Será que é de rua?

— Acho que é dos O'Brien. Eles tinham uns sete gatos. Essa deve ter ficado para trás na evacuação.

Iris desconfiava que fosse exatamente a mesma gata que se aninhara no colo de Roman na véspera. Estendeu a mão e coçou as orelhas do bicho, com vontade de tocar algo macio e agradável.

— Bem, vou levá-la para casa comigo. Você vem, não vem, Lilás? — disse Attie, e começou a descer a colina com a gata ronronando no colo.

— Lilás? — ecoou Iris, acompanhando-a.

Ela passou pelo quintal dos O'Brien. O engradado onde fizera Roman esperá-la tinha sido tirado de lá para ser usado nas barricadas. Era estranho perceber quanta coisa podia mudar em um só dia.

— Sim. É minha flor preferida — disse Attie, e olhou de relance para Iris. — Depois da íris, é claro.

Iris sorriu e balançou a cabeça. Porém, sua felicidade diminuiu conforme ela seguia o trajeto até a pousada, passando por barricadas e fileiras de soldados, conforme via Attie falar carinhosamente com a gata.

Era apenas mais uma coisa que precisariam recolher se tudo desmoronasse.

— Vocês trouxeram um *gato*?! — exclamou Roman.

Ele estava sentado à mesa da cozinha, descascando uma montanha de batatas. Olhou de Attie para a gata e, finalmente, para Iris, fitando-a de cima a baixo, como se procurasse nela sinais de algum novo arranhão.

Iris corou ao notar que fazia o mesmo com ele: buscava cada curva e linha para garantir que ele estivesse bem. Sentiu o calor faiscar dentro de si quando seus olhares se encontraram.

— Trouxemos — respondeu Attie, abraçando Lilás com força, até a gata soltar um miado de reclamação. — A coitadinha estava abandonada lá na colina.

— Caso você não saiba, tenho alergia a gatos — disse Roman, a voz arrastada.

— Vou deixar Lilás no meu quarto. Prometo.

— E se seu macacão ficar sujo de pelo, eu o lavo para você — ofereceu Iris.

Se gatos fossem mesmo amuletos de boa sorte, eles iam precisar dela.

— Assim eu não teria *nada* para vestir — disse Roman, voltando a atenção para a batata. — Porque meu segundo macacão sumiu.

— Como assim? — murmurou Iris. — Sumiu como, Kitt?

— Estava pendurado no meu armário pela manhã e agora não está mais.

Ela continuou a observá-lo e percebeu que o cabelo escuro estava molhado e penteado para trás, que nem antigamente, na redação. Roman tinha feito a barba e limpado as unhas. Sentiu um cheiro leve de água de colônia, e seu coração bateu mais rápido.

— Você acabou de tomar *banho*, Kitt?

Era uma pergunta bastante ridícula, mas lhe parecia muito estranho que ele tomasse um banho no meio do dia, quando tudo estava prestes a entrar em colapso. Porém, talvez não devesse ficar surpresa. Kitt sempre gostara de manter a boa aparência. Por que o fim do mundo mudaria isso?

Roman encontrou o olhar dela. Não disse nada, mas um rubor subiu por seu rosto e, antes que Iris pudesse continuar a comentar, Marisol atravessou a cozinha e entregou uma cesta pesada de cenouras para ela.

— Descasque e pique essas cenouras para mim, Iris.

A ordem deu fim às outras atividades; as entregas, a construção de barricadas, a corrida pelas ruas e imaginar Roman Kitt no banho. Conforme o sol se punha, todos trabalharam juntos para preparar várias panelas de sopa de legumes e pão fresco para os soldados.

A barriga de Iris estava roncando quando Marisol disse:

— Attie? Veja se Iris pode ajudá-la com aquela questão no segundo andar.

— Certo — disse Attie, e se levantou com um salto. — Venha, Iris

Iris franziu a testa, mas ficou de pé.

— Precisa de ajuda com o quê?

— É difícil explicar, venha comigo — pediu Attie, balançando as mãos. Ela olhou de soslaio para algo às costas de Iris e arregalou os olhos.

Iris se virou bem a tempo de ver Roman abaixar o rosto.

— O que houve, Attie? — perguntou ela, seguindo a amiga escada acima.

Estava quase anoitecendo.

— Venha cá — insistiu Attie, entrando no banheiro.

Iris parou na porta, confusa, enquanto a amiga abria o chuveiro.

— Que tal você tomar um banho enquanto eu vou atrás...

— Um *banho*? — questionou Iris. — Por que eu tomaria banho uma hora dessas?

— Porque você passou o dia todo subindo e descendo ladeiras, picando cenoura, nabo e cebola e seu macacão está fedendo a fumaça de escapamento de caminhão — disse Attie.

— Confie em mim, Iris. Use aquele xampu novo, o da lata.

Ela fechou a porta e deixou Iris no cômodo cheio de vapor.

Iris tirou o macacão e entrou no chuveiro. Seria rápida, pois ainda havia muito a fazer. Porém, olhou para a terra sob as unhas e pensou em Roman. Um sentimento curioso a tomou, inspirando um calafrio.

Ela se demorou na lavagem, até se livrar de cada rastro de cebola, fumaça, suor e terra e cheirar a gardênias com um toque de lavanda. Estava secando o cabelo quando Attie bateu à porta.

— Trouxe sua roupa limpa.

Iris abriu a porta e viu que a amiga a esperava com um macacão passado e, na outra mão, uma coroa de flores.

— Certo — disse Iris, olhando para as flores. — O que está acontecendo?

— Vista-se. Preciso trançar seu cabelo.

Attie entrou no banheiro e fechou a porta.

Iris pretendia protestar, mas então a outra arqueou a sobrancelha. Obediente, Iris vestiu o uniforme e abotoou a frente. Sentou-se em um banquinho e deixou a amiga arrumar seu cabelo em duas tranças grossas, que prendeu como uma coroa ao redor da cabeça usando grampos com pontas de pérola. Era parecido com o penteado de Marisol, e Iris se achou mais velha ao ver seu reflexo no espelho.

— Agora, a melhor parte — disse Attie, pegando as flores.

Tinham sido recém-colhidas e entrelaçadas umas nas outras. Eram margaridas, dentes-de-leão e violetas. Flores que cresciam soltas no jardim.

Iris prendeu a respiração enquanto Attie posicionava a coroa de flores em cima das tranças.

— Pronto. Você está linda, Iris.

— Attie, o *que* está acontecendo?

A amiga sorriu e apertou as mãos de Iris.

— Ele pediu minha bênção. De início, eu disse que não tinha certeza de poder dá-la, porque você estava se apaixonando por um garoto chamado Carver que escrevia cartas encantadoras de comover a alma, e como Kitt ousaria se comparar a isso? Até que ele me informou que *é* Carver e me mostrou provas. O que eu poderia dizer, então, além de que sim, vocês têm minha bênção, mil vezes até?

Iris respirou fundo e devagar. Seu coração dançava, agitando um ritmo inebriante no sangue.

— Quando? — Ela arfou. — Quando ele perguntou?

— Quando estávamos entregando comida, hoje cedo. Você saiu antes de mim em certo momento, lembra? E, sim, ele já pediu a permissão de Marisol. Até a de Keegan. Esse seu Kitt é muito dedicado.

Iris fechou os olhos, quase incrédula.

— Você não acha tolice, acha? Com Dacre a caminho? Que eu celebre mesmo que a morte se aproxime?

— Iris — disse Attie —, isso apenas torna tudo ainda mais belo. Vocês dois se encontraram apesar de grandes obstáculos. E se essa for sua única e última noite com ele, aproveite-a.

Iris encontrou o olhar da amiga.

— Quer dizer…

Attie sorriu e puxou a mão dela.

— Quero dizer que Roman Carver Kitt está no jardim, pronto para se casar com você.

39

Juras no escuro

Roman esperava de pé ao lado de Keegan e Marisol na beira do jardim, vendo a luz diminuir. As juras teriam de ser breves, como Keegan advertira, o que não representava qualquer problema para ele. Havia ficado chocado com o apoio e a empolgação de todas quanto a seus planos. Tinha certeza de que alguém diria: *Não, Roman, tem coisas mais importantes acontecendo. Olhe ao redor! Não temos tempo para um casamento.*

A reação fora oposta, como se Attie, Marisol e Keegan estivessem ávidas por algo que aliviasse o peso de seu humor.

Ele continuou aguardando Iris. Não sabia o que esperar, mas, no momento em que a viu passar pela porta com o cabelo preso e adornado por flores... sentiu uma onda de orgulho. De alegria imensa, tão profunda que não tinha fim nem medida. A emoção inundou seu rosto com um sorriso largo e fez sua respiração acelerar.

Iris foi levada por Attie pelo caminho de pedra, e havia um brilho nos olhos dela que ele nunca vira. Parecia que Roman esperara horas por aquele momento, mas foi como se apenas um segundo tivesse se passado quando Iris pegou sua mão.

Ela estava quente, ruborizada pelo banho. A palma da mão junto à dele era como seda.

Roman fitou o rosto de Iris. Queria memorizá-lo, lembrar-se da aparência dela ao entardecer. *Estamos fazendo isso mesmo*, pensou, com um calafrio. Estavam se casando de uniforme na véspera da batalha, a seiscentos quilômetros de casa.

Ele não sabia por que, de repente, ela ficou embaçada. Por que os limites dela ficavam borrados diante dele, como se fosse uma miragem, um sonho prestes a se esvair? Entendeu apenas quando piscou e lágrimas escorreram pelo rosto.

Fazia anos que não chorava. Desde Del. Roman tinha trancado os sentimentos a sete chaves, como se fosse um erro soltá-los. Como se fossem uma fraqueza fadada a arruiná-lo.

Porém, quando as lágrimas começaram a cair, foi como a rebentação de uma represa. A menor rachadura deixou todos aqueles velhos sentimentos de culpa jorrarem. Ele queria soltá-los; não queria carregar tanta bagagem para seu casamento com Iris. No entanto, não sabia como se libertar deles, e percebeu que ela simplesmente teria de aceitá-lo como era.

— Roman — sussurrou Iris, com ternura.

Ela subiu na ponta dos pés e acariciou o rosto dele. Secou suas lágrimas, que ele deixou cair até voltar a enxergá-la vividamente.

Então, ele pensou: *O que você fez comigo?*

— Estamos prontos? — perguntou Keegan.

Roman quase se esquecera de Keegan e seu livro de votos, de Marisol e suas alianças, de Attie e sua cesta de flores.

As estrelas emergiam ao alto. O sol se escondera atrás da colina; as nuvens sangravam em ouro. Era quase noite.

398   Rebecca Ross

— Sim — sussurrou Roman, sem desviar o olhar de Iris.

— Deem as mãos ao outro — orientou Keegan — e repitam minhas palavras.

Iris escorregou as mãos até uni-las com as dele. Os dedos dela estavam molhados de lágrimas.

As juras que pronunciaram eram antigas. Palavras antes entalhadas em pedra, na época em que todos os deuses viviam e vagavam pela terra.

— *Rogo que meus dias sejam longos ao seu lado. Deixe-me fartar e satisfazer cada desejo de sua alma. Que sua mão esteja junto à minha, ao dia e à noite. Que nossa respiração se entrelace e nosso sangue se torne um só, até nossos ossos voltarem ao pó. Mesmo então, que eu encontre sua alma ainda prometida à minha.*

— Lindo — disse Keegan, e se virou para a esposa. — Agora, as alianças.

Marisol encontrara os anéis na própria caixa de joias. Ela dissera a Roman que o anel de prata, que fora da tia dela, caberia em Iris, e havia um anel de cobre para ele, que usaria no dedo mindinho. Apenas até ele poder comprar alianças adequadas.

Iris ergueu as sobrancelhas, surpresa, quando Marisol lhe entregou o anel de cobre. Ela obviamente não esperava que ainda fossem se casar naquele dia, muito menos ter alianças a trocar, e deslizou o anel pelo dedo de Roman. Ele rapidamente fez o mesmo com o anel de prata na mão dela. Ficava um pouco frouxo, mas serviria no momento.

Ele gostava de ver a joia na mão de Iris, cintilando à luz.

— E agora, para concluir nosso rito — disse Keegan, fechando o livro —, selem as juras com um beijo.

— *Finalmente* — murmurou Roman, apesar de as juras terem durado menos de um minuto.

Iris riu. Deuses, como ele amava aquele som. Ele a puxou para um abraço e a beijou profundamente; roçou a língua na dela e se deleitou com o leve suspiro que ela soltou.

O sangue dele vibrava, mas ainda precisavam jantar. Marisol insistira. Portanto, Roman interrompeu o beijo.

Attie comemorou e jogou flores neles. Roman viu as pétalas caírem como neve, grudando no cabelo. Iris sorriu e entrelaçou os dedos dos dois.

Ele pensou em quem fora antes de conhecê-la. Antes de ela chegar na *Gazeta*. Antes de sua carta sair pela porta do armário. Pensou em quem queria ser agora que suas mãos estavam unidas.

Roman sempre seria grato pela decisão tomada naquela noite, pouco tempo antes: a noite em que decidira responder a carta dela.

Marisol os fez se sentar, lado a lado, à mesa. Iris estava com fome, mas também tão empolgada e nervosa que não sabia o que aguentaria comer.

— Hoje temos sopa e pão — disse Marisol, servindo duas tigelas para eles. — É simples, mas deve bastar, espero?

— É perfeito, Marisol — respondeu Iris. — Obrigada.

Pouco depois, soldados começaram a chegar para comer uma refeição rápida antes de voltar a seus postos. A pousada logo ficou quente e cheia, transbordando de murmúrios baixos e luz de velas. Iris continuava sentada ao lado de Roman, de mãos dadas, apoiadas na coxa dele.

— Soube que alguém se casou hoje — disse uma soldada, sorrindo.

Iris corou quando Roman levantou a mão.

— O sortudo fui eu.

Isso levou a uma série de vivas e palmas, e Iris ficou impressionada por sentir a normalidade de uma noite qualquer. Entretanto, o dia seguinte seria dia de Enva, o fim da semana. Tudo poderia acontecer, e Iris tentou engolir as preocupações. Queria apenas aproveitar o presente. Era *aquela* a vida que queria: lenta, simples e vibrante, cercada pelas pessoas que amava.

Se ao menos pudesse engarrafar aquele momento. Se ao menos pudesse beber dele nos dias vindouros, para se lembrar da sensação calorosa, completa e alegre. Como se todas as suas peças tivessem voltado a se encaixar, muito mais fortes do que antes de ela quebrar.

Percebeu que aquela era sua família. Que havia laços mais profundos do que os do sangue.

Ainda cedo, a pousada voltou ao silêncio.

Os soldados já haviam partido. A sopa e os pães tinham sido devorados, e os pratos esperavam na pia. Velas queimavam na mesa da cozinha; a luz bruxuleava no rosto de Roman quando ele se inclinou para mais perto de Iris e sussurrou ao pé de seu ouvido:

— Está pronta para se deitar?

— Sim — respondeu ela, o coração batendo forte. — Mas talvez seja melhor lavar a louça antes?

— De jeito nenhum! — exclamou Marisol, ultrajada. — Vocês dois têm que aproveitar a noite.

— Mas, Marisol... — Iris começou a protestar quando Roman se levantou e puxou-a para se levantar também.

— Não quero nem saber, Iris — insistiu Marisol.

— Nem eu — disse Attie, de braços cruzados. — Além do mais, o quarto de Roman está pronto para vocês.

— Como assim? — murmurou Iris.

Attie deu uma piscadela e se voltou para a pia. Marisol os enxotou até o corredor, onde passaram por Keegan, que voltava de um serviço rápido.

A capitã acenou para eles com a cabeça, abrindo um sorriso malicioso, e Iris de repente começou a suar enquanto subia a escada com Roman.

— Perdão, estou muito lento — disse ele, com uma careta, ao dar mais um passo.

Iris segurou sua mão, esperando que ele a alcançasse.

— As feridas ainda doem? — perguntou.

— Não tanto. Apenas não quero arrebentar outro ponto.

A resposta a preocupava. Ela desconfiava de que ele escondesse o incômodo da perna e decidiu que precisariam tomar cuidado naquela noite.

Os dois chegaram ao quarto de Roman. Iris se preparou, sem saber o que encontraria. Ela entrou e perdeu o fôlego.

Havia uma grande quantidade de velas acesas, preenchendo o quarto com luz romântica. Flores tinham sido espalhadas pelo chão e pela cama, que ainda era apenas o estrado, pois os colchões continuavam na enfermaria. Porém, parecia que Attie acrescentara mais algumas mantas à pilha, criando um lugar mais macio para eles dormirem.

— Que lindo — sussurrou Iris.

— Caiu muito bem — disse Roman, fechando a porta.

— Infelizmente, não posso aceitar o crédito por isso. Foi tudo trabalho de Attie.

— Então vou precisar agradecê-la amanhã — disse Iris, e se virou para olhar para Roman.

Ele já a encarava fixamente.

Iris engoliu em seco, sem jeito. Não sabia se deveria se despir ou se ele queria despi-la, talvez. Às vezes era difícil interpretar a expressão de Roman, como se ele usasse uma máscara. Antes que ela alcançasse o primeiro botão da roupa, ele falou:

— Tenho um pedido, Winnow.

— Pelo amor dos deuses, Kitt — disse ela, antes de conseguir se conter —, o que foi agora?

Um canto da boca de Roman se ergueu, achando graça.

— Venha se sentar ao meu lado na nossa cama.

Ele passou por ela e se ajoelhou na pilha de cobertas, tomando cuidado com a perna para se acomodar, encostado na parede.

Iris o acompanhou, mas escolheu desamarrar e tirar as botas antes de pisar na cama. Ela ajudou Roman a fazer o mesmo, e foi aquela a primeira peça de roupa removida entre os dois: os sapatos.

Acomodou-se ao lado dele. O calor de Roman começou a passar para ela, que percebeu como seria incrível dormir ao lado dele todas as noites. Nunca mais sentiria frio.

— Tudo bem, Kitt — disse. — Qual é o pedido?

— Gostaria que você lesse algo para mim.

— Ah? E que *algo* seria?

— Uma de suas cartas.

Isso a pegou de surpresa. Ela estalou as articulações dos dedos, mas achou que era justo retribuir o favor.

— Sim, pode ser. Mas apenas uma. Então escolha com sabedoria.

Roman sorriu para ela e esticou a mão para pegar algo no chão ao lado do estrado.

— Você guarda minhas cartas junto à cama? — perguntou ela.

— Eu releio a maioria toda noite.

— Jura?

— Juro. Aqui está. É esta — disse ele, entregando uma folha de papel muito amarrotada.

Ela alisou as dobras da carta e leu por alto algumas das frases. Ah, sim. *Aquela*. Iris pigarreou, mas olhou para Roman antes de começar. Ele a observava atentamente.

— Há uma regra, Kitt.

— Não posso olhar para você enquanto lê — deduziu ele, lembrando-se do próprio dilema.

Iris assentiu e ele fechou os olhos, recostando a cabeça na parede.

Ela voltou a olhar para o papel. Começou a ler, a voz grave e rouca, como se trouxesse as palavras do passado. De uma noite que passara sentada no chão do quarto.

— *Acho que todos usamos armaduras. Acho que quem não as usa é tolo e arrisca a dor de se ferir nas pontas afiadas do mundo inúmeras vezes. Se aprendi algo com tais tolos, no entanto, é que vulnerabilidade é uma força que a maioria de nós teme. É preciso coragem para tirar a armadura, para permitir que as pessoas nos vejam como somos. Às vezes, me sinto como você: não posso correr o risco de que me vejam como sou. Porém, há também uma voz baixinha lá no fundo, uma voz que diz: "Você perderá tanto ao se resguardar dessa forma."*

Iris parou, a garganta engasgada de emoção. Nem ousava olhar para Roman. Não sabia se ele estava de olhos abertos ou fechados enquanto ela continuava, chegando ao fim.

— *Certo, agora deixei as palavras se derramarem. Dei a você um pedaço da armadura, imagino. Mas acho que você não vai se incomodar* — concluiu, e dobrou a carta. — Pronto. Satisfeito, Kitt?

Ele pegou o papel de volta.

— Sim. Mas há outra que eu gostaria que você lesse. Onde guardei...?

— Outra? Assim você também vai precisar ler outra carta para mim.

— Aceito seus termos. Esta é bem curta, e talvez seja minha predileta.

Ele encontrou a carta e estendeu o papel.

Iris estava curiosa. Aceitou a carta e estava prestes a lê-la quando uma batida firme fez a porta tremer, sobressaltando-os. Ela sentiu um nó no estômago ao imaginar todos os motivos para alguém interrompê-los. *Dacre foi visto. É hora de recuar. É o começo do fim.*

Iris encontrou o olhar de Roman. Viu o mesmo temor em sua expressão. O medo de seu tempo ter sido encurtado. Eles tinham conseguido pronunciar as juras, mas não consumá-las.

— Roman? Iris? — chamou Marisol do outro lado da madeira. — Mil desculpas por interromper, mas Keegan ordenou um blecaute na cidade. Nada de eletricidade nem de velas pelo resto da noite, infelizmente.

Roman ficou paralisado por um segundo. Então, falou:

— Claro! Não é problema, Marisol.

Iris se levantou com pressa e apagou as inúmeras velas que Attie acendera para eles. As chamas morreram, uma a uma, até restar uma última vela acesa na mão de Roman.

Iris voltou à cama. Sentou-se de frente para ele, com a carta ainda em mãos.

— Leia rápido, Iris — pediu Roman.

Um calafrio a arrepiou. Ela sentia que era açúcar derretendo no chá. Abaixou o olhar para a carta e leu com voz suave:

— *Provavelmente voltarei quando a guerra acabar. Quero ver você. Quero ouvir sua voz.*

Ela ergueu o rosto para Roman e sustentou seu olhar quando ele apagou a vela. A escuridão se apressou a cercá-los. Ainda assim, Iris nunca vira tantas coisas antes.

— Quero tocar você — sussurrou.

— *Isso* não estava na carta — disse Roman, irônico. — Se estivesse, eu a teria emoldurado e exibido na parede.

— Infelizmente... — retrucou ela. — Eu queria ter escrito isso na época. Não escrevi por medo.

Ele ficou em silêncio por um instante.

— Medo do quê?

— Do que sentia por você. Do que desejava.

— E agora?

Iris esticou a mão e encontrou o tornozelo dele. Devagar, subiu os dedos até o joelho. Sentia as ataduras sob o macacão; via, em pensamento, as feridas e as cicatrizes que deixariam.

— Acho que você me deu coragem, Kitt.

O ar escapou dele em um desenrolar tênue, como se prendesse o fôlego havia anos por causa dela.

— Minha Iris — disse Roman —, não há dúvida de que você é a mais corajosa de nós, inteiramente por conta própria. Você me escreveu por *semanas* antes de eu criar coragem de responder. Você entrou na *Gazeta* e enfrentou meu ego sem pestanejar. Foi você quem veio à linha de frente, sem medo de encarar a face mais feia da guerra, muito antes de mim. Não sei que eu seria sem você, mas você me tornou melhor, em todos os sentidos, do que já fui ou do que jamais esperaria ser.

— Acho que nós simplesmente somos melhores juntos, Kitt — respondeu ela, e subiu a mão para a coxa dele.

— Você tirou as palavras da minha boca — disse Roman, com um arquejo suave.

Ela o sentiu se mexer; a manta repuxou os joelhos dela. Iris achou que Roman estava recuando, até ele dizer:

— Chegue mais perto, Iris.

Ela avançou, procurando-o. Finalmente, as mãos dele a encontraram, tocando seu rosto, a curva dos ombros. Ele a puxou para perto e, depois de um momento em que o pé ficou preso em uma das cobertas, Iris subiu no colo dele, com uma perna de cada lado.

Beijá-lo no escuro era inteiramente diferente de beijá-lo na claridade. Quando o sol os dourara, horas antes, eles estavam ávidos, desajeitados e famintos. Ali, à sombra da noite, eram lânguidos, dedicados e curiosos.

Iris se tornava ousada no escuro. Arrastou a boca pela mandíbula dele, encostou-a no pescoço, onde pôde sentir sua pulsação desvairada. Embebeu o perfume da pele e deslizou a língua junto à dele, sentindo o sabor de seus suspiros. Notou como Roman a tocava: reverente, atento. Ele apoiava as mãos nas costelas dela, espalmadas como se desejasse mais, mas não ousava subi-las nem descê-las.

Iris *queria* o toque dele. Não sabia por que Roman hesitava, até sentir os dedos dele no primeiro botão de seu macacão.

— Posso? — sussurrou ele.

— Sim, Kitt.

Ela sentiu um calafrio quando Roman começou a desabotoar o macacão, botão por botão, no escuro. Sentiu o ar frio banhar a pele quando ele puxou a roupa dela para baixo, soltando-a dos ombros. O tecido caiu à cintura, e Iris esperou. Esperou que Roman a tocasse, e ele foi com calma, acariciando o declive da clavícula, a curva das costas nuas, as alças do sutiã. Voltou a apoiar as mãos nas costelas. Ela tremia de antecipação.

— Está tudo bem, Iris?

— Sim — respondeu, e fechou os olhos enquanto as mãos de Roman começavam a aprender sua forma.

Ninguém nunca a venerara assim. Ela sentiu o hálito dele na pele, a boca logo acima do coração. Ele a beijou uma, duas vezes, suave, e depois com aspereza, e ela levantou as mãos para tirar as flores, as pérolas e as tranças. O cabelo caiu em ondas compridas e soltas pelas costas, ainda úmido e perfumado, e Roman imediatamente enroscou os dedos nas mechas.

— Você é linda, Iris.

Ela começou a desabotoar o macacão dele, desesperada para sentir sua pele junto à dela. Um dos botões arrebentou e caiu nas cobertas, perto do joelho deles.

Roman riu.

— Cuidado. É meu único uniforme.

— Amanhã eu conserto — prometeu Iris, apesar de não saber o que os aguardava no amanhecer.

Ela afastou as preocupações e despiu Roman.

Os dois estavam ansiosos para se livrar das roupas que os tinham carregado por inúmeras desventuras. Uma vez despidos, jogaram as peças para o outro lado do quarto, em meio a risadas quietas. O mundo então derreteu, transformado em algo novo e ardente.

Iris não o via com os olhos, mas o enxergava com as mãos. Com os dedos e a boca. Explorou cada curva e declive do corpo dele, reivindicando-o como seu.

Ele é meu, pensou, e as palavras foram um choque agradável em sua alma. *Eu sou dele.*

Iris o deitou ao lado dela, tomando cuidado com a perna, mesmo que Roman jurasse que não doía nada. Não sabia exatamente o que esperar — nem ele —, e por um momento o movimento foi desajeitado, até as mãos de Roman a tocarem — um conforto quente no quadril — e ela respirar fundo, mantendo o ar dentro de seu peito ao se mexer. O desconforto ficou mais agudo, e depois mais fraco, florescendo em uma sensação luminosa enquanto eles se uniam plenamente, emaranhados nos lençóis. Enquanto encontravam um ritmo deles, um que apenas eles conheceriam. Iris se sentia segura com Roman, pele com pele. Sentia-se plena e completa; sentia a integridade no escuro, aquela costura de juras, corpo e escolha.

— *Iris* — sussurrou Roman, quando ela quase chegara ao fim de si.

Era agonia; era êxtase.

Ela mal conseguia respirar ao entregar-se aos dois.

Eu sou dele, pensou, quando Roman de repente sentou-se para abraçá-la, alinhando seus corações.

Ela o sentiu tremer em seus braços.

— Roman.

Pronunciou o nome dele como uma promessa, com os dedos perdidos em seu cabelo.

Um som escapou dele. Poderia ser um soluço ou um arquejo. Ela queria ver seu rosto, mas não havia luz entre eles exceto pelo fogo escondido sob a pele.

— *Roman* — repetiu.

Ele a beijou, e ela sentiu o gosto salgado em sua boca. A maré começou a baixar; o prazer tornou-se chumbo, pesando seus corpos.

Iris o abraçou enquanto o calor se esvaía. Os pensamentos dela brilhavam, iluminando a escuridão.

E ele é meu.

* * *

Ficaram deitados entrelaçados por um bom tempo depois, enquanto Roman passava os dedos pelas ondas desgrenhadas de seu cabelo. Iris nunca tinha amado tanto um silêncio. Encostou a orelha no peito dele e escutou o ritmo firme do coração. Uma canção eterna e fiel.

Finalmente, Roman desceu os dedos pelo braço dela até encontrar sua mão, deixando um rastro de calafrios no caminho.

— Amanhã — disse ele, entrelaçando os dedos nos dela — quero sua mão na minha, o que quer que aconteça. Bem assim. Temos que ficar juntos, Iris.

— Não se preocupe.

Mal sabia Roman que ela já planejava aquilo, ficar junto a ele. Dispor-se a sustentar todo o seu peso até o caminhão se necessário. Mantê-lo vivo.

Ela abriu os olhos para a noite e disse, com humor:

— Agora vai ser bem difícil se livrar de mim, Kitt.

A gargalhada dele era linda no escuro.

40

Despertar em outro mundo

Iris acordou com o brilho suave do amanhecer, o rosto esmagado contra o peito de Roman. Ele a abraçava, respirando devagar no sono. Depois de superar o choque da sensação agradável do corpo dele junto ao dela, Iris percebeu que seu rosto e suas mãos gelavam, apesar das cobertas e de Roman ser quente como um forno.

Estava frio demais para o fim da primavera, pensou Iris, e se levantou devagar.

Ela andou até a janela e afastou a cortina para olhar para fora. Não viu nenhum dos soldados que deveriam guardar aquele lado da cidade. O mundo estava cinza, murcho e vazio, como se coberto de geada.

— Kitt? — chamou Iris, urgente. — Kitt, acorde.

Ele grunhiu, e ela o ouviu se sentar.

— Iris?

— Há algo de errado.

Assim que as palavras saíram de sua boca, ela ouviu gritos distantes lá fora. Dali, não enxergava o que causava tal comoção, então se virou para Roman.

— Precisamos nos vestir e descer. Descobrir se Marisol sabe de alguma coisa. Está me ouvindo, Kitt?

Roman a encarava como se entorpecido. Ela estava nua diante dele, a pele coberta apenas pela luz da manhã.

— Precisamos nos vestir! — repetiu Iris, correndo para recuperar as roupas espalhadas pelo quarto.

Ele continuou sentado na cama, acompanhando seus movimentos. Parecia paralisado, como se ela o tivesse enfeitiçado, e Iris levou até ele o cinto e o macacão. Ela o puxou para levantá-lo, derrubando os lençóis que o cobriam até a cintura.

Ele era perfeito, pensou, perdendo o fôlego. Roman a viu observar seu corpo, corado. Quando ela finalmente encontrou seu olhar, ele sussurrou:

— Temos tempo?

— Não sei, Kitt.

Ele assentiu, decepcionado, e pegou o macacão. Ela o ajudou a se vestir e, com dedos ágeis, abotoou o macacão e apertou o cinto. Queria ter mais tempo. Queria que tivessem acordado devagar. Com as mãos trêmulas, teve dificuldade de fechar o sutiã. Roman foi ajudá-la, os dedos quentes nas costas dela. Ele estava abotoando o macacão de Iris quando uma batida soou à porta.

— Iris? Roman? — chamou Attie. — Marisol pediu para descermos à cozinha. Não toquem nas cortinas. Eithrais foram vistos a caminho da cidade.

— Vamos descer logo — disse Iris, congelando por dentro.

A sirene não soara. Ela lembrou, então, que Clover Hill tinha sido devastada. Um calafrio a percorreu enquanto Roman acabava de abotoar sua roupa e apertar o cinto. Eles rapidamente calçaram as botas e amarraram os cadarços.

412 Rebecca Ross

— Vamos — disse ele, soando tão calmo que diminuiu o medo de Iris.

Roman entrelaçou os dedos nos dela e a conduziu escada abaixo. Ela notou que a perna ainda o incomodava, mesmo que ele tentasse disfarçar. Kitt mancava um pouco ao entrar na cozinha, e Iris estava começando a duvidar de que ele fosse conseguir correr pela rua e pular barricadas, mas afastou o pensamento quando chegaram à mesa com Attie.

— Bom dia — cumprimentou ela, enquanto Lilás ronronava em seu colo. — Espero que os pombinhos tenham descansado bem.

Iris assentiu. Ela estava prestes a agradecer a amiga pela ajuda na véspera quando a casa de repente tremeu inteira. Um estouro violento sacudiu as paredes e o chão, e Iris caiu de joelhos, cobrindo as orelhas com as mãos. Ela nem se lembrava de ter soltado a mão de Roman. Percebeu apenas quando ele se ajoelhou atrás dela no chão da cozinha, puxou-a para um abraço e segurou-a junto ao peito.

Ele estava falando com ela. A voz em seu ouvido era baixa, mas tranquilizadora.

— Vai passar. Respire, Iris. Estou aqui, vai passar. *Respire*.

Ela tentou acalmar a respiração, mas os pulmões pareciam envoltos em ferro. As mãos e os pés pinicavam; o coração batia tão forte que ela achou que fosse arrebentar seu peito. Porém, aos poucos, tomou consciência de Roman. Sentia o peito dele junto ao dela — o ar entrando profundamente, com calma. Devagar, ela imitou o ritmo da respiração dele, até as estrelas que piscavam em seus olhos começarem a sumir.

Attie. Marisol. Os nomes surgiram à mente de Iris como faíscas, e ela ergueu o queixo, olhando ao redor da cozinha.

Attie estava ajoelhada diretamente na frente deles, com a boca fechada com força, enquanto Lilás guinchava de medo. Tudo tremia. Quadros despencaram das paredes. A prateleira de panelas balançou. Ervas começaram a cair. Xícaras se estilhaçaram no chão.

— Marisol — arfou Iris, pegando a mão de Attie. — Cadê a Mari...

Outra bomba caiu. Um trovão retumbante, não tão longe, porque a casa tremeu ainda mais, até a fundação. As vigas do teto gemeram. Gesso começou a chover em pedaços grandes ao redor deles.

A pousada ia desabar. Eles seriam enterrados vivos.

O medo queimava em Iris como carvão. Ela estava tremendo, mas inspirava quando Roman inspirava e segurava a mão de Attie com força. Fechou os olhos, pensando na noite anterior. No casamento no jardim. Nas flores no cabelo. No jantar com velas, risadas e comida nutritiva. Naquele sentimento caloroso de finalmente ter encontrado sua família. Um lugar ao qual pertencia. Uma casa que estava prestes a desmoronar.

Iris abriu os olhos.

Marisol estava a poucos passos dali, com o revólver no coldre junto ao corpo e os kits de emergência em mãos. Usava um vestido vermelho, que contrastava com o cabelo preto e comprido. Era como uma estátua, olhando ao longe enquanto a casa tremia pela terceira vez.

Poeira caiu. As janelas racharam. Mesas e cadeiras arrastavam-se pelo chão, como se um gigante esmurrasse a terra.

Marisol nem se mexeu.

Ela parecia ter sentido o olhar de Iris. Através do caos e da devastação, seus olhares se encontraram. Marisol se agachou devagar ao lado de Roman e Attie, criando um triângulo com eles no chão da cozinha.

— Tenha fé — disse, tocando o rosto de Iris. — Esta casa não cairá. Não enquanto eu estiver aqui.

Outra bomba explodiu. Porém, o juramento de Marisol valeu: a pousada estremeceu, mas não desmoronou.

Iris fechou os olhos de novo. Tensionou o maxilar, mas imaginou o jardim, a vida que crescia lá dentro. Pequena e aparentemente frágil, mas florescendo mais e mais a cada dia que passava. Imaginou a casa, seus muitos cômodos e o fluxo incessante de pessoas que tinham encontrado alento ali. O amor que reivindicara aquela terra. A porta verde de castelo, que vira cercos de eras antigas. As estrelas brilhando à vista do telhado.

O mundo estava voltando a se calar.

Um silêncio pesado e empoeirado que fez Iris perceber que o ar estava mais quente. A luz brilhava com mais força através dos rejuntes das paredes.

Ela abriu os olhos. Marisol estava de pé entre os destroços, olhando o relógio de pulso. O tempo parecia distorcido, os segundos escorrendo como areia entre os dedos.

— Fiquem aqui — disse Marisol, depois do que poderiam ter sido dois minutos ou uma hora, e olhou de relance para os três, um fogo sombrio ardendo nos olhos. — Volto logo.

Iris ficou chocada demais para falar. Attie e Roman pareciam ter sentido o mesmo, pois ficaram quietos enquanto Marisol partia.

— Iris — disse Attie, alguns momentos depois, com a voz esganiçada —, Iris, não podemos… temos que…

Elas não podiam perder Marisol de vista. Deveriam protegê-la, garantir que fosse levada de caminhão a um lugar seguro. Tinham jurado.

— Temos que ir atrás dela — disse Iris.

Com uma tarefa, uma missão na qual se concentrar, conseguiu controlar os pensamentos. Iris tomou impulso para se levantar e deixou Roman ajudá-la quando cambaleou. Seus joelhos estavam moles, e ela respirou fundo algumas vezes.

— Onde acha que devemos procurar? — perguntou Iris.

Attie se levantou e fez carinho em Lilás, que estava inquieta.

— Keegan estava postada na colina, não? — disse.

— Estava.

— Então vamos começar por lá. Deixe-me botar Lilás em um lugar mais seguro.

Iris e Roman esperaram no saguão enquanto Attie colocava a gata em um dos quartos de baixo. Um feixe de luz escapava por uma rachadura no gesso, atravessando o peito de Iris. A porta da casa estava torta, pendurada pelas dobradiças, e rangeu ao abrir sob as mãos de Roman.

Iris não sabia bem o que encontraria do outro lado da porta. Saiu para um mundo fumegante e ensolarado. A maioria das construções na High Street estava incólume, exceto pelas janelas estilhaçadas. Porém, conforme Iris, Roman e Attie avançavam para o centro da cidade, iam vendo o raio de destruição das bombas. Casas aterradas, pilhas de pedra, tijolo e vidro cintilante. Algumas tinham pegado fogo, e as chamas lambiam a madeira e a palha.

Não parecia verdade. Tinha as cores e as formas ondulantes de um sonho.

Iris contornou as barricadas, os soldados que se aferravam aos postos ou corriam para apagar o incêndio. Observou através das nuvens de fumaça, com o coração inerte até Roman levá-la ao pé do monte. O lugar deles.

Sentiu a mão dele apertá-la e olhou para o que restava. A colina fora bombardeada.

Havia uma cratera na rua. As construções viraram amontoados de destroços. Fumaça subia em um fluxo constante, borrando as nuvens e transformando a luz do sol em uma bruma suja.

Olhando para Avalon do alto, parecia haver um padrão na destruição, como se Dacre tivesse espalhado uma rede de ruína. Entretanto, quanto mais Iris observava as linhas cruzadas de casas intactas e os bolsões de destroços correspondentes, mais estranha era a imagem. Ela tinha dificuldade de entender como uma casa se mantinha de pé, se a vizinha fora demolida. Porém, ao forçar a vista, quase enxergava caminhos. Rotas protegidas das bombas. A pousada de Marisol se encontrava em uma dessas.

Iris precisou deixar de lado a estranha observação. Soltou a mão de Roman para ajudar os feridos.

Eram mais do que ela conseguia contar, caídos nos paralelepípedos. Machucados e gemendo de dor. Sentiu a garganta apertar, um momento de pânico. No entanto, logo viu Keegan mais adiante na rua. Em movimento, sangrando devido a uma ferida no rosto, mas maravilhosamente viva. Iris sentiu a determinação voltar aos poucos. Ela se ajoelhou ao lado do soldado mais próximo e encostou os dedos em seu pescoço. Ele estava com os olhos abertos, fixos ao céu. Sangue vertera de uma ferida em seu peito, manchando a rua.

Ele estava morto. Iris engoliu em seco, andando pelas pedras soltas para chegar à soldada seguinte.

A mulher estava viva, mas uma das pernas tinha se despedaçado abaixo do joelho. Tentava se levantar com esforço, como se não sentisse dor.

— Fique deitada por um momento — orientou Iris, pegando a mão dela.

A soldada arquejou, trêmula.

— Minhas pernas. Não estou sentindo.

— Você foi ferida, mas a ajuda já vem.

Iris ergueu o rosto de novo e viu Keegan auxiliar alguns enfermeiros a botarem um soldado ferido em uma maca. Em seguida, avistou o vestido vermelho de Marisol, que ajudava uma médica de jaleco branco a tratar de outro soldado ferido. Lá ia Attie, correndo ladeira acima para auxiliar uma enfermeira que gritava por ajuda, e Roman, a poucos passos de distância, limpando com cuidado o sangue e a sujeira do rosto de uma soldada.

Ela não esperava aquilo.

Iris esperava um cerco ou uma invasão. Esperava tiros nas ruas e explosões de granada. Não acreditava que Dacre mandaria os eithrais e as bombas.

Uma guerra entre deuses não é o que se espera.

— Minhas pernas — repetiu a soldada, rouca.

Iris apertou a mão dela com mais força.

— Os médicos e enfermeiras já vêm. Aguente mais um momento. Estão quase aqui.

Mas uma barricada e inúmeros corpos se estendiam entre elas e os médicos que seguiam pela rua metodicamente.

— Ela está perdendo muito sangue — sussurrou Roman ao ouvido de Iris.

Iris se virou e o viu ajoelhado ao seu lado, observando a perna destruída da moça. Roman aproximou-se da soldada e tirou o cinto para apertá-lo com força ao redor da coxa esquerda dela.

Um calafrio subiu pelas costas de Iris. De repente, sentiu frio nas mãos e nos pés outra vez. Temeu estar entrando em estado de choque.

— Vou ver se arranjo uma maca para ela — disse Iris, e se levantou. — Pode ficar aqui, Kitt?

Roman abriu a boca, como se quisesse discutir. Ela sabia o que ele pensava, o motivo para franzir a testa. Ele não queria que houvesse nenhuma distância entre os dois. Mas então a soldada gemeu e começou a se debater, e Roman rapidamente voltou a atenção para a mulher, falando com ela em tom tranquilizador e pegando a mão dela para ajudá-la a suportar as ondas de dor.

Iris se virou e subiu a ladeira aos tropeços. Precisava de uma maca. Uma tábua de madeira já serviria. Qualquer coisa que ela e Roman pudessem usar para carregar a soldada até a enfermaria.

Será que deveria procurar algum material nos escombros? Arrancar uma tábua da barricada? Considerou suas opções diante da pilha de destroços, repleta de incerteza mesmo que seus pensamentos gritassem por *pressa*.

Pelo canto do olho, viu um soldado ferido encolhido, chorando pela mãe. A agonia dele atravessou Iris, que decidiu pegar uma tábua da barricada. Não tinha tempo para correr atrás de enfermeiros e médicos, já muito sobrecarregados. Não tinha tempo de encontrar uma maca. Começou a enfiar as mãos na estrutura, determinada a soltar um pedaço da madeira.

Não sentiu as sombras nem o frio que agitaram a fumaça. Estava tão dedicada a tirar dali aquela tábua de madeira que não percebeu que o vento cessara e que geada salpicava os paralelepípedos a seus pés.

— Abaixar, abaixar, *abaixar*!

O comando rasgou a balbúrdia e o caos como uma lâmina. Iris ficou paralisada, erguendo o olhar para o céu revolto. De início, achou que as nuvens se moviam. Que uma tempestade se aproximava. Porém, logo viu as asas, compridas e afiadas, transparentes à luz fraca. Viu os corpos brancos e imensos emergirem enquanto voavam, quase chegando à cidade.

Ela nunca havia visto um eithral. Nunca estivera tão próxima de um deles. Mesmo quando se largara imóvel no campo com Roman, não estivera próxima a ponto de sentir o gosto de morte e podridão de suas rêmiges; a ponto de sentir o farfalhar de suas asas.

— *Abaixados e firmes!* — veio o comando outra vez.

Era a voz de Keegan, rouca e cansada, mas poderosa o suficiente para forçar todos a recobrarem os sentidos.

Iris se virou, freneticamente procurando por Roman.

Ela o encontrou a cinco passos dali, de pé, paralisado, mas era evidente que vinha a seu encontro. Soldados feridos e destroços se estendiam entre os dois. Não havia um trajeto livre, e ele estava de olhos arregalados, rosto pálido. Nunca lhe parecera tão apavorado, e Iris precisou resistir à tentação de correr até ele.

— Não se mexa, Iris — murmurou Roman.

Ela respirou fundo. As mãos tremiam ao lado do corpo conforme as criaturas se aproximavam. A qualquer instante. A qualquer instante, elas passariam por ali.

— Mãe — gemeu o soldado ao lado dela, se balançando agachado. — *Mãe!*

Iris o olhou, alarmada. Roman fez o mesmo, uma veia pulsando na têmpora.

— Você precisa ficar quieto — disse ela ao soldado. — Precisa parar de se mexer.

— Tenho que encontrar minha mãe — chorou o garoto, começando a engatinhar pelas ruínas. — Preciso voltar para casa.

— Fique quieto! — gritou Iris, mas ele não ouvia.

Ela podia enxergar o próprio hálito; escutava a pulsação sanguínea nos ouvidos.

— Por favor, pare! — insistiu.

A sombra das asas se derramou sobre ela. O fedor podre inundou o ar gelado.

É o fim, pensou Iris. Ela olhou para Roman, a cinco passos dali.

Tão perto, mas tão distante.

Ela imaginou o futuro. Todas as coisas que queria fazer com ele. Viver com ele. Todas as coisas que nunca mais teria.

— Kitt — sussurrou.

Não achava que Roman fosse ouvi-la, mas esperou que ele sentisse a força daquele sussurro no fundo do peito. A profundidade de seu amor por ele.

Algo pequeno e reluzente caía das nuvens, mas Iris não deixou que aquela queda desviasse seu olhar do de Roman.

Ela sustentou o olhar dele com firmeza e esperou a bomba atingir a terra entre os dois.

41

De mãos dadas

Ela viu a avó. Era o aniversário de Iris, o dia mais quente do verão. As janelas estavam escancaradas, o sorvete deixara um rastro grudento no chão da cozinha, e a avó sorria ao levar a máquina de escrever para Iris.

— É para *mim*? — gritou Iris, quicando na ponta dos pés. Estava tão empolgada que sentia que o coração ia estourar.

— É, sim — disse a avó com sua voz rouca, beijando o cabelo da neta. — Escreva uma história para mim, Iris.

Ela viu o irmão. Forest lhe fazia companhia, na margem do rio, com algo pequeno escondido entre as mãos. Era um dos lugares preferidos dos dois em Oath; parecia até que não estavam mais na cidade, e sim no interior. O ruído da correnteza escondia o clamor das ruas movimentadas.

— Feche os olhos e abra as mãos, Florzinha — disse ele.

— Por quê? — perguntou Iris.

Não era surpresa: ela sempre questionava o porquê. Sabia que fazia perguntas em excesso, mas era porque vivia repleta de dúvidas.

Forest, que a conhecia bem, sorriu.

— Confie em mim.

Iris confiava nele. Ele era como um deus para ela, e Iris fechou os olhos e estendeu as mãos, sujas de tanto explorar o musgo e as pedras do rio. O irmão pôs algo frio e grudento na palma aberta dela.

— Pronto, pode olhar — disse Forest.

Ela abriu os olhos e viu um caracol. Riu, alegre, e Forest cutucou a ponta de seu nariz.

— Como vai chamá-lo, Florzinha?

— Que tal Morgie?

Ela viu a mãe. Às vezes, Aster trabalhava até tarde na Revel, e Forest levava Iris para jantar lá depois das aulas.

Ela sentou-se ao balcão, vendo a mãe entregar pratos e bebidas aos clientes. Iris estava com o caderno aberto, desesperada para escrever uma história. Por algum motivo, suas palavras pareciam congeladas.

— Está fazendo a lição de casa, Iris? — perguntou a mãe, servindo para ela um copo de limonada.

— Não, já acabei os trabalhos da escola — disse Iris, e suspirou. — Estou tentando escrever uma história para a vovó, mas não sei sobre o quê.

Aster se debruçou no balcão, curvando a boca e olhando a página em branco do caderno da filha.

— Bem, então está no lugar perfeito.

— No lugar perfeito? Por quê?

— Olhe ao redor. Há muitas pessoas aqui sobre as quais você pode escrever.

Iris olhou ao redor da lanchonete, admirando detalhes que nunca tinha percebido. Quando a mãe se afastou para recolher um pedido, ela pegou o lápis e começou a escrever.

Ela viu Roman. Estavam sozinhos no jardim, de novo, mas não em Avalon Bluff. Era um lugar que Iris nunca vira, e ela estava ajoelhada, arrancando ervas daninhas. Roman deveria ajudar, mas fazia apenas distraí-la.

Ele jogou um punhado de terra nela.

— Como ousa! — exclamou Iris, olhando-o com irritação.

Roman sorria, e ela sentiu-se ruborizar. Nunca conseguia sentir raiva dele por muito tempo.

— Acabei de lavar esse vestido! — insistiu.

— Eu sei. Mas você fica melhor sem ele, de qualquer modo.

— Kitt!

Ele jogou outro punhado de terra nela. E mais um, até Iris precisar abandonar a tarefa para se jogar em cima dele.

— Você é impossível — disse, sentada no colo de Roman. — E eu ganhei essa rodada.

Ele apenas sorriu, subindo as mãos pelas pernas dela.

— Eu me rendo. Como quer que eu pague minha penitência dessa vez?

Ela esperou a bomba cair. Esperou pelo fim, e a cabeça lampejou de memórias, arrastando-a pelo passado na velocidade da luz. As pessoas que amava. Os momentos que a moldaram. Vislumbrou algo por vir, e foi ali que seus pensamentos pararam. Em Roman, no jardim que tinham plantado juntos, e nele parado a cinco passos dela, fitando-a como se enxergasse o mesmo futuro.

Finalmente, a bomba atingiu o solo.

Com um estrépito, rolou pelos paralelepípedos e acabou parando na curva do corpo de um soldado.

Iris olhou o objeto, incrédula. Estudou o modo como refletia a luz. Uma lata de metal.

Seus pensamentos estavam lentos e pesados, ainda presos no *que poderia ser*, mas o presente voltou como um tapa na cara e a despertou.

Não era uma bomba.

Era... ela não sabia o que era. Isso a apavorava ainda mais.

Os eithrais enxameavam o ar. As asas batiam o ar gelado e podre e as garras soltavam lata atrás de lata pela rua inteira. Vozes de pânico começaram a se erguer. Os enfermeiros, médicos e soldados que tinham parado irromperam em movimentos frenéticos.

— *Iris!* — berrou Roman, tropeçando pelos destroços para alcançá-la. — Iris, me dê a mão!

Ela estava indo ao encontro de Roman quando o gás sibilou, escapando da lata em uma nuvem esverdeada. A névoa a atingiu como um soco, e ela tossiu, arrastando-se para longe. O nariz ardia, os olhos ardiam. Não via nada, e o chão parecia escapar sob ela.

— Kitt! *Kitt!* — gritou, mas a voz ardia na garganta.

Precisava de ar limpo. Precisava fugir da nuvem, e avançou em frenesi, de olhos fechados e mãos esticadas, sem saber em que direção seguia.

Lágrimas se derramaram pelo rosto. O nariz escorria. Iris tossiu e sentiu gosto de sangue.

Ela caiu de joelhos. Puxou a gola do macacão para cobrir o nariz e se arrastou pelos estilhaços retorcidos de metal, pelos cacos de vidro, pelos destroços de casas desmoronadas, pelos soldados mortos. Tinha que continuar em movimento, tinha que se manter abaixada.

— Kitt!

Tentou chamá-lo, sabendo que ele deveria estar por perto. Mas sua voz estava dilacerada. Mal conseguia respirar, muito menos gritar.

Encontre ar fresco. Depois, pode procurar por ele, Attie e Marisol.

Ela continuou a engatinhar, sangue e baba pingando da boca enquanto arfava. A temperatura ia esquentando. Pelas pálpebras fechadas, via a luz ficar mais forte, e se impulsionou naquela direção.

Testou o ar, inspirando mais fundo. O pulmão queimava quando ela tossiu, mas soube que tinha escapado do gás.

Iris parou e arriscou abrir os olhos. Estava com a visão embaçada, mas piscou e deixou as lágrimas descerem pelo rosto. Tossiu de novo e cuspiu sangue no chão, se agachando.

Tinha se arrastado até uma viela.

Olhou para trás e viu a nuvem de gás e as pessoas que saíam engatinhando, como ela.

Eu deveria ajudar, pensou.

Assim que tentou se levantar, o mundo girou. O estômago se revirou e ela vomitou no chão. Não tinha comido muito naquele dia, e precisou voltar a sentar-se, recostada em um monte de destroços.

— Continue a avançar — disse um soldado, com a voz fraca, ao passar engatinhando.

Ela não achava que conseguiria. O corpo todo pinicava, e um gosto estranho incomodava a boca. Porém, o vento logo começou a soprar. Horrorizada, ela viu que a brisa carregava o gás em sua direção, atravessando a rua sinuosa.

Iris se levantou com dificuldade e saiu correndo. Suportou alguns passos até os joelhos cederem, então continuou a se arrastar até conseguir se levantar outra vez. Acompanhou uma fileira de soldados ladeira abaixo. Achou que encontraria segurança na parte baixa da cidade, mas mais gás subia da High Street, e ela acabou se virando e correndo em direção ao mercado, onde o ar parecia limpo.

— Iris!

Ouviu alguém chamar seu nome. Ela se virou e procurou pela multidão que se formara ao seu redor, em uma busca frenética por Roman, por Attie, por Marisol, por Keegan. Era hora de fugirem. Ela sentia a certeza por instinto, e se lembrou do que Attie dissera na véspera.

Eu vou buscar Marisol. Você busque Roman. Nos encontramos no caminhão.

— Kitt! — gritou Iris.

Ela estava em meio a um mar de uniformes verdes, um mar de sangue, tosse e botas guinchando nas pedras. Alguns soldados usavam máscaras de gás, o rosto inteiramente escondido enquanto voltavam correndo pelas ruas mortíferas. Ela sentiu um momento de pavor gelado, temendo ser pisoteada se tivesse o azar de cair.

Viu um lampejo vermelho pelo canto do olho.

Iris se virou bem a tempo de ver Marisol e Attie abrindo caminho pela multidão. Nenhuma das duas a viu; estavam se afastando dela, em direção ao leste da cidade, e Iris soube que estavam se dirigindo ao caminhão.

O alívio de saber que elas estavam bem a tranquilizou. Mas logo o medo voltou, afiado a ponto de rasgar o peito. Ela precisava encontrar Roman. Não podia partir sem ele. Começou a empurrar a multidão, gritando por ele até ficar sem voz.

Precisava subir em uma das barricadas. Roman nunca a enxergaria assim, à deriva na turba.

Iris começou a seguir em direção a uma das estruturas, estremecendo quando finalmente escapou do caos. Tirou um segundo para se apoiar nos joelhos e respirar fundo.

A mão firme de alguém a pegou pelo braço, com tanta força que ela sabia que ficaria roxa no dia seguinte.

Iris soltou um grito e se virou, assustada ao ver que era um indivíduo mascarado. O rosto da pessoa estava inteiramente coberto por uma máscara respiratória composta de tecido, duas lentes redondas de âmbar e um apetrecho cilíndrico que permitia respirar ar limpo. Iris não via seu rosto, mas ouvia seu inspirar e expirar. A pessoa também usava um capacete, escondendo o cabelo, e Iris abaixou o olhar até perceber o macacão.

— Kitt! Ah, meus deuses, *Kitt!* — exclamou, e o abraçou com força.

Ele relaxou a mão no braço dela, mas apenas por um momento. Criou um pouco de espaço entre eles, com um gesto rígido, e ela franziu a testa, confusa, até ele dizer:

— Ponha isso.

A voz estava distorcida pela máscara, o que a fez recuar. Roman soava robótico, como se composto de peças metálicas e engrenagens. Porém, viu que ele encontrara uma máscara para ela, que prendeu as tiras de couro na cabeça.

Era como entrar em uma bolha. A máscara afetava todos os sentidos, e o mundo se transformou em tons de âmbar um pouco embaçados. De início, era lindo, mas Iris logo sentiu o pânico crescer. Sentia-se prestes a sufocar.

Ela puxou as bordas da máscara. Roman a impediu, ajeitando o cilindro de modo a ficar próximo ao queixo. O ar frio começou a entrar.

— Respire fundo — orientou ele.

Iris assentiu, suor descendo pelas costas. Inspirou e acalmou a onda de pânico. Conseguiria se conter, porque estava com ele. Eles ficariam bem.

— Kitt — disse ela, se perguntando como soava sua voz, se parecia feita de pontas afiadas e aço frio. — Kitt, nós…

Ele pegou sua mão. Quando seus dedos se entrelaçaram aos dela, o aperto era firme novamente, quase doloroso. *Quero sua mão na minha, o que quer que aconteça.*

— Precisamos ir — disse Roman, mas Iris pressentiu que ele não a olhava, que se concentrava em algo além dela.

Talvez tivesse visto Keegan, dando sinal para fugirem. Iris começou a se virar para ver por conta própria, mas Roman puxou seu braço.

— Venha comigo — disse ele. — Vai ser mais rápido se não olharmos para trás.

Ele a arrastou ao redor da barricada, seguindo para as sombras de uma rua menor e quieta. Iris estava tonta, mas se concentrou em respirar e foi atrás dele. Ela não escutava tão bem por causa da máscara, mas ouvia as próprias botas batendo na rua e um grito distante.

Roman parou na interseção. Ela achou que ele estivesse recuperando o fôlego, até olhar para trás dela de novo e puxá-la com pressa, levando-a a uma rua repleta de gás. Iris se encolheu enquanto o seguia para dentro da nuvem, esperando sentir o peito e os olhos arderem. No entanto, a máscara a protegeu, filtrando o ar, e eles emergiram do outro lado da High Street.

Roman hesitou novamente, como se estivessem perdidos.

Iris finalmente se localizou. Estavam longe do caminhão, e ela sentiu um calafrio na nuca. Alguma coisa não lhe parecia certa.

— Kitt? Precisamos ir para o leste. Attie e Marisol estão nos esperando. É por aqui.

Ela começou a guiá-los na direção correta, mas ele a puxou de volta para o outro lado.

— Deixe que eu nos conduza, Iris. É mais rápido por aqui.

Roman a puxou antes que ela pudesse protestar mais. Iris tropeçou, tentando manter o ritmo. Ele deveria estar assustado, mas aquilo era estranho. Roman não estava agindo normalmente. Tentou observá-lo enquanto corriam, mas a máscara embaçava tudo, e os olhos doíam se ela forçava a vista.

— Onde você encontrou as máscaras? — perguntou. — Não deveríamos usá-las para ajudar as pessoas perdidas no gás?

Roman não respondeu. Apenas apertou ainda mais o passo.

Ela finalmente percebeu que tinham chegado à fronteira da cidade. Sua mente ficou mais aguçada quando adentraram o campo dourado. Roman não estava mancando. Ele corria como antes de se machucar.

Iris não conseguiu recuperar o fôlego enquanto o via correr, atravessando a grama. Forte e potente, puxando-a consigo. O vento começou a soprar atrás deles, como se os impulsionasse para a frente.

— Kitt… Kitt, *espere*. Preciso parar.

Ela puxou a mão dele, que continuava agarrada à dela em um aperto forte.

— Ainda não é seguro, Iris. Temos que continuar — insistiu ele, mas diminuiu um pouco a velocidade.

Estavam quase no lugar onde tinham colidido quando Roman chegou à cidade. Onde Iris cobrira o corpo dele com o próprio, desesperada para mantê-lo vivo.

Ela se recusava a continuar sendo arrastada por Roman assim. Algo estava errado.

Passou a caminhar, em vez de correr, o que o forçou a desacelerar também. Ele olhou para ela, que desejou ver seu rosto. Desejou ver o que Roman via, porque ele escolheu este momento para apertar a mão dela com mais força.

— Precisamos correr, Iris. Não é seguro.

Por que ele não parava de repetir aquilo?

Iris sentiu uma vontade insuportável de olhar para trás. E cedeu, inclinando o corpo para olhar por cima do ombro. A máscara atrapalhava, mas ela percebeu algo no campo. Uma sombra em movimento, como se alguém os perseguisse.

Roman puxou seu braço.

— Não olhe para trás.

— Espere.

Iris forçou os pés na terra e se virou inteiramente para a cidade. Concentrou o olhar na sombra estranha, que percebeu pertencer a um homem. Um homem alto e de cabelo escuro, que corria atrás dela a passos irregulares.

Ela arrancou a máscara, desesperada para enxergar sem a distorção da lente de âmbar. O mundo inundou seu olhar, nítido e colorido. Amarelo, verde e cinza. O cabelo dela se emaranhou na frente do rosto.

Iris viu quem os perseguia em detalhes chocantes, mesmo que vinte metros de grama se estendessem entre eles.

Era Roman.

— Iris! — gritou ele.

O coração dela parou. O sangue congelou ao vê-lo correr, o rosto angustiado. Sangue manchava a frente do macacão. Roman tropeçou como se a perna doesse, mas se reequilibrou e se forçou a correr. A reduzir a distância entre eles.

Porém, se aquele era Roman, *quem estava com ela?* Quem segurava a mão dela, arrastando-a pelo campo em direção à mata distante?

Iris encarou o desconhecido mascarado, os olhos arregalados de medo. O peito dele arfava, e o sujeito falava com aquele tom distorcido:

— Iris? Fique comigo. Estou tentando ajudar. *Iris!*

Ela se desvencilhou dele e girou, correndo na direção de Roman.

Avançou apenas três passos antes do desconhecido abraçá--la e puxá-la para trás. A raiva dela ardia como fogo, e ela lutou contra ele. Chutou, deu cotoveladas, bateu a cabeça com força na máscara dele, provocando grunhidos e xingamentos.

— O que você quer comigo? Me solte! *Me solte!*

Iris enfiou as unhas nas mãos dele, arrancando sangue. Ela se debateu, mantendo o olhar em Roman, que desabara na grama.

Ele estava a apenas quinze metros dela.

O vento soprou, jogando o gás na direção deles. Iris ficou paralisada ao notar que não via mais Avalon Bluff, apenas uma parede verde, que se aproximava sem cessar.

Roman precisava se levantar. *Levante-se, levante-se,* o coração dela berrava, e ela o viu se reerguer e avançar, mancando.

— Corra, Kitt! — gritou.

A voz dela estava rouca, gasta pelo horror.

O homem que a segurava a virou e sacudiu seus ombros com força. O pescoço de Iris estalou, os pensamentos se espalhando como bolinhas de gude.

— Pare de lutar comigo! — exigiu ele, mas pareceu notar o medo que brilhava em Iris, pois logo suavizou a voz. — Pare de lutar comigo, Florzinha.

O mundo de Iris se partiu ao meio.

Mas... não era aquilo que desejava?

Ela encontrou o nome dele, escondido no fundo do coração. Um nome que queimou a garganta ao sair.

— Forest?

— *Sim* — disse ele. — Sou eu, sim. Vim proteger você. Então pare de lutar comigo e venha.

A mão dele encontrou a dela, entrelaçou seus dedos. Forest puxou, esperando que, dali em diante, a irmã fosse segui-lo sem reclamar.

Iris ficou tensa e recuou.

— Temos que buscar Kitt.

— Não há tempo. Venha, precisamos correr...

— Como assim "não há tempo"? — gritou ela. — Ele está bem ali!

Iris se virou, desesperada para vê-lo outra vez. Mas havia apenas a dança da grama, se curvando ao vento, e a espiral de gás, que se arrastava cada vez mais.

Roman devia ter caído. Devia estar ajoelhado.

Não posso deixá-lo aqui.

Iris voltou a se debater, desesperada para se desvencilhar das mãos de Forest.

— Já basta! — rosnou o irmão. — É tarde demais, Iris!

— Não posso deixá-lo — arfou ela. — É meu *marido!* Não posso deixá-lo. Forest, me solte. *Me solte!*

Ele não estava escutando e se recusou soltá-la. Parecia que os dedos de Iris estavam prestes a quebrar, mas ela continuou lutando. Puxou e fez força, indiferente à ideia de quebrar todos os ossos da mão. Finalmente, se soltou.

Estava livre. O gás soprou; ela avançou na direção de Roman aos solavancos, em desafio.

Ⓓ ivinos Ⓡ ivais   **433**

— KITT! — berrou ao correr, vasculhando a grama com o olhar.

Cadê você?

Ela achou ver uma sombra se mexer a poucos passos dali. A esperança cantou dentro de Iris até a mão de Forest encontrar seu pescoço, puxando-a de volta. Ele apertou os dedos com força na altura da garganta dela. Faíscas começaram a embaralhar sua visão.

— Forest — chiou ela, arranhando as mãos implacáveis. — Forest, *por favor.*

Uma pontada fria de terror a perfurou. Era um medo que nunca antes sentira, e as mãos e os pés começaram a ficar dormentes.

Meu irmão vai me matar.

As palavras reverberaram dentro dela. Ecoaram por seus braços e pernas enquanto ela se debatia.

A luz diminuiu. As cores derretiam. Mas Iris viu Roman se erguer na grama. Estavam a meros cinco metros de distância. Ele não conseguia mais correr; mal conseguia andar. O coração de Iris se estilhaçou quando percebeu que Roman tinha *se arrastado* pela grama dourada para alcançá-la.

Sangue pingava do queixo dele.

O vento afastava o cabelo escuro de sua testa.

Os olhos dele ardiam, queimando a trilha até ela. Iris nunca vira tamanho fogo dentro dele, um fogo que a convocava, agitando seu sangue.

— Iris — disse Roman, a mão esticada.

Quatro metros. Estava quase lá, e ela escavou cada resquícios de força.

Sua mão tremia, machucada e dormente. Ainda assim, ela a esticou na direção de Roman, e a aliança prateada refletiu a luz. A aliança que a unia a ele. Pensou: *Estou tão perto. Só mais um pouquinho...*

De repente, ela foi puxada para trás. Forest soltou um palavrão quando o vento começou a soprar mais forte na direção deles. O ar ardeu em seus olhos, em seus pulmões. A distância entre ela e Roman cresceu novamente.

Tentou chamar por ele, mas sua voz se fora.

Ela estava perdendo a consciência.

A última coisa que viu foi a nuvem verde esvoaçando pelo campo, engolindo Roman Kitt por inteiro.

42

Tudo que nunca disse

Iris acordou com uma dor de cabeça alucinante.

Entreabriu os olhos; a luz do fim de tarde repousava em seu rosto. Galhos balançavam à brisa acima dela. Iris os observou por um momento antes de perceber que estava cercada por árvores e que o ar cheirava a sempre-viva, a musgo e a terra molhada.

Ela não fazia ideia de onde estava. Esticou a mão, passando-a por pinhas e folhas. Pelo tecido manchado do macacão.

— Kitt? — chamou, rouca. Doía falar, e ela tentou engolir as farpas na garganta. — Attie?

Ela ouviu alguém se mexer por perto. A pessoa surgiu em seu campo de visão, acima de seu rosto.

Iris piscou, reconhecendo o cabelo castanho ondulado, os olhos cor de mel afastados, as sardas salpicadas no rosto. Tão semelhantes à aparência dela. Poderiam ter sido gêmeos.

— Forest — sussurrou, e o irmão pegou a mão dela, ajudando-a a se sentar com cuidado. — Onde estamos?

Forest ficou quieto, como se não soubesse o que dizer. Levou um cantil à boca de Iris.

— Beba, Iris.

Ela tomou alguns goles. Conforme a água descia, Iris começou a lembrar. Lembrou que confundira o irmão e Roman, a determinação de Forest em levá-la embora da cidade.

— Kitt — disse ela, afastando o cantil, preocupada e desesperada por respostas. — Onde ele está? Onde está o meu marido?

Forest desviou o olhar.

— Não sei, Iris.

Ela precisou de todas as forças para *ficar calma, calma*, e declarar, entre os dentes cerrados:

— Você o viu na cidade. Ele estava gritando por mim, não estava?

— Sim.

Não havia qualquer arrependimento no tom de Forest. Ele sustentou o olhar da irmã, sem demonstrar emoção.

— Por que você não me disse quem era, Forest? Por que não deixou Kitt vir com a gente?

— Era perigoso demais, Iris. Meu único plano era tirar você de lá em segurança.

Ela começou a se levantar. As pernas tremeram.

— Sente-se, Florzinha. Você precisa descansar.

— Não me chame assim! — rosnou ela, esticando a mão para se equilibrar no tronco do pinheiro mais próximo.

Iris piscou e analisou o ambiente. O bosque se estendia para todos os lados, e a luz parecia mais antiga, mais viva. Não demoraria a anoitecer. Ela avançou na direção oeste.

— E aonde você acha que vai? — perguntou Forest, se levantando.

— Vou voltar ao campo para encontrar Kitt.

— Não vai, não. Iris, pare!

Ele tentou pegar o braço dela, e Iris recuou bruscamente.

— Não me toque.

Ela o olhou com raiva.

Forest abaixou a mão.

— Você não pode voltar, irmã.

— E não posso abandoná-lo. Talvez Roman ainda esteja no campo.

— Provavelmente não está. Me escute, Iris. Dacre, a esta hora, já terá invadido Avalon Bluff. Se ele nos notar, nos tomará como prisioneiros. Está me escutando?

Ela caminhava no sentido oeste. Com o coração batendo forte, dolorido de possibilidades, tropeçou em algo macio. Parou e olhou para baixo. Dois kits de emergência. Os dois que faltavam na casa de Marisol.

Então fora ele. O irmão dela pisoteara o jardim, invadira a pousada e roubara os dois kits e o uniforme de Roman.

Iris se sentiu traída. Sentia tanta raiva que queria socá-lo. Queria gritar.

Forest surgiu diante dela, levantando as mãos em sinal de rendição.

— Tudo bem, vamos fazer um acordo — disse ele. — Vou levar você de volta ao campo para procurar por Kitt. Mas não podemos ir além; não podemos entrar na cidade. É perigoso demais. Depois de buscarmos pelo campo, você vai aceitar que eu a leve a um lugar seguro. Vai voltar comigo para casa.

Iris se calou, a cabeça a mil.

— Você concorda com minha proposta, Iris? — insistiu Forest.

Ela assentiu. Tinha completa fé de que Roman ainda estava no campo, esperando que ela fosse buscá-lo.

— Concordo. Me leve para lá. Agora.

438 Rebecca Ross

* * *

Eles chegaram no campo ao anoitecer. Forest estava certo: as forças de Dacre dominavam Avalon Bluff. Iris se agachou na grama, olhando a cidade. Havia fogueiras acesas, e uma correnteza de música soava. Fumaça ainda subia das cinzas, mas Dacre comemorava. A bandeira branca com o olho vermelho de eithral fora erguida e esvoaçava ao vento.

O gás já tinha se dissipado inteiramente. Como se nunca tivesse chegado ali.

— Teremos de ir nos arrastando pela grama — disse Forest, as palavras secas de tensão. — Parece que Dacre não espera retaliação do exército de Enva. Não vejo nenhuma sentinela, mas ainda é possível que tenha atiradores de elite postados aqui. Então avance muito devagar e fique bem abaixada. Escutou?

Iris assentiu. Nem olhou para o irmão. Estava concentrada demais na grama balançada pelo vento. No lugar onde acreditava que Roman estaria.

Ela e Forest se arrastaram pelo campo, lado a lado. Iris avançou suavemente, mas rápida, como instruído. Nem reagiu quando a grama cortou suas mãos, e pareceu passar-se um ano até chegar ao lugar onde tinha se atracado com o irmão horas antes. Reconheceu com facilidade. A relva ali estava quebrada, pisoteada pelas botas deles.

Ela engoliu a tentação de chamar por Roman. Manteve-se abaixada, arrastando a barriga no chão. As estrelas no céu começavam a piscar. A música de Avalon Bluff continuava a ecoar, uma batida de tambores feroz.

A luz quase se esvaíra. Iris forçou a vista, procurando-o entre a mata dourada.

Roman!

Iris respirava com dificuldade e dor. Suor pingava da testa, mesmo conforme a temperatura baixava. Ela o procurou, sabendo que tinha sido aquele o lugar. Ela o procurou, mas não viu nem rastro. Apenas o sangue manchando a grama.

— Precisamos ir, Iris — sussurrou Forest.

— Espere — suplicou ela. — Ele tem que estar aqui.

— Ele não está. Olhe.

O irmão apontou para algo. Ela franziu a testa, observando. Havia um círculo desenhado na terra, cercando-os onde tinham parado, abaixados.

— O que é isso, Forest? — perguntou, encontrando mais do sangue de Roman no chão.

À luz fraca, parecia tinta derramada.

— Precisamos ir. *Agora* — sibilou ele, pegando o pulso da irmã.

Ela não queria que ele a tocasse e acabou recuando. A mão dela ainda doía, assim como o pescoço. Tudo por causa dele.

— Só mais um minuto, Forest — suplicou. — Por favor.

— Ele não está aqui, Iris. Precisa confiar em mim. Sei mais do que você.

— Como assim?

Mas ela tinha uma terrível suspeita. O coração de Iris batia forte, veloz como um beija-flor.

— Acha que ele está em Avalon Bluff? — perguntou.

Tiros soaram ao longe. Iris se sobressaltou, abaixando ainda mais. Outra rodada de disparos, então gargalhadas.

— Não, ele não está lá — disse Forest, olhando para os arredores. — Eu prometo. Mas é hora de partirmos, como você concordou, irmã.

Iris olhou para a grama mais uma vez. A lua acima deles a viu se encolher e se arrastar de volta ao bosque com o irmão.

As estrelas continuavam a arder enquanto o que restava de sua esperança se transformava em desespero.

Forest escolheu um lugar no fundo da mata para acampar, onde a bruma envolvia as árvores. Iris sentiu calafrios e manteve-se próxima da pequena fogueira que acenderam.

Tinham se afastado de Avalon Bluff em muitos quilômetros, mas o irmão ainda estava apreensivo, como se esperasse que o exército de Dacre fosse emergir das sombras a qualquer instante.

Iris tinha inúmeras perguntas, mas o ar entre eles estava tenso demais para isso. Ela mordeu a língua e aceitou a comida que ele ofereceu — comida da cozinha de Marisol —, se alimentando apesar do nó na garganta.

— Onde está Kitt? — perguntou ela. — Você disse que sabe mais do que eu. Onde posso encontrá-lo?

— Não é seguro falar sobre isso aqui — respondeu Forest, severo. — Você precisa comer e dormir. Uma longa caminhada nos espera amanhã.

Iris ficou quieta, mas acabou murmurando:

— Você deveria ter deixado ele vir conosco.

— Estamos em *guerra*, Iris! — exclamou Forest. — Não é brincadeira. Não é um romance com final feliz. Salvei *você*, porque é apenas com você que me importo e era apenas de você que eu podia cuidar. Está entendendo?

As palavras dele a perfuraram. Ela queria manter-se inerte e resguardada, mas sentia-se incrivelmente frágil no momento. Não parava de ver Roman se erguendo da grama. O olhar que ele lhe lançara.

Um soluço escapou dela. Iris abraçou os joelhos junto ao peito e começou a chorar, cobrindo o rosto com as mãos sujas. Tentou engolir o choro, puxá-lo até os ossos para lidar com ele em particular. Mas era como se algo dentro dela tivesse arrebentado e tudo começasse a escapar.

Forest ficou sentado diante da irmã, inteiramente quieto. Não ofereceu conforto, não a abraçou. Não lhe disse palavras gentis. Nada do que ele teria feito no passado. Em vez disso, manteve-se próximo e serviu de testemunha para sua dor.

Tudo que ela conseguiu pensar, entre as lágrimas, foi: *Ele agora me parece um desconhecido.*

Forest estava paranoico com alguma coisa. Fez Iris acordar e caminhar ainda cedo no dia seguinte e, pela inclinação do sol, ela avaliou que viajavam rumo ao leste.

— Podemos ir na direção da estrada — sugeriu. — Pegar carona com um dos caminhões.

Ela queria, mais do que tudo, encontrar Attie e Marisol. Continuar a busca por Roman.

— Não — respondeu Forest, seco.

Ele apertou o passo, olhando para trás para garantir que Iris ainda o seguia. Galhos estalavam sob seus passos. Iris viu que o macacão não cabia bem nele e se perguntou como não notara antes.

— Então vamos a pé até Oath? — perguntou ela, com certo sarcasmo.

— Sim. Até ser seguro pegar um trem.

Eles caminharam em silêncio pelas horas seguintes, até o irmão estar pronto para acampar.

Talvez Forest finalmente fosse se explicar.

Iris esperou, mas o irmão continuou quieto, sentado diante dela, do outro lado da fogueira. Viu as sombras dançarem em seu rosto magro e sardento.

Finalmente, ela não aguentou mais.

— Onde está sua companhia, Forest? Seu pelotão? Um tenente escreveu para mim e explicou que você havia se juntado a outra força auxiliar.

Forest olhou para as chamas, como se não a ouvisse.

Onde está seu uniforme?, perguntou-se em silêncio, considerando por que ele tivera o trabalho de roubar uma roupa de Roman. Ficava cada vez mais óbvio que o irmão era um desertor.

— Eles se foram — respondeu Forest, de repente. — Todos eles. — Ele jogou outro galho no fogo antes de se deitar de lado. — Pode ficar com o primeiro turno de vigia.

Iris permaneceu sentada, quieta, com a cabeça agitada. Ela se perguntou se o irmão se referia à Quinta Companhia Landover, que fora dizimada em Lucia River.

Ela não achava certo insistir por esclarecimentos, então pensou em outras coisas.

Attie e Marisol provavelmente tinham fugido de caminhão. Estariam a caminho do leste. Iris sabia que poderia encontrá-las em River Down, com a irmã de Marisol.

Mas não sabia o destino de Keegan.

Não sabia o destino de Roman.

Sentiu dor no estômago. Sentiu dor em tudo.

O fogo estava começando a baixar.

Iris se levantou e espanou as agulhas de pinheiro das costas, em busca de mais um galho para jogar na fogueira. Encontrou-o no limite das sombras, com um calafrio ao voltar ao acampamento para alimentar a chama.

Forest estava acordado, observando-a por cima das faíscas.

O olhar dele de início a assustou, até ela voltar a sentar-se no chão. O irmão fechou os olhos.

Iris percebeu que ele achava que ela estava tentando fugir.

Querido Kitt,

Voltei ao campo para encontrá-lo. Eu me arrastei pela grama dourada, senti minhas mãos serem rasgadas. Forcei a vista em busca de um sinal seu, mas encontrei apenas restos de sangue e um círculo na terra que não sei explicar.

Você está seguro? Você está bem?

Não sei o que aconteceu depois de meu irmão me tirar de Avalon Bluff. Não sei se você sobreviveu ao gás e, apesar de parecer impossível, sinto que sim. Sinto que você está sentado em algum lugar seguro, envolto em uma manta e tomando goles de sopa, que seu cabelo está ainda mais desgrenhado do que antes, ficando cada vez mais parecido com o de um bandido. Que você respira sob a mesma lua que eu, as mesmas estrelas, o mesmo sol, ainda que os quilômetros aumentem entre nós.

Apesar de tamanha esperança, meu medo é mais afiado. É uma faca nos meus pulmões, me cortando um pouco mais, um pouco mais fundo, a cada vez que respiro. Temo nunca mais vê-lo. Temo nunca ter a chance de dizer tudo que nunca disse para você.

Não estou com minha máquina. Não tenho caneta nem papel. Mas tenho meus pensamentos e minhas palavras. Elas um dia me conectaram a você, e rezo para que agora o alcancem. De algum modo, de algum jeito. Um último rastro de magia no vento.

Encontrarei você assim que puder.

Sua,
Iris

* * *

No quarto dia de viagem com Forest, a estrada surgiu à vista deles. Iris tentou conter o ânimo, mas provavelmente ficou evidente quando ela sugeriu que caminhassem pelo acostamento.

— Será mais rápido, Forest.

Ele apenas abanou a cabeça em negativa, como se não quisesse que ninguém além dela o visse.

Forest fez questão de aprofundar-se mais na mata. Apesar de ouvirem os caminhões passarem, Iris não os via.

Attie e Marisol.

Os nomes das duas ecoavam nela como uma promessa. Iris torcia para que Attie não tivesse esperado demais por ela. Que Attie tivesse pressentido a verdade horrível — que ela e Roman não chegariam — quando se passaram minutos sem que eles aparecessem. Ou talvez Attie tivesse encontrado Roman e ele estivesse com elas.

Encontrarei vocês em River Down, pensou Iris, vendo o vento sussurrar pelas árvores. *Siga em frente, Attie. Não desacelere por mim. Não se preocupe comigo.*

Naquela noite, Forest se mexia devagar ao preparar a fogueira. Movia-se como se estivesse ferido, e, quando manchas de sangue começaram a molhar o macacão, Iris se levantou de um salto.

— Forest... você está sangrando.

Ele olhou para as manchas vermelho-vivas e fez uma careta, mas abanou a mão com descaso.

— Não é nada, Iris. Coma seu jantar.

Ela se aproximou, a preocupação ofuscando os outros pensamentos.

— Deixe-me ajudar.

— Não, Iris, está tudo bem.

— Não parece *bem*.

— Logo vai parar.

Ela mordeu a língua enquanto o observava tocar o sangue.

— Eu não sabia que você estava ferido. Deveria ter me contado.

Forest fez uma careta de dor.

— São ferimentos antigos — respondeu. — Não precisa se preocupar.

A voz dele, porém, soava sôfrega, e Iris não pôde evitar a inquietação.

— Sente-se — disse ela. — Vou preparar seu jantar.

Para seu alívio, Forest obedeceu. Ele sentou-se perto da fogueira, encolhendo os ombros como se escondesse a dor.

Iris abriu a lata de feijão e encontrou um pedaço de queijo no kit de emergência. Pensou em Marisol e sentiu os olhos arderem ao levar a comida para o irmão.

— Pronto. Coma, Forest.

Ele aceitou a oferta. Seus movimentos estavam rígidos, como se a dor no peito fosse insuportável. Iris olhou para os músculos do pescoço do irmão, a gola aberta do macacão. Viu um lampejo dourado ali.

Ela hesitou. Forçou a vista ao ver o colar reluzir ao brilho do fogo.

Era o colar da mãe. Aquele que Iris usava desde sua morte.

— Forest — murmurou. — Onde você encontrou isso?

Iris esticou a mão para tocar o ouro que a provocava, mas Forest recuou, pálido.

O irmão não disse nada. Encarou Iris.

Ela tinha perdido o colar nas trincheiras. Quando a explosão da granada a arremessara no chão.

Tinha perdido o colar nas trincheiras, o que significava que Forest estava lá. Ele o encontrara depois de ela recuar. A verdade fria e brutal se desenrolou, arranhando-a por dentro.

Iris encontrou o olhar avermelhado do irmão.

Finalmente, entendeu a relutância em ser visto pelo exército de Enva, a preocupação constante. O motivo de roubar a roupa de Roman. De estar fugindo. De nunca ter escrito para ela.

Ele estivera lutando por Dacre.

— Forest — sussurrou Iris. — *Por quê?* Por que Dacre?

Ele tomou impulso e se levantou, tremendo. Ela continuou ajoelhada, olhando-o, incrédula.

— Você não entende, Iris.

— Então me ajude! — exclamou ela, abrindo os braços. — Me ajude a entender, Forest!

O irmão se afastou sem dizer mais uma palavra.

Iris o viu sumir noite afora. Com a respiração dolorida, ela se abaixou até se deitar de barriga para baixo na terra.

Forest se afastou, mas logo voltou.

Iris estava deitada junto ao fogo quando ele retornou ao acampamento. De olhos fechados, ela o escutou se instalar do outro lado das chamas.

O irmão suspirou.

Iris se perguntou o que ele vivera. Que outras feridas escondia.

Querido Kitt,

Eu devia ter percebido que meu irmão não era você. Devia ter percebido assim que ele segurou meu braço. O toque era duro e firme demais. Como se temesse que eu escapasse por entre seus dedos. Eu não devia ter aceitado a máscara. Devia ter insistido em dá-la para os soldados que precisavam dela, em usá-la para tirar sobreviventes da nuvem de gás. Eu devia ter insistido para que meu irmão parasse de correr freneticamente. Devia ter olhado para trás.

Estou despedaçada, repleta de contradições.

Queria ser corajosa, mas sinto tanto medo, Kitt.

Eles subiram no trem, mas apenas após Forest tirar um dia para lavar o macacão no rio.

Iris viu o peito nu do irmão enquanto ele esfregava o sangue do tecido. Viu as cicatrizes em sua pele. Não pareciam ferimentos recentes, mas tinham sangrado naquela noite. Contou três e imaginou como deveria ser a sensação de ter a carne cravejada de balas.

Quando o macacão estava limpo e seco, caminharam até uma cidade do outro lado do bosque. Aos olhos de qualquer observador, os dois eram correspondentes de guerra voltando a Oath. Forest segurou a mão dela, a palma suada. Iris teve a sensação incômoda de que ele temesse que ela fosse fugir.

Ela não fugiu.

Iris tinha feito uma promessa, e Forest lhe devia mais respostas.

Ela se sentou diante dele na cabine do trem. Enquanto olhava pela janela, vendo as terras passarem em um borrão... pensou nas cicatrizes de Forest. Uma logo abaixo do coração. Outra na altura do fígado. Outra ainda mais baixa, atingindo os intestinos.

Eram ferimentos fatais.

Forest deveria estar morto.

Ele não deveria estar ali com ela, respirando o mesmo ar.

Iris não sabia como ele tinha sobrevivido.

Querido Kitt,

Eu nunca disse o alívio que senti ao descobrir que você era Carver.

Eu nunca disse o quanto amava correr de manhã com você.

Eu nunca disse o quanto amava ouvir você dizer meu nome.

Eu nunca disse a frequência com que reli suas cartas, ou a agonia que sinto agora ao saber que elas estão perdidas, espalhadas pela pousada de Marisol.

Eu nunca disse que penso maravilhas de você, que quero ler mais palavras suas, que acho que você deveria escrever e publicar um livro.

Eu nunca agradeci por você ir comigo à linha de frente. Por me proteger da granada.

Eu nunca disse que te amo. É esse o meu maior arrependimento.

Oath estava exatamente igual.

As ruas lotadas, a calçada reluzindo pela chuva recente. Os bondes nos trilhos, tocando seus sinos. Os prédios altos e as sombras frias. O ar cheirava a lixo e pão doce.

A guerra parecia distante, um mero sonho.

Iris acompanhou o irmão até o apartamento deles.

Estava exausta. Tinham viajado praticamente em silêncio havia dias, e isso a desgastara. Ela ainda não tinha contado a

Forest o que acontecera com a mãe. As palavras de repente latejaram em seu peito, frenéticas para escapar.

— Forest — disse ela, pegando a manga da roupa do irmão para interrompê-lo na calçada diante do prédio. — Preciso contar uma coisa.

Ele esperou, olhando seu rosto.

Começou a chuviscar. A bruma se acumulava no cabelo, nos ombros. Era anoitecer, e as lâmpadas dos postes começaram a se acender.

— A mamãe não está aqui — disse Iris.

— Onde ela está?

— Ela faleceu semanas atrás. Foi por isso que deixei Oath. Foi por isso que virei correspondente. Não me restava mais nada aqui.

Forest se calou. Iris ousou olhar seu rosto. Ela morria de medo de ver culpa em seus olhos, mas o irmão apenas suspirou e a puxou. Iris ficou tensa até ele envolvê-la em um abraço caloroso. Forest apoiou o queixo na cabeça dela e, entrelaçados, esperaram o que restava da luz se esvair.

— Vamos — disse ele, e a soltou quando a sentiu estremecer. — Vamos para casa.

Iris encontrou a chave reserva que ficava escondida sob uma pedra solta no dintel. Relutou em ser a primeira a entrar na escuridão vazia do apartamento. Permitiu a honra a Forest, que imediatamente apertou o interruptor.

— Estamos sem luz — murmurou ele.

— Tem algumas velas no aparador. À esquerda — disse Iris, e fechou a porta ao entrar.

O irmão se atrapalhou no escuro até encontrar os fósforos de um dos kits de emergência. Acendeu uma chama e, em seguida, algumas velas. A luz era fraca, mas bastava.

450 Rebecca Ross

Iris olhou ao redor da sala.

O apartamento estava como ela se lembrava dele, apenas mais empoeirado. Tinha mais teias de aranha nos cantos, além de um cheiro bolorento e triste, de papel decomposto, madeira encharcada e lembranças apodrecidas.

A caixa de pertences da mãe continuava na mesinha de chá. Forest notou, mas não a tocou nem disse nada ao desabar no sofá com um gemido.

Iris continuou de pé, sentindo-se estranhamente deslocada.

— Que tal você se sentar? — disse Forest.

Ela considerou aquilo como um convite para finalmente conversarem e, cautelosa, atravessou a sala e sentou-se ao lado do irmão.

O silêncio era desajeitado. Iris estalou as juntas dos dedos, se perguntando o que dizer. As mãos ainda estavam cobertas de pequenos cortes, causados pelos momentos em que ela se arrastara pelos destroços de Avalon Bluff e pelo campo de grama. Ela olhou a aliança prateada. De um modo terrível, parecia que Roman era apenas um sonho febril. A única prova de sua existência era aquele anel, o único objeto tangível para sussurrar: *Sim, aconteceu, e ele a amava.*

Felizmente, Forest rompeu o silêncio.

— Encontrei o colar nas trincheiras — começou. — Eu estava com o exército de Dacre. Nós avançávamos, e quase passei direto. O brilho do ouro chamou minha atenção no último instante, e parei para ver o que era.

Ele hesitou, puxando um fio solto da manga.

— Assim que reconheci o colar, soube que você o havia usado, Iris — continuou. — Isso me devastou de um modo que nem sei descrever. E fiquei determinado a encontrá-la, para nós dois escaparmos da guerra. Eu estava... estava *tão* cansado, tão exausto. Precisei de toda a minha força para escapar do comando de Dacre. Se não fosse o colar, acho que não teria conseguido.

Iris ficou quieta. Observou o irmão atentamente à luz das velas. A emoção que ele passara dias enterrando se agitava. Ela a ouvia na voz dele, via nas rugas fundas da testa.

— Tornei minha missão encontrá-la — continuou Forest, em voz baixa. — Foi surpreendentemente fácil. Depois de desertar, fugi para Avalon Bluff. Soube que correspondentes moravam lá, e foi aí que entendi. Você não estava lutando como soldada, e sim como repórter. Mas eu não podia simplesmente ir até você e me anunciar. Sabia que precisaria aguardar. Que provavelmente precisaria esperar as coisas ficarem feias, quando Dacre tentasse invadir a cidade. Foi isso que fiz. Vivi nos arredores da cidade, mantive um olho em você. Vi você no jardim com Kitt naquela tarde.

Iris corou. O irmão a vira no colo de Roman, beijando-o. Ela não fazia ideia do que achava daquilo.

— Sei que ele é muito importante para você, Iris — sussurrou Forest. — E eu sinto muito, Florzinha. Sinto muito por não ter podido salvá-lo como salvei você. Mas espero que entenda que precisei de *todo* o meu esforço para desertar, para desafiar o comando de Dacre. Precisei de todo o meu esforço para fugir com você até um lugar seguro.

Ele encontrou o olhar dela. Iris desviou o rosto, sem conseguir suportar a dor nos olhos do irmão.

— Não foi escolha sua lutar por Dacre? — perguntou ela.

— Não.

— Eu... eu ainda não entendi, Forest. Recebi notícias de que você tinha sido ferido, mas evacuado a tempo. Que estava lutando com outra companhia de Enva.

452   Rebecca Ross

— Parte disso é verdade — respondeu Forest. — Fui ferido em Lucia River, e foi tão grave que eu deveria ter morrido na enfermaria de Meriah. Aguentei por dias, mas estava fraco demais para ser evacuado, e, quando Dacre apareceu para tomar Meriah... ele me curou antes de eu morrer. Ele me controlou pela dívida de minha vida, e fui obrigado a lutar por ele.

As palavras a paralisaram. De repente, desfiaram-se em pensamentos estranhos. Imagens de Roman, ferido. Sem conseguir respirar nas nuvens de gás que o tinham envolvido no campo. Ela preferiria vê-lo morto ou capturado pelo inimigo?

— Eu fiz muitas coisas, Iris — continuou Forest, trazendo-a de volta ao presente. — Fiz coisas que mal consigo suportar. E sei que você pode querer me abandonar. Vejo em seus olhos que você quer encontrar Kitt e suas amigas. Mas preciso de você. Peço que fique aqui comigo, onde é seguro.

Ela assentiu, apesar de sentir o coração afundar.

— Não vou abandoná-lo, Forest.

Ele fechou os olhos, aliviado.

Forest parecia ter envelhecido uma década inteira. Iris teve um vislumbre do irmão como um idoso abatido, desgastado e severo.

— Durma um pouco, irmão — disse. — Podemos conversar amanhã.

Ela se levantou e deixou Forest no sofá. O lugar onde ele dormia antes da guerra, quando era um aprendiz de relojoeiro com olhos brilhantes, gargalhada fácil e abraços de urso que sempre faziam Iris se sentir melhor após um dia difícil.

Ela pegou uma vela e voltou ao quarto, onde se recostou na porta por um instante. Precisava abandonar aqueles medos a respeito de Roman. Capturado. Morto. Sofrendo. Precisava ter fé, e precisava dormir. Precisava da mente afiada e do corpo descansado para formar um novo plano e encontrar o caminho de volta a ele.

Ela mergulhou na verdade desesperada de que tinha voltado ao seu ponto de partida. Estava "em casa", mas ali se sentia estrangeira. Sentia-se uma pessoa inteiramente diferente. Iris fechou os olhos, escutando a chuva fustigar a janela.

Devagar, fitou o quarto antigo.

Os lençóis da cama estavam amarrotados. Tinha livros espalhados pela mesa, coberta de poeira. A porta do armário estava aberta, revelando um vislumbre das roupas deixadas para trás.

E ali, no chão, havia uma folha de papel.

Iris ficou paralisada ao observá-la.

Ela a deixara ali, intocada. Escolhera não a ler meses antes, temendo que Carver alterasse o plano que estava determinada a seguir.

Caminhou até o papel dobrado. Abaixou-se e pegou a carta do chão para levá-la à cama. Deixou a vela de lado, a luz bruxuleando a seu redor.

Iris encarou o papel, quase o levando à chama para queimar. Não sabia se tinha forças para desdobrá-lo. Temia que ler as palavras de Roman pudesse acabar com o que restava de suas energias.

No fim, não resistiu.

O papel se desdobrou como asas em suas mãos.

As palavras dele a atingiram como uma lâmina. Iris se inclinou sobre elas.

Iris! Iris, sou eu, Kitt.

454 Rebecca Ross

Epílogo

Dacre

Dacre esperou os eithrais recuarem pela segunda vez antes de começar a avançar em direção a Avalon Bluff. Seus bichinhos voltaram ao descanso subterrâneo, e ele caminhou pelo vale verdejante, repleto de esperança.

O gás subia, pintando a cidade de verde. Verde como as montanhas, como as esmeraldas que usava nos dedos. Verde como os olhos de Enva, que ele às vezes ainda via nas noites em que dormia lá embaixo.

Os mortais tinham feito um bom trabalho na construção daquela arma para ele. Dacre decidiu que não incendiaria aquela cidade, pois tinha outros planos em mente.

Com um gesto gracioso dos dedos, fez sinal para os soldados avançarem e vasculharem. Às vezes, eles eram bons em selecionar os certos. Outras vezes, porém, escolhiam mal, e restava a Dacre apenas os resquícios de um ser.

O segredo era o seguinte: a determinação ainda precisava estar presente no espírito. Normalmente, brilhava mais forte logo antes da morte. Mortais podiam ser frios ou quentes, com almas de gelo ou de fogo. Ele descobrira, muito tempo antes, que o gelo lhe servia melhor, mas, vez ou outra, o fogo o surpreendia.

Dacre escolheu dar uma caminhada longa ao redor da cidade. O vento começava a soprar o gás para as fronteiras, e ele acompanhou seu trajeto até um campo dourado. Sentiu aquela alma cambaleante e ofegante antes de vê-la. Era feita de gelo: um espírito frio e profundo como o mar do norte.

A alma o atraiu. Os passos do deus não faziam som, não deixavam pegadas conforme caminhava pela terra, em busca de seu mortal agonizante.

Finalmente, Dacre o encontrou.

Um rapaz, de cabelo preto como um corvo, que se arrastava pela grama. O deus parou acima dele, calculando o que lhe restava. O mortal tinha um minuto e treze segundos antes de os pulmões se inundarem de sangue e ele morrer. Havia também ferimentos em sua perna direita.

Dacre estava de bom humor. Se não estivesse, talvez deixasse o gelo daquela alma derreter.

— Senhor?

Dacre se virou e viu Val, o mais forte de seus serviçais, parado à sombra.

— Senhor, quase dominamos a cidade. Mas alguns caminhões escaparam.

A notícia deveria ter enfurecido Dacre, e Val estava preparado para tal reação, se encolhendo quando o deus o encarou.

— Que seja — disse Dacre, olhando de volta para o mortal arquejando no chão.

Sangue escorria por seu queixo, e ele ergueu o rosto, os olhos fechados. Pressentiu a presença de Dacre.

— Este aqui — declarou o deus.

— Sim, senhor, o que deseja com este?

Dacre ficou quieto, observando o homem rastejar. O que ele buscava? Por que não se permitia desabar e morrer? A alma dele, de tanta angústia, estava praticamente rasgada ao meio. Aquilo fez Dacre se encolher.

Ele poderia curar aqueles ferimentos. Era, afinal, um deus misericordioso. O deus da cura. Aquele mortal, quando consertado, serviria muito bem a seu exército. Pois Dacre de repente percebeu, com deleite... que não era um soldado, mas um correspondente. E Dacre nunca tivera um daqueles antes.

— Leve-o para baixo.

Val fez uma reverência antes de desenhar um círculo na terra, cercando o mortal. Um modo rápido de abrir um portal para descer.

Satisfeito, Dacre voltou o olhar para o leste, para o trajeto que o levaria a Enva.

Agradecimentos

"Uma garota que escreve cartas para o irmão desaparecido e o garoto que as lê." Escrevi essa frase em meu caderno de ideias no dia 20 de novembro de 2020, sem saber onde chegaria. Sem saber se esse pedacinho de ideia interessante tinha magia suficiente para abrir asas e se transformar em um romance. Ainda assim, cá estamos, Iris e Roman. Sempre acreditei que os livros certos nos encontram *exatamente* no momento certo, tanto como leitores quanto como autores, e nunca deixarei de me maravilhar.

Que jornada foi este romance, da origem como um pensamento solto no caderno ao produto final que você tem em mãos ou escuta ou lê em uma tela. Há inúmeras pessoas que investiram tempo, amor e experiência nesta história e em mim como autora, e quero iluminá-las nessas páginas.

Primeiro, para Ben, minha cara-metade. Você me acompanhou em cada passo deste romance, e seria descuido deixar de reconhecer aqui que você escreveu cartas de amor comoventes para mim durante nosso namoro. Quando eu estava nas montanhas do Colorado e você nos campos dourados da Georgia. Não tínhamos máquinas de escrever encantadas, mas tínhamos papel, canetas e selos, e foi toda a magia de que precisei. Mesmo hoje, anos depois, você continua a me deixar bilhetes para encontrar pela casa. Eu te amo.

Para Sierra, por ser a melhor cadela de guarda e garantir que eu deixe minha mesa para caminhar. Também por deitar comigo no sofá para revisar este livro.

Para o Pai Nosso, que continua a pegar estes meus pequenos sonhos e multiplicá-los muito além do que eu poderia imaginar. Que me ama como sou, e sempre amou. O Senhor continua a ser a força e o fado de meu coração.

Para Isabel Ibañez, minha irmã de alma e parceira de escrita. Você leu este livro enquanto eu o escrevia, e suas ideias e comentários transformaram esta história de um rascunho bagunçado em algo de que hoje me orgulho incrivelmente. Obrigada por todas as horas que dedicou a minhas histórias e por me dar um segundo lar em Asheville. Você é mesmo a melhor.

Para minha agente, Suzie Townsend. Não há palavras para descrever o quanto agradeço por tudo que você faz para transformar meus sonhos em realidade. Por ser minha defensora e a terra firme no oceano que é publicar livros. Às incríveis Sophia Ramos e Kendra Coet: obrigada por lerem meus rascunhos e oferecerem comentários e encorajamento, além de ajudarem a me manter organizada. Um agradecimento sincero a Joanna Volpe e Dani Segelbaum, que foram importantes para me orientar quando este livro foi apresentado a editoras. Para Veronica Grijalva e Victoria Hendersen, da minha equipe de direitos subsidiários, que ajudaram meus livros a encontrar casas perfeitas em outros países. Para Kate

Sullivan, que leu este livro quando estava sendo preparado para ser apresentado e que sempre tem os melhores comentários. Para a equipe incrível da New Leaf: é uma honra estar entre seus autores.

Para Eileen Rothschild, minha editora incomparável. Estou extremamente animada para trabalhar com você nesta série e muito agradecida pelo seu amor pela história de Roman e Iris. Obrigada por me ajudar a torná-la o melhor que poderia ser. À equipe incrível da Wednesday Books, com quem foi um prazer absoluto trabalhar nesta duologia: Lisa Bonvissuto, Alexis Neuville, Brant Janeway, Meghan Harrington, Melanie Sanders, Lena Shekhter, Michelle McMillian, Kerri Resnick. Minha gratidão eterna a Olga Grlic pela linda capa. Um agradecimento imenso a Angus Johnston pela preparação.

Para Natasha Bardon e Vicky Leech: é uma honra esta história ter encontrado um lar na Magpie Books no Reino Unido. Trabalhar com vocês e sua equipe é um sonho.

Para Leo Teti, que apadrinhou meus livros no mercado de língua espanhola. Obrigada por ajudar minhas histórias a encontrarem leitores internacionais e por me convidar a participar de tantas viagens sensacionais.

Para Adalyn Grace, Isabel Ibañez, Shelby Mahurin, Rachel Griffin, Ayana Gray e Valia Lind, por tirarem tempo de suas agendas cheias para lerem uma versão inicial e oferecerem *blurbs* incríveis. Para Adrienne Young e Kristin Dwyer, por me encorajarem inúmeras vezes e me incentivarem quando falei deste livro.

Para as livrarias independentes da minha região que foram e continuam sendo parte integral do sucesso dos meus livros: Avid Bookshop em Athens, Little Shop of Stories em Decatur,

The Story Shop em Monroe e The Inside Story em Hoschton. Obrigada por serem a luz e a magia das nossas comunidades.

Dois livros foram incrivelmente úteis na minha pesquisa sobre guerras de trincheiras: *Warrior,* de R.G. Grant, e *World War I,* de H.P. Willmott. Também quero reconhecer dois filmes que achei profundamente comoventes, devastadores e atmosféricos: *1917* e *Juventudes roubadas.*

Para minha família: mãe, pai e todos os meus irmãos. Para meus avós, que continuam a me inspirar diariamente, e para os clãs Ross, Wilson e Deaton. Todos vocês me acolhem e me fortalecem.

E para meus leitores, pelo amor e apoio que ofereceram a mim e a meus livros. É uma honra minhas histórias terem encontrado lar em vocês. Obrigada por me acompanharem nesta jornada.

Este livro, composto na fonte Fairfield,
foi impresso em papel Ivory Slim 65g/m² na gráfica Leograf.
São Paulo, Brasil, novembro de 2024.